KB013114

혁명과 모더니즘

러시아의 시와 미학

혁명과 모더니즘

러시아의 시와 미학

이장욱

시간의흐름

일러두기

1. 인명이나 용어는 필요하다고 판단되는 부분에만 원어를 병기했으며, 본문의 러시아어는 로마자로 전사(ALA-LC 방식)하여 괄호 안에 표기했다.
2. 인용된 시의 러시아어 원문은 후주(後註)로 처리했다. 참고자료 및 인용 출처 역시 후주로 붙였다.
3. 고유명사 등 외국어의 우리말 표기는 가급적 현행 외래어표기법을 따랐다.
4. 시, 단편소설, 논문 등은 「 」로, 장편소설과 저서 등은 『 』로, 기타 그림 및 영화 등은 〈 〉로 묶었다.
5. 제목 뒤에 별표(*)가 붙은 시들은 원래 제목이 없지만, 필자가 편의상 시의 앞 구절을 따서 붙인 것이다.

개정판 서문

이 책은 『혁명과 모더니즘: 러시아의 시와 미학』(2005)의 개정판으로, 구판의 몇몇 오류와 오식을 교정하고 일부 문장을 손본 것이다.

이 책이 다루고 있는 것은 러시아의 시인들과 이론가들이지만, 우리 시와 문학을 좋아하는 독자들께도 작은 참고자료가 되었으면 하는 바람이 없지 않다. 20세기 초 러시아 시인들에게 딱히 관심이 없는 독자라면 문학에 대한 이론적 사유를 담은 2부만 읽어보셔도 좋으리라 생각한다.

20세기 초의 문학과 예술에 기묘한 향수를 느끼는 것이 나뿐만은 아닐 것이다. 개인적으로 나는 그 시대가 문학과 예술의 맹렬하고 흥미로운 '정점'이었다고 느낀다. 하지만 이 느낌은 또 얼마간은 도착적이고 아이러니한 것인데, 왜냐하면 인류가 인류 전체에 대해 맹렬하고 잔인한 적의를 느끼던 전쟁과 파시즘의 시기가 또 그때였기 때문이다.

책에 눈을 두고 있다가 문득 주위를 둘러보면, 그 시기로부터 벌써 100여 년이 흐른 뒤의 세계가 내 눈앞에 펼쳐져 있다. 아주 많은 것들이 달라졌지만, 또 아주 많은 것들이 달라지지 않았다. 같은 것들과 다른 것들의 소용돌이 속에서 또 새로운 계절이 오고 있다.

*

이 책에 실린 글들은 모두 2002년 여름에서 2005년 봄 사이에 쓰인 것이다. 당시는 우리 시 비평에서 소위 '미래파' '시와 정치' 같은 쟁점들이 수면에 떠오르기 이전이었다. 이번에 개정판을 내면서 이 책의 글들을 다시 훑어보니, 당시의 그 비평적 주제들과 연동하여 읽을 만한 내용들이 꽤 눈에 띄었다. 특히 미적 전위와 정치의 관계, 미학과 진리의 관계 등이 그러했는데, 나는 아마도 미래의 나에게 미리

답하기 위해 이 글들을 쓴 것인지도 모르겠다.

이 책이 다루고 있는 논점들은 물론 20세기 이래 끊임없이 변주되어온 유구한 주제이다. 지난 세기 초의 형식주의, 아방가르드, 사회주의 리얼리즘 등을 둘러싸고 일어난 이론적 반향들, 1930년대 루카치, 브레히트, 블로흐 등을 중심으로 한 소위 표현주의 논쟁, 1950-1960년대 상황주의 및 68혁명과 관련된 논의 등은 어떤 방식으로든 오늘 우리 문학의 주제와도 이어져 있을 것이다. 하이데거 이래 랑시에르, 바디우 등의 현대 철학자들이 미학과 진리의 관계를 둘러싸고 전개한 논전 역시 마찬가지다.

원고를 다시 훑어보면서, 한편으로는 사사로운 질문을 던져보기도 했다. 그동안 나는 얼마나 변한 것일까. 당연한 대답이지만, 지금의 나는 이 책에 담긴 십수 년 전의 나로부터 어떤 부분에서는 많이, 어떤 부분에서는 약간 달라졌다고 느낀다. 지금 모든 원고를 처음부터 새로 쓴다면, 부족한 공부의 보충이나 작품에 대한 이해의 심화가 필요한 것과는 별개로, 문제의식 특히 문제 설정의 위치나 각도가 꽤 달라졌을 것 같다.

하지만 큰 틀에서 생각이나 감각의 커다란 전환이 있었던 것 같지는 않다. 나는 여전히 그때의 나와 비슷한 나이다. 그것이 한편으로는 당연하게 느껴지고 한편으로는 서운하기도 하다. 개인적으로 나는 '일생일대의 전환' 같은 것을 잘 믿지 못하는 편이다. 표면적으로 갑작스러운 '선회' 또는 '전환'인 것처럼 보일 때조차도, 실은 오래전부터 자신도 모르게 내면에서 준비되어온 경우가 많을 것이다. 만일 '생각이나 태도의 갑작스러운 전환'이 그 자체만으로 급격하게 일어난다면, 나는 그 전환 자체를 의심하고 재고할 필요가 있다고 생각하는 편이다.

*

2005년에 이 책을 펴낸 뒤 나는 이런저런 상황의 변화 탓에 러시아 문학 연구를 하지 않게 되었다. 러시아 문학은 지금의 나에게는 오래전의 추억 같은 느낌이 든다. 새벽에 깨어 어두운 천장을 보고 있으면, 그 시절이 마치 전생처럼 느껴질 때가 있다.

나는 이제 더 이상 연구자가 아니지만 여전히 러시아 문학 애호가이기는 하다. 지금은 러시아 문학을 '직업의식'과 함께 보지 않고 그냥 보고 싶은 책만 본다. 말하자면 아마추어로 이동했다고도 할 수 있을 텐데, 그게 그리 나쁘지는 않다. 앞으로도 애호가의 자리를 지키려고 한다.

'시간의흐름' 최선혜 대표님의 배려와 정성 덕분에 누추한 책이 다시 빛을 볼 수 있게 되었다. 진심으로 감사드린다.

2019년 7월

이장욱

초판 서문

20세기 초는 확실히 흥미로운 시대다. 아방가르드를 비롯한 모더니즘이 전쟁 및 좌파 혁명의 물결과 이합집산하던 그 시대는 근대 예술이 가닿을 수 있는 절정의 풍경을 보여주었다. 소비에트 혁명이 그 자체로 정치적 임계점을 현시했을 때, 유럽 전역을 휩쓸던 미학적 전위들은 예술이 예술의 이름으로 갈 수 있는 한계치를 자명하게 보여주었다. 이 두 현상은 우연히 나타난 것이 아니었으며, 서로 분리되어 있는 것도 아니었다. 정치와 문화, 역사와 예술, 혁명과 미학은 강렬하게 스파크를 일으켰다. 예술은 정치와 역사와 이데올로기에 대해 '자율성' 따위를 주장할 여유가 없었으되, 그 격렬함 안에서 스스로 자율성의 극한을 실험하지 않으면 안 되었다. 그리고 러시아는, 이 절정의 시대 한복판에 있었다. 러시아의 시인들은 정치의 첨단에 서거나 정치의 희생양이 되었지만, 어느 쪽이건 그들의 운명을 지배한 것은 저 유명한 러시아적 '우수(憂愁, toska)'였다. 그것은 결핍과 그리움이 뒤섞인 채로 모호하고 양가적인 세계상을 현시했다. 1930년, 열혈 시인 마야콥스키가 루뱐카의 작업실에서 권총의 총구를 제 심장에 겨누었을 때, 결국 그의 내면에 차오르던 것 역시 저 러시아적 우수는 아니었을는지.

이 책의 글들은 지난 세기 초의 이런 풍경들을 머릿속에 그리면서 작성되었다. 이 책의 제목이 '혁명과 모더니즘'인 것도 그런 이유다. 혁명과 미학, 모더니즘과 정치를 상호 배제적인 대립물로 보는 시각은, 그저 낡고 상투적인 것이기만 한 것이 아니라 근원에서 허구적인 것이다. 그것은 통합과 균열, 동일성과 해체, 근대와 탈근대 등 이미 관념화되고 도식화된 대립 구도들처럼 지루한 이분법이다. 특히 세기 초의 경우에는 말할 나위가 없다. 우리는 관습적인 규정의 바깥에서 실재와 당대의 텍스트가 맺는 역동적 관계를 살필 필요가 있다. 미학과 넓은 의미의 정치는 이 역동성 안에서 어쩔 수 없이 혼재한다.

*

20세기 러시아의 주요 시인들과 이론가들을 소개하는 것이 이 책의 소박한 목표이다. 이 책의 독자로 염두에 둔 것은 문학을 전공하는 대학생과 대학원생 등이지만, 그저 러시아와 문학에 관심이 있는 분들에게도 읽을 만한 책이었으면 하는 희망이 없지는 않다. 특히 이 책은 한국어를 모국어로 삼아 창작을 하는 분들을 생각하면서 쓰인 것이기도 하다. 이는 지난 세기 초의 미학적 역동성이 우리 시대 시인들에게도 시사하는 바가 클 것이라는 생각과도 관련이 있다.

하지만 이 책이 러시아의 시와 이론에 대해 가이드 역할을 하는 개론서로서 적절하다고는 할 수 없다. 이 책이 목표로 삼은 것은 일반적으로 승인되고 있는 사실들의 나열이나 보편타당한 문학사적 상식의 전달이 아니라, 몇몇 특정 관심사들을 중심으로 지난 세기 초의 시인들과 이론들을 다시 검토하는 것이다. 이 검토는 때로 상당히 '편파적'이거나 '주관적'이다.

야콥슨이 「언어학과 시학」에서 '비평(critic)'과 '문학 연구(literary study)'를 구분했을 때, 그는 주관적인 가치 판단을 객관적인 연구와 혼동하지 말 것을 당부했다. "예술에 대해 비평가 자신의 취향이나 의견을 담은 성명서가 언어 예술에 대한 객관적이고 학문적인 분석의 대용이 될 수는 없다"고 그는 적었다. 그는 문학연구자에게 문학비평가라는 명칭을 붙이는 것은, 언어학자에게 '문법비평가'라는 명칭을 붙이는 것만큼 어이없는 일이라고 주장했다. 연구와 비평은 영역이 전혀 다르다는 점에서 야콥슨의 말은 타당하지만, 그 말이 연구와 비평을 근본적으로 나눌 수 있다는 뜻은 아니다. 특히 문학처럼

'가치'들이 격렬하게 교차하는 세계에 대해 말하면서 온전한 '가치 판단의 중지'가 가능할 리는 없다. 가치 판단은 은밀하게 객관적인 '연구'의 내면으로 스며들지만, 실상은 그 객관성의 기반 자체가 가변적인 '판단'인 것 역시 어쩔 수 없다.

이 책은 그 '판단'의 영역을 배제하고 객관적인 '사실'들을 기술하기 위해 특별한 노력을 기울이지 않았다. 오히려 다음의 몇몇 '주관적 의견'과 관심사들을 중심으로 '판단'의 영역을 부각시켰다고 해야 옳을 것 같다.

첫째는 미적 사유의 구조다. 이 책은 특히 미적 목적론의 '폐쇄성'에 대해 호의적이지 않다. 이것은 포퍼가 『열린 사회와 그 적들』에서 이미 다루었던 주제이기도 하지만, 철학이 아니라 미학에서는 따로 살펴야 할 문제이기도 하다. 포퍼의 정치적 입지와는 무관하게, 열림과 닫힘이라는 공간적 은유는 미적 사유를 설명할 수 있는 중요한 틀을 만들어준다. 가령 상징주의의 종교적 형이상학과 소비에트 리얼리즘의 공식 미학은, 정치적이거나 문학사적인 차원에서는 대립적이지만 그 사유의 구조로는 이질동상이다. 단순화시켜 말하자면, 그것들은 폐쇄 회로를 따라 가상의 목적을 향해 전진하는 전사(戰士)들의 언어를 닮았다. 어느 경우건 세계는 끊임없이 그 사유의 폐쇄 회로로 소환되고 환원된다. 일종의 정신적 '매트릭스'가 이 과정에 개입해 있는데, 이것은 미학의 비정형이 미학 바깥의 정형에 의해 제한되는 풍경이기도 하다.

두 번째 관심사는 이 관념적 소환의 '방식'과 밀접한 관련이 있다. 이 책이 은유와 환유로 요약되는 비유의 구조에 관심을 두는 것도 그런 이유다. 우리는 은유가 본질적으로 의지할 수밖에 없는 '수직적' 구조가 어떻게 위계적 세계관에 접근해가는지, 그리고 환유의 '수평적' 사유가 어떻게 은유적 세계관에 균열을 일으키는지를 살피게 된다. 이것은 우리 문학에서는 이미 몇 년 전에 지나간 비평적 쟁점이지만, 이 책의 논점은 은유와 환유를 통합과 균열에 대응시키는 단순한 이원론으로 환원되지는 않는다. 미시적인 비유로서의 개별 은유와 환유가 아니라, 텍스트 전체를 관할하는 사유의 방식이 문제이다. 이 문제의식에는, 은유에서 상징을 거쳐 결국 신화에 가닿는 수직적 비유 체계가 지배하는 시대가, 차라리 중심을 잃고 부유하는 시대보다 더 '위험'하다는 생각 정도가 전제되어 있기는 하다. 하지만 이 책의 관심은 오히려 은유와 환유가 서로 섞이고 모호해지는 과정에 두어진다.

셋째는 말과 사물, 혹은 언어와 리얼리티 사이의 관계이다. 개인적으로 나는 '시학'이나 '문학 이론'이라는 어휘보다 '미학'이라는 모호하고 넓은 표현을 선호한다. 언제부터인가 '시학(poetics)'이라는 단어는 구조주의적인 자세를 연상시키게 되었으며, '문학 이론'이라는 어휘는 추상적이고 논리적이며 체계적이라는 느낌을 준다. 이에 비해 '미학'이라는 단어는 내포가 지나치게 크긴 하지만, 상대적으로 인간과 세계, 혹은 언어와 리얼리티가 맺는 관계에 접근하는 데 용이하다. 그것은 18세기에 바움가르텐이 명명한바 '미학(감각학)'이라는 용어가 지닌 역동성, 혹은 포용력이라고 말할 수 있다. 미적 차원에서 보면, 사과를 그린 정물화와 혁명이 휩쓸고 있는 거리를 그린 그림은 본질적으로 동일한 층위에서 비교될 수 있다. 두 개의 화면에는 공히, 인간이 세계를 지각하는 방식, 그 감각의 양상이 드러나 있다. 미학은 이 감각의 지평을 문제 삼는다. 리얼리티에 대한 미적 감각의 다양한 양상이야말로, 이 책의 주요 관심사 중 하나이다. 궁극적으로는 '어떻게'가 '무엇을'과 분별되지 않는 지점까지 나아가는 것, 그것이 중요하다.

그래서 이 책은 '리얼리티'를 출발점으로 삼아 형식주의와 야콥슨, 로트만 등의 이론을 살폈다. 이들이 텍스트 자체의 언어적 질서를 탐구한 '과학자'들이었다는 점을 염두에 두면 이 책의 관점은 핵심을 잘못 짚은 것인지도 모른다. 하지만 마르크스주의 미학이 외재적 결정론만이 아니듯, 형식주의나 구조주의 역시 언어 구조의 자폐성에만 갇혀 있는 것은 아니다. 그들의 '미학' 역시, 언어의 질서 자체가 아니라 언어와 리얼리티의 '사이'에서 발원한다. 그래서 이 책은 시클롭스키와 로트만조차 리얼리티와의 관련성을 중심으로 살폈다. 그런 맥락에서 형식주의에서는 '낯설게 하기'가, 야콥슨에게서는 '은유와 환유'가, 로트만에게서는 '조건성'이 핵심어로 채택되었다. 내 생각에 이 핵심어들은, 형식주의·야콥슨·로트만 등의 언어/우주가, 실재하는 세계/우주와 만나는 지점을 적절히 보여줄 수 있는 고리들이다.

어쩌면 이 책의 해설들은 저 이론가들에 대한 일반적인 이해를 원하는 독자들에게 방해가 될지도 모른다. 이 책에는 형식주의자들의 미시적 시 이론이나 문학사 개념에 대한 필수적인 설명이 없으며, 야콥슨의 시학 이론에 대해서도 상세한 언급이 없다. 또 로트만의 공간 분석과 문화 이론에 대해서도 별다른 관심을 보이지 않는다. 바흐친에 대해서도 일반적인 관점을 비껴가기는 마찬가지다. 소설성과 카니발리즘 등의 핵심적인 논점 대신, 이 책은 소설성의 원리를 규명한 바흐친의 관점을 시와 근대성의 관계에 확대 적용하여 설명한다. 바흐친의 '대화성'이 소설이라는 한정된 장르의 특성이 아니라, 현대시의 기본적 특성일 수 있다는 생각이 이 글에 들어 있다.

*

1부에서 다룬 시인들을 통해 우리는 20세기 초 러시아 시의 대략적인 지도를 그려볼 수 있다. 모더니즘의 대표적 시인들인 블로크,

아흐마토바, 마야콥스키는 각각 상징주의, 아크메이즘, 미래주의와 밀접한 관련이 있다. 이들은 이 에콜들을 기점으로 작업을 시작했지만, 이 에콜들의 한계를 벗어나 독자적인 작품 세계를 이루었다. 시인의 이름 뒤에 에콜을 함께 명기하기는 했지만, 이 책의 목적은 오히려 시인과 에콜 사이의 관련성을 부인하기 위한 것이라고 해도 좋다. 블로크가 어떻게 상징주의에서 멀어져갔는지, 아흐마토바의 언어가 어느 지점에서 아크메이즘의 미적 모토에서 벗어나는지가 더 중요하다는 뜻이다.

만델시탐이나 보즈네센스키 같은 시인들, 무엇보다도 츠베타예바, 기피우스 같은 중요한 여성 시인들을 다루지 못한 것은 아쉽다. 옙투셴코나 아흐마둘리나처럼 별로 흥미가 없기 때문에 쓸 생각을 하지 않은 시인들도 있지만, 다른 시인들을 다루지 못한 것은 전적으로 공부가 부족한 탓이다.

*

이 보잘것없는 책을 만드는 데도 감사드려야 할 분들이 많다. 무엇보다도 이 책에는 최선 선생님과 석영중 선생님의 그늘이 깊고 넓게 드리워져 있다. 두 분의 가르침은 이 책을 쓰는 내내 보이지 않는 길잡이이자 검열관이 되어주었다. 나는 스승들의 너그럽지만 엄정한 시선이 내 안에 자리 잡고 있다는 사실에 진심으로 감사했다. 모든 원고를 읽고 조언해준 윌리윌슨에게도 감사의 인사를 빼놓을 수 없다.

2005년 4월
이장욱

차례

2부 시학과 미학

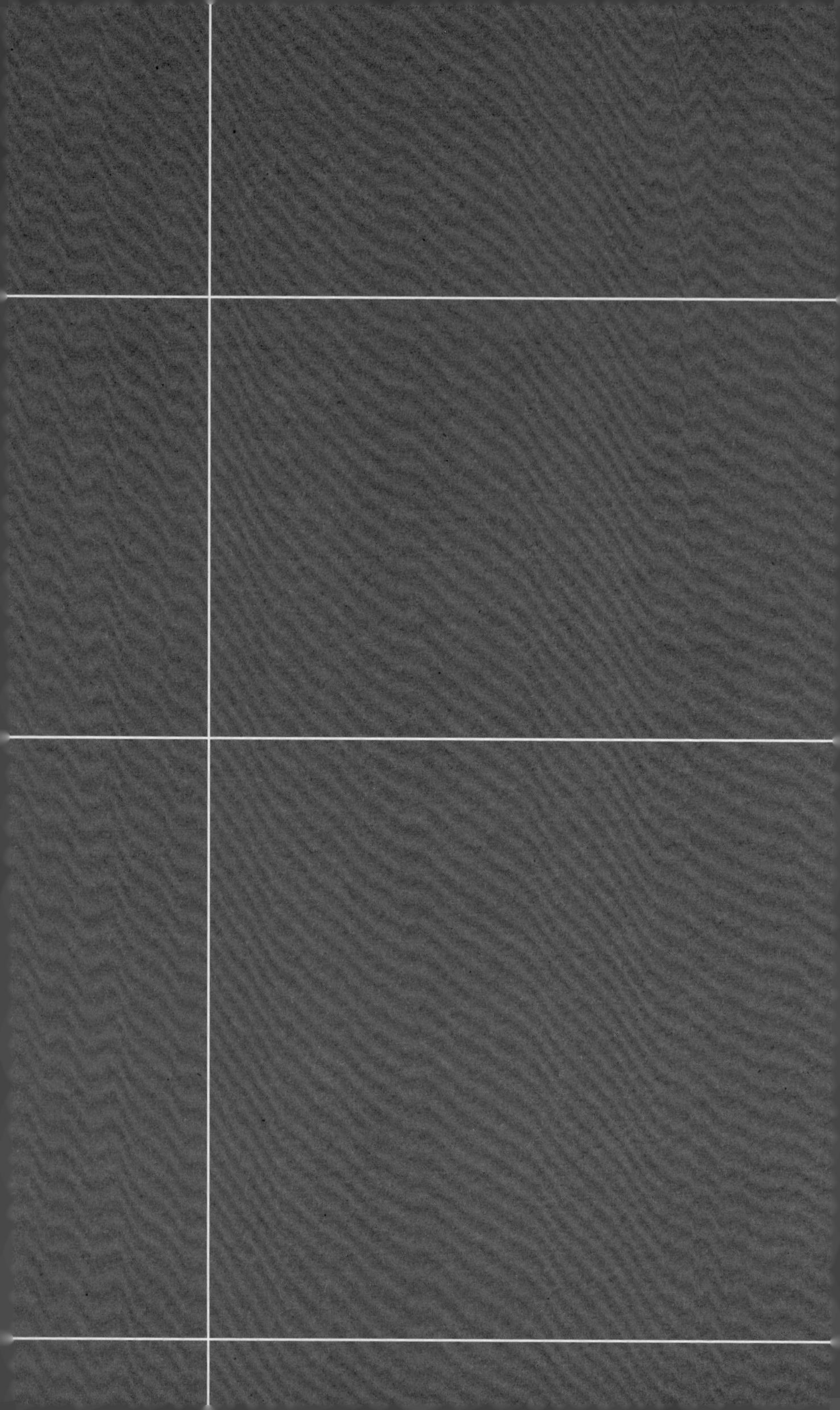

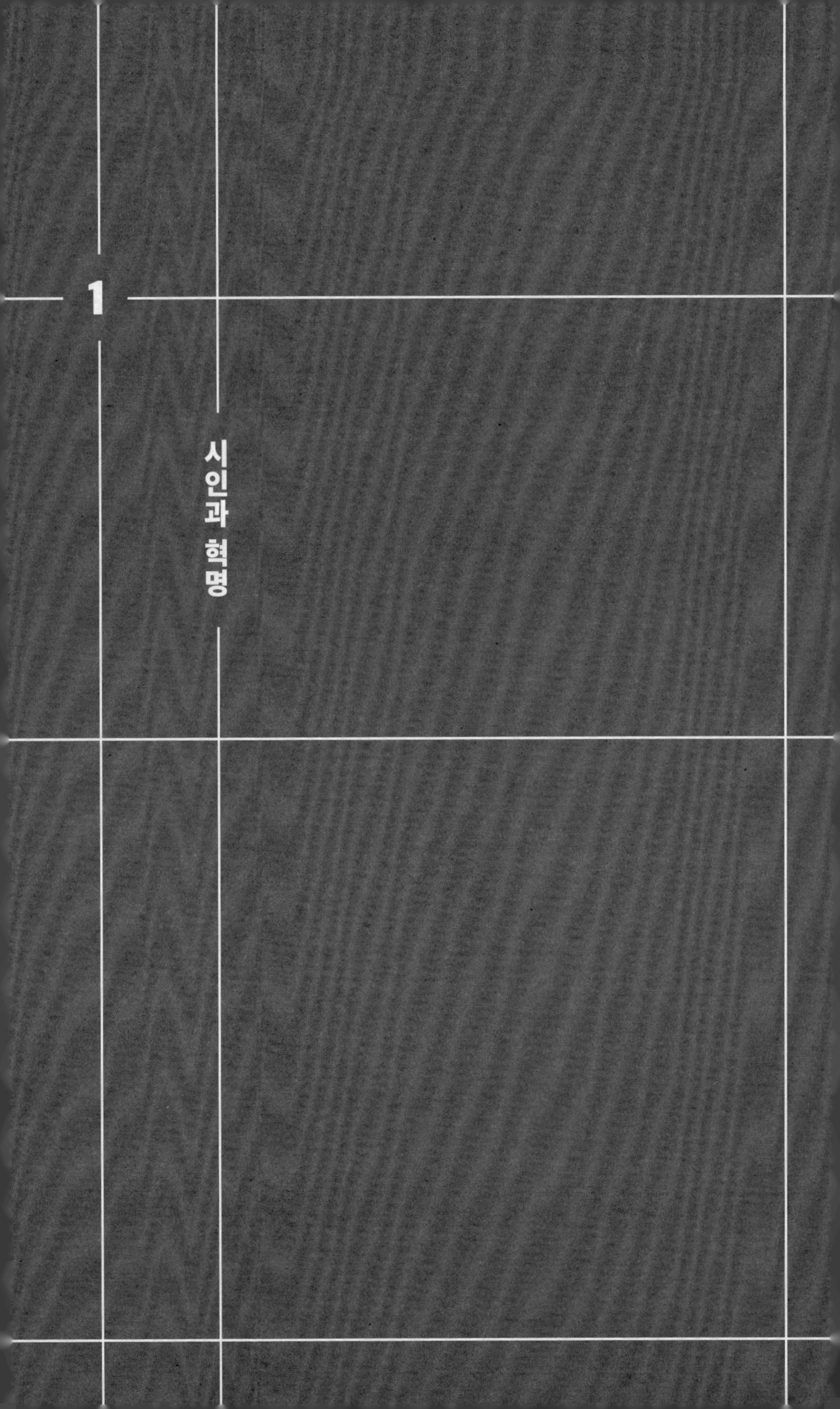
1
시인과 혁명

집시의 시집
블로크와 상징주의

데스마스크

알렉산드르 블로크(Aleksandr Blok, 1880-1921)의 데스마스크를 본 적이 있다. 북구 도시 페테르부르크의 눈 내리는 겨울이었다. 그의 사진과 수고(手稿) 등을 모아놓은 작은 박물관 한 켠에, 희고 차가운 그의 데스마스크가 전시되어 있었다. 문학사는 그를 20세기 초 러시아 상징주의의 대표적 시인으로 기록하고 있지만, 그 데스마스크는 데카당스의 기운이 떠돌던 세기말과 '역사적 필연'으로서의 혁명사를 힘겹게 통과해온, 한 섬세한 영혼의 피로와 고요를 담고 있을 뿐이다.

그가 활동을 시작한 1903년은 혁명의 기운이 서서히 번져가던 때였다. 푸시킨, 고골, 도스토옙스키 그리고 투르게네프와 체호프의 영화로운 19세기는 사라졌다. 톨스토이는 아직 살아 있었지만, 그는 이미 지난 시대의 거장이었다. 러시아의 리얼리즘은 좌파 유물론의 수혈을 받아 다가올 혁명의 시대를 예비하는 중이었고, 다른 한편에서는 세기말의 데카당스를 거쳐온 일군의 모더니스트들이 등장하고 있었다.

특히 블로크가 가장 뛰어난 시적 성취를 보이던 1910년대는 러시아 모더니즘의 개화기로 기록된다. 데카당스풍의 회화로 유명한 브루벨은 그 생애의 말년을 보내고 있었으나, 이른바 절대주의 회화의 선구인 말레비치와 '청기사파'의 비구상회화를 이끌게 되는 칸딘스키, 러시아적 판타지의 샤갈이 이 무렵에 활동을 시작한다. 벨르이와 자먀틴, 그리고 후에 노벨문학상을 받게 되는 이반 부닌 등의 소설가들이 등장하는 것과 더불어, 스트라빈스키의 〈불새〉가 초연된 것도 이때였다. 러시아 문학사가 이른바 '은 시대(Silver Age)'로 비유하고 있는 세기 초의 르네상스가 시작되고 있었으며, 한편으로는 1905년의 실패를 통과한 정치적 혁명이 이제 다가올 격동의 시대를 준비하고 있었다.

알렉산드르 블로크가 연주하던 저 집시의 음악은 정치적 혼돈과 정신적 풍요로움이 교차하던 당대에 대한 가장 섬세한 미학적 기록이라고 할 만하다. 형이상학과 혁명이 혼재하며, 신학과 프로파간다가 경쟁적으로 러시아의 미래를 규정하던 시대의 우울한 악사. 먼저 블로크의 시적 모태였던 러시아 상징주의 미학에 대해 적기로 한다. 그것은 가장 구체적이며 개별적으로 실재하는 세계가 어떻게 추상적이며 보편적인 세계와 만나는가에 관한 것이다.

오래된 상징

아름다움이 세계를 구원한다.

이것은 『백치』에 나오는 도스토옙스키의 신비주의적 명제이며, 상징주의자들에 의해 다시 부각되었던 시적 과제이다. 도스토옙스키는 상징주의자들의 정신적 선조였다. 그것은 당대까지 도스토옙스키를 이해하는 코드였던 '리얼리즘'이 아니라 그 이면에 잠복해 있던 신성한 '상징성'의 세계에 주목한 결과였다. 아름다움이 세계를 구원한다는 명제 역시 그러한 맥락에서 상징주의자들에 의해 부활되는 것이다.

아름다움에 대한 맹목적 찬사나 미학주의의 강령처럼 읽힐 수도 있지만, 이런 해석은 이 유명한 도스토옙스키적 명제와는 관련이 없다. 무엇보다도 이 문장에서 아름다움은 추함의 상대 개념이 아니다. 그것은 추(醜)가 아니라 진(眞)과 선(善)의 상대 범주로 쓰인다.[1] 상징주의자들에게 도스토옙스키적 아름다움(美)은 진과 선을 제 안에 포괄하면서 인간의 질곡을 넘어설 수 있는 유일한 힘으로 승격된다. 왜냐하면 아름다움은 유일하게 인간의 감각에 현시될 수 있는 것이어서 인간이 지각할 수 없는 진과 선의 '육화'일 수 있기 때문이다. 아름다움은 진과 선의 저 '보이지 않는 추상성'을 '보이는 이미지'로 포획한 것이며, 바로 이 지점에서 그것은 이성적 로고스와 당대적 윤리학을 넘어 종교적/정교적 미학과 만난다. 이제 아름다움은 저 이상적 세계가 물질성의 세계에 베푸는 '사랑'의 이름이 된다. 아름다움은 진과 선이라는 추상의 영토로부터 '신성한 물질성'의 영토에 강림하여 임재한다. 솔로비요프(V. Solov'ev)의 '현현된 아름다움(osushchestvlennaia krasota)'은 이 강림한 아름다움의 다른 이름인 것이다.

러시아 정교의 교리적 핵심은 신의 절대적 초월성에 있다. 그것은 신에 대한 접근이 '부정의 방법(via negativa)'을 통해서만 가능하다는 것을 의미한다. 인간의 언어는 '신은 무엇이다'라는 긍정문이 아니라 '신은 무엇이 아니다'라는 부정문에 의해서만 겨우 신성의 본질에 접근해갈 수 있을 뿐이다. 이 부정의 신학은 인간의 언어와 인간의 사유에 의해 신에 접근하는 것은 불가능하다고 믿는다.

신은 인간의 말에 의한 규정이나 정의(definition) 바깥에 존재하는 것이어서, 정교의 미사에는 사제의 '설교'가 없다. 정교적 사유 안에서 신이라는 존재는 인간의 언어로 번역되지 않는 것이다. 신은 교회 성가의 단선율이 이루는 장엄함과 모자이크를 통과한 빛의 화음, 그리고 제의적 찬미와 가상의 신성한 이미지 속에 다만 '암시적으로' 임재할 뿐이다. 신 혹은 진리는 인간의 이성적 언어에 의해 재현될 수 없는 것이며, 인간은 오로지 아름다움을 통한 구체적 직관의 세계에서만 그 '절대성'을 느낄 수 있다. 도스토옙스키의 문장 속에서 아름다움은 곧 이 직관의 매개이자 구체적 현현인 것이다.

이러한 반(反)언어적, 반이성적 특성은 비잔틴에서 정교(orthodox church)가 전래된 10세기 이래 러시아인들의 사유 양식과 결합하여 지속적으로 강화된다. '러시아적 정신'의 반로고스적 특성을 로고스적으로 표현하고 있는 다음의 시는 19세기 시인의 것이다.

> 러시아는 이성으로 이해할 수 없네.
> 보편의 자로 측량할 수도 없네.
> 러시아엔 독특한 무엇이 있으니—
> 러시아는 오로지 믿을 수 있을 뿐.
>
> —표도르 츄체프, 「러시아는」* 전문[2]

이런 반로고스주의가 러시아적 메시아니즘과 만나게 되는 것은 어쩌면 필연적일는지도 모른다. 15세기에 비잔틴 제국이 투르크 전사들에 의해 함락된 사건은 곧 정교 세계의 몰락을 의미했다. 이제 러시아는 유일한 정교 국가가 된다. 러시아 특유의 메시아니즘은 이 정교 세계의 위기와 더불어 이른바 '모스크바 제3로마설(Moskva—Tretii Pim)'이라는 오래된 정치적, 종교적 이데올로기의 형태로 구체화된다. 그것은 「흰 두건 이야기」(Skazanie o Belom Klobuke) 같은 노브고로드의 중세 문헌에서 19세기 슬라브주의자들을 거쳐 상징주의 철학의 리더였던 솔로비요프에게로 면면히 이어진다. 이 이데올로기는 로마와 콘스탄티노플(제2로마)의 몰락 이후 모스크바(제3로마)를 중심으로 이루어질 새로운 세계를 예언한다. 세계의 '정신적 본질'은 이제 개별성으로 분열된 구체성의 세계를 제 안에 감싸 안음으로써 구원을 완성할 것이다.

그러니까 러시아 상징주의는 당대 유럽의 미학적 흐름뿐만 아니라 러시아의 오래된 종교 미학을 전제로 성립된 것이다. 초기 러시아 상징주의는 솔로비요프라는 이름을 중심으로 그 이론적 체계를 수립한다. 구체적 개별성 이전의 보편적, 추상적, 정신적 세계(테제)는, 혼돈이 지배하는 구체적 개별성의 물리적 자연성(반테제)을 거쳐, 보편적 정신과 구체적 개별성이 합일하는 구원의 시기(진테제)에 이르게 된다. 구체성으로 분열된 이 실재의 세계를 신성(神性)의 자기 운행으로 이해하는 솔로비요프의 변증법적 세계생성론은 물론 낯선 것이 아니다. 그것은 대체로 신플라톤주의적 이원론의 종교적 번역이라고 할 수 있다. 플로티노스에서 헤겔에 이르는 관념론의 역사는 러시아에서 솔로비요프의 종교 미학으로 되살아나는 것이다. 플로티노스적 '일자(一者)' '정신' '영혼'은, 솔로비요프에게 신과 세계 영혼, 그리고 '소피아'라는 종교적 용어로 변주된다.

하지만 '소피아', 혹은 '영원한 여성성'[3]을 중심으로 한 이 구원의 사상 역시 솔로비요프의 창작물은 아니다. 그것은 마니교와 기독교의 갈등 속에서 정립된 아우구스티누스의 교리 이래, 그노시즘과 기독교의 사이에서 반복적으로 명멸했던 신비주의적 사유의 한 유형이다. 아우구스티누스의 『고백록』이 상징적으로 보여주듯이, 마니교적 사유에 고유한 이원론과 신비주의적 사유는 기독교도들을 끊임없이 괴롭혀왔으며, 기독교는 이러한 신비주의적 사유와의 싸움 속에서 스스로의 정체성을 가다듬었다.

소피아의 신화 역시 기독교와 신비주의 사이에서 파생된 수많은 신화 가운데 하나이다. 가령 발렌티누스파의 소피아 신화는 잘 알려져 있는데, 소피아를 둘러싼 수많은 변주와 변형들은 기독교의 역사에 산재해 있다고 한다.[4] 솔로비요프에게 이른바 '신인격(godmanhood)'으로서의 '소피아(지혜)'는 보편적 정신성(신성)과 구체적이며 개별적인 물질성(자연적 세계)의 균열을 중재하는 저 그리스도적 사랑의 현신이다. 이 여성-메시아의 이미지에 러시아 상징주의 미학의 신비주의가 잠복해 있다.

천천히 기화하는 언어들

그러나 우리에게 중요한 것은 종교적 사유 자체가 아니라 그로부터 발원한 상징주의의 언어 미학이다. 사상가 솔로비요프의 플라톤주의적 사유는 상징주의의 근간을 이루면서 새로운 언어 미학을 준비하게 된다. 리얼리즘 시대에 지배적이었던 지시적 언어들은 이제 언어 자체의 물질성을 강조하는 모더니스트들에 의해 도전받는다. 상징주의자들은 자연스럽게 이 도전의 첫 라운드를 담당하게 된다.

상징주의자들의 언어는 실재적 사물성의 세계보다는 사물성의 이면, 혹은 너머에 불변항으로 존재하는 형이상학적 세계에 매혹된다. 그들의 언어는 언어이므로 무언가를 지시하지만, 동시에 그 언어들은 시 내부의 질서로 강력하게 편입되면서 지시성 자체를 삭제당한다. 로트만(Iu. Lotman)의 표현을 빌리면 그것은 '내적 재코드화(internal recoding)'가 극대화된 세계이다. 예컨대 상징주의적 클리셰 중 하나인 '문이 열린다(Dver' otvoritsia)' 같은 구절이 있다면, 이

때 '문'이라는 명사는 구체성과 실재성을 지닌 개별화된 하나의 '문'이기를 멈추고, 상징주의의 형이상학적 맥락의 수혈을 받아 보편적이며 형이상학적인 문이 된다. 그것은 실재하는 문의 모든 특성을 탈각한 채, 그 보이지 않는 본질만을 내장한 문이다. '열린다'라는 동사 역시 마찬가지인 것이어서, 그것은 공간과 공간의 연결을 가능하게 만드는 구체적 기능을 지시하지 않는다. 은유적 수직성이 극대화된 상징적 보편성의 세계에 도달해서야, 그것은 제 안의 '의미'를 전달하는 것이다. 이렇게 실재 세계의 코드들은 시의 내부로 들어와 본래의 지시성을 탈각하고 새로운 의미 질서 속에서 다시 태어난다. 상징주의 시학은 이러한 시어의 특성을 극단적으로 확장시켜 형이상학적인 패러다임으로 환원시킨다. 그래서 상징주의는 근대 서정시의 가장 순수하고 체계적인 형태일 수 있는 것이다.

언어의 지시적 사물성은 이제 형이상학적 정신성의 질서에 편입되면서 아주 서서히 사라진다. 그것은 일종의 언어적 '기화(氣化)'인 것이어서, 이 기화의 정도가 심할수록, 우리는 그 시를 '상징주의적'이라고 말할 수 있다. 상징주의의 언어들은 그래서 구체적 세계의 구체적 실재가 아니라 그 실재를 넘어선 곳으로 흘러간다. 이바노프(V. Ivanov)는 상징주의를 '실재에서 실재 너머로(a realibus ad realiora)'라는 문장으로 요약했지만,[5] 이 구호는 상징주의의 언어론에도 적용될 수 있다.

실재 세계의 사물성은 언제나 한없이 개별화되고 파편화된 것이며 그러므로 고독하다. 실재하는 사물들은 다른 것으로 대체되거나 다른 개념에 속할 수 없는 그 물질적 개별성 안에 갇혀 있다. 이 고독한 사물성은 상징주의자들의 시 속에서 보편적 영혼과 추상적 세계를 희구하는 시적 의지에 굴복당한다. 이제 이 나무와 전혀 다른 저 나무는 그 개별성과 변별성을 반납하고 보편적인 나무의 하나가 된다. 그것이 상징주의의 세계에 나타나는 언어적 굴복이며 구체적 지시성의 소멸이다. 그들은 이 굴복을 통해 구원에 이르고자 했던 것이다. 이제 언어는 무언가를 의미하고 지시하지 않으며, 지시하지 않음으로써 사물의 세계에 대한 시적 침묵의 한 방식이 된다.

이 침묵에 의해 상징주의적 언어들은 반로고스적 특성을 얻게 되지만, 당연하게도 이 반로고스적 특성은 '해체적'이라고 말할 수 없는 종류의 것이다. 그것은 현실 공간의 지시성 안에서 한없이 '미끄러지는' 데리다적 세계가 아니라, 탈현실적 세계를 전제로 한 정신적 구심력을 제 안에 품고 있는 것이다.

솔로비요프와 이바노프가 끊임없이 '리얼리즘'과 '사물성'을 제 이론 안으로 끌어들일 때조차도, 궁극적으로 그것은 종교적 일원론과 가치 층위의 이원론으로 귀환한다. 종교적 일원론은 '종말'과 '구원'으로 종결되는 폐쇄적이고 직선적인 세계관과 동의어이며, 가치론적 이원론은 정확하게 그 일원론의 현세적 부산물이다. 선과 악, 이곳과 저곳, 변화로 가득한 현세와 변하지 않는 영원의 세계 등이 이 관념적 이원론의 짝패를 이룬다. 이 이원론이 변증법적 배제의 논리에 의해 작동하는 것은 당연하다.

음악, 혹은 세계의 리듬

이제 상징주의의 암시적 언어 안에서 말과 침묵은 끊임없이 교차한다. 이 침묵에 의해 언어의 의미 영역은 흐릿해지고 필연적으로 표현 영역은 극단적으로 강화된다. 이때 상징주의의 기화하는 언어들이 제 존재론으로 삼은 것은 어쩔 수 없이 음악이었다.

음악은 실제의 사물을 지시하지 않고 스스로 모종의 정서적 파장을 유발한다. 시니피앙만으로 자족적인 음악의 기호야말로, 구체적 지시성을 지우고 보편적 '상응(correspondence)'에 매혹되었던 상징주의자들의 언어가 가닿으려는 이상적 상태였다. 물론 이때 음악은 예술의 한 장르로서의 '음악'이 아니라 언어에 의해 구현되는 '음악성'을 지칭한다.

이제 언어는 현실과 실재를 지시하기 위해 존재하는 것이 아니라, 다만 그 현존하는 기호의 육체성을 빌려 세계의 리듬을 암시하고자 한다. 발레리는 상징주의자들을 일컬어 '음악에서 무언가를 찾으려는 시인들'이라고 말했지만, 그 음악은 실재성과 이성적 인식의 너머를 향한 시적 기원에 다름아니다. 다음은 상징주의자 발몬트(K. Bal'mont)의 시이다.

> 나는 자유로운 바람, 나는 영원히 부는 바람,
> 나는 파도를 일으키고, 나는 버들을 매만지고,
> 나는 가지 위에 숨 쉬고, 나는 숨 쉰 후 침묵하고,
> 나는 풀들을 어루만지고, 나는 밭을 어루만지고.
>
> —발몬트, 「나는 자유로운」* 부분

이 시의 러시아어 원문을 라틴 문자로 옮겨 쓰면 다음과 같다.

> Ia vol'nyi veter, ia vechno veiu,
> Volnuiu volny, laskaiu ivy,
> V vetviakh vzdykhaiu, vzdokhnuv nemeiu,
> Leleiu travy, leleiu nivy.

우리 시와 달리 낭송에 적합한 러시아 시의 음악적 억양 및 음운 체계는 여기서 극단적으로 강화된다. 이것은 이제 지시적 의미를 추

구하는 '언어' 예술이라기보다는 청각적 효과만으로 가득한 '음악'이 된다. 10음절씩 4행으로 이루어진 이 시행들은 총 19개의 단어로 이루어져 있는데, 그 19개의 단어 중 v음의 계열(ve, vo, vz, vy)로 시작하는 단어가 10개이며 총 40음절 가운데 무려 15개의 v음가가 들어 있다. 거기에 모음 i와 u, e의 반복까지 더해져 이 시는 시라기보다는 일종의 음악적 주술에 가까운 것이 된다. 이것은 상징주의적 음악성의 한 예가 될 수 있다.

시의 리듬, 언어의 음악화는 궁극적으로 시적 반복에 의해 얻어진다. 그것은 음운의 반복, 음절의 반복, 어휘의 반복을 넘어 통사적 문장의 반복까지 포함하지만, 이 모든 반복을 지배하는 것은 정의할 수 없는 음악적 직관이다. 이 음악적 지향에 의해, 음악은 상징주의의 시작이자 끝이 된다. 상징주의의 언어는 그러므로 필연적으로 모호할 수밖에 없다.

이 음악적 모호성은 일반적으로 시에서 발견되는 애매성(ambiguity)과는 차원이 다르다. 상징주의의 모호함은 시어가 본능적으로 취하는 의미 층위의 다양성과는 차원이 다르다는 뜻이다. 상징주의자들의 언어는 언제나 관념적인 단성성으로 귀환하는데, 이때 언어적 모호성은 애초에 이 관념 자체에 내재해 있는 추상성을 반영한다. 상징주의자들의 음악적 언어에 나타난 모호성이란 결국 관념성의 산물인 것이다. 보이지 않는 세계를 보이는 언어로 표현하는 것. 그것이 중세 미학과 낭만주의를 계승한 상징주의의 언어 미학이다.

여성 – 메시아와 신비주의

이제 시인은 이 언어적 제의를 주재하는 사제이며 제사장이다. 보들레르의 고고한 앨버트로스(albatros)와 랭보적 견자(voyant)가 동전의 양면이듯, 상징주의 시인은 이 세계에 현신하는 또 다른 세계를 투시할 수 있는 '영매'가 되어야 한다. 그것은 일종의 '시적 엘리티시즘'이다. 솔로비요프는 스스로 이 상징주의적 언어 제의의 사제이고자 했다.

아침 안개 속에서 불신하는 걸음으로
나는 은밀하고 놀라운 해변으로 갔네.
아침노을이 마지막 별들과 싸우고
아직 꿈은 날고 있는데, 꿈에 사로잡힌
영혼은 알려지지 않은 신께 기도했네.

—솔로비요프, 「아침 안개 속에서」* 부분[6]

솔로비요프라는 이름은 블로크를 포함한 당시의 젊은이들에게는 일종의 신비로운 '은어'와 같았지만, 솔로비요프는 확실히 시인이 아니라 사상가였던 것 같다. 시적으로는 상식적인 수준을 벗어나지 못한 솔로비요프적 정신주의는 알렉산드르 블로크를 통해 시적 육체성을 얻는다.

젊은 블로크는, 마치 플라톤이 이데아의 '실재'를 믿었듯, 저 절대성의 세계가 스스로 제 모습(형상, 이미지, 구체성)을 드러내리라고 믿었던 것 같다. 그것은 거칠고 광대한 혼돈의 세계에 도래하게 될 여성-메시아이기도 했던바, 이를 통해 이상화된 성육신을 통한 구원의 드라마를 이루게 된다. 초기 블로크의 시편들 가운데 두 편을 옮겨 적는다.

나와 세계는—눈, 개울,
태양, 노래, 별, 새,

불명료한 생각의 행렬—
모든 것은 예속되어 있으니, 모든 것은—그대의 것!

우리에게 영원한 감금은 두렵지 않고
우리에게 벽이 좁다는 건 감지되지 않네,
그리고 경계에서 경계까지,
우리는 충분히 전율하고,
우리는 충분히 변화할 것이니!

세계의 숨겨진 의미를,
죽은 숫자들의 짝수와 홀수를,
사랑하고 증오할 것—
그리고 저 높은 곳에서—그대를 볼 것!

—「나와 세계는」* 전문[7]

나는 젊고, 신선하고, 사랑에 빠졌네,
나는 불안과 우울과 침묵 속에.
나는 푸르러지네, 은밀한 단풍나무,
변치 않고 그대를 향해 기울어진.
따뜻한 바람은 잎새들을 지나가고,
나뭇가지들은 기도로 흔들리네.
별들을 향한 얼굴에는,
향기로운 찬미의 눈물.
그대는 너른 차양 아래로 오시리,
이 창백한 햇빛의 날에
친근한 모습을 보기 위해

녹음 속에 꿈꾸기 위해.
그대는 혼자, 나와 함께 사랑에 빠졌네,
나는 은밀한 꿈을 중얼거리네.
그리고 밤늦게까지 우울과 더불어 그대와 더불어
나는 그대와 함께, 푸르러가는 단풍나무.

—「나는 젊고」* 전문[8]

앞서 말한 상징주의적 언어의 특성들은 그의 초기 시편에 고스란히 보존된다. 부정대명사(不定代名詞)의 빈번한 사용, 음악적 리듬을 통한 정서적 환기, 모호한 언어.

블로크의 시편들에서 이 모호한 언어들은 이상적 여성-메시아의 이미지에 바쳐진다. 그 여성-메시아의 시편들은 신비로운 연시의 언어들로 직조된다. 가장 보편적이면서 문학적 코드 안에서 '시적인 것'으로 승인된 어휘들이 이 사랑의 세계의 재료이다. 구체적 세계에서 좌충우돌하며 결국 지시적일 수밖에 없는 어휘들은 배제된다. 노을, 별, 태양, 저녁, 흰빛. 초기 블로크의 시에 자주 나타나는 이 암시적 어휘들은 그의 두 번째 시집 제목이기도 했던 '아름다운 여인'을 둘러싼 새로운 우주의 부분을 이룬다.

확실히, 블로크의 초기 시들은 몽상적 신비주의와 여성에 대한 관념적 이상화에 편향되어 있다고 말할 수 있다. 의미 층위로 제한하여 말한다면, 솔로비요프적 신비주의의 '코드'에 직접적으로 관련된 그의 초기 시들이 츄체프(F. Tsiutchev)나 레르몬토프(M. Lermontov)의 19세기 낭만주의 시들보다 뛰어나다고 말하기는 어려울 것 같다. 한국어 번역으로 온전히 재현할 수는 없지만, 블로크는 이 상징주의적 우주에 뛰어난 음악성의 옷을 입힌다.

a realibus ad realiora

그러나 블로크의 시편들을 상징주의의 코드로 온전히 환원시켜 이해할 수는 없다. 그는 솔로비요프와 같은 사상가가 아니며, 무엇보다도 뛰어난 시인이었다. 뛰어난 시인은 어떤 경우에도 하나의 코드에 '감금'되지 않는다. 서서히, 그의 시편들에는 정신적 보편성과 육체적 개별성의 갈등이 드러나기 시작한다. 개별화된, 분화된, 구체적인, 통합되지 않는, 저 무한한 혼돈의 사물성과, 그 사물성을 떠나 서서히 기화하려는 추상적이며 보편적인 언어. 그 둘의 팽팽한 긴장.

솔로비요프의 시가 언어의 옷을 입은 관념, 혹은 아름다움을 매개로 한 신학에 불과하다면, 블로크의 시는 사물의 사물성을 언어로 불러들여 개별성과 보편성 사이의 우울한 갈등을 유발한다. 이 점이 중요하다. 블로크의 '그녀'는 다만 관념으로 미만한 상징이 아니라, 그 상징 형식을 벗어나 구체적이며 유일한 육체가 되기를 꿈꾸는 대상이었던 것이다.

블로크의 '그녀'는, 정말 표정이 있고 키와 몸무게를 지닌, 구체적 육체성을 지닌 대상이 된다. 또 블로크가 '태양'이나 '바람'이라고 쓸 때, 이 '태양'이나 '바람'은 그네들의 사물성을 상징적 의미 맥락에 온전히 반납해버리지 않는다. '태양'이나 '바람' 혹은 '나무'는 정말 현세적 시공간에서 구체적 정황을 통해 감각적으로 현시된다. 그는 보편화될 수 없는 감각적 개별성을 애초부터 잃을 수 없었던 것이다. 다음의 시에 나오는 '그대'는 이미 저 이상적인 상징의 이미지가 아니다.

> 저녁 무렵 고요한 태양은 사라졌고,
> 바람은 송풍관을 지나 연기를 운반했네.
> 내 밤의 취기 이후에는

문가의 기둥에 기대서는 것이 좋지.

많은 것이 지나갔으며,
많은 것이 또 지나갈 것이지만,
이 고요한 기쁨들로써
마음의 기쁨은 결코 끝나지 않으리.
그대가 오시리라는

그리고 고요한 저녁의 태양 아래에서
내 밤의 취기 이후에
이 낡은 소파에 앉으시리라는,
단순한 말을 하시리라는 기쁨은.

나는 그대의 섬세한 이름을
그대의 손과 어깨를
그리고 검은 스카프를 사랑하네.

—「저녁 무렵」* 전문[9]

이 시에서도 화자는 '그대'를 기다리지만, '그대'의 상징적 충일성은 이미 훼손된 후이다. 이 시의 '저녁'과 '태양'과 '바람'은 더 이상 탈실재적 분위기, 상징적이며 관념적인 몽상의 풍경을 이루지 않는다. 이제 '그대'는 나의 '취기' 이후에 오는 것이어서, 지극히 개인적이며 감각적인 몽상의 산물일 뿐이다. '그대'는 얇아서 유약한 이름을 지니고 있으며, '그대'는 손과 어깨와 검은 스카프의 육체성을 지니고 있다. '그대'는 이제 아이러니적 상징성만을 부여받는다. 그녀의 손과 어깨와 검은 스카프가 환기하는 것은 이상적인 여성의 이미지가 아니라, 어쩌면 '매춘부'일 수도 있는, 구체적이며 단 하나인 여자인 것이다.

이러한 자세는 궁극적으로 저 상징으로서의 세계에 균열을 초래한다. '실재(realia)'에 현신하리라던 '실재 너머(realiora)'의 이미지는 서서히 이 현실적 세계의 우울한 개별성과 고독 앞에서 힘을 잃는다. 이 물리적 세계에 현현할 '그 무엇'은 블로크의 생래적인 불안과 더불어 이미 일그러진 형태로 나타나는 것이다.

> 지상의 모든 것은 죽어가리—어머니도, 젊음도,
> 아내는 변할 것이며 친구는 떠날 것이니.
> 하지만 그대는 다른 즐거움을 배우라.
> 차갑고 먼 극지(極地)를 바라보며.
>
> —「지상의 모든 것은」* 부분[10]

> 밤, 거리, 가로등, 약국,
> 의미 없이 희미한 빛.
> 사반세기를 더 산다 해도
> 모든 것은 똑같으리. 출구는 없다.
>
> 죽고, 처음부터 다시 시작해도
> 모든 것은 전처럼 반복되리.
> 밤, 운하의 얼음 물결,
> 약국, 거리, 가로등.
>
> —「밤, 거리, 가로등, 약국」* 전문[11]

「지상의 모든 것은」에서 어머니와 젊음과 아내와 친구는 끝내 소멸의 운명을 지닌 현세의 풍경을 이룬다. 그네들은 초기 상징시의 '그녀'와는 다르게 온전히 실재하는 세계에 속해 있다. 현세의 인간과 사물들은 소멸의 운명 앞에 결국 무력하다. 그러므로 "차갑고 먼 극지"는 이미 개별화된 시인의 절망을 보여줄 수 있을 뿐이다. 이 언어들은 더 이상 솔로비요프적 종교성의 에너지를 수혈받지 못한 채 부유한다.

이제 블로크가 걷는 페테르부르크의 거리는 저 소멸의 운명을 끝없이 반복하는 물질성의 세계에서 벗어나지 못한다. 블로크가 "밤, 거리, 가로등, 약국"이라고 쓸 때, 이 어휘들은 정말 페테르부르크 거리에 실재하는 밤, 거리, 가로등, 약국이다. 그 물질성의 세계는 더 이상 또 다른 세계에 '상응'하는 수직적 은유의 일부가 아니다. 그것은 현세적 공간에 결박당한 저 환유적 인접성만으로 앙상하다.

그러므로 두 번째 시에서 밤, 거리, 가로등, 약국의 첫 행은 약국, 거리, 가로등의 마지막 행에 의해 맞닿아 하나의 폐쇄적 고리를 이루고, 이 원형의 폐쇄성은 현세적 무한 반복을 형식적 차원에서 구현한다. 현세는 반복을 운명으로 하는 것이어서, 처음은 언제나 다시 종말을 운명으로 삼는 것이며, 종말을 향해가는 현세의 드라마는 다시 시작을 지닐 수 있을 뿐이다. 폐쇄적 종말은 사라진다.

이 현세적 무한 반복에 대해 시인은 쉽사리 '의미'를 부여할 수 없다. 의미라는 것은 일정한 대상과 그 대상을 바라보는 인간의 제한된 시선을 전제로 해서만 가능한 것이다. 2행에서 "의미 없이 희미한 빛"이라고 쓸 때, 이 '빛'은 초기 상징주의의 관념적인 빛이 아니다. 그것은 가령 '거리를 달리는 가로등'(「낡고 낡은 꿈」*)의 이미지처럼 현실적 공간 안의 빛이며, 그러므로 희미하고 결국 꺼질 수밖에 없는 빛이다. 러시아어에서 '빛(svet)'은 '세상'이라는 의미도 함께 지니고 있는데, 이 세상의 '의미'는 저 언어적, 의미론적 무한 반복 속에서

서서히 소멸해간다. 어쩌면 이 영원회귀적인 원환(circle)의 세계가 지닌 비극성이야말로, 블로크의 시편들을 일관하는 요소일 것이다. 확실히 이 비극성은 현세적 사물성의 세계에 속해 있다. 실재성의 세계는 언제나 물리적으로 유한하며, 정신적으로 무의미하므로, 그것은 또 어쩔 수 없이 단일한 통일성을 이루지 못하는 구체적이며 분열적인 세계일 수밖에 없다.

그는 그 자신의 우울과 더불어, 형이상학이 아니라 현실과 실재의 이 왜소한 파편성에 몸을 담는다. 이것은 블로크에게는 일종의 미학적 선택이다. 그는 서정성의 자기 균열과 원형적(原形的) 세계의 몰락을 기꺼이 받아들인다. 이제 고요한 새벽이나 끝없이 푸르러 깊은 하늘의 이미지들은 사라진다. 그것은 거친 거리의 이미지들, 그러니까 눈보라와 바람, 절망, 그리고 사선과 하강의 이미지들로 채워진다.

> 지루한 소리와 소음 아래를,
> 도시의 허망 아래를,
> 쓸모없는 영혼의 나는 걷는다,
> 눈보라 속을, 어둠과 공허 속을.
>
> 나는 의식의 끈을 끊고
> 무엇을과 어떻게를 잊고……
> 주위에는—눈발, 궤도전차, 건물
> 그리고 앞에는—불빛들과 어둠.
>
> 어떤가, 만일 마법에 걸린 내가,
> 의식의 끈을 끊어버린 내가,

모욕받은 자로서 내가, 집으로 돌아간다면
그대는 나를 용서해줄는지?

먼 목표를 알고 있는 그대는,
길을 이끄는 등대인 그대는,
나의 눈보라를 용서해줄는지,
나의 헛소리를, 시를 그리고 어둠을 용서해줄는지?

혹은 아예 용서하지 않은 채,
밤의 진창이
고향에서 나를 데려가지 않도록
나의 종을 울려줄 수 있을는지?

—「지루한 소리와」* 전문[12]

혁명, 디오니소스적 자연력, 그리고 이상한 상징

그러나 실재 너머에서 실재로의 탈상징적 귀의는, 실재의 유일성, 혹은 실존적 개별성의 온전한 승리로 나타나지 않는다. 그는 이 실재의 운행을 주재하는 어떤 힘, 인간의 이성과 지식과 의지를 넘어서 존재하는 힘을 느끼고 있었던 것 같다. 이름을 붙인다면, 그것은 '자연력(stikhiia)'이다.

물리적 자연의 이면에서 혼돈과 개별성과 무의미를 관할하며 세계의 변화를 창출하는 힘. 그것은 아폴로적 질서와 이성이 아니라 디오니소스적 에너지에 임재하는 것이며, '문명'의 속성이 아니라 문명까지를 제 안에 수락하는 '자연'의 속성이다. 그리고 그것은 당연히 '인텔리겐치아'와 지성이 아니라 보편적 '민중'과 혁명의 속성이다.

니체적 디오니소스는 개별성과 이성적 분별을 넘어선 세계의 이름이다. 『비극의 탄생』에서 저 니체적 고유명사로서의 '비극'은, 개별화된 개인적 몰아(沒我)가 아니라 개별성을 넘어선 우주적 운행과의 일치를 통해서만 탄생한다. 역설적으로 그것은 '비관'이나 '비극'이 아니라, 개별자로서의 폐쇄성에 대한 완강한 거부이자 궁극적 낙관과 희열의 드라마이다. 니체의 차라투스트라는 이 '비극적 희열'의 궁극에서 태어난다. 블로크가 감지했던 세계의 힘, 러시아의 힘, 자연의 힘은 이 디오니소스적 에너지의 발현이자 운동에 가까웠던 것 같다.

하지만 확실히 블로크와 낙관주의는 그리 어울리지 않는다. '자연력'에 대한 그의 태도는 단선적이지 않아서, 자연의 카오스적 힘은 그에게 근원적 희망이면서 동시에 회의와 공포의 대상이었다. 블로크의 시편들은 니체적 차라투스트라와 같은 대안적 인간의 가능성 같은 것은 염두에 두지 않는다. 그에게 세계는 무인칭의 힘으로 가득하다. 세계와 자연은 개별성과 인간의 이성을 넘어서 존재하는 통합적인 힘, 긍정과 부정의 가치 판단을 초월하여 존재하는 모종의 '흐름'에 의해 규율된다.

그리고, 블로크에게는 바로 그것이 저 러시아의 혁명을 불러온 것이다. 세기말과 세기 초의 러시아에 미만했던 예언들, 그러니까 '새로운 세계'의 도래에 대한 상징주의적 '예감'은 정말로 지상에 구현된다. 그러나 우리가 알다시피, 아이러니하게도, 그 '새로운 세계'는 종교적 정신성이 아니라 현실적인 유물론적 사회주의에 기초해 있었다.

알렉산드르 블로크는 1917년 혁명 이후 3년을 더 살았다. 그에게 혁명은 마르크스적 '토대', 혹은 경제적 하부구조의 운동이 아니었다. 그것은 자연의 힘이었으며 거스를 수 없는 운명 같은 것이었다. 이 운명은 한 개인이나 사상의 차원을 넘어서 있었다. 블로크는 마야콥스키와 달리 마르크스에 대해 무관심했다. 그에게 혁명은 마르크스의 이데올로기가 아니라 거대한 러시아적 '자연력'의 흐름이었던 것이다.

검은 저녁.
흰 눈.
바람, 바람!
인간은 제대로 서지 못한다.
바람, 바람!
모든 신성한 세상에!

—「열둘」의 첫 연[13]

검은빛과 흰빛의 장엄한 콘트라스트로 시작된 서사시 「열둘」(Dvenadtsat', 1918)은 혁명 러시아에 바치는 블로크의 헌시라 할 만하다. 시 전반에 걸쳐 반복되는 검은빛과 흰빛의 지속적인 대비는 그 자체로 힘과 힘의 만남, 그리고 역동적인 세계의 운행을 재현한다. 바람은 혁명의 거리에 나부끼는 인간과 인간의 말을 휩쓸어간다. 블로크의 시에서 혁명은 인간의 운동이 아니라 인간을 지배하는 우주적 힘의 산물인 것이다. 인간은 끝내 '제대로' 서지 못한다.

헌시는 헌시이되, 이 시는 위에 적은 구절이 보여주는 송가풍의 고급 문체만으로 이루어지지 않는다. 송가풍의 어조에 러시아 민요의 구어와 혁명의 거리에 난무하던 플래카드와 또 뒷골목의 속어들이 개입한다. 그 사이사이에서 총소리가 들린다. 일차적으로, 「열둘」은 혁명기 러시아의 언어적 박물지이다.

바람은 분다, 눈발은 흩날린다.
열두 사람이 걷고 있다.

검은 멜빵의 총,
주위엔—불꽃, 불꽃, 불꽃……

이빨엔—궐련, 모자챙을 구기며,
등에는 다이아몬드의 표식을 붙이는 게 좋겠지!

자유, 자유,
아, 아, 십자가도 없이!

탕-탕-탕!

춥다, 동지들, 춥다!

(……)

아, 아!
좀 즐기는 것도 죄는 아니지!

층마다 문을 잠그시오!
이제 약탈이 시작될 것이오!

(……)

그런데 카챠는 어디에? — 죽었네, 죽어버렸네!
머리를 맞았네!
어때, 카챠, 이제 기쁜가? — 아무 말도 없구나.
너는 누우라, 짐승의 시체처럼, 눈 위에 누우라!

혁명의 보조를 유지하라!
지칠 줄 모르는 적은 잠들지 않는다!

(……)

너 부르주아여, 참새처럼 날아가라!
너의 피를 마시리라
연인을 위해
검은 눈썹의 그녀를 위해……

신이여, 그대 하녀의 영혼을 편히 쉬게 하소서……

권태롭구나![14]

'열둘'은 시의 드라마 안에 등장하는 12인의 적위군을 지칭한다. 그들이 하필 열둘인 것은 예수 그리스도의 열두 사도와 병치시키기 위한 것이다. 피와 죽음과 거친 눈보라를 넘어 열두 명의 적위군들이 도시를 전진하는 풍경. 그들은 입에는 궐련을 물고 손에는 총을 들었으며 등에는 다이아몬드 표식을 붙이고 있다. 이 다이아몬드 문양은 죄수의 표식인 것이어서, 12인의 적위군들은 제정 러시아 시대의 농민이자 노동자이면서 동시에 뒷골목의 범법자들이다. 그네들의 '자유'는 '십자가'가 없는 자유이며, 그 자유 안에서, 열두 명의 적위군들은 '굶주린 개'와 같은 부르주아와 사제의 죽음을 넘어 전진한다.

그들의 총탄은 그러나, 부르주아와 사제뿐만 아니라 그들의 연인이었던 '매춘부' 카챠의 생명까지도 빼앗는다. 카챠는 저 소용돌이의 와중에서 적위군의 총탄에 맞아 죽는다. 카챠의 죽음은 적위군들의 의도에 의한 것이 아니었다. 그러나 혁명은 검은빛과 흰빛의 거대한 대비 안에서 격렬한 눈보라처럼 수많은 죽음을 분별하지 않고 휩쓸어간다. 그리고 그 눈보라의 '전진'은 멈추어지지 않는다.

그 눈보라와 더불어 「열둘」은, 문체, 장르, 의미의 차원에서 이른바 '다음향적인 혼돈'을 재현한다. 여기에는 송가와 속요와 구호와 드라마가 혼재되어 있다. 여기에는 강고한 혁명가의 목소리와 제 질투에 의해 애인을 살해한 시정잡배의 목소리와 무구한 '매춘부'의 목소리와 바람의 목소리가 섞여 있다. 어디까지가 시인의 목소리이며 어디까지가 타자의 목소리인지를 확정하는 것은 불가능하다. 문체적 이질성은 끝내 세계의 유일한 '본질'이라고 해야 할 궁극의 이질성까지 가닿는다. 그런데 이 다음향성의 혼돈이 재현하는 혁명기 드라마의 마지막 부분에 위태롭게 매달려 있는 상징이 있다.

　　그렇게 강력한 걸음으로 그들은 간다—
　　뒤쪽엔—굶주린 개,
앞쪽엔—피에 젖은 깃발,
　　눈보라에 가려 보이지 않으며,
　　총알에도 다치지 않으며,
눈보라 속 부드러운 걸음으로,
진주같이 흩날리는 눈발처럼,

흰 장미 화관을 쓴—

앞쪽엔—예수 그리스도.[15]

2행에 나오는 "굶주린 개"는 부르주아, 사제, 정치가 등 제정 러시아의 지배 계급을 지칭한다. 그들은 공간적으로 적위군들의 "뒤쪽"에 있는데, 이 공간성은 물론 역사적, 시대적 함의를 담고 있다. "앞쪽"에서 열두 명의 적위군들을 이끄는 것은 "피에 젖은 깃발", 그러니까 제정 로마노프 왕조의 종말을 알리는 혁명의 깃발이다.

그런데, 서사시 「열둘」 전체를 통틀어 가장 기이한, 아직도 일종의 의미론적 미스터리로 남아 있는 이미지가 그 깃발과 더불어 있다. 그것은 예수 그리스도이다. 적위군들이 예수의 열두 사도로 제시되었으므로, 이 예수 그리스도의 이미지는 러시아의 '구원'을 알리는 메시아의 이미지이며, 따라서 볼셰비키 혁명은 신성한 종교적 구원의 차원으로 승화된다고 말할 수 있다.

하지만 저 마지막 행의 예수 그리스도는 그렇게 단순하게 설명되지 않는다. 먼저 예수 그리스도는 "눈보라에 가려 보이지 않"는다. 그것은 예수 그리스도의 이미지가 시적 판타지이기 때문만은 아니다. 적위군들은 그가 예수임을 알아내지 못할 뿐만 아니라, 그에게 경고한 후 끝내 총을 발사하기까지 한다. 적위군들의 "총알에도 다치지 않"는 예수 그리스도는, "강력한 걸음"으로 보조를 맞추어 진군하는 적위군들의 공격적 세계와 반대로, 지극히 유현한 이미지로 그려진다. 그의 걸음은 부드럽다. 미친 듯이 흩날리던 역사의 눈보라는 이제 빛나는 "진주"에 비유된다. 이 화사한 이미지는 "흰 장미 화관"에서 절정에 달하는데, 이 장미 화관은 전통적인 기독교의 상징이 아니다. 그것은 예수 그리스도를 기독교적 맥락에서 일탈시켜 고유하고 개인적인 상징으로 만들면서, 종교적 구원과 메시아적 이미지를 스스로 희석시킨다.

우리는 이 기나긴 헌시를 레닌과 적위군에 대한 찬사로 읽어야 하는지, 혹은 저주로 읽어야 하는지 쉽게 확정할 수 없다. 그것은 아마 블로크 스스로도 마찬가지였을 것이다. 소비에트 시대에는 위대한 혁명 찬가로 설명되었던 이 시는, 소비에트의 몰락 이후 혁명에 대한 불안과 저주의 서사시로 돌변한다. 첨예하게 대립하는 이 두 해석의 공통점은, 미학적이라기보다는 정치적인 독해라는 점이다.

정치와 미학은 불가분의 관계이며, 모든 미학은 끝내 정치적일 것이지만, 정치적 판단이 미학적 독해를 지배하고 대체할 수는 없다. 정치를 미학에 '직수입'하는 순간, 미학은 그 정치학을 추문화하는데 바쳐진다. 블로크는 혁명에 대한 찬가이거나 저주라는 정치적 '선언'을 위해서 「열둘」을 쓴 것이 아니다. 그래서 마야콥스키는 블로크에 대해 다음과 같은 음울한 제사를 남겼다.

혁명 초기에 나는 동궁 앞의 모닥불 곁에서 몸을 녹이고 있던, 병사 차림의 홀쭉하고 등이 굽은 사람과 마주쳤다. 그가 내 이름을 불렀다. 그는 블로크였다. 우리는 함께 아동실 입구까지 걸어갔다. 〈마음에 듭니까?〉라고 내가 묻자 그는 대답했다: 〈좋소.〉 그런 다음에 그는 덧붙였다: 〈시골 영지에 있는 내 서가를 불태웠다고 하오.〉 바로 이 〈좋소〉와 〈서가를 불태웠다〉는 표현은 혁명을 느끼는 두 가지 감각, 그의 시 「열둘」에서 환상적으로 결합된 두 가지 감각이었다. 어떤 이들은 이 시에서 혁명에 대한 풍자를 보았고 다른 이들은 찬미를 보았다. 백군은 〈좋소〉를 잊은 채 그 시에 열중했고 적군은 〈서가를 불태웠다〉는 저주를 잊은 채 그 시에 열중했다. 상징주의자는 그 두 감각 중 어떤 쪽이 더 강한지를 규명해야만 했다. 〈좋소〉를 찬양해야 하는가 아니면 화재를 애통해해야 하는가—블로크는 선택할 수 없었다. 나는 금년 5월에 모스크바에서 그가 낭송하는 시를 들었다. 그는 공동묘지처럼 조용하고 썰렁한 홀에서 작은 목소리로 구슬프게 집시의 노래와 사랑과 아름다운 여인에 관한 자신의 옛 시들을 낭송했다. 나아갈 길은 더 없었다. 길 저쪽에는 죽음만이 있었다. 그리고 죽음이 왔다.[16]

그에게는 더 나아갈 길이 없었다. 아마도 블로크는 길을 '선택할 수 없었'던 것이 아니라, 다만 선택의 문제 너머, 혹은 바깥에 길이 있다고 느꼈을 것이다. 블로크의 혁명기 시편들은 혁명에 대한 의식적인 찬가나 의식적인 거부가 아닐 뿐만 아니라, 그에 대한 판단 정지나 가치의 유보도 아니다. 그것은 물론 현실 도피나 외면일 수도 없다.

궁극적으로 그것은 '모순된 현상의 동시적 지각'이다. 모순의 공존, 모순의 충일. 그것이 시적 모순 어법을 통해서만 지각할 수 있는 세계의 본성이다. 블로크의 시적인 '몸'은 이 모순 어법의 혼돈을 하나의 언어적 세계로 구현해냈던 것이다. 그러니까 블로크의 시편들은 대상을 가장 민감하게 지각할 뿐, 그 몸의 반응을 확정적 가치나 미리 정해진 가치에 가두지 않는다. 블로크의 시가 재현하는 몸의 감각이야말로, 가치와 입장의 선택을 전제로 하는 이성적 시학들과 변별되는 지점이다. 그리고 그 몸의 감각을 떠받치고 있는 힘은 바로 '음악'이다. 그의 음악은 단선율이 아니라 불협화음을 포함한 복선율의 무한한 교차이며, 바로 이 '음악'만이 실재성의 세계에 대한 블로크의 유일한 '입장'이었던 것이다. 궁극적으로 블로크의 '음악'은 세계의 구체성과 실재성을 '기화'시키는 상징주의적 언어에 굴복하지 않는다.

우울한 집시의 음악

결국 음악은 그의 무기였다. 혹은, 음악만이, 그의 무기였다. 그것은 더 이상 언어적 반복에 의해 얻어지는 기술적 리듬을 뜻하지 않는다. 상징주의 시기에 그의 음악은 현실과 실재와 구체적 시니피에를 삭제하거나 초월하기 위한 도구였으나, 후기에 그것은 현실과 실재를 지배하는 세계의 에너지, 그 거대한 힘의 리듬이 된다. 이제 음악은 보이는 것을 빌려 보이지 않는 힘을 표현하기 위해서가 아니라, 눈앞에 펼쳐지는 현실과 실재 자체에 내재한 리듬을 표현하기 위해 도입된다. 이 리듬은 개별성과 개별성을 잇닿아 보편적 운동의 일부를 이루지만, 이 보편적 운동 안에서 개별성과 개별성은 더 이상 삭제되지 않는다. 그것은 보편성과 관념의 블랙홀로 빨려들이가 구체성과 생명력을 상실하지 않는다.

그의 시적 편력은 그 자체로서 '집시의 로망스'이자, 역사의 운행을 주재하는 내적 힘의 현현을 다루는 기나긴 드라마라고 말할 수 있다. 물론 이 드라마의 주인공은 블로크 자신이다. 그는 자신의 몸을 통과하는 세계의 리듬을 언어로 구현하고자 했다. 그 언어는 끝내 일인칭이었으며, 그런 의미에서 그는 서정시인의 원형을 간직하고 있다. 그가 「발라간칙」(Balaganchik)과 같은 드라마를 썼을 때조차, 그것은 서정적인 집시적 영혼의 부산물이었던 것이다. 그는 1921년 8월 7일, 마흔둘의 나이로 죽었다.

강철로 만든 책

마야콥스키와 미래주의

사회주의 정치학과 아방가르드 미학

블라디미르 마야콥스키(Vladimir Maiakovskii, 1893-1930)는 강력하고, 단호하며, 가차 없다. 그는 회의하거나 몽상하지 않는다. 불안과 우수와 나른한 동경에 찌든 부르주아 몽상가들의 시야말로, 그에게는 조소와 냉소의 제물이다.

> 나는 믿지 않지, 꽃 만발한 휴양지 니스는 없다!
> 병원처럼 앓아누운 남자들과
> 속담처럼 닳아빠진 여자들에게
> 나는 다시 찬미의 송가를 바치노라.
>
> —『바지 입은 구름』 부분[1]

"병원처럼 앓아누운 남자들과/속담처럼 닳아빠진 여자들"은 곧 전(前)시대 미학의 나약함으로 이해될 수 있다. 저 "찬미의 송가"가

냉소와 아이러니로 채워지는 것은 당연하다.

마야콥스키는 고뇌하되 우울의 의상을 걸치지 않으며, 고독하되 결코 내면에 유폐되지 않는다. 사소한 관찰과 일상적 깨달음 역시 그의 안중에는 없다. 그는 일상과 삶의 세목들을 관찰하고 변주하는 데 골몰하지 않는다. 대신 그것들을 가장 밑바닥부터 뒤집어버린다.

근원과 경계의 파괴. 제정 러시아의 역사와 서유럽의 정신사가 이루어온 당대적 삶의 돌파. 혹은 견고하고 완강한 역사적 삶의 형식에 대한 해체. 그것이 전위 마야콥스키의 시이며 미학이다. 그리고 그 시와 미학의 진원지에는 사회주의 혁명의 정치학이 있다.

> 만일 내가
> "아!(A!)"라고
> 말한다면—
> 그 "아"는
> 진군(Ataka)하는 인류를 향한 나팔.
> 만일 내가
> "베!(B!)"라고 말한다면—
> 그것은 인류의 투쟁에 던지는 새로운 폭탄(Bomba).
>
> —「제5차 인터내셔널」 부분[2]

'A'를 'Ataka(Attack)'로, 'B'를 'Bomba(Bomb)'로 변주하면서, 미래파적 언어유희는 정치적 프로파간다와 자연스럽게 결합한다. 마야콥스키 특유의 강력한 자아가 이 행복한 동거를 가능하게 만든다. "들으라! / 질주하고 노호하며 / 비명(悲鳴)의 입술을 지닌 오늘의 차라투스트라가 / 설교하노라!"(『바지 입은 구름』)라고 포효하던 이 니체적 인간의 목소리는, 이제 혁명의 나팔과 폭탄이라는 정치적 선동의 목소리와 결합한다.

혁명의 '나팔'과 '폭탄'을 자처하는 이 의지는 시적 포즈가 아니다. 그는 혁명을 위한 '나팔'과 '폭탄'을, 그러니까 격문과 포스터 등 혁명적 아지프로의 모든 소도구들을 스스로 '생산'했다. 혁명의 열기가 남아 있던 1920년, 러시아통신국(ROSTA)에서 일하면서 그가 만들어낸 것은 3천여 편의 포스터와 6천여 개의 구호였다. 하루 평균 5개의 포스터와 10여 개의 구호를 작성하면서 그는 '노동자-시인'으로서 뜨거웠다. 그 가운데는 부르주아를 풍자하는 만화나 적위군의 진군을 위한 슬로건뿐만 아니라, 발진티푸스 박멸을 위한 포스터가 있었고 심지어는 찻잔 디자인까지 있었다. 당연하게도 그는 이 '생산품'들을 '예술품'보다 열등한 것으로 생각하지 않았다. 삶과 예술의 경계 파괴, 혹은 삶의 미학화와 미학의 현실화라는 아방가르드의 구호는 이렇게 실현된다. 물론 이 작업들의 '미학적 성패' 따위와는 무관하게.

상징주의 시대의 시적 엘리티시즘, '영매'와 '견자'로서의 시인론은 폐기처분되고, 그는 스스로 한 장시의 제목으로 삼았듯 정말 '1억 5천만' 노동자들 가운데 하나가 되고자 한다. 아방가르드는 결코 미학이라는 이름을 빌린 밀폐된 언어 실험실을 지칭하지 않는다. 마야콥스키에게 아방가르드는 삶의 전위이며 그러므로 미학의 전위이며 끝내 정치적 전위이다. 삶의 혁신과 전위 미학과 정치적 혁명은 마야콥스키라는 한 몸의 다른 부면을 이루는 것이다.

마야콥스키는 제정 러시아 말기의 뛰어난 모더니스트이지만, 혁명 이후에는 소비에트 최고의 시인으로 추앙받는다. 그는 사회주의 리얼리즘 미학과 모더니즘 미학 양측으로부터 유일하게 일관된 지지와 찬사를 받았던 시인이며, 권총 자살 이후 소비에트 시스템의 성립과 몰락을 통과하면서도 유일하게 그 의의가 훼손되지 않았던 시인이기도 했다.

여기까지가 블라디미르 마야콥스키의 시와 미학에 대한 대체적인 개요이다. 이 글은 이 개요의 세목과 그 이면을 살피기 위해 씌어진다. 어떤 부분은 위에 적은 내용의 보완이고, 어떤 부분은 이 일반적인 인식을 의도적으로 위배하게 된다. 개인적인 사족을 달자면, 이 글은 마야콥스키라는 아이콘에 대한 오래된 시적 열등감과 애증의 고백이기도 하다.

미래파, 혹은 '모던 보이'의 시대

알렉산드르 블로크의 화려하면서도 우울한 눈빛은 상징주의 시대를 대표하는 이미지이다. 상징주의자들은 지시적 리얼리즘으로 앙상하던 19세기 중후반의 러시아 시사를 풍요롭게 만들면서 시 장르의 부활을 이끌었다. 그러나 상징주의 시대를 규정하는 신비주의적 형이상학과 음악의 언어는 1910년 안팎을 통과하면서 서서히 쇠락의 기미를 보인다. 당연한 말이지만, 시적 화음은 결국 진짜 음악을 따라갈 수 없었으며, 종교적 메시아니즘은 솔로비요프의 죽음과 더불어 깊이를 잃고 몰락한다.

무엇보다도 그들의 '과도한 메타포'와 상징으로 포화된 언어, 그리고 부드럽고 유약한 리듬은 혁명의 기운이 번져가던 당대 현실의 에너지를 감당해낼 수 없었다. 브류소프(V. Briusov)가 한 에세이에서 '비밀의 열쇠(kliuchi tain)'라고 불렀던 상징주의의 언어는 이제 패러디와 조롱의 대상이 되고, 알렉산드르 블로크의 언어들은 이미 그 생래의 불안과 더불어 안온한 상징적 완결성의 세계를 떠났다.

상징주의적 이데아의 태양이 황혼에 이르렀을 때, 한편으로는 미래주의가 등장하고 있었으며, 좀 더 온건한 시인들은 아크메이즘

(akmeizm)이라는 미학적 진영을 구축하고 있었다. 미래주의자들과 아크메이스트들은 공히 상징주의를 부정하면서 모더니즘 미학의 새로운 부면을 이루게 된다. 특히 미래주의의 열혈 반항아들은 상징주의 미학의 고고한 세계를 혐오하고 조롱하면서 러시아 아방가르드의 탄생을 알린다. 그것은 20세기 초의 전위들이 그러했듯 야심만만하고 도전적인 것이었다.

이 전위들이 기치로 내걸었던 것은 '미래주의, 무신론, 국제주의'였다. 그것은 각각 반(反)상징주의, 반교회, 반슬라브주의에 상응하는 정치적 슬로건이었다. 낭만주의에서 리얼리즘 그리고 상징주의 시대에 이르기까지, 러시아 문화의 정신적 궤적은 이른바 '러시아적 영혼(Russian soul)'을 중심으로 선회하고 있었다. 중세의 '모스크바 제3로마설'에서 19세기 슬라브주의를 거쳐 상징주의 시대에 이르는 러시아 정신사에서 '러시아'라는 이름은 신성하고 절대적인 사유의 근거지였다. 19세기에 니콜라이 고골이 『죽은 혼』을 썼을 때, 이 기나긴 소설은 곧 러시아의 '죽은 혼'이 '부활'하기를 촉구하는 장대한 호소문이었다. 또 도스토옙스키의 주인공 라스콜리니코프가 경찰서를 나와 지상에 입을 맞추었을 때, 그 이면에 전제되어 있던 것 역시 러시아와 러시아의 정교 정신에 대한 지순한 믿음이었던 것이다.

사실 이 슬라브주의의 지적 전통은 다분히 국수주의적 함정에 빠질 위험을 내장하고 있었다. '러시아'라는 지정학적 명칭을 구원의 메타포로 승격시킨 슬라브인들의 이데올로기는 중세 이후 고착된 메시아니즘의 산물이다. 모든 민족들의 모든 신념 체계가 그러하듯이, 러시아인들의 신화는 러시아 바깥에 대해 대체로 배타적이었다. 그것은 유럽에 대한 오래된 문화적 열등감을 질료로 삼아 더욱 완고한 방벽을 구축한다.

그러나 미래주의자들은 달랐다. 그들은 적어도 표면적으로는 코스모폴리탄들이었으며, 어쩔 수 없이 과거 지향적이었던 슬라브주의적 정신 안에 감금되기를 원치 않았다. 이제 이 '미래인(budetlianin)'들은 슬라브적 영혼의 핵심을 이루는 신성에 기대 구원을 희구하지 않았다. 절대적 과거 대신 열린 미래를, 신성 대신 인간을, 러시아 대신 세계를. 이것이 그들의 구호였다.

그러므로 그네들이 모든 '전통'을 부정하고 파괴하는 '전위'를 자처한 것은 지극히 자연스러운 일이다. 다음은 부르류크(D. Burliuk)가 작성하고 마야콥스키, 흘레브니코프(V. Khlebnikov) 등이 서명한 미래주의 선언문의 부분이다.

> 오로지 우리만이 우리 시대의 얼굴이다. 시대의 뿔피리가 우리의 언어예술에서 울려 퍼진다.
> 과거는 답답한 것. 아카데미와 푸시킨은 상형문자보다 이해하기 어렵다. 푸시킨, 도스토옙스키, 톨스토이 따위는 현대라는 이름의 증기선에서 던져버려라.
> 첫사랑을 잊지 못하는 자는 최후의 사랑을 알지 못하리라.
> 어느 순진한 바보가 발몬트[같은 상징주의자]의 향기로운 방탕을 제 최후의 사랑으로 삼겠는가? 거기에 우리 시대의 남성적 영혼이 그림자라도 드리우고 있던가? (……) 우리는 도시의 마천루 위에서 그들의 보잘것없음을 관조한다.
>
> 우리는 다음과 같은 시인의 권리를 외경할 것을 명령한다.
> 1. 자의적이며 생산적인 어휘에 의한 사전 용량의 확대(새로운 말).
> 2. 지금까지 존재했던 언어에 대한 참을 수 없는 적의.
> 3. 당신들이 증기탕 회초리로 만든 싸구려 영광의 월계관을 혐오하며 그 오만한 이마에서 벗겨낼 권리.

4. 휘파람과 증오의 바다 가운데 '우리'라는 단어의 돌덩이 위에 서 있을 권리.

그리고 만일 우리의 시 속에 당신들의 '상식'이나 '좋은 취향'의 더러운 흔적이 남아 있다면, 저 자기충족적인(독자적인) 언어와 새로운 미래의 아름다움이라는 번갯불이 번쩍일 것이다.[3]

1912년에 작성된 이 마니페스토의 제목은 「일반적 취향에 가하는 따귀」이다. 이 호전적인 제목 안에 이미 '미래주의적' 야심이 포함되어 있다. 그것은 대중의 취향, '고상한' 교양, 그리고 나아가 전시대 문학사의 모든 관례들을 신랄하게 조롱하고 혐오하고자 한다.

푸시킨에서 톨스토이에 이르는 러시아의 거장들은 '일반적 취향'과 관례화된 '고전'의 일부가 되어 '현대라는 이름의 증기선'에서 추방된다. 마야콥스키가 '책'과 '고전', 그리고 시의 장르 관습을 부정하고 경멸했던 것 역시 같은 맥락이다.

나를 찬미하라!
나는 비할 데 없이 위대하다.
나는 창조된 모든 것 위에
'허무'의 낙인을 찍는다.

그 어떤 것도, 결코,
나는 읽고 싶지 않다.
책?
책이라니!
예전에 나는 책이라는 것이
이렇게 쓰인다고 생각했다:

시인이란 자가 나타나
가볍게 입을 여는데
영감에 찬 이 얼치기가 곧바로 부르는 노래—
천만에!
사실은 이러하다—
노래를 시작하기 전에
발꿈치에 물집이 잡힐 만큼 오래 서성이고
심장의 진흙탕에서는 조용히
상상력이라는 이름의 어리석은 물고기가 버둥거린다.
압운 따위를 맞추느라 삐걱거리면서
사랑과 꾀꼬리로 만든 수프나 끓이고 있다.
거리는 혀가 없어 외치지도 못하고 대화도 못한 채
경련을 일으키고.

— 『바지 입은 구름』 부분[4]

인용한 부분의 첫 연은 마야콥스키 특유의 과장된 부정 의지를 보여준다. 그것은 열광적 제스처이자, 불가피한 '마야콥스키적' 파토스이다. 그의 시에 빈번히 등장하는 '모든' '결코' 등등의 어휘들, 그리고 부정과 냉소의 극단성을 비판하는 것은 쉬운 일이다. 한때 막심 고리키는 마야콥스키를 '고장 난 전신주'에 비유하면서 애정 어린 우려를 표한 적이 있다. 하지만 이러한 과장과 극단성이 아니라면, 열혈 마야콥스키는 존재하지 않는다. 그것들은 이 생래적 반항아를 내면적으로 지탱하는 힘 자체이기 때문이다. 보수적인 겸양과 예의로는 새로운 에너지를 표현할 수 없다. 위 인용문의 뒷부분에 나오는 '심장'이나 '상상력' '압운' '사랑' '꾀꼬리' 등의 어휘들은 낭만주의 이후 성립된 근대 서정시의 관습들을 지시한다. 이 완고한 어휘들은 마야콥스키의 화려하고 강력한 냉소 속에서 지극히 사소하고 초라해진다.

물론 '관례'와 '전통'에 대한 조롱과 혐오만으로 모든 것을 이룰 수 있다고 생각할 만큼 미래주의자들이 어리석었던 것은 아니다. 앞서 인용한 선언문에는 미래파 '모던 보이'들의 비전이 제시되어 있다. "우리는 오로지 우리 시대의 얼굴이다"라는 첫 문장은 그들의 '당대성'과 '현대성'을 명시한다. 당대와 현대를 떠난 보편적 세계, 그 형이상학적 정신성은 그들의 관심사가 아니었다. 그러므로 그들이 타고 있는 "현대라는 이름의 증기선"은 근대적 세계에 대한 적극적인 지향을 간결하게 요약하는 것이다.

그네들의 판단에 따르면, 이 모더니티의 세계는 소위 "여성적" 세계와 거리가 먼 것이었다. 상징주의자들의 부드러운 리듬과 여성-메시아에 대한 희구는 도시와 기계와 비행기의 역동적인 근대적 운동을 담아낼 수 없었다. 그들은 본능적으로 "남성적" 파워와 호기로움에 이끌리고 있었다. 「일반적 취향에 가하는 따귀」를 작성하던 그 시절, 4인의 미래파 멤버들은 갓 열아홉이거나 스무 살이었다. 그네들은 노란 재킷을 입고 몰려다니며 거리 공연을 해대고, 부르주아적 취향을 비웃는 것이라면 어떤 종류의 퍼포먼스라도 해치울 듯한 '앙팡 테리블'들이었다.

마리네티 vs. 마야콥스키

미래주의(futurism)라는 이름은 물론 러시아에서 유래된 것이 아니다. 그것은 노동운동과 더불어 파시즘이 성숙해가던 이탈리아에서 시작된다. 1916년 2월 다다이즘의 '해프닝 예술'이 시작되기 이전, 1917년 마르셀 뒤샹이 '인디펜던트' 전에 남성용 변기를 전시함으로써 '레디메이드 아트'가 나타나기 이전, 1920년대 앙드레 브르통의 좌파적 초현실주의 선언들이 쓰이기 이전, 유럽의 아방가르드 미학은 1909년 이탈리아의 필리포 마리네티(F. Marinetti)가 작성한 미래주의 선언으로 거슬러 올라간다.

'과거는 실재하지 않는다'라는 명제로부터 출발한 이탈리아 미래주의는 '실재하지 않는 과거', 그러니까 중세, 르네상스, 그리고 그로부터 발원한 모든 고전들을 버리고 현재진행형의 근대적 세계에 시선을 돌린다. 르네상스의 고전들로 질식할 듯하던 이탈리아의 '전통'은 이제 근대적 대도시의 '속도'와 강력한 다이너미즘에 자리를 내준다. 미래파 운동은 시와 회화, 그리고 음악을 포괄하며 확대되고, 움베르토 보치오니와 지아코모 발라 등 뛰어난 화가들이 이 운동에 등재된다. 〈도시가 건설되다〉 〈자동차의 역동성〉 〈미래 도시〉 〈역동적 속력〉 등이 그네들의 작품 제목이다.

이 제목들이 시사하는 것처럼, 미래주의 회화의 다이너미즘은 바로크적 역동성과는 질적으로 다른 풍경을 연출한다. 화면의 구도는 언제나 사선이거나 비대칭이며, 선은 그어지는 과정 자체가 거칠다는 것을 보여주기 위해 존재하며, 화려한 화면은 결코 모노톤을 채용하지 않는다. 인상파에서 시작된 구상성의 파괴는 미래주의 회화에 이르러, 대상이 아니라 대상의 '운동'만을 묘사하는 다이너미즘으로 확대된다. 그것은 세기 초 등장하던 비구상 회화의 거대한 흐름 가운데 하나의 시원을 이룬다.

그러나 러시아 미래주의와 이탈리아 미래주의의 관계는 화해롭지 못했다. 니체적 '위버멘쉬(초인)'를 마음대로 해석한 마리네티는 이미 호전적 정치학에 기울어지고 있었으며, 자연스럽게 그의 근대 지향은 파시즘과 연결되었다. 1919년, 결국 무솔리니의 극우 파시즘에 가담하게 되는 마리네티는 1910년대 초에 이미 '예술가여 권력을 잡으라!'라는 구호를 남발하고 있었다. 다음은 마리네티의 에세이 가운데 일부이다.

> 우리는 세계에서 유일하게 활력을 주는 전쟁, 군국주의, 애국심, 무정부주의자의 파괴적 힘, 살상이라는 아름다운 이상, 여성에 대한 경멸을 찬양한다.
>
> —마리네티, 「파시즘과 애국주의에 대하여」 부분

이것은 마초적 세계관이다. 이 문장 속의 전쟁, 군국주의, 애국심, 무정부주의, 여성에 대한 경멸은 은유이거나 선동을 위한 의도적 과장이 아니다. 그것은 마리네티의 미래주의가 파시즘 특유의 미학적 맥락에 편입되었음을 보여준다. 전쟁의 살육전 한가운데서 바그너의 심포니를 떠올리는 파시즘 미학이야말로, 마리네티적 미래주의의 본모습이었는지도 모른다.

마야콥스키가 고전을 부정했을 때, 부르주아적 관례를 조롱했을 때, 과거의 모든 '책'에 경멸을 퍼부었을 때, 그것은 마리네티의 마초성과는 종류가 다른 것이었다. 이탈리아와 러시아에서 미래주의는 이렇게 상반된 노선을 선택한다. 마리네티의 미래주의가 전위 미학에서 끝내 극우 파시즘으로 변질되었다면, 마야콥스키의 아방가르드는 좌파 정치학과 연결되었던 것이다.

실제로 러시아 방문 중의 한 강연회에서, 마리네티는 열혈 마야콥스키의 적의 어린 야유를 받아야 했다. 그때 프랑스어로 말하라는 마리네티의 오만에 대해, 마야콥스키는 러시아 미래파에 씌운 입마개를 걷어치우라며 자리를 박차고 나갔다고 한다.

입체-미래주의에서 '초이성어'까지

1917년 러시아혁명 이후 '공산주의 미래파(komfuty)'로 이름을 바꾸기 이전, 초기 미래주의 그룹의 명칭은 '입체파 미래주의(kubo-futurizm)'였다. 이 이름은 미래주의 시학뿐만 아니라 마야콥스키의 시에 지속적으로 나타나는 특성들을 간결하게 함축한다.

이탈리아 미래주의가 문학과 회화와 음악을 포괄했듯, 러시아 미래주의 역시 회화와 문학 등 예술 전반을 '전선'으로 삼았다. 실제로 마야콥스키가 흘레브니코프와 부르류크 등을 만난 것은 '모스크바 회화 조각 및 건축 전문학교'였다. 10대 때부터 '마르크스 보이'였던 마야콥스키가 감옥을 들락거리다 택한 것은 스트로가노프 미술학교였고, 거기서 퇴교당한 후에 진학한 곳도 미술대학이었다. 이곳에서 만난 미래파 멤버들의 미학이 회화와 관련되었던 것은 당연한 일이다. 상징주의자들이 언어를 일종의 '악기'로 삼았다면, 미래주의 멤버들에게 언어는 '붓'과 '물감'이었던 셈이다.

특히 입체파(cubism)는 러시아 미래주의와 밀접한 관련을 지닌다. 일점 원근법을 해체하고 다중 시점의 이미지를 지향한 큐비즘은 초기 미래주의자들에게 현대성의 재현을 위한 유효한 방법으로 인식되었다. 부르류크와 마야콥스키는 피카소와 브라크의 전시회를 찾아다녔고, 큐비즘의 이론서들을 탐독했다. 큐비즘의 시각적 전위(shift)가 미래주의 시학에 스며들자, 그것은 언어의 분해와 해체, 그리고 시점의 분할로 변주된다.

거-
리.
개들
의

얼굴은

세월보다

날카-

롭네.

—「거리에서 거리로」 부분

이 시는 언어의 물질성을 극대화시키면서, 동시에 그 물질적 전체성을 분해한다. 이 부분의 원문을 라틴 문자로 바꾸어 적으면 다음과 같다.

U-

litsa.

Litsa

u

dogov

godov

rez-

che.

여기서 하나의 단어는 그 시니피앙의 물질성을 극대화시키면서 분할된다. 'Ulitsa(거리)'라는 하나의 단어는 'U-/litsa'로 분할되고 이 분할에 의해 행과 행들은 거울 이미지처럼 서로를 반사하게 된다. 이렇게 파편화된 어휘들을 통해 행말의 각운이 이루어지는데, 이 각운들은 이미 시적이며 자연스러운 전통적 리듬과는 거리가 멀다.

하나의 단어를 해체함으로써 형성되는 불연속적인 리듬. 이제 단어의 분할, 음성적 전위와 함께, 시의 각 행들은 자족성을 잃고 행과 행의 연결은 논리적 일관성을 잃는다. 그러나 이 단절과 파편화는 시 전체의 풍경 속에서 기이한 이미지들을 형성하는 데 적절하게 기여한다. 음소에서 음운, 어휘에서 통사적 문장에 이르기까지 파편화된 언어들은 입체파의 그림처럼 대상을 기이한 감각으로 분할하고 종합한다.

언어학적 해체·분할과 더불어 타이포그래피(typography)를 통한 시각적 배치도 중시된다. 언어는 회화의 방법론을 빌려올 뿐만 아니라, 그 자체로 '회화적' 그래픽을 구성한다. 읽히면서 동시에 보이는 시. 미래주의 시절에서 멀어진 이후에도 마야콥스키는 이른바 '사다리형 시(ladder poetry)'를 쓰게 되는데, 이제 시는 읽는 것이면서 낭송하는 것이고 또 보는 것이 된다.

물론 마야콥스키의 경우 이런 방식의 언어적이거나 시각적인 실험에 '탐닉'했던 것은 아니지만, 적어도 초기 미래주의 멤버들의 시가 이러한 경향을 보인 것은 사실이었다. 그들이 '언어 실험'이라는 '모더니즘의 해독'을 되풀이한 것은 어쩌면 자연스러운 일일지도 모른다. 이 '모던 보이'들은 무엇보다도 언어 자체에 대한 자의식을 프라이드로 삼고 있었으며, 이 자의식을 지배하는 것은 전위적 언어에 대한 열정이었다. 앞서 인용한 선언문에 드러나 있는 대로, 미래주의자들의 시가 채택한 가장 일차적인 목표는 언어 혁신이었던 것이다. 어휘의 확대, 기존 어휘에 대한 맹목적 적의 등등.

이른바 '자움(zaum')'이라고 불리는 미래주의의 언어 전략은 그러한 전위적 의지의 극단에서 태어난다. 러시아어 '자움'은 '이성 너머의 언어', 즉 초이성어(trans-sense language)를 뜻한다. 초이성어의 전략은 언어의 지시적 정합성을 해체하고 기표의 자율성을 극대화시킨다는 점에서 확실히 모더니즘적이다. 그들은 모더니스트로서의 상징주의자들이 언어의 음악성을 추구했던 것처럼 언어의 음성적 효과 혹은 자율적 효과에 매진한다. 그러나 미래주의의 '자기충족적 언어(samobytoe slovo)'는 상징주의의 시니피앙이 체현하던 나른한 리듬과는 전혀 다른 것이었다. 다음은 흘레브니코프와 크루초니흐의 에세이 「그 자체로서의 말」(Slovo kak takovoe) 중 일부이다.

> 우리 이전의 작가들에게 나타나는 언어의 악기화는 (우리와는) 완전히 다른 것이다. 예를 들어:
>
> Po nebu polunochi angel letel(자정의 하늘을 날아가는 천사)
>
> I tikhuiu pesniu on pel……(그는 조용한 노래를 부르네)
>
> 여기서는 핏기없는 pe…… pe…… 음이 뉘앙스를 부여하고 있다.
>
> 젤리와 우유로 그려진 그림은 우리를 만족시키지 못할 것이다.
>
> pa-pa-pa / pi-pi-pi / ti-ti-ti-
>
> 이런 리듬으로 된 시들은, 건전한 사람이라면 구토를 느낄 뿐이다.
>
> 우리는 다른 음성과 다른 언어 조합을 제의한다:
>
> dyr bur shchil
>
> ubeshchur
>
> skum
>
> vy so bu
>
> r l ez[5]

첫 부분에 나오는 "우리 이전의 작가들"은 무엇보다도 상징주의자들을 지시한다. 인용문의 앞부분에 나오는 시의 의미와 리듬, 음운 반복은 말하자면 '소프트'한 것이어서, 이 언어적 '주술'은 "젤리와 우유로 그려진 그림"에 비유되고 "구토를 느낄 뿐"인 리듬으로 간주된다.

반대로 미래주의자들의 언어는 음성적 효과를 노리되 상징주의와 반대로 불협화음에 가까운 '반(反)리듬'을 목적으로 한다. 그들의 '음악'은 편안한 실내악이나 단선율의 성가가 아니라, 존 케이지와 백남준의 콘서트처럼 불편하고 파격적이며 때로 유희적인 '전위 음악'이다. 미래주의의 핵심 멤버 중 한 명이었던 흘레브니코프의 유명한 시를 예로 들어보자.

> O, rassmeites', smekhachi!
>
> O, zasmeites', smekhachi!
>
> Chto smeiutsia smekhami, chto smeianstvuiut smeial'no.
>
> O, zasmeites' usmeial'no!
>
> 「웃음의 지주」 부분

이 시를 우리말로 번역하는 것은 무의미하다. '웃음(smekh)'이라는 어근을 중심으로 강박적으로 반복되는 접두어 교체와 어미 변조, 그리고 기괴한 신조어들은 시 전체를 이상한 동음반복으로 채워버린다. '말 그 자체', 그러니까 시니피앙의 효과가 전면에 나서고 있는 이 시는 '불협화음의 주술'이라고 할 만하다. 그것은 우울과 몽상의 세계가 아니라 웃음과 냉소의 세계에 가깝다.

도시, 모더니티의 시공간, 그리고 이동하는 시선

일종의 '무의미시'라고 해야 할 '자움'은 세기 초 아방가르드들에게 유행했던 실험적 프로젝트 가운데 일부이다. 그러나 이 실험이 '실험' 이상의 의미를 지닌다고는 말할 수 없을 것 같다. 언어적 관례에 대한 저항이 언어의 표현 층위에서 정지할 때, 그 표현 층위의 이면에서 언어 실험을 떠받쳐야 할 '몸'의 파토스가 결여될 때, 실험은 부유한다.

그 언어 실험은 이미 아방가르드의 핵심이 아니다.

다른 미래파 멤버들에 비해 마야콥스키는 확실히 언어적 실험 자체에 탐닉하지는 않았다. 그의 관심은 '언어 그 자체'가 아니었다. 알렉산드르 블로크의 시편들이 궁극적으로 상징주의라는 '이데올로기'에 감금되지 않았듯이, 전위 마야콥스키는 언어 실험의 극단성과 모더니티에 대한 찬양이라는 미래주의의 강령에 갇히지 않았다.

그는 미래파적 언어유희와 '자움' 등의 언어 실험에 탐닉하지 않았다. 낯섦을 언어적 차원에서 추구하지 않았다는 뜻이다. 다른 미래주의자들처럼 마야콥스키가 고전을 부정하고 과거를 혐오했던 것은 사실이었지만, 다른 한편으로 그는 푸시킨과 레르몬토프, 고골과 블로크를 다양하게 변주하면서 이른바 '문학적 기억'을 잃지 않았다.

입체-미래주의 시절의 마야콥스키에게, 해체되는 것은 언어와 음성과 그래픽이 아니라, 시의 시선과 의미와 질감이었다. 앞서 살폈던 큐비즘적 언어 분할은 시 전체의 시선과 이미지의 분할로 확장된다.

> 음울한 비가 눈을 찌푸렸다.
> 강철 회로로 된 생각의
> 명료한
> 창살
> 너머에는—
> 새털 이불.
> 그리고 그
> 위로
> 떠오르는 별들의
> 발이 가볍게 얹혀졌다.

그러나 가로등의,

가스 왕관을 쓴

황제의 죽—

음은,

그걸 바라보는

적의를 품은 꽃다발 같은 거리의 창녀들을

더 아프게 했네.

그리고 사악한

농담,

쪼아대는 웃음은—

노랗게

독으로 물든 장미에서

지그재그로

피어났다.

소요와

공포 너머

눈에 즐거운 풍경을

볼 것:

고통스럽고-평온하고-무심한

십자가들의

노예와,

사창가 집들의

묘지를

동녘 하늘은 어느 타오르는 꽃병 속으로 던져버렸다.

—「아침」 전문[6]

이 시는 언뜻 화려한 은유의 행진처럼 보인다. “음울한 비” “강철 회로로 된 생각”, 그리고 비 내리는 하늘을 원관념으로 취하는 “새털 이불.” 은유의 강박적 추구는 여기서 멈추지 않는다. “별들의/발”과 ‘가로등의 죽음’이 이어지고, 가로등은 끝내 “가스 왕관을 쓴/황제”로 변주된다. 이 집요한 은유들은 은유가 시의 지배소라는 일반적 관념을 위배하지 않는 것처럼 보인다. 모든 은유적 시에서처럼, 대상은 화자의 언어 속에서 변주되고 변질된다. 도시의 음울한 아침 풍경은 사창가의 창녀들을 “독으로 물든 장미”로 은유하고, 마지막 행에서 모든 은유들은 “타오르는 꽃병”이라는 아침노을의 이미지로 통합된다.

그러나 이 시의 메타포들은 로맨티시스트나 상징주의자들이 애용했던 은유와는 다르다. 일차적으로 이 은유들은 기이하게 물질적이다. 그것들은 낭만주의나 상징주의의 은유처럼 관념화 기제의 규율을 받지 않는다. 19세기의 낭만주의자 레르몬토프가, “흰 돛배 한 척 홀로 떠가네” “돛배는 폭풍을 두려워하지 않네”라고 읊을 때, 이 돛배(parus)는 전적으로 화자의 내면을 대리하기 위해 바다를 떠갈 뿐이다. 이 경우 돛배의 사물성은 삭제된다. 저 돛배는 바다를 떠가는 것이 아니라 화자의 마음속을 흘러갈 뿐이다. 낭만주의와 상징주의의 시편들 안에서 언어는 사물과 세계에 대해서는 눈감고, 화자의 내면적 감성과 관념적 체계에 대해서는 민감하다.

하지만 마야콥스키의 시에서 “강철 회로로 된 생각”이나 “새털 이불”, 혹은 “가스 왕관을 쓴/황제”들은 화자의 관념이나 내면적 감성을 ‘원관념’으로 취하기 위해 사용되지 않는다. 이 은유들은 대상의 한 측면을 확대하고 과장할 뿐, 일인칭 화자의 관념적 전언을 강조하지 않는 것이다. 도시의 아침을 묘사하기 위해 동원된 어휘들은 화자의 음울함이 아니라, 도시의 견고하고 완강한 비극성을 환기하는 데 기여한다.

이런 은유의 특성보다 더 중요한 것이 있다. 그것은 시선의 이동과 그 역할이다. 화자의 시선은 "창살"의 내부에서 출발한다. 시는 이 내부의 시선이 밖으로 확장되는 공간적 이동 경로를 추적한다. 창살 너머의 하늘—하늘 아래의 가로등—가로등 곁의 소음—소음 속의 창녀들—사창가 집들, 그리고 그 너머의 아침노을. 이 연결은 기괴하게 일그러진 파편적 부분들의 '나열'이다. 각 부분들은 공간적 인접성에 의해 연결되지만, 하나의 대상은 다른 대상의 보조적 개념으로 도입되지 않는다. 모든 대상들은 개별적이며 물질적인 독자성을 보존한 채 전체 화면에 편입된다. 피카소의 게르니카가 파편적이고 단절적이되 전체적 통일성을 유지하는 것처럼, 마야콥스키의 언어 역시 물리적 파편성을 기초로 전체를 구성한다. 야콥슨이 입체파를 '환유적 방식'으로 규정한 것은 이와 무관하지 않다.

상징주의적 은유 체계나 부드러운 리듬에 의식적으로 저항하고 있는 이 시가 쓰여진 것은 1912년이었다. 1912년이라면, 마야콥스키의 나이 19세였다.

'현대성'을 횡단하는 불순한 육체

모더니즘과 리얼리즘, 미래파적 언어 실험과 정치적 혁명은 마야콥스키에게 모순을 이루지 않았다. 블로크는 세기 초의 압도적 현실 앞에서 상징주의적 자세를 버려야 했지만, 마야콥스키는 미래주의적 의지를 버릴 이유가 없었다. 그는 애초부터 현재성과 당대성과 구체성의 기록자였다. 그의 몸을 통과하는 동시대의 풍경들이 그의 시적 질료가 된다. 그 질료들을 모아 마야콥스키라는 거대한 개성 속에서 불태운 것. 그것이 그의 시이다.

그것은 먼저 어휘 층위에서 드러난다. 현재진행형의 세계에 대해 열린 그의 시는 '시적인 것'으로 공인된 어휘들에 갇히지 않는다. 그의 작업은 의식적인 언어 해체나 전위를 빙자한 언어 실험이 아니다. '몸'이 받아들이는 실존의 언어. 그것은 고전적 시인들의 '명징하고 투명한' 언어, 낭만주의자들의 '순수한' 언어에 대해 명료한 경계선을 긋는다. 마야콥스키의 언어는 지극히 '불순'한 것이다.

강철로 된 책을 읽으시오!
도금한 글자의 플루트에 맞추어
훈제 연어들과
금발의 무가 기어간다.

"마기" 회사 광고판의 별들은
개처럼 신나게 돌고
장의사 사무실은
돌로 된 관을 끌고 간다.

우울하고 슬픈 자가
가로등의 신호를 꺼버릴 때,
선술집 하늘 아래서
도자기 주전자의 양귀비에 취하시오!

—「간판들에게」 전문[7]

이 시의 언어들은 '현대적'이다. 탈역사적이며 보편적이며 그래서 이른바 '시원'이나 '근원'을 이루는 어휘들이 아니라, 지금 이곳에서 스쳐가는, 눈에 보이는, 끝없이 생성되고 사멸해가는, 그런 사물과 대상들이 시로 도입된다. 나무가 아니라 간판이, 하늘의 별이 아니라 광고판의 별들이, 바다의 물고기가 아니라 간판에 그려진 훈제 연어가, 들판의 꽃이 아니라 술 주전자에 그려진 양귀비가 묘사된다. 거리는 강철로 된 책이어서, 화자는 거리의 만상을 시 속으로 끌어들인다. 이때 거리를 걷는 화자의 몸은 추상화된 고전적 몸이 아니라 구체적으로 열린 '현대적 몸'이다.

추상성의 세계는 언제나 순수하며, 구체성의 세계는 필연적으로 불순하다. 이데아는 명료하고 순수하지만, 그것이 육화되고 개별화된 '그림자'는 언제나 다른 것과 혼재된 불순한 상태로서만 존재한다. 불순함을 떠난다는 것은 곧 구체성과 결별한다는 뜻이며, 순수함을 추구한다는 것은 관념화된다는 뜻이다. 마야콥스키는 이 불순한 세계의 불순한 구체성을 그대로 받아들인다. 그의 언어들은 순수한 추상의 세계로 환원되지 않는 육체성의 세계를 구성한다.

바로 이 지점에서 마야콥스키의 시에 빈번히 드러나는 그로테스크 이미지가 의미를 획득한다. 그로테스크라는 것은 부조화의 조화와 불일치의 일치 속에서 발생하는, '불순한' 현실의 원리이다. 그래서 그로테스크는 이상주의적이며 조화로운 세계관이 몰락해갈 때 언제나 그 몰락을 알리는 깃발로 문학사를 장식한다. 시 장르의 '단성적 시선'을 비판적으로 소묘했던 미하일 바흐친이 마야콥스키에게 주목했던 것도 이러한 맥락이었다.

그러므로 마야콥스키의 언어가 '거리'와 '광장'과 '강당'의 언어였던 것은 필연적이다. 그의 시가 밀폐된 공간을 배경으로 취하는 경우는 거의 없다. 폐쇄성과 완결성, 혹은 자폐성과 단일성의 너머에, 마야콥스키의 시가 있다. 광장의 언어. 20세기판 송시의 웅변. '나'의 경계를 넘어서는 강력한 어조.

이 서사시를 쓴 대가의 이름은 1억 5천만.

총알은—리듬.

　　　　압운은—건물에서 건물로 옮아가는 불길.

1억 5천만이 나의 입으로 말한다.

인쇄용지는 광장의 자갈길,

　　　　사람들의 행진은 윤전기,

그렇게 이 시는 출판된다.

—『1억 5천만』의 첫 연[8]

혁명, 혹은 영원을 향한 신화

그러나 마야콥스키가 이 변전하는 시간과 공간 속에서 좌충우돌만 했던 것은 아니다. 그는 궁극적으로 이 실존적 시간과 공간의 한계/경계를 넘어서고자 했으며, 나아가 실존하는 '몸'조차 확장하고자 했다.

인간의 왜소한 실존은 구체적 시공간(khronotop)으로부터 기원한다. 시간과 공간의 경계를 넘어서고 '몸'의 한계를 넘어서 만나는 곳. 그곳은 '신화'의 세계이다. 우주적 확장과 '불멸'에 대한 희망. 지극히 역설적인 것이지만, 마야콥스키에게 사회주의 혁명은 이 신화적 세계의 구현을 위한 가장 유효한 루트로 생각된 듯하다. 그는 '나'를 지우고 '1억 5천만' 속에 편입되는 것이 아니라, '나'를 '1억 5천만'으로 확장시키고자 했다.

우리가 쓴 그대로—

세계는 그렇게 되리.

수요일도,

　　과거도,

현재도,
영원히,
내일도,
그 이후도,
수많은 세기가 흘러도!
(……)
러시아는
전체가
하나의 '이반'이 된다,
그의
팔은
네바강,
발꿈치는—카스피해의 스텝.

가자!
가자 가자!
걷지 말고 날자!
날지 말고 번개가 되자!
바람에 영혼을 씻고.

—『1억 5천만』 부분[9]

'이반(Ivan)'은 러시아에서 가장 흔한 이름이다. '이반'이라는 이름은 러시아의 은유이자 환유이자 상징이 된다. 그것은 네바강과 카스피해로 확장된다. 이 그로테스크한 육체적 확장의 이미지는 시간적 무한의 이미지와 함께 마야콥스키의 시에 빈번히 출몰한다. 특히 시간과 공간의 한계를 넘어 개별성을 무화시키는 이미지는 과장이라는 그의 무기를 통해 혁명의 신화와 연결된다.

물론 이 '신화성(=영원)'을 마야콥스키의 '현대성(=지금 이곳의 시공간)'과 대립시켜 이해하는 것은 곤란하다. '불멸'에 대한 마야콥스키의 희구를 유별하게 강조하는 것 역시 위험하다.[10] 마야콥스키가 시간의 경계를 넘어 신비주의적인 '영원'의 이념에 투항하려 했던 것은 그의 시적 핵심이 아니기 때문이다. 우리는 일차적으로 마야콥스키적 '신화'를 그 특유의 '과장된 은유'의 산물로 이해할 필요가 있다. 그는 스스로를 '확대'하지 않으면 견딜 수 없는 종류의 인간이었다.

하지만, 그가 '나의 혁명'이라고 표현했던 것이 현실의 볼셰비키 혁명이면서 동시에 '신화적 혁명'이었던 것은 사실인 것 같다. 그는 마르크스와 레닌을 읽었으나, 그럼에도 불구하고 그의 혁명은 '영구혁명'이라기보다는 '영원을 향한 혁명'에 가까웠다.

그것은 볼셰비키 정치학의 시각으로 보면 명백한 '결함'이었다. 마야콥스키는 레닌에게 서사시 『블라디미르 일리치 레닌』(*Vladimir Il'ich Lenin*)을 헌정했으나, 레닌은 마야콥스키와 미래파 멤버들에 대해 의구심을 지니고 있었다고 한다. 마야콥스키가 너무 과격하고 전위적인 실험가라는 것이 겉으로 드러나는 이유였으나, 그 이면에는 마야콥스키의 '혁명'이 지닌 낭만성에 대한 혐의가 깔려 있었다.

마야콥스키의 시와 혁명은 시간적 변전으로부터 해방될 '신화적 시간'에 대한 희구와 맞닿아 있다. 마야콥스키의 시적 이미지들은 거의 언제나 시공간의 한계를 파괴하고 육체와 정신을 확장하는 데 몰두한다. 그가 꿈꾸는 세계는 마르크스가 『독일 이데올로기』에서 보여준 것과 같은 과학적 코뮤니즘의 유토피아와는 다른 것이었다. 모든 혁명은 근본적으로 낭만적 열정을 바탕에 깔고 있으나, 마야콥스키의 혁명은 낭만성을 넘어 신화적 확장의 욕망에 닿아 있었다고 해야 한다. 당연한 일이라고 말하는 것은 쓸쓸하지만, 이러한 욕망이 끝내 좌절되는 것은 어쩔 수 없다.

마야콥스키의 죽음과 아방가르드의 종언

마야콥스키는 1923년 레프(LEF, 예술 좌익 전선)를 조직·주도하고, 라프(RAPP, 러시아 프롤레타리아 작가 동맹)에서 활동하는 등 여전히 열혈이었다. 그러나 많은 사람들이 생각하는 것처럼 그가 단순 명쾌하고 강력한 세계관만으로 혁명기를 보낸 것 같지는 않다. 1920년대를 지배하던 극좌파 문학 그룹 라프에서, 그는 그 정치적 강렬함에도 불구하고 일종의 '동반자 작가'로 인식되고 있었다. 극좌 그룹과의 갈등이 녹아 있는 시 「세르게이 예세닌에게」(Sergeiu Eseninu)는 예세닌의 자살에 부쳐 쓰여진 것이다.

떠들어대기를,
　　　좌익 비평가가
　　　　　　　당신을 감독했더라면,
당신은
　　훨씬 더 뛰어난
　　　　　　내용의 시를 썼을 거라고.
당신은
　　하루에도
　　　　　백 편씩은
　　　　　　　써댔을 거라고.
도로닌처럼,
　　　지겹고,
　　　　　길게.

하지만 내 생각에,
그런 헛소리가
정말 이루어졌다면 그대는,
더 일찍
목숨을 끊었으리.

—「세르게이 예세닌에게」 부분[11]

당시는 아직 '사회주의 리얼리즘'이라는 용어조차 없었을 때였지만, 이미 유물론 미학은 정치적 혁명에 상응하는 '미학적 반(反)혁명'에 잠식되고 있었다. 마야콥스키가 취했던 전위의 욕망은 나이브한 유물론자들에 의해 공격당한다. 마야콥스키가 그들과 조화롭게 화합할 수 없었던 것은 당연하다. 후고 후퍼트는 1930년 마야콥스키의 죽음을 다음과 같이 기록하고 있다.

그를 미워하는 사람들의 소원대로, 그는 유행성 감기를 앓은 뒤 갑작스러운 후두통에 시달리게 되었다. 그는 성대에 이상이 생겨 걱정에 사로잡혔다. 이제 더 이상 '목청을 다하여' 부르짖을 수 없었다. 대중 집회나 시위에서 그 천둥 같은 목소리를 사용할 수 없는 것이다. 크레믈의 병원에서는 신경쇠약이라는 진단과 함께 6개월 동안의 진정과 요양을 권했다. 그의 가장 절친한 친구였던 오십 브릭과 릴리 브릭은 그때 외국에 있었다. 그가 몇 번 전화로 불러냈던 아셰예프도 우연히 집을 비우고 있었다. 4월 첫째 주, 여배우 베로니카 폴론스카야와의 불행한 사랑의 에피소드도 끝장이 났다. 후에 루나차르스키가 말했던 '마야콥스키 속의 제2의 자아'가, 이제 마지막 말을 남길 것을 종용하였다. 우연과 적대적인 사건들의 불행한 연속, 그 시점에 첨예해진 국내의 정치 상황 속에서 악화된 환경이, 이제는 고통스러운 인간적 소외감으로 닥쳐왔다. 이 모든 일이 1930년 4월 14일, 중대한 위기의 순간을 가져왔다. 그날은 월요일이었다. 10시 15분, 루뱐카의 텅 빈 작업실에서, 자포자기 상태가 되어, 그는 한 번도 지치지 않았던 자신의 심장을 향해 권총을 발사했다. 공식적이고 짤막한 유언 외에, 사람들에게 남겨진 작별의 시 한 편이 발견되었다: "흔히 말하듯, 사건은 해결되었다./사랑의 배는 실존과 충돌하여 부서졌다./나는 이 삶과 아무런 대차(貸借)가 없다./부질없는 일이다."[12]

마야콥스키가 자살한 4월 14일은 러시아 구력으로 4월 1일이다. 마야콥스키의 친구들은 마야콥스키가 만우절 농담을 하고 있다고 생각했다. 마야콥스키의 죽음은 믿을 수 없는 일이었다. 예세닌이 자살했을 때, 마야콥스키는 예세닌을 추모하는 시의 마지막 구절을 이렇게 끝낸 적이 있다: "이 삶을/끝내는 것은/어렵지 않다./살아내는 것이/더 어려운 법."

그러나 이렇게 적은 마야콥스키 역시 '살아내는 것'보다 좀 더 '쉬운 방법'을 택했다. 그는 스스로 목숨을 끊었다. 13일, 그러니까 자살하기 전날에도, 그는 작가 연맹 사무실에 전화를 걸어 레닌그라드 방문 계획을 협의했다고 한다.

하지만 자살이 순간적 충동이었던 것 같지는 않다. 14일에 발견된 유서는 12일 자로 되어 있었다. 그리고 아주 오래전의 한 시에서 그는 이렇게 쓴 적이 있다: "무엇보다도 자주 생각하는 것— /내 최후에는/총알의 마침표를 찍는 것이 낫지 않을까."(『등골의 플루트』)

이렇게 해서 혁명 러시아를 살아낸 전위 시인은 '총알의 마침표'를 찍고 사라졌다. 이 죽음은 러시아 아방가르드의 종언이기도 했다. 아주 오래전부터 마야콥스키는 스스로를 끊임없이 예수 그리스도와 차라투스트라에 비유했다. 그의 죽음이 인류사를 위한 자기 수난이라고 말할 수는 없겠지만, 그 삶은 적어도 한 시대의 가장 뜨거운 비망록이었음에 틀림없다. 그의 시 『인간』(*Chelovek*) 중 '마야콥스키의 탄생' 장에서 일부를 옮겨 적기로 한다.

나는 안다,
지옥에서 숨을 몰아쉬는
죄인들은
내 이름을 부르지 않으리.
내 무대의 커튼은
사제들의 갈채 속에 골고다 언덕 위로 내려지지 않으리.
그러니 나는
여름 정원에서
모닝커피나 마시리.

내 고향 베들레헴의 하늘에는
어떤 계시도 빛나지 않았고,
아무도
무덤 속 동방박사의
잠을 방해하지 않았네.
내가 그대들에게 강림하던
그날은
다른 날들과 완전히 같았으니
너무 똑같아서 지겨웠을 뿐.

—『인간』 부분[13]

사랑의 환유

아흐마토바와 아크메이즘

'실존'하는 자로서의 시인

안나 아흐마토바(Anna Akhmatova, 1889-1966)의 시들은 아프고, 아프다. 아픈 자의 내면을 집요하게 기록하되 가능한 한 건조하고 간결할 것. 그로써 고된 삶과 사랑을 건너갈 것.

아흐마토바의 시에 대해 말할 때 내게 먼저 떠오르는 것은, 결국 '실존적'이라고 해야 할 삶의 피로와 괴로움들이다. 그녀의 언어들은 시라는 미학적 의장을 취하지만, 궁극적으로는 언어의 구심력에 의해 견고하게 절제된 '절규'이기도 하다. 그 언어들은 어떤 정신적 게토도 어떤 형이상학도 전제하지 않으면서 다만 온전한 '지금/이곳'의 현재성에 의해 아프다.

이러한 시적 자세는 일인칭 서정시의 당연한 출발점이자 종착지일 것 같지만, 실은 시의 역사가 아주 오랜 우회로를 거쳐 겨우 도달한 영토라고 할 수 있다. 낭만주의의 일인칭은 '고차원적' 정신성의 산물에 가까워 이곳/현재의 실존적 인간에 무관심했으며, 리얼리즘은 그 초기부터 냉정한 자연과학의 방법론을 씨앗으로 발아한 것이다. 또 세기말의 상징주의는 신플라톤주의라는 형이상학적 고향을 지니고 있었으며, 아방가르드의 파괴 의지는 미학적 관례라는 고유의 적을 적극적으로 '발견'한 덕분에 가능한 것이었다. 어쩌면 온전히 '실존'하는 개체로서의 인간이란, 러시아의 시사에서 20세기에 와서야 겨우 나타난 것이라고 해도 좋다.

아마도 이러한 서론은 아흐마토바의 시를 설명하는 일반적인 출발점이 아닐는지도 모른다. 무엇보다도 그녀는 고전적 단순성의 언어 기율을 존중하던 아크메이즘(akmeism) 그룹의 일원이었기 때문이다. 하지만 이 글에서 우리는 이 '실존'의 언어, 아무것도 '본질적으로' 전제된 것 없이 지상에 던져진 '피투자'의 언어에 초점을 맞추기로 한다. 그것은 뜻밖에, 아흐마토바의 시와 아크메이즘 사이의 묘한 긴장 관계와 더불어 우리의 논의를 풍요롭게 할는지도 모른다.

태양의 기억이 흐려져간다

무엇보다도 그녀의 시들은 '개인적'이다. 그녀의 짧은 서정시를 이루는 언어들은 일기와 시 사이에서 머뭇거리는 것처럼 보인다. 시에서 '진정성'이라는 표현은 비평적 용도로 보면 별다른 가치가 없는 것이지만, 그것이 시와 삶의 직접성을 뜻하는 것이라면 '아흐마토바의 시적 진정성'이라는 표현은 정당하게 조명받아야 한다.

그녀의 생애가 감당해온 불우의 풍경들이 불현듯 시 속으로 이입되고, 그 개인화된 풍경들이 시적 파토스의 근간을 이룬다. 때로 그 풍경들은, 이건 너무 사적(私的)이지 않은가, 하는 의문을 일으킬 정도다.

태양의 기억이 가슴속에 흐려져간다.
풀은 바래지고.
간신히
이른 눈발이 바람에 날린다.

좁은 운하는 벌써 흐르지 않고
얼어붙은 물.
이곳에서는 아무 일도 일어나지 않으리.
아, 아무 일도.

버드나무는 텅 빈 하늘에 가지를 펼쳐
투명한 부채를 이루고.
아마도 내가
당신의 아내가 되지 않은 것은 잘된 일.

태양의 기억이 가슴속에 흐려져간다.
이건 무엇? 어둠?
아마도! ……하룻밤 사이에도
겨울은 올 수 있다.

—「태양의 기억이」* 전문[1]

태양은 흐려지고, 풀은 바래지고, 눈발은 날리며, 운하의 물은 얼어붙는다. 겨울은 이미 그녀 앞에 있다. 2연의 3, 4행에 나오는 감탄문을 제외한다면, 3연 둘째 행까지 이어지는 것은 다가오는 겨울 풍경의 묘사다. 운하와 버드나무가 있는 이 풍경들은 그녀의 고향 차르스코예셀로와 생애의 대부분을 보낸 도시 페테르부르크를 직접적으로 환기한다. 여기까지는 정교한 시적 리듬에 얹힌 '풍경의 시'처럼 읽힌다.

그러나 역시 문제는 3연의 세 번째와 네 번째 행이다. 아마도 내가 당신의 아내가 되지 않은 것은 잘된 일, 이라니. 이 '사적인' 진술은 갑작스럽다. 4연이 1연의 반복으로 이루어지는 종결부라면, 이 모든 풍경들은 3연에서 갑자기 나타난 저 사적인 회고조의 진술을 중심으로 모여들 수밖에 없다.

그리고 이 사적인 회고조의 문장은 시적이라기보다는 일상적이며, 무엇보다도 산문적인 느낌을 준다. 왜냐하면 우리는 이 문장 앞뒤의 플롯, 즉 '이야기/서사'의 전후 맥락을 스스로 재구성하게 되기 때문이다. 게다가 그 '이야기'란 것은 그 시절 아흐마토바의 실제 생애와 겹쳐지면서 사적인 뉘앙스를 강화한다.

이 구절에 의해서, 시의 수신자는 개인사적인 맥락에서 '그녀'의 남자가 되고, 우리는 이제 서정적 시인의 서정적 풍경 묘사가 아니라 어쩌면 남편일 수도 있었을 남자에게 건네는 '사적인 대화' 속으로 편입되는 것이다. 이것은 이상하다. 이것은 마치 보편적인 불특정 다수의 독자를 염두에 두지 않고 쓰인 시 같다.

> 그는 세상에서 세 가지를 좋아했지. / 저녁의 찬송, 흰 공작들, / 그리고 낡은 미국 지도. / 좋아하지 않았던 것은 / 아이가 우는 것, 딸기를 넣은 차 / 그리고 여자의 히스테리. / ……그런데 나는 그의 아내였네.
>
> —「그는 좋아했지……」 전문[2]

> 4월의 조용한 날이 / 내게 뭔가 이상한 말을 가져왔다. / 그 격렬하고 두려운 한 주가 / 아직 내게 살아 있다는 것을 그대는 알고 있었

다.//나는 깨끗하고 푸른 물결을 헤엄치는 것들의/소리를 듣지 못했지./7일 동안 구릿빛 웃음이 들렸으며,/은빛 울음이 흘러갔다.//하지만 얼굴을 가리고,/영원한 결별을 앞둔 듯이,/나는 누워 기다렸지./아직 괴로움이라고 이름 붙여지지 않은 그것을.

—「대답」 전문[3]

확실히 아흐마토바의 시편들에서는 사적인 경험이 지배적이다. 가령 첫 번째 시에서 내가 그의 "아내"였다는 마지막 진술은 그 보편 미학적 효과가 의심스러우며, 두 번째 시에서 '격렬하고 두려운 한 주'라는 것 역시 지나치게 사사로운 설정으로 보인다. 그것이 하필이면 '7일'이어야 하는 이유도 모종의 시적 상징성과는 무관하다. 이것은 굳이 보편성의 영역을 염두에 두려 하지 않는 듯한, 지극히 개인적인 언어들인 것처럼 읽힌다. 개인적인 것 자체가 문제는 아니라고 해도 확실히 이 사적인 언어들의 미학적 용량은 지나치게 작은 것으로 보인다. 그런데 왜 문학사는 그녀를 20세기 모더니스트의 중요한 일원으로 등재하고 있는 것인가? 이 질문들에 대답하기 위해 우리는 잠시 당대의 맥락을 복원하도록 하자.

'시인 조합'의 멤버들

1910년대 초, 페테르부르크에 '시인 조합(The Guild of Poets)'이라는 그룹이 출현한다. 니콜라이 구밀료프와 그의 아내 안나 아흐마토바, 그리고 오십 만델시탐과 세르게이 고로제츠키 등이 그 구성원이었다. '시인 조합'이라는 이름 안에 이미 이 그룹의 의미가 암시되어 있다.

1910년대는 상징주의적 '이데아'의 태양이 기울어갈 때였다. 추상적이며 신비주의적인 상징파 에콜은 이미 내부와 외부를 가리지 않고 그 문화사적 의미를 상실해가고 있었다. 밖으로는 마야콥스키와 같은 미래주의자들의 공격이, 안으로는 블로크를 포함한 상징주의자들 스스로의 미학적 변신이 진행되고 있었다. 미래주의와 더불어 상징주의의 관념적 세계를 비판한 그룹 중에, '시인 조합', 이른바 아크메이즘의 멤버들이 있었다. '시인 조합'이라는 건조한 이름 안에 그들의 주장이 담겨 있다.

상징주의자들이 생각한 시인은 '제사장'이거나 '예언자'였으며, 우리식으로는 '무당'이었다. 그것은 중세적 메시아니즘과 19세기 로맨티시즘의 철학적 '재발견'에서 출발했던 상징주의의 당연한 모토였다. 상징주의적 시인은 일종의 '견자'로서, 실재하는 세계의 변전과 파편성을 넘어 어떤 '영원'의 영역을 투시하는 자이다. 그는 분화되고 개별화된 세계의 이면이거나 저편에 임재하는 '본질'과 '보편성'의 영토를 '감지'할 수 있다.

실상 우리가 오늘날에도 별다른 저항 없이 승인하고 있는 시인의 이미지 역시 낭만주의와 상징주의의 유산이라고 할 수 있다. 20세기 초 마야콥스키와 같은 야심만만한 '혁명가'들이 이 상징주의적 엘리티시즘에 대한 조소에서 출발했던 것은 당연한 일이었는지도 모른다.

미래주의자들처럼 극단적인 것은 아니었지만, '시인 조합'의 멤버들 역시 상징주의라는 '아버지'의 부정을 동력으로 삼아 제자리를 마련한다. 그들이 자신들의 모임을 '시인 조합'으로 명명한 것은, 시적 '영감'과 '예언'의 언어가 아니라 수공업적 정교함의 언어에서 출발하겠다는 의지의 표명이다.

'시인 조합'이라는 이름에 명시되어 있듯이, 이제 시인은 '길드의 장인'이 되는 것이다. 장인의 세공에 의한 미학적 완성. 이것은 일차적으로 저 프랑스적 고답파(高踏派, Parnassien)의 명제와 닮아 있다. 실제로 니콜라이 구밀료프는 「상징주의의 유산과 아크메이즘」(Nasledie simbolisma i akmeism)이라는 에세이에서 테오필 고티에를 그네들의 '전범' 중 하나로 거명한 적이 있지만,[4] '극치(acme)'라는 의미의 라틴어에서 발원한 아크메이즘이라는 이름 역시 이와 관련이 없지 않다. '아크메'란 저 고고한 '파르나스산'의 새로운 버전이며, 그래서 상징주의자들은 '시인 조합'의 멤버들을 희화화시키기 위해 이 이름을 붙인 것으로 알려져 있다. 고로제츠키 같은 이들은 아크메이즘을 '파르나스'의 후예로 보기를 거부했지만,[5] 이후 아크메이즘은 바로크나 인상파 혹은 자연파처럼 적대자들에 의해 붙여진 명칭 그대로 예술사에 남게 된다.

아크메이즘의 장미

상징주의자들의 언어는 지시적 의미를 지향하는 언어, 그러니까 현실의 대상을 표시하는 언어가 아니었다. 그 언어들은 구체적 대상을 떠나 대상의 '보편적 본질', 즉 관념의 세계를 떠돈다. 이제 구체성에 의지하지 않는 유일한 장르인 음악이 이 언어들의 목표가 되고, 언어의 지시성은 시의 바깥이 아니라 내부에서만 그 어렴풋한 의미의 관계를 환기한다.

'시인 조합'의 멤버들은 이런 유의 언어를 의식적으로 거절하고, 그 거절의 표시로 투명하고 명료한 언어 미학을 제시했다. 구밀료프가 한 에세이에서 표명한 언어의 '균형', 혹은 쿠즈민(M. Kuzmin)이 '아름다운 명료성'이라고 불렀던 것은,[6] 지시하는 것과 지시되는 것, 혹은 표현과 의미, 혹은 말과 대상의 조화를 복원시키려는 의도에서 쓰인 것이다. '장미는 그것이 무엇을 상징하기 때문에 아름다운 것이 아니라, 다만 장미이기 때문에 아름다운 것이다'라는 저 유명한 아크메이즘의 명제는 이렇게 해서 탄생한다.

미래주의자들이 상징주의의 부드러운 음악적 언어뿐 아니라 언어적 로고스의 '균형'을 극단적으로 파괴할 때, '시인 조합'의 멤버들은 우회적이며 더 섬세한 방식으로 탈상징주의의 영토, 시적 모더니즘의 새로운 지평을 찾아가고 있었다. 이제 상징주의의 몽환적이고 모호한 '음악의 언어'가 아니라, 고전적 균형의 미학을 추구하는 '건축의 언어'가 정립된다. 그것은, 빈켈만식으로 말하면 '고귀한 단순성'의 언어들이며, 뵐플린식으로 말하면 '르네상스적' 언어들이라고 할 수 있다. 요컨대, 모더니즘은 이제 '시적 고전주의'와 만나게 되는 것이다.

다시, 태양의 기억이 흐려져간다

이 지점에서 우리는 앞서 인용한 시의 첫 행으로 돌아가도록 하자. 태양의 기억이 흐려져간다. 이 첫 구절의 어휘는 앞에 적은 문학사의 맥락 속에서 다시 의미심장하다. 여기서 아흐마토바의 '태양'은 상징주의자들의 시에서처럼 관념 필터를 통과한 '태양'이 아니다. 은유가 겹치고 고정되어 상징이 되고 상징이 연결되어 알레고리가 될 때, 그 언어의 내부에 굳건하게 남는 것은 사물이 아니라 관념이다. 그것은 실재하는 대상과 세계가 아니라, 사물을 술어로 빌린 관념의 세계를 구성한다. 이때 술어가 되는 사물은 일종의 '헛것'으로 관념적 주어에 의해 사용되고 폐기된다.

아흐마토바의 '태양'은 이런 방식과는 거리가 멀다. 아흐마토바의 '태양'은 수많은 상징성으로 포화된 태양이 아니라, 눈에 보이는 저 하늘에 구체적으로 빛나는 태양이다. 그것은 철학적 신비주의나 종교적 형이상학의 고도(高度)에서 내려와 지극한 실재성을 내장한 채 시의 육체 속으로 진입한다. 이 시의 '태양'은 아흐마토바의 시적 화자가 지난 계절에 실제로 보았던 바로 그 태양인 것이다.

물론 관념으로부터 실재하는 하늘로 복귀했다고는 해도, 이 태양을 즉물적이며 온전히 산문화된 태양으로 생각할 수는 없다. '태양'이 흐려져가는 것이 아니라, '태양의 기억'이 흐려져가는 것이기 때문이다. 그 태양은 기억 속의 태양이어서, 흐려져가는 것은 실재의 태양이면서 동시에 화자의 내면에 떠 빛나는 태양이다. 그것은 사물성으로만 충만한 즉물적 태양이 아니며, 기억과 내면의 리듬에 의해 변주되는 태양인 것이다. '보조 관념'으로 도입된 은유적인 대상도 아니고 관념으로 미만한 상징의 도구가 아니면서도, 또한 즉물적이며 중성적인 '그것(it)'이 아닌 지점. 여기가 아흐마토바의 '태양'이 빛나는 곳이다.

'태양의 기억이 흐려져간다'는 진술 다음에 이어지는 것은 내면에 관한 것이 아니라 다시 사실적 풍경에 대한 것이다. 풀이 바래져가고, 운하의 물은 얼어붙는다. 태양에서 풀, 그리고 운하로 이어지는 이 풍경은 마음의 풍경이면서 동시에 차르스코예셀로와 페테르부르크에 실제로 존재하는 경험적 풍경이다.

요컨대 그것들은 다만 마음을 투사하기 위해 빌려온 '객관적 상관물'이 아니다. 아흐마토바의 은유들은 메타포, 그러니까 'meta-phora'라는 라틴어 자체에 내포된 것처럼, 의미를 다른 사물에 '넘겨버리는' 수사적 비약에 의지하지 않는 것이다. 이제 아흐마토바의 태양은 태양을 보는 자의 내면과 실재하는 태양 '사이'에 있다. 그것은 '심상(心象)'이면서 '심상'이 아니다. 객관적 대상과 주관적 내면의 가장 모호한, 그러나 가장 절묘한 지점.

그녀의 시는 마음의 투사에 의해 대상을 마음대로 변조하고 관념화시키지 않지만, 한편으로 마음의 투사와 온전히 무관하게 존재하는 '무심한' 사물에 집착하는 것도 아니다. 이 미묘한 곳에서 아흐마토바의 '서정시'가 시작된다.

아크메이스트?

미묘하다고 표현하기는 했지만, 아흐마토바의 언어 운용은 매우 온건한 편에 속한다. 그것은 압축과 절제라는 고전주의 미학의 미덕과 상통한다. 이 온건하고 고전적인 언어야말로, 문학사가 그녀를 만델시탐과 더불어 아크메이즘을 대표하는 시인으로 등재한 핵심 사안이기도 하다.

하지만 아크메이즘과 그녀의 관계를 과장하는 것은 곤란하다. 그녀는 자전적 에세이에서 상징주의에 대한 아크메이즘의 부정이 '정당하다'고[7] 밝혔지만, 실상 그녀의 시에서는 아크메이즘의 원리에 위배되는 지점이 수없이 발견된다. 아흐마토바를 아크메이스트라고 말할 수 있다면 그것은 탈상징주의적이라는 '소극적' 의미에서이다.

일차적으로 그녀의 시에서는, 「최후의 장미」(Posledniaia roza)와 같은 몇몇 시를 제외한다면, 프랑스 파르나스들이나 유대인 만델시탐이 지니고 있던 '고대(古代)에 대한 향수' 같은 것도 발견되지 않는다. 이들의 '고전적 정신'은 개별화된 개인의 영혼을 넘어서는, 저 아름다움의 원천에 대한 향수를 근원적인 에너지로 삼는 것이기 때문이다. 적어도 아크메이스트 시절의 아흐마토바에게는 이런 향수가 발견되지 않는다.

또한 아흐마토바의 시는 구밀료프가 아크메이즘의 조건으로 상정했던 '남성적'[8] 견고함과는 거리가 멀다. 아흐마토바를 설명하기 위해서는, '남성적 견고함'을 아크메이즘의 필연적 특성에서 제외하고 '이브-여성의 세계'가[9] 아크메이즘에 더 적합하다고 적었던 고로

제츠키의 관점이 유효할 것이다.

하지만 무엇보다도 중요한 것은 이런 것이다. 아흐마토바의 시편들이, 뜻밖에 그리 '명료'하고 '투명'하지 않다는 점이다. 그녀의 언어들은 마음의 수면 위를 모호하게 부유하는 안개 같다. 그것들은 이상하게 파편적이며 모호하고 즉흥적인 것처럼 보인다. 이것을 아크메이즘적 명료성이라고 부르기는 어렵다.

마치 무서운 노래의
즐거운 후렴처럼
그는 흔들리는 계단을 걸어간다,
　　　　이별을 이겨낸 후.
내가 그에게 가는 것이 아니라 그가 나에게—
그리고 창가엔 비둘기들……
담쟁이덩굴로 덮인 정원, 그리고 내 말대로
　　　　레인코트를 입은 그대.
그가 내게로 오는 것이 아니라 내가 그에게—
　　　　어둠 속으로,
　　　　　　　　　　어둠 속으로,
　　　　　　　　　　　　　　　　어둠 속으로.

—「만남」 전문[10]

여기서 그와 나의 관계는 기나긴 서사, 그러니까 '이야기'를 담고 있다. 하지만 시는 그 이야기 가운데 다만 파편적이랄 수밖에 없는 '핵심'만 포착한다. 그가 내게로 오던 행위에서 내가 그에게 가는 행위로의 변환, 이 관계의 역전은 너무도 간결하게 처리되어 오히려 당혹스럽다. 창가의 비둘기와 담쟁이가 있는 정원, 그리고 레인코트라는 사물의 풍경이 그네들의 만남 사이에 있을 뿐이다. 이 어둠 속의 '만남'은, 생략된 언어들과 더불어 그리 '투명하고 단순하게' 느껴지지 않는다. 나아가 "어둠 속으로,/어둠 속으로,/어둠 속으로"를 반복하는 종결부 역시 고전적 언어 구축을 추구하던 아크메이즘 미학의 모토와는 거리가 멀다.

사랑, 혹은 이상한 파편들

여기서 우리는 다시 이 글의 처음에 인용했던 시, "아마도 내가/당신의 아내가 되지 않은 것은 잘된 일"이라는 구절로 돌아가자. 이 진술은 앞뒤의 이야기가 생략된 채 난데없다. 그 난데없음은 이 진술이 놓인 위치 때문이지만, 한편으로는 파편적인 진술만 남기고 기나긴 이야기들을 생략해버렸기 때문이기도 하다.

이 진술의 앞뒤로 배열된 사실적 대상들에 대한 소묘와 더불어, 결국 우리는 모호하고 넓은 여백을 지닌 '이야기'를 들었던 것이다. 이 모호함은 물론 상징주의의 추상적 어휘들이 가진 모호함과는 종류가 다르다.

피리 부는 소년과
제 화관을 짜는 소녀와
숲속의 엇갈린 두 길과
머나먼 들판의 머나먼 불빛,

나는 모든 것을 바라본다.
나는 모든 것을 기억하고,
부드럽고 간결하게 마음에 새겨둔다.

다만 내가 결코 알 수 없는 것,
내가 더 이상 회상해낼 수 없는 것 한 가지.

나는 지혜나 힘을 청하지 않는다.
오, 다만 화로 곁에서 몸을 녹이게 해다오.
나는 춥다. 날개가 있는, 혹은 날개가 없는
즐거운 신은 나를 찾지 않는다.

—「피리 부는 소년과」* 전문[11]

여기서 화자가 회상해낼 수 없는 한 가지가 무엇인지는 끝까지 명시되지 않는다. 우리는 그것을 화자의 고독과 추위의 원인으로 추측할 수 있을 뿐이다. 이야기는 생략되고, 불현듯 이야기의 파편만이 제시된다. 앞서 우리는 아흐마토바의 시가 '사적(私的)'이라고 했지만, 실상 그것이 개인적인 것처럼 느껴지는 것은 이렇게 '이야기'가 생략되어 있기 때문이다. 그녀의 시가 마치 메모와 비슷하게, 앞뒤가 사라진 채 느낌의 핵심에 육박하는 것은 이 때문이다.

시적 완결성이라는 것은 그러니까, 하나의 텍스트가 아니라 아흐마토바라는 커다란 텍스트의 내부에서 이루어진다. 그러므로 이 사랑의 언어들이 파편적인 것은 어쩔 수 없는지도 모른다. 아흐마토바라는 텍스트의 내부에는 이제 저 사실적이며 경험적인 '지상의 사랑'이 파편처럼 널려 있다. 그것은 사랑의 '핵심'을 파고들기보다는 사랑의 주변을 우회하다 불현듯 출몰하며, 사랑의 '본질'을 말하려 하기보다는 사랑의 근처에 놓인 사물들을 끌어들이고는 스스로 사라진다.

이 사랑은 은유적이며 상징적인 사랑의 '원형(原形)'이 아니라, 그 은유와 상징의 구심력을 상실한 채 파편적인 현세를 떠도는 사랑이다. 그것은 하나의 '본질'로 환원이 가능한 사랑이 아니라, 사물에서 인접한 사물로, 사건에서 인접한 사건으로, 힘겹게 이동하며 겨우 재현되는 사랑이다. 결국 그것은 몸의 주위에 산재한 사물들과 끊임없이 대화하고, 몸의 느낌에 의해 끊임없이 변전하는, 그래서 '환유적'이라고나 해야 할 무력한 사랑일 것이다.

집약되지 않고, '본질' 같은 것으로부터는 한량없이 멀어지며, 그러므로 우울한 사랑의 풍경. 이 우울이야말로 실은, 지상의 사랑이 지닌 본모습인지도 모른다.

> 나는 너와 취한 채 즐거웠지— / 네 얘기엔 의미가 없네. / 이른 가을은 느릅나무에 / 노란 깃발을 마구 매달았네. // 우리 둘은 문득 거짓의 나라에 흘러들어 / 고통스럽게 고백하지, / 하지만 무엇 때문에 / 이상하게 굳은 미소로 우리는 웃는지? // 우리는 평온한 행복 대신 / 고통을 원했네…… / 나는 방탕하고 부드러운 / 내 친구를 버리지 않으리.
>
> —「나는 너와」* 전문[12]

이제 독자는 그 파편화되어 미끄러지는 사랑의 '서사'를 듣는다. 우리는 생략된 부분, 지극히 개인적인 듯한 '이야기'를 스스로의 내력으로 채우고, 그런 후에야 아흐마토바의 불우를 함께 느낀다. 어쩐지 설명을 요구하고 싶지 않은 지점, 다만 그녀의 느낌에 젖어들고 싶은 지점이, 그녀의 시에는 있다.

바로 이 때문에 아흐마토바의 시는 '뜻밖에' 대중적이다. 뜻밖이라는 것은, 아흐마토바나 아크메이스트들이 결코 '대중'에게 읽히는 시를 지향하지 않았다는 사실 때문이다.

미래파들은 시인이 노동자와 다른 '특이한 존재'라는 견해를 부정했지만 아크메이스트들은 그렇지 않았다. 그들은 대중적이고 민중적이기보다는 시의 고전적 품격과 '문학적 기억'에 충실했다. 그것은 아흐마토바도 마찬가지였다. 하지만 사후 오랜 시간이 지나 문학 '전문가'들에 의해 재발견된 만델시탐과 달리, 아흐마토바는 지금도 대중적인 성취를 누리고 있다. 스탈린 시대는 오랫동안 그녀의 시들이 쓰여지거나 읽혀지는 것을 '금지'했지만, 적어도 스탈린 사후 그녀의 시편들은 '대중적'이랄 수 있을 만큼 많은 독자들을 거느려왔다고 할 수 있다.

그 상황은 지금도 변하지 않았다. 다음의 시들에 나타나 있듯이, 그녀의 시는 대체로 쉬운 어휘로 이루어져 있으며, 짧고 간결한 고백체의 진술은 독자의 감성에 직접적으로 호소한다. 형식은 거의 정형률에 가까울 정도로 일정해서, 약간은 어이없는 일이지만, 그녀의 시를 하이쿠와 비교하는 학자까지 있었다고 한다.

오늘은 내게 배달된 편지가 없다.
그는 쓰는 걸 잊었거나, 떠났거나.
봄은 은빛으로 흔들리는 웃음,
해안에는 흔들리는 배
오늘은 내게 배달된 편지가 없다.

—「오늘은 내게 배달된 편지가」* 부분[13]

저녁의 기울어진 길이
내 앞에 있다.
어제는 아직 사랑에 빠진 그,
"잊지 마"라고 간청했지.
지금은 다만 바람뿐

그리고 목동의 외침,
깨끗한 샘가에는
격렬한 삼나무.

—「이별」 전문[14]

안나 안드레예브나 고렌코

첫 시집 『저녁』(*Vecher*)과 두 번째 시집 『묵주』(*Chetki*), 그리고 제7시집에 이르기까지, 사랑은 그녀의 시적 항수(恒數)이다. 그 사랑은 상징적 추상이나 종교적 간구의 사랑이 아니다. 그 사랑에는 알렉산드르 블로크의 신비주의도, 마야콥스키의 전투적 전위주의도 없다.

그녀의 사랑은 간결하지만 때로 무력하고 무능력하다. 그녀의 시편들이 지나치게 수동적이며 폐쇄적으로 읽힐 때, 나 같은 독자는 때로 그녀의 시적 성취를 의심한다. 하지만 그 수동성이야말로 저 바깥 세계의 공격성을 겨우 견디는 자의 것이다. 그것은 지극한 수동성과 폐쇄성으로서 바깥 세계의 야만을 거꾸로 비추어준다.

그녀의 사랑은 가장 구체적으로 실재하는 당신, 유일하게 실재하는 당신에 대한 사랑이다. 그 사랑은 저 플라톤적 사랑의 '영원성'을 박탈당한, 어쩔 수 없이 사멸의 운명을 지닌 사랑이다. 하지만 동시에 그것은 그 어떤 가공의 낙원으로도 도피하지 않는 사랑이다. 그래서 그 사랑은 초월이 아니라 세속에 머물며, 지고의 것이 아니라 변전의 '이야기'에 몸담는다. 그러므로 그녀의 사랑은 강력하다.

이 글은 그녀의 후기 시편들을 살피지 않았다. 거기에는 문학과 문학 사이의 대화, 기억과 기억 사이의 대화라는 모더니즘의 미덕이 간직되어 있다. 그리고 그 텍스트들은, 이러한 자세가 어떻게 스탈린 시대의 전체주의를 견뎌냈는지를 보여준다.

그렇게 견딘다는 것에 특별한 의미를 부여하기는 어려울지도 모른다. 그것이 어쩔 수 없는 선택이었다는 사실이 어쩌면 더 중요한지도 모른다. 혁명을 지지할 수 없었던 그녀는 1920년대에서 1930년대까지 한 권의 시집도 출간할 수 없었으며, 1940년에 시선집을 출간한 후 그 때문에 소비에트 작가동맹에서 제명된다. 또 오래전의 남편이자 동료 아크메이스트였던 구밀료프는 '반혁명분자'로 지목되어 사형당했으며, 아들 레프는 시베리아의 수용소에 수감되었다. 다음의 시는 1917년 혁명의 해에 쓰인 것이지만, 그녀의 오랜 불우를 예감하는 것이기도 하다.

> 그리고 생각하기를
> 이곳에는 사람의 목소리가 울리지 않을 것이니,
> 다만 구석기의 바람이
> 검은 문을 두드릴 뿐.
>
> 그리고 생각하기를
> 나는 홀로 이 하늘 아래 살아남았으니,
> 처음으로 내가 원했던 것은
> 죽음의 잔을 마시는 일.
>
> —「그리고 생각하기를」* 전문[15]

안나 아흐마토바의 본명은 안나 안드레예브나 고렌코였는데, 고렌코는 러시아어 '고통(gore)'에서 유래한 단어이다. 고리키는 이 단어로 만든 필명이지만, 아흐마토바는 본명이 고렌코였다.

러시안 랩소디

예세닌

소문들

세르게이 예세닌(Sergei Esenin, 1895-1925)을 둘러싼 소문들은 너무 다양해서 때로는 종잡을 수가 없을 정도다. 농촌 시인이라는 일반적인 수식어구가 있는가 하면 이미지즘 같은 모더니스트 그룹의 일원으로 소개되기도 하고, 로맨틱한 보헤미안이면서 동시에 스스로를 '볼셰비키'라고 부른 적도 있다. 러시아 땅에 대한 순정한 신앙이 서구의 댄서 이사도라 덩컨과의 지독한 사랑과 함께 있으며, 공동체의 언어로 시를 썼으나 가장 데카당한 풍경을 연출하며 자살로 생을 마감한다. 모순되는 것처럼 보이는 이 설명들은, 겨우 30년을 살다 간 미소년 예세닌에 대해서라면 조금씩은 다 사실이다. 이 글이 그를 둘러싼 저 모순된 소문들을 봉합할 수 있을는지는 모르지만, 혁명기를 파란만장하게 통과한 한 시인의 이질적인 내면과 언어적 풍경을 엿보는 것은 그 자체로 흥미로운 일이다.

농경 시대의 리듬과 율격

그는 스스로를 '마지막 농촌 시인'이라고 불렀다. 실제로 그는 스스로 작성한 몇 편의 연보들을, '나는 랴잔에서 농민의 아들로 태어났다. 들판과 초원이 나를 키웠다'[1]라는 내용으로 시작하고 있다. 도시의 사물들이 그를 압도하기 이전, 그의 시편들은 '농촌 시인'이라는 이름에 걸맞은 풍경을 보여준다. 전형적인 정교적 신앙과 러시아 농촌에 대한 지순한 믿음은 어휘 차원에서 교회 슬라브어풍의 고급 언어와 농촌의 현장 언어를 결합시킨다. 이것은 정교와 자연으로 요약되는 러시아적 정서의 핵심에 근접하는 것이기도 하다.

헤이, 내 고향 러시아여,
초가집들은 성상처럼 승복(僧服)을 입었네……
한도 끝도 없이 펼쳐진 그곳,
푸르름만 눈에 물드네.

이방의 순례자인 듯
나는 네 들판을 바라보네.
낮은 울타리에
백양나무는 소슬하게 하늘거리네.

사과 향기, 꿀의 향기가 퍼지고
교회마다 너의 온화한 구세주.
원무 너머로는 초원이 이루는
즐거운 춤.

초록의 너른 들판,

다져진 오솔길을 따라 나는 달리리.
강아지풀처럼 나를 맞는
여자애들의 웃음소리.

만일 신군(神軍)이 외치길
"러시아를 버리고 천국에 살라" 하면
나는 답하리, "천국은 필요 없으니
내 고향을 달라"고.

—「헤이, 내 고향 러시아여」* 전문[2]

우리말로 적절히 재현하기는 어렵지만, 위의 시에서 교회 언어와 농민들의 언어는 하나의 리듬 안에서 조화로운 풍경을 연출한다. 물론 지금의 눈으로 보면, 러시아와 농촌에 대한 저 낙원의 이미지에 쉽게 감정을 이입하기는 어렵다. 저것은 지나치게 손쉬운 이상화이며, 전근대적 목가(牧歌)에 불과한 것처럼 보이기도 한다. 실제로 예세닌이 자주 보여주는 전원 풍경들은 '농민시'가 아니라 농촌을 대상으로 한 낭만적 목가에 머무는 경우가 많았다. 예세닌을 '농촌 시인'이라고는 할 수 있겠지만 '농민 시인'이라고는 할 수 없는 이유가 여기에 있다. 마야콥스키는 처음 만난 예세닌이 농민복을 입고 있는 것을 보고, "넌 그 옷을 버리고 프록코트를 입게 될 거야"라고 비아냥거렸는데, 그건 제 이미지를 농민으로 '세팅'하려는 그의 은밀한 욕망을 읽었기 때문이었다.

물론 예세닌의 농촌 이미지를 마야콥스키식의 삐딱한 시선으로만 재단하는 것은 적절하지 않은지도 모른다. 무엇보다도 그의 농촌 시편들은 고독한 개별자의 시가 아니라 다분히 공동체적 정서의 산물이기 때문이다. 그 시편들은 예세닌 개인의 감성이 아니라 그가 자연스럽게 체득한 농민들의 민요적 감성에 닿아 있는 것이다. 이것은 위의 시에 나타나 있는 대책 없는 이상주의에 대해 일종의 미학적 면죄부가 될 수 있을 것 같다.

실제로 예세닌의 시들만큼 '리듬'에 민감한 시도 드물지만, 그 리듬은 가령 알렉산드르 블로크의 상징주의적 음악성과는 맥락이 다른 것이었다. 예세닌의 리듬은 무엇보다도 차스투시카(chastushka)라고 불리는 러시아 속요의 리듬에 기대고 있기 때문이다. 4행 연구(聯句)로 이어지는 차스투시카는 정형률에 어휘 및 리듬의 반복과 수미쌍관 등 민요 일반에 전형적인 특성을 지니고 있는데, 그의 시들은 이 민요적 속성을 가장 풍요롭게 내장하고 있는 '현대시'였다. 그의 시편들은 대개 4행으로 한 연을 이루어 4-6연의 구성법을 보여주며, 단순하고 반복적인 리듬은 차스투시카의 토속적 애잔함에 근접해간다. 자전에 따르면, 10대 후반 시절 본격적으로 습작을 시작했을 때 그가 연습한 것은 실제로 '차스투시카 흉내 내기'였다고 한다.

> 노래하라, 노래해, 빌어먹을 기타를 잡고
> (……)
> 나는 사랑이 전염병이라는 걸 몰랐지
> 나는 사랑이 역병이라는 걸 몰랐지
>
> —「노래하라, 노래해」* 부분[3]

> 바람, 바람, 오 눈바람,
> 내 지난 인생을 보아주세요
>
> —「바람, 바람, 오 눈바람」* 부분[4]

아무 데나 펼쳐보아도, 많은 경우 그의 시들이 기대고 있는 리듬은 자의식 과잉의 개인적인 시들에서 볼 수 있는 리듬과는 다르다. 후기의 몇몇 시를 제외한다면, 사랑을 저주할 때조차 그의 리듬은 민요적 공동체에 어울린다는 느낌을 준다. 실제로 그의 시 중 노래로 만들어져 널리 애창된 것만 해도 1백여 편이 넘는다고 한다. 한국에서는 김소월이나 김지하 같은 이들의 시가 노래로 많이 만들어졌지만, 예세닌처럼 대중들의 호응을 받은 경우도 드물 것 같다. 확실히 예세닌은 '대중적인' 시인이었다.

당연한 말이지만, 예세닌의 시가 보여주는 풍경들은 도시와 인공물이 아니라 자연의 세계에 기대고 있다. 대개 자연을 시적 소재로 삼는 시들이 어쩔 수 없이 그런 것처럼, 예세닌의 자연들도 조금씩은 범신론적인 뉘앙스를 부여받는다. 마가목, 오두막, 버드나무, 자작나무, 그리고 순정한 짐승들…… 인간과 자연은 분별되지 않고, 농경 사회적 상상력에 기대고 있는 시들이 흔히 미덕으로 간직하는 '인간과 자연의 조화로운 합일'은 견고한 시적 기초를 이룬다. '벌판을, 하늘을 바라보네—/벌판에, 하늘에, 천국이 있네' 식의, 자연에 대한 한량없이 순진한 믿음이 없다면, 근본적으로 농촌시라는 것 자체가 성립하지 않을지도 모른다. 이 순정한 믿음이 근대 도시에 대한 혐오와 공포를 동반하는 것은 어쩌면 자연스러운 일이다. 다음 시에서, "강철 손님"이라는 것은 곧 저 도시적 세계의 금속성을 지시한다. 강철 손님은 노을에 젖어든 귀리들의 명백한 적이다.

나는 마지막 농촌 시인,
나무로 만든 다리는 내 노래 속에 소박하네.
잎새의 향으로 고별미사를 드리는 자작나무들 뒤에
나는 서 있네.

밀랍 촛대의 불꽃은 금빛으로 타올라
사그라들 것이고,
무표정한 달의 시계는
쉰 목소리로 나의 자정을 알리리.

푸른 들판의 오솔길로
이제 곧 강철 손님이 오시리.
그의 검은 손아귀는
노을에 젖어든 귀리들을 긁어가리.

삶을 잃은 그의 낯선 손,
이 노래는 당신과 함께하지 못하지!
다만 이삭 주워 먹는 말들이
옛 주인을 애달파 할 뿐.

추도 미사의 춤을 추며
바람이 말들의 울음을 휩쓸어가리.
무표정한 시계는 곧, 이제 곧
쉰 목소리로 나의 자정을 알리리!

—「나는 마지막 농촌 시인」* 전문[5]

도시, 혁명, 그리고 운명

1914년, 예세닌이 페테르부르크로 옮겨와서 처음 만난 것은 알렉산드르 블로크, 고로제츠키, 클류예프, 벨르이 등 상징주의자들이었다. '살아 있는 진짜 시인'을 본 것은 블로크가 처음이었노라고 술회하면서, 그는 이 상징주의의 대시인 앞에서 진땀을 흘리며 감동한다. 벨르이에게서는 형식의 의미를, 블로크에게서는 서정성을 배웠노라고 그는 적었지만, 그가 상징주의에서 받은 영향이 그렇게 강력했던 것 같지는 않다.

1915년에 첫 시집 『초혼제』(*Radunitsa*)를 엮고 '일급 시인'이 된 예세닌은, 이제 어쩔 수 없이, 풍부한 어휘와 단순한 리듬 그리고 투명한 농촌 정서에서 조금씩 멀어지기 시작한다. 여전히 이상향으로서의 농촌에 대한 노스탤지어와 반(反)도시적 정서에 뿌리를 두고는 있었지만, 정치적 혁명과 모더니즘의 열기는 알게 모르게 그의 삶을 잠식하고 있었다.

예세닌에게 혁명은 노동자와 자본가의 투쟁이 아니었다. 당대 러시아 사회가 노자(勞資) 간의 투쟁을 골격으로 삼는 단계가 아니었다는 점은 자명하다. 러시아는 로마노프 왕가가 건재한 전제군주국이었고, 무엇보다도 노동자가 아니라 농민들이 민중의 대부분을 이루는 나라였다. 그것은 러시아가 마르크스의 모델에 부합하는 사회 단계에 이르지 못했다는 것을 의미하며, 이것이야말로 자연발생적 혁명이 아니라 능동적 의식화를 중시했던 레닌주의의 역사적 의미이기도 하다. 저 유명한 '약한 고리론'은 '봉건적인 사회에서의 탈자본주의 혁명'을 정당화하고자 하는 레닌주의적 노력에 다름아니었다.

하지만 당대의 좌파 이론이나 역사의식 같은 것과는 무관하게, 예세닌은 1917년을 일종의 농민 혁명으로 받아들였다. 그는 볼셰비키들이 '제3계급'이라고 부르던 농민의 자식이었다. 이제 목가적 자연과 농촌은 때때로 저 유명한 '혁명적 낭만주의'와 결합한다.

별의 이파리들이
우리네 들판의 강으로 쏟아진다

지상과 하늘에서

혁명이여 만세!

—「천국의 북 치는 소년」 부분[6]

그가 이후의 숱한 기행에도 불구하고 혁명 정부의 '동반자'로 인정받았던 것은 그의 공동체적 언어와 리듬뿐만 아니라 저런 수사적 영탄법 때문인지도 모른다.

하지만 마야콥스키는 예세닌을 그리 신뢰하지 않았던 것 같다. 마야콥스키에게 초기의 예세닌은 그저 목가적 자연을 꿈꾸는 로맨티시스트 미소년이자 보헤미안 흉내를 내는 민요 시인에 불과했다. 혁명에 대한 예세닌의 생각 역시 그리 견고한 것은 아니었던 것 같다. 자전에서 그는, 자신이 혁명에 대해서 '우호적'이긴 했지만, 그건 지적 차원이 아니라 시적 차원이었다고 적는다. 그는 천성적으로 '혁명가'가 될 기질이 아니었다. 아니, 사실은, 좌파든 우파든 '정치'라는 것 자체와 예세닌은 별반 관련이 없다고 말하는 편이 나을 것이다. 1919년에서 1921년까지 예세닌이 이미지스트 그룹에 가담했다는 것이 그 단적인 증거가 될 수 있다. 마야콥스키의 좌파 미래주의 그룹과는 달리, 이미지즘 그룹은 탈정치적 순수주의를 주장하는 모더니스트들로 이루어져 있었다.

이미지즘 시대

지극히 도시적인 성향의 이미지즘과 예세닌의 농촌 정서는 전혀 어울릴 것 같지 않지만, 바로 그렇기 때문에 우리는 예세닌의 이중성과 자기모순을 이해할 수 있는지도 모른다. 예세닌은 이미지스트 그룹의 리더처럼 행동했으며, 모스크바의 카페에서 당대 아방가르드들에게 일종의 '유행'이던 시적 난장을 일삼았다. 이미지스트들에게 문학 카페에서의 술과 주정과 난장은 '시인의 특권' 같은 것이었다. 그들은 입으로는 탈정치적 순수와 아나키즘을 주장했지만, 하는 짓은 부르주아적 로맨티시즘을 복제하고 있었다. 18세기 프랑스의 살롱 문화는 귀족 문화의 잔재였으되 자유주의적 혁명의 정신적 산실이기도 했지만, 러시아 이미지스트들의 문학 카페는 혁명적 사유와는 별다른 관련이 없었다.

예세닌이 '얼굴마담'이긴 했지만, 모스크바 이미지즘 그룹의 이론적 리더는 셰르셰네비치(V. Shershenevich)였다. 지금의 문학사는 셰르셰네비치와 이 그룹의 또 다른 리더인 마리엔고프(A. Mariengof)를 예세닌의 주변에 배치하여 설명하고 있지만, 당시에 예세닌은 오히려 다른 이미지스트들에게는 다소 이질적 존재였다. 예세닌은 이미지즘 그룹 안에서도 일종의 '비주류'에 속해 있었던 것이다. 다음은 이미지즘의 리더 셰르셰네비치의 글 중 일부이다.

> 상징주의자에게 이미지(혹은 상징)는 사유의 방식이다. 미래주의자에게 이미지는 인상의 시각성을 강화시키는 수단이다. 이미지스트에게 이미지는 자기목적적이다. 여기에 예세닌과 마리엔고프의 근본적인 차이가 있다. 예세닌은 이미지의 자기목적성을 인정하면서도 동시에 이미지의 실용적인 측면, 즉 표현성도 인정한다. 마리엔고프와 에르드만과 셰르셰네비치에게 표현성은 우연한 것에 불과하다.[7]

위의 글은 이미지즘 그룹이 상징주의와 미래주의를 부정하는 자리에서 시작된다는 것을 보여준다. 이미지스트 그룹은 사회에 대한 냉소적인 태도와 자신들의 '훌리거니즘'에 어이가 없을 만큼의 자부심을 가지고 있었다. 당시 이들은 스스로를 '문학사의 중심'이라고 선언하곤 했다. 특히 셰르셰네비치의 이미지즘 이론은 그가 과거에 미래파에 몸담았었다는 이력에서 출발하는데, 미래파의 후예답게 그는 '문학사의 앙팡 테리블'이 되려는 욕망으로 들끓고 있었다. 1920년의 글에서 셰르셰네비치는, 이미지스트들의 등장과 더불어 푸시킨, 블로크, 미래주의 등 옛 문학의 위대함은 모두 허위가 되었다고 주장했다.[8] 이 주장이 1912년에 작성된 미래주의자들의 강령을 변조, 복제한 것이라는 점은 자명하다. 하지만 셰르셰네비치는 미래주의자들의 좌파 정치학과는 반대로, '불난 집에서 예술가는 불을 끄기보다는 펜을 들어 불타는 집을 묘사해내야 한다'라는 치기만만한 미학주의적 강령을 제시하기도 했다.

아마도 그들이 실제 작품을 통해 탁월한 성과를 보였더라면, 이미지즘의 문학사적 위상은 많이 달라졌을지도 모른다. 왜냐하면 셰르셰네비치의 이미지즘 이론에는 나름대로 문학사적 의의를 부여할 수 있는 내용들이 담겨 있기 때문이다. 그의 이론에는 미래주의자들의 미학을 더 과격하게 밀고 나가려는 아방가르드적 의지가 전제되어 있다. 1919년, 예세닌을 비롯해 셰르셰네비치와 마리엔고프 등이 서명한 이미지스트들의 「선언」(Deklaratsiia)에는 이런 주장이 담겨 있다.

> 우리는 예술의 '내용'을 이야기하는 것이 우습다고 생각한다. 예를 들어 '도시에 대해서 쓰라'라고 요구하는 것은 무식한 자나 하는 소리다. 예술에서 주제와 내용 같은 것은 맹장처럼 쓸모없는 것이다. 주제나 내용 같은 것들이, 마치 탈장(脫腸)되듯이, 작품에서 도드라져서는 안 된다. (……) 예술 작품에서 내용이라는 것은 모두 답답하고 의미가 없는 것이어서, 마치 그림 위에 붙어 있는 신문 쪼가리 같은 것이다. (……) 이미지, 이미지만이 예술이다.[9]

의미에 대한 이미지의 승리, 내용으로부터 이미지의 해방. 혈기 왕성한 전위적 포즈와 과장된 표현들을 걷어내고 본다면, 이 주장은 미학적으로 상당한 의미를 지닐 수도 있었다. '이미지'와 '의미'를 대립쌍으로 설정하는 것은 여러모로 타당할 뿐만 아니라, 특히 성상파괴주의 등 이미지에 대한 서구 정신사의 저 오래된 논쟁과 갈등을 염두에 둔다면, 이 미학적 강령은 나름대로 '표적'이 분명한 시도였을 수 있다는 얘기다. 하지만 지금 러시아 이미지즘의 이론적 의의에 진지하게 접근하는 연구자는 그리 많지 않다.

이미지즘 그룹에 몸담고 있던 짧은 시절에 예세닌이 얻은 것은 알코올중독 이외에는 별다른 것이 없었던 것 같다. "도시와 도시 예술가에 의해서 태어난 현대 예술은, 저 오래되고 안이한 농촌과 자연의 예술에 대립된다"라고 주장했던 셰르셰네비치와 그가 잘 어울리지 못했을 것이라는 점은 자명하다. 후에 예세닌은 자전에서, 이미지즘 그룹이 별다른 '토대'를 갖추지 못하고 있었으며, '이미지의 유기적 특성' 이외에는 특별히 얻을 만한 것이 없었다고 고백하고 있다. 무엇보다도 그는 자신의 성정이 일정한 에콜에 얽매일 수 없는 것이었노라고 적는다.

이미지즘 시대 이후의 예세닌에 대해 말할 때마다 반드시 따라붙는 것은 이사도라 덩컨과의 '세기의 사랑'이다. 그들의 사랑은 가십 이상은 아니지만, 이상하게도 그네들의 사랑이 지닌 파괴적인 자기모순은 그네들의 예술에 내재한 모순과 겹쳐지면서 '미학적인' 흥미를 유발한다.

예세닌과 이사도라 덩컨, 혹은 미친 사랑의 노래

이사도라 덩컨의 생이 그 화려한 사생활 때문에 관심을 끈다면 그것은 물론 부당한 일이다.[10] 발레를 예술로 인정하지 않았던 이 열혈 예술가의 춤은 당대의 미학적 지형도를 바꿀 만큼 강력한 것이었다고 한다. 니진스키의 현대 발레가 했던 역할을, 덩컨은 아예 발레 바깥으로 나가 수행했다. 그녀는 발레가 지닌 저 극단적 양식화와 거의 체조에 가까운 기술을 혐오했으며, 스스로의 몸을 예술적 '표현'의 수단으로 삼을 수 있기를 바랐다. 그녀에게 발레는 표현할 내면이 결여된 '기술'에 불과했다. 무엇보다도 덩컨은 발레의 귀족성을 혐오했는데, 당대의 전위예술가들이 대개 그러했듯, 그녀의 이런 성향은 자연스럽게 코뮤니즘에 대한 경도로 나타난다. 그녀가 처음 러시아를 방문했던 1905년은 우연히도 '피의 일요일' 사건이 터진 때였다. 그녀는 차르 정부의 학살이 불러온 저 새벽의 기나긴 장례 행렬을 목격하고는 하염없이 눈물을 흘린다. 인민 대중을 위한 전위의 예술. 그것은 덩컨의 꿈이었고, 이 꿈이야말로 1921년 소비에트의 초청을 흔쾌히 수락하여 러시아에서의 삶을 시작하게 된 동기였다.

하지만 예세닌처럼, 이사도라 덩컨 역시 제 안에 모순을 품고 있기는 마찬가지였다. 그녀는 '민중'을 사랑하고 무신론과 사회주의 이데올로기에 공감했으며 볼셰비즘의 관료주의를 충동적으로 비판했지만, 정작 그녀 자신은 호사스러운 일상과 물질적 낭비, 무엇보다도 아름다운 '천재형의 남자'를 선호했다. 1922년, 덩컨은 한 파티에서 스물여섯의 미소년 예세닌을 만나 바로 동거에 들어간다. 덩컨은 러시아어를 거의 하지 못했고 예세닌은 러시아어 이외에는 할 수 있는 말이 없었지만, 1920년에서 1923년까지의 동거는 별다른 장애 없이 시작된다. 덩컨이 열일곱 살 연하의 어린 연인 예세닌을 택한 이유는 여럿이었겠지만, 가장 중요한 것은 그가 패트릭을 닮았다는 것이었다. 패트릭은 그 몇 해 전, 사고로 죽은 그녀의 아들 이름이었다. 아마도 이것은 예세닌에 대한 덩컨의 집착을 설명할 수 있는 유일한 단서

인지도 모른다.

예세닌은 덩컨을 만났을 때 이미 알코올 중독자였으며 덩컨은 절정기가 지난 약간은 비대한 댄서였지만, 그녀의 '명성'이 예세닌에게 영향을 미친 것은 확실해 보인다. 덩컨과 예세닌은 서로에게 집착에 가까운 열정을 보여주지만, 대개 자애가 강한 자들의 사랑이 그렇듯 그 사랑은 서로에 대해 파괴적이었다. 덩컨은 예세닌의 시를 러시아어로 읽을 수 없었으되 예세닌이 '천재'라는 걸 끝까지 의심하지 않았다. 이미지즘 시절 몸에 익은 예세닌의 '난장'은 천재의 기행으로 비쳐졌으며, 그래서 덩컨은 미국과 유럽 공연에 예세닌을 동반하기 위해 공식 결혼까지 하게 된다. 예세닌 스스로도 자신을 '천재'라고 생각하고 있었지만, 사실 그의 좋은 시편들은 당대성 안에서 그 당대성을 본능적으로 뛰어넘는 '천재'의 것이라기보다는, 오래 몸에 익은 공동체적 리듬의 산물이라고 말하는 것이 타당해 보인다.

그들은 러시아, 미국, 유럽을 거치는 동안 수없는 이별과 재회를 거쳐 더 이상 서로를 견딜 수 없는 지경이 되어서야 겨우 헤어진다. 소비에트의 비정상적인 '코뮤니스트 커플'에 대해서 미국을 비롯한 서구 사회가 순수한 환대를 해주지는 않았다. 특히 광적인 반사회주의 정서를 지닌 미국에서 덩컨의 공연은 수많은 정치적 스캔들로 뒤범벅이 된다. 이것은 예세닌이 저 아메리카 땅에 대해 혐오를 가질 수밖에 없었던 이유이기도 하다.

정치적 난관들 외에도, 덩컨의 낭비벽이 예세닌의 알코올 중독이나 자학, 그리고 방탕과 공존하기는 애초부터 어려웠다. 러시아어에는 이른바 '예세닌 기질(Eseninshchina)'이라는 부정적 맥락의 표현이 있다. 이것은 도덕적 방탕, 내면의 연약함, 절망적 수동성, 병적인 보헤미아니즘 등을 싸잡아 일컫는 말이다. 결국 덩컨은 유럽에 남고 예세닌은 혼자 러시아로 돌아온다. 그 후 2년이 지나 자살한 예세닌의 시에는 확실히 그녀와 보낸 저 지독한 시절의 그림자가 드리워져 있지만, 그것을 사랑이라고 부를 수 있을지는 의심스럽다.

이런 밤이라니! 어쩔 수 없다.
잠이 오지 않는다. 저런 달빛이란.
마치 내 영혼의 물가에
잃어버린 젊음을 가져다주는 듯.

차가워진 시절의 연인이여,
유희를 사랑이라 부르지 말라,
차라리 이 달빛이
내 머리맡에 흐르게 하라.

달빛이 겁 없이
비뚤어진 그림을 그리게 하라.
그대는 사랑을 버릴 수 없으리,
사랑을 할 수도 없었던 것처럼.

—「밤이다」* 부분[11]

예세닌의 최후

1925년, 예세닌은 페테르부르크의 한 여관에서 스스로 손목을 베어 그 피로 최후의 글을 쓴 후, 목을 매 자살했다. 그 여관은 지금 페테르부르크 한복판의 가장 번화한 곳에서 성업 중인 최고급 호텔이 되었는데, 호텔 외벽에는 '예세닌이 자살한 곳'이라는 현판이 조그맣게 걸려 있다.

투명하고 순정해 보이는 이 농촌 시인의 내면에는 애초부터 어떤 모더니스트들보다도 강한 자애와 자해, 자살 충동이 내재해 있었다. 그는 제 몸 안에서 물리적으로 점증하고 있던 우울증의 징후를 제어하려 하지 않았다. 그가 자살하던 해에 쓰인 시들은 대개 비극적이고 비관적이며 개인적인 시편들이다. 다음은 후기의 장시 「검은 사람」 중 일부이다.

친구, 내 친구여,
나는 몹시, 몹시 아프다.
이 병이 어디서 깃들었는지 몰라
텅 비어 인적 없는 벌판에 부는
바람인지
또는 9월의 숲처럼
뇌에 퍼지는 알코올인지.

새가 퍼덕이는 듯
아픈 머리가 귀를 흔들어.
목 위에 매달린 머리는
멀리 보이는 발을 견딜 수 없다.
검은 사람,
검은, 검은,
검은 사람이
침대 머리맡에 앉는다,
검은 사람이
밤새 나를 잠들지 못하게 한다.

검은 사람이
손가락으로 추악한 책을 가져와,
죽은 수도사에게 하듯
콧소리로
내게 삶을,
어느 비열한 방랑자의 생을 낭독한다,
우울과 공포가 내 영혼에 스며든다.
검은 사람, 검은,
검은 사람!

—「검은 사람」 부분[12]

이 시에는 초기 예세닌의 시적인 특성이 스며 있지만, 그 특성의 의미는 전혀 다르다. 저 '벌판'과 '9월의 숲'과 '퍼덕이는 새'의 향토적 이미지들은 이제 구체적인 러시아의 전원 풍경에 연루되지 않는다. 그것들은 죽음을 예감한 시인의 자의식 안에서 구체성을 잃고 우울하다. 또 예전처럼 반복의 리듬을 타고는 있지만, 저 '검은 사람(chernyi chelovek)'의 음산한 두운 반복은 나른하게 비극의 리듬을 형성하는 것이다. 그것은 이제 민요적 공동체의 리듬이 아니라 죽음을 부르는 실존의 리듬으로 간신히 이어진다. 그는 당대 사회주의 진영의 시인들과 불화하기도 하고 화합하기도 했지만, 말년의 그는 사회주의 같은 것에는 관심조차 둘 수 없는 지경이 되어 있었다. 그가 남긴 유작시는 이렇다.

안녕, 내 친구여, 안녕.
나의 벗, 그대는 내 가슴에 있네.
이별이 예정돼 있듯

후일의 만남도 약속된 것.

안녕, 내 친구여, 악수도 한마디 말도 없이,
우울도 슬픈 표정도 버리길—
이 삶에서 죽는다는 것은 새로울 게 없네,
하지만 살아가는 것도 새로울 게 없지.

—「안녕, 내 친구여」* 전문[13]

이 시와 그의 최후에 대해서는 별달리 부기할 것이 없다. 오히려 마야콥스키의 시 한 편을 읽는 것이 더 나을 것 같다. 마야콥스키는 그의 기나긴 장시 「예세닌에게」에서, 예세닌의 죽음과 당대 문단의 풍경에 대해 이렇게 기록했다. 행 구분을 무시하고 옮겨 적는다.

비평가들은 지껄이리. 이런저런 이유로 그가 자살했노라고. 하지만 가장 근본적인 이유는 민중과의 유대가 없었던 것이었노라고. 그래서 과음을 일삼다가 죽어버렸노라고. 그들에 의하면, 보헤미안 기질 대신 계급의식을 당신에게 심어주었더라면, 계급의 힘으로 그런 과격한 짓은 피할 수 있었으리라는 것. 하지만 인민은 상한 우유만 마셔도 취하는가? 그들은 술을 마시지 않는가? 또 떠들어대기를, '초소파'의 좌익 비평가가 당신을 감독했더라면, 당신은 훨씬 더 뛰어난 내용의 시를 썼을 거라고. 당신이 하루에도 백 편씩은 써댔을 거라고. 도로닌처럼, 지겹고, 길게. 하지만 내 생각에, 그런 헛소리가 정말 이루어졌다면 그대는, 더 일찍 목숨을 끊었으리. 지겨워서 죽느니 과음으로 죽는 게 낫지 않은가.[14]

마야콥스키는 속류 유물론자들을 조롱하며 예세닌에게 기나긴 애도의 시를 헌정한다. 그리고 예세닌이 적어놓은 마지막 시의 결구를 이어받아 이렇게 시를 마무리한다.

이 세상에서
죽는다는 것은
어렵지 않지.
살아내는 것이
훨씬 어렵네.[15]

하지만 정작 그렇게 말한 마야콥스키 역시, 예세닌이 자살한 후 5년이 지난 어느 날, 자신의 작업실에서 권총 사살을 결행한다. 이것은 비극적인 아이러니이지만, 확실히 마야콥스키 스스로도 예세닌의 죽음을 통해 이미 자신의 운명을 예감하고 있었는지도 모른다.

영원의 인상주의

파스테르나크

파스테르나크와 지바고

보리스 파스테르나크(Boris Pasternak, 1890–1960)는 『닥터 지바고』의 작가로 잘 알려져 있지만, 그의 본업은 물론 소설이 아니라 시다. 『닥터 지바고』는 그가 세상을 뜨기 3년 전 러시아가 아닌 이탈리아에서 발간되는데, 그것은 이 소설이 지닌 탈볼셰비키 정치학 때문이다. 당연하게도 소비에트 러시아는 이 소설을 수용할 만큼 너그럽지 않았다. 1958년에 서구인들이 노벨문학상 수상자로 그를 지명한 것 역시 냉전 시대의 정치적 역학과 무관하지 않다는 것은 자명하다. 파스테르나크는 조국 러시아에서 살아가기 위해 이 상을 거부했으나, 소비에트 작가동맹은 결국 그를 제명한다. 그는 냉전의 틈바구니에 끼여 이러지도 저러지도 못한 채 그로부터 2년 후 세상을 떠난다.

『닥터 지바고』는 전형적인 시인의 소설이다. 삼인칭 시점을 채택하고는 있지만, 어쩔 수 없이 일인칭의 파토스가 지배하는 작품. 자전적 요소, 서로 분별되지 않는 저자와 주인공, 묘사의 서정성 등은 '시인의 소설'에 자주 나타나는 현상들이다. 주인공 유리 지바고는 파스테르나크의 분신이며, 소설 안에 편입되어 있는 지바고의 시편들은 지바고와 파스테르나크를 잇는 일인칭 파토스에 지배된다.

지바고의 시들처럼 시인 파스테르나크의 시편들 역시 대개 일인칭으로 이루어진다. 하지만 그의 일인칭은 전통적인 의미의 일인칭과는 변별되는 요소들이 많다. 우리는 이 글에서 파스테르나크의 시적 일인칭이 당대의 미학적 지형 안에서 어떤 역할을 수행했는지 살펴보려고 한다. 그의 시가 내면화한 일인칭이 어떻게 사물에 가닿는지, 그리고 그 사물에서 어떻게 기화해가는지가 이 글의 관심사다.

파스테르나크와 미래주의

그의 문학적 연대기는 '원심분리기(tsentrifuga)'라는 러시아 미래주의의 한 그룹에서 시작된다. 이 생경한 명칭이 대변하듯, '원심분리기'는 미학적 혁신을 주장한 그룹이었다. 그들은 그룹의 이름 그대로, 시적 구심력이 아니라 시적 원심력을 지향했다. 하지만 이 그룹의 미학은 마야콥스키가 대표했던 '입체-미래주의자'들처럼 과격한 것은 아니었다. '입체-미래주의자'들은 전형적인 아방가르드들이었지만, 파스테르나크와 아세예프(N. Aseev) 등 그의 문우들은 상징주의의 영향력 아래 있었다. 파스테르나크 스스로 동료였던 아세예프의 시를 평하면서 그의 시가 지닌 '낭만성'을 지적하고 있는데,[1] 이런 차이는 미묘하게 파스테르나크와 마야콥스키의 관계에 겹쳐진다.

실제로 파스테르나크의 시편을 미래주의적, 혹은 전위적 의지와 관련짓기는 어렵다. 전래의 시어에 대한 '개혁 의지'를 가졌다는 것 정도 이외에는 별다른 공통점을 발견하기 어렵기 때문이다. 그나마 그가 보여준 언어적 개성 역시 '전위'와는 관계가 먼 것이었다. 그가 한 산문에서 '자움(초이성어)' 같은 언어 실험에 매진하던 흘레브니코프에 대해 동감을 표시할 수 없었던 것은 당연한 일이다.[2]

게다가, 파스테르나크에게는 무엇보다도 당시의 아방가르드들이 지니고 있었던 정치적 파토스가 결여되어 있었다. 가령 『닥터 지바고』 같은 소설을 지배하는 것은 궁극적으로 반혁명의 정치학이 아니라 탈정치적 의지다. 탈정치적이라는 것 자체가 역설적으로 정치적이었을 뿐, 라라와 지바고의 사랑이 끝내 희구했던 것은 다만 인간과 삶에 대한 그리스도적 사랑이었다. 소설 속에서 사회주의는 개인의 운명을 휩쓸어가는 거대한 힘의 대명사였다.

그렇다고 해서 이 소설의 진짜 주제를 '예술의 영원성'이나 '운명적 사랑의 서사' 같은 것이라고 말하기도 어렵다. 예술의 영원성이라는 것은 애초에 실체 없이 모호한 수사이고, 운명적 사랑의 서사라는 것은 우연에 우연이 겹치는 것을 뜻할 뿐이다. 실제로 라라와 지바고의 사랑은 우연의 중첩에 의해 겨우겨우 이어진다. 우연이 '운명'이라는 이름을 얻을 수 있었던 고전 비극과 달리, 라라와 지바고는 산문화된 세계의 왜소한 개인들이었다.

아마도 우리는 이 소설의 핵심을 이렇게 요약해야 할는지도 모른다. 거대 역사와 사회 시스템 바깥에 존재하는 우울한 개별자의 비극. 그래서 일부 문학사가들이 유리 지바고를 이른바 '잉여 인간'의 한 유형에 포함시키는 것은 설득력이 없지 않다. 하긴, '잉여 인간'이야말로, 사회 제도의 초월적 지배력을 부정할 수 있는 유일한 존재일는지도 모른다.

파스테르나크와 마야콥스키

파스테르나크는 세 살 연하인 마야콥스키의 시와 혁명을 질투 어린 시선으로 주시하고 있었다. 파스테르나크를 지배했던 지적 코드로는 흔히 음악의 스크랴빈, 문학의 릴케, 철학의 헤르만 코헨을 들지만, 마야콥스키야말로 인간 자체로서 그를 압도했던 존재였다.

실제로 그는 자전적 에세이 「안전통행증」(Okhrannaia Gromota)에서 마야콥스키와의 만남에 긴 지면을 할애하고 있다. '원심분리기'의 멤버들이 건달풍의 마야콥스키 그룹과 설전을 벌이던 아르바트 거리의 첫 만남이 끝난 그날 저녁에 대해, 파스테르나크는 이렇게 기록했다. "나는 미친 듯이 마야콥스키에게 빠져버렸다. 벌써 그가 그리웠다."[3]

마야콥스키가 자살하던 1930년, 그는 자기가 가야 할 길이 마야콥스키와는 다르다는 것을 확연하게 깨닫는다. 그는 격정으로 가득한 마야콥스키의 삶과 죽음을 '로맨틱한 영웅주의'라고 적는다. 마야콥스키와 예세닌은 당대에 이미 하나의 전설이었다. 그네들의 자살은 이 전설의 완성이다. 하지만 파스테르나크는 자신이 좀 더 온건한 길을 택할 수밖에 없다는 것을 알고 있었다. 그는 '영웅주의와 피의 냄새'를 요구하지 않는 온유함을 택했다. 애초에 그의 성정 자체가 미래파적인 역동성이나 정치적 불온함과는 거리가 멀었는지도 모른다.

확실히 파스테르나크는 '순수'의 시인이었다. 파스테르나크의 시적 기원 중 하나가 라이너 마리아 릴케였다는 것도 적어둘 만하다. 릴케가 열세 살 연상의 연인 루 살로메와 러시아를 여행하던 시절, 겨우 열 살의 파스테르나크는 기차간에서 만난 릴케를 하나의 신비로운 '실루엣'으로 기억하게 된다. 릴케 외에 아넨스키 같은 시인을 파스테르나크의 시적 스승으로 거론하는 사람들도 있지만, 무엇보다도 그에게는 아넨스키식의 모호하고 데카당한 경향이 없었다. 파스테르나크는 음울하거나 병적인 시인이 아니었다. '시대와의 불화'가 그의 시에 어두운 그림자를 드리우고는 있었지만, 그는 무엇보다도 햇살이 내리는 환한 정원에 어울리는 시인이다. 어쩌면, 바로 이 점이, 전세기적 음울함에 시달리던 러시아 모더니스트들 가운데 그가 지닌 독특함일는지도 모른다.

성서 vs. 열차 시간표

그가 본능적으로 끌렸던 것은 미래파가 아니라 오히려 상징주의적인 무엇이었던 것 같다. 첫 시집 『구름 속의 쌍둥이』(*Bliznets v tuchakh*)에 대해서, 그는 자기 시가 지닌 '상징주의적 모호함'을 지적한 적이 있다. 다음은 이 초기 시집에 나오는 구절이다.

> 오늘 우리는 그의 우울을 완성할 것이다, 라고
> 아마도 나를 만난 것들은 그렇게 말했겠지.
> 상점의 어둠 같은 것.
> 철쭉의 어지러운 몽상이 있는 창문 같은 것들은.[4]

우울과 몽상과 창문 같은 어휘들이 환기하는 어슴푸레한 이미지. 의미가 아니라 모종의 아우라에 가닿고자 하는 어휘들. 이것은 다분히 전 시대의 풍경에 근접한다.

하지만 파스테르나크가 시를 쓰던 시대는 상징주의의 음영이 사라져가던 때였다. 당연하게도, 파스테르나크의 언어는 상징주의적으로는 온전히 설명할 수 없는 세계를 이루게 된다. 위에 인용한 부분에 나오는 '상점'과 '철쭉' 같은 어휘들 역시, 어둠과 우울함과 몽상 속에서 이루어지는 상징주의적 투시의 산물은 아니다. 그 어휘들은 저 자신의 사물성을 힘겹게 보존하고 있다. "나를 만난 것들"은 끝내 사물성을 잃지 않은 사물들인 것이어서, 상징주의적 추상성에 함몰되지 않는다.

상징주의자들을 지배한 것은 은유에서 상징으로, 그리고 끝내는 존재하는 것들의 이면에 도달하고자 하는 의지였다. 언어는 지시성을 잃고 말의 물질성으로 환원되어 모종의 음악적 세계를 구성하는 수단이 된다. 궁극적으로 상징주의자들의 시에는 구체적인 사물들의 자리가 마련되어 있지 않다.

하지만 파스테르나크는 그렇게 하지 않았다. 그는 사물의 이름을 사물에서 떼어놓지 않았으며, 사물 자체에 이름을 돌려주고자 했다. 그의 언어는 사물에서 사물로 움직이는 것인데, 이 사물과 사물 사이의 이동은 견자만이 투시할 수 있는 모종의 '시적 비전'을 구성하는 데 헌신하지 않는다. 사물은 '저편의 세계'에 종속되지 않고 저 자신의 공간을 오롯이 차지하는 것이다.

파스테르나크의 시가 지닌 이런 특성을 많은 사람들은 '선적(lineal)'이라고 표현했다. 이 '선(線)'을 야콥슨의 용어로 치환하여 표현한다면 '환유적 인접성'을 따라가는 길이 될 것인데, 실제로 야콥슨이 은유와 환유의 이원론을 제시한 것도 바로 파스테르나크의 시와 산문을 설명하는 과정에서였다.[5]

이런 요소는 파스테르나크 자신도 의식하고 있는 것이었다. 그는 '원심분리기'의 시선집에 실린 산문에서, 새로운 시의 비유는 유사성이 아니라 인접성에 기초해야 한다고 말한 적이 있다. 그는 이것을 '환유'라고 명시하지는 않았다. 그의 표현에 따르면 그것은 '인접성에 따른 메타포'[6]이다. 그의 시집 『삶은 나의 누이』의 표제작을 옮겨 적는다.

삶은 나의 누이, 오늘도 봄비처럼 넘쳐
만상에 닿아 부서지네.
그러나 고상한 이들은 팔찌를 낀 채 불평하며
귀리밭의 뱀처럼 정중하게 삶을 물어뜯지.

노인들에겐 그럴 만한 제 이유라도 있을 테지만
말할 것도 없이 그대의 이유는 우습네.
소나기 내린 날 두 눈과 잔디는 연보랏빛,
그리고 지평선은 물푸레 향기로 젖어 있다는 것.

그리고 5월, 카뮈신으로 가는 열차의 찻간에서
열차 시간표를 읽으면,
그것은 성서보다
먼지바람에 검어진 좌석보다 장엄하다는 것.

포도주 빛깔에 잠긴 외진 마을 사람들 앞에 기차가
제동기 소음을 울리며 정차한다는 것.
침대칸에 앉은 채 사람들은 내릴 역이 아닌지 내다보는데,
태양은 저물며 나를 동정하네.

내릴 역이 아니어서 미안하다, 고 계속 사과하는 듯
기적은 세 번 울리고 흩어지네.
커튼 아래로는 밤이 타오르고
벌판은 별을 향한 계단에서 무너지네.

깜빡이고, 명멸하고,

하지만 어딘가에서 사람들은 달콤하게 잠들고,
사랑하는 그녀도 요정 모르가나처럼 잠들어 있으리.
그 시간, 마음은 승강구에 부딪치며,
열차의 문들을 벌판에 뿌리고 있네.

—「삶은 나의 누이」* 전문[7]

삶을 누이라고 말하는 것은 의인화이며, 그러므로 은유의 한 형태다. 러시아어에서 '삶'이라는 명사는 여성형이므로, 이 은유적 전이는 러시아어로 읽을 때 매우 자연스럽게 느껴진다. 하지만 이렇게 의인화된 삶-누이가 시의 마지막까지 정말 살아 있는 풍경들로 펼쳐진다는 점이 중요하다. 이렇게 펼쳐지는 과정을 통해서 삶-누이는 은유이기를 멈추고 현실의 사물들에 젖어든다. 그는 추상적인 어휘를 자주 사용하지만, 이 추상적인 어휘들은 지극한 구체성과 물질성으로 잇닿아 끝내 제 추상성을 잃는다.

그러니까 그것들은 객관화되거나 사물화된다. 추상의 지평에서는 형체 없이 무한한 어휘들이, 사물이나 인간의 몸을 얻어 유한한 시간과 유한한 공간에 스스로 결박된다. 바로 이 변신의 순간이 파스테르나크의 시학을 규정한다. 누이에서 소나기와 잔디와 지평선 그리고 열차 바깥의 풍경으로 이어지면서, 삶이라는 추상명사는 구체적인 풍경의 물질성들로 서서히 귀환한다.

이것은 한순간 흘러넘치는 휘파람,
이것은 짓눌린 얼음조각이 튀는 것,
이것은 잎사귀가 얼어붙는 밤,
이것은 꾀꼬리 두 마리의 논쟁.

이것은 달콤하고 시든 완두콩,
이것은 콩깍지 속 세상의 눈물,
이것은 악보대와 플루트에서 화단으로
우박처럼 떨어지는 피가로의 결혼.

이것은 욕조의 깊은 바닥에서
밤이 꼭 찾아내야 하는 모든 것,
땀에 젖은 손바닥을 떨며
새장까지 별을 옮기는 일.

물속의 널빤지보다 넓은 것은 무더위.
오리나무로 가득한 창공.
이 별들의 표정에 어울리는 것은 웃음.
하지만 우주는 소리 없는 곳.

—「시의 정의」 전문[8]

여기서 '시'라는 것은 휘파람에서 잎사귀가 얼어붙는 밤을 거쳐 욕조 바닥의 별들로 변신하다가, 끝내 소리 없는 우주에 이르러 사라진다. 「시의 정의(定義)」라는 관념적인 제목은 이러한 변신과 사물로의 귀환을 위해 일종의 동기가 되어줄 뿐이다. 「삶은 나의 누이」의 "열차 시간표가 성서보다 장엄하다"라는 유명한 구절을 이러한 귀환의 상징으로 읽어도 좋을 것 같다.

이제 삶은 종교적 상징으로 가득한 성서적 관념보다, 산문화된 사물의 시간에 가까워진다. 삶이라는 것은 이 사물들의 시간 자체이며 또 사물과 풍경의 한량없는 전승에 다름아니다.

오리나무에서 오리나무로

대개 일인칭을 차용한다는 것은 같지만, 마야콥스키나 아흐마토바의 화자들과 달리 파스테르나크의 일인칭은 결코 시의 전면에 나서지 않는다. 그의 화자는 만상의 사물과 풍경을 잇는 하나의 '시선'일 뿐, 마야콥스키처럼 노호하며 포효하는 적극적인 일인칭이나, 아흐마토바처럼 고통과 그리움을 견디는 내면적이며 개인사적인 일인칭과는 거리가 멀다.

이제 일인칭의 파토스와 개인사적 비극 대신에, 사물들의 감성이 시를 지배한다. 마야콥스키가 일인칭의 모노드라마 안에서 격렬하고, 아흐마토바가 일인칭의 내면화된 감옥에서 빛나는 실재의 태양을 힘겹게 기록할 때, 파스테르나크의 일인칭 화자는 묘사적으로 재현된 풍경들 안에서 고요하다.

> 나는 삶의 목적을 이해했으며 그 목적을
> 목적으로서 경외한다 그리고 이 목적은—
> 내가 이런 것들과 화해할 수 없음을 인정하는 것,
> 4월이 있다는 것과,
>
> 또 나날은 대장간의 풀무라는 것, 그래서
> 전나무에서 전나무로, 오리나무에서
> 오리나무로, 강철의, 비스듬한
> 줄기를 이루어 흘러넘쳤던 것
>
> 길 위의 눈처럼 녹은,
> 대장장이가 한 줌에 쥔 석탄 같은,
> 한량없는 노을을

소리 내며 빨아들이는 흐름이라는 것.

교회 종소리의 무게라는 것,
종 치는 이가 무게 재는 이에게 사로잡힌다는 것,
한 방울 때문에, 눈물 때문에,
부활절 때문에, 머리가 아프다는 것.

—「나는 삶의 목적을」* 전문[9]

'삶의 목적'이라는 추상적인 구절은 뜻밖에 이 시의 핵심어가 아니다. 이 시는 인간의 삶과 '화해할 수 없는' 저 만상의 '흐름'에 눈을 돌린다. 여기서 화해할 수 없다는 것은, 만상의 흐름과 인간의 삶이 대립된다는 뜻이 아니다. 삶의 목적과 무관하게, 저 만상의 흐름이 인간을 흘러가게 만든다는 것이 중요하다. 인간의 삶은 그 흐름 혹은 시간에 종속된다. 흐름을 이루는 것은 시간이기도 하고 사물이기도 하며 또 자연물들이기도 하다. 이때 시간은 세계와 무관한 어떤 것이 아니다. 그것은 무게와 연장(延長)을 가진 사물들의 세계에 속해 있다. 교회 종소리에서 무게를 느끼는 민감한 감각, 그리고 종 치는 이를 무게 재는 이와 병치시키는 것도 저 시간의 개입에 의한 것이다. 이제 시간은 만상 안에 임재하는 거대한 '흐름'에 다름 아닌 것이어서, 그것은 베르그송적 의미의 '지속(duration)'에 가까이 간다. 전나무에서 전나무로, 오리나무에서 오리나무로 흘러넘치는 이 한량없는 흐름은 '삶의 목적'이라는 추상명사의 추상성을 끝내 무화시킨다. '삶의 목적'은 전나무에서 전나무로, 오리나무에서 오리나무로 흘러넘치다가, 문득 사라진다. 남는 것은 저 자존하는 사물들의 목적 없는 흐름이다.

파스테르나크의 많은 시들이 기차 여행이나 기선 여행을 통해 작성되었다는 것도 상징적이다. 창밖을 흘러가는 세계와 세계를 바라보는 그의 시선은 곧 사물들의 저 유장한 '흐름'과 다르지 않다. 어떤 연구자들은 이런 특성을 '의식의 흐름'과 유사하다고 말하기도 하지만, 내 생각에 파스테르나크의 시들을 '의식의 흐름'과 연관 지어 말하기는 어려울 것 같다. 왜냐하면 여기에는 화자의 '의식'이라는 것이 지배적이지 않기 때문이다. 눈에 보이는 사물들을 이어가기는 하지만, 그것들을 잇는 것이 온전히 자의식이라고 말할 수는 없다. 이것은 세기 초 모더니스트들이 사용했던 '의식의 흐름'으로는 설명되지 않는다. 파스테르나크 자신의 말대로, '모든 디테일들은 살아있으며, 그것들은 나와 무관하게 저 자신의 의미 안에서 스스로 발생한 것'이기 때문이다.

마르부르크, 혹은 시적 고향

하지만 이 '디테일'들의 세계를 미학적 객관주의와 비슷한 것으로 이해하면 되는 것일까. 일인칭의 감성이 사물을 무화시키지는 않지만, 그렇다고 해서 물리적 사물의 본성이 그 '디테일'들을 지배한다고 말할 수 있는 것일까.

그렇지는 않은 것 같다. 무엇보다도 그가 꿈꾸었던 것은 사물의 객관성이 아니며, 물자체 같은 사물의 본질도 아니었다. 그것은 아마도 '현상학적'이라고 불러야 할 자세에 가까운 것 같다. 이 지점에서 파스테르나크 자신의 언급을 읽어보자. 산문 「안전통행증」에는 이런 구절이 있다.

> 우리는 현실성을 인식하는 것을 중지한다. 그것은 어떤 새로운 범주에서나 나타나는 것이다. 이 범주는 우리 것이 아니라 그 자신의

> 상태에 속한 것으로 보인다. 그 자신의 상태와 무관하게 하나의 이름이 있다. 오직 그 자신의 상태만이 새로운 것이며 이름 없는 것이다. 우리는 그것을 명명하고자 한다. 그 결과가 예술이다.[10]

여기서 "그 자신의 상태"라는 것을 '물자체' 같은 칸트적 용어와 동일시할 수는 없다. 그것은 오히려 '현상학적 괄호'를 친 상태의 사물, 인간이 부여한 사물의 이름과 관례적 명명을 벗어나 우리 눈앞에 자존하는 대상을 지시하는 것으로 보아야 한다.

실제로 이 구절은 파스테르나크가 독일 마르부르크 대학에서 철학을 공부하던 시기의 것이다. 마르부르크 학파 가운데서도 헤르만 코헨(H. Cohen) 같은 이는 파스테르나크에게 지대한 영향을 끼친다. 「안전통행증」에는 마야콥스키만큼이나 마르부르크 학파와 헤르만 코헨에 대한 이야기가 길게 서술되어 있다. 이것은 기묘한 느낌을 준다. 이른바 '신칸트학파'로 분류되는 헤르만 코헨의 철학은 바흐친적 대화주의의 시원이기도 하다. 바흐친의 대화주의가 현상학을 넘어 말과 말의 역동적 충돌 속으로 들어갔을 때, 파스테르나크의 시편들은 말과 말 대신 사물과 사물을 잇는 시적 현상학에 접근해가고 있었다. 바흐친의 미학이 칸트와 헤르만 코헨을 거쳐 그 자신의 대화주의에 이르렀을 때, 파스테르나크의 시는 칸트와 헤르만 코헨에서 출발하여 범신론적인 자연과 인상주의에 접근해갔다. 바흐친의 대화주의가 낭만주의의 단일한 의식을 부정하고 있을 때, 파스테르나크의 범신론적 자연과 인상주의를 규정했던 것은 낭만적 열정이었다. 유사한 경로에도 불구하고 두 사람의 종착지는 완연히 이질적이었던 셈이다.

낭만주의와 혁명

물론 파스테르나크의 세계가 19세기의 낭만주의적 주관성이나 낭만적 일인칭과 동일한 층위에 있었던 것은 아니다. 그의 언어들이 사물들의 세계를 통과해갈 때, 그는 내면적 주관으로 세계를 구성하거나 일인칭의 이상주의로 대상을 삭제하지 않았다. 그럼에도 그의 시에는 낭만주의적 파토스라 할 만한 무엇인가가 일종의 항수(恒數)처럼 내재해 있다. 어쩌면 이것이 그의 시에서 핵심을 이루는 것인지도 모른다.

파스테르나크가 활발하게 활동했던 것은 1920년대에서 1950년대까지였다. 이 시기에 쓰여진 그의 대표적인 시집이 『삶은 나의 누이』(1922)이다. 이 시집은 19세기의 낭만주의 시인 레르몬토프에게 헌정되는데, 레르몬토프의 이름 아래에는 오스트리아의 서정시인 레나우(N. Lenau)에게서 빌려온 것으로 되어 있는 에피그라프가 붙어 있다.

> 숲이 흔들리고, 하늘에는
> 먹구름이 흘러가네.
> 그때, 소녀여, 폭풍우의 움직임 속에서
> 네 모습이 문득 내게 보이네.[11]

시집의 제목을 염두에 둔다면, 이 소녀는 물론 삶이다. 폭풍우의 한가운데 소녀가 있다. 그녀는 그의 누이이며 그 누이는 곧 삶이다. 그런데 위의 에피그라프에서 숲과 먹구름과 폭풍우가 이루는 이미지는 사실 낭만주의의 클리셰에 가깝다. 이것은 파스테르나크가 의도적으로 레르몬토프적 낭만주의의 언어를 환기하고 있기 때문이기도 하다. 시집에 실려 있는 「이 시편들에 대하여」라는 작품에서 그는 바이런과 에드거 앨런 포 같은 낭만주의자들을 직접 호명하면서 애정을 표하고 있다.

> 내가 바이런과 함께 담배 한 대 피우는 동안,
> 내가 에드거 앨런 포와 술 한잔하는 동안,
> 누가 오솔길을 밟아 문 앞까지 왔는가,
> 싸라기눈이 흩어져 있는 이 시골에.
>
> —「이 시편들에 대하여」 부분[12]

낭만적 파토스와 함께 이 시집을 이해하는 데 중요한 또 하나의 요소가 있다. 그것은 당대의 시인들이 결코 피해갈 수 없었던 것, 역사와 혁명이다. 『삶은 나의 누이』는 1922년에 발간되었으나 작품들이 씌어진 것은 대부분 1917년이었다고 한다. 다시 말해서 이 시집은 혁명의 시대에 씌어졌으며, 혁명의 시대를 살아가는 자의 기록이기도 한 것이다. 다음 구절 역시 「이 시편들에 대하여」 중 일부이다.

> 눈보라가 몰아치는 것은 한 달만이 아니리,
> 그것은 끝과 처음을 덮어버리리.
> 나는 문득 떠올리지: 태양이 있다는 것,
> 나는 바라보리: 빛은 오래전부터 그 빛이 아니라는 것.[13]

'눈보라'가 대변하는 이 시집의 격정은 모종의 혁명적 분위기를 반영한다고도 볼 수 있다. 빛(또는 세상)은 '오래전부터' 그 빛(세상)이 아니다. 이 시집의 인물들은 개인이 아니라 전체적 운동의 일부이며, 풍경은 자연의 변화라기보다는 오히려 역사의 흐름에 상응한다. 블로크가 그랬던 것처럼, 그의 혁명 역시, 우리말로는 '자연력

(stikhiia)'이라고 모호하게 번역할 수밖에 없는 저 신비로운 역동적 흐름의 산물로 보인다.

영원의 인상주의

그의 이미지들과 풍경에서 상대적으로 지배적인 것은 인공물이 아니라 자연이다. 하지만 이 자연은 생태주의적 자연이라든가 물리적 자연이 아니다. 그것은 낭만주의 시대를 풍미했던 범신론적 자연에 가깝다. 자연의 사물들은 사물성을 유지하고 있지만, 그 이면에 모종의 정신적 에너지를 감추고 있다. 달리 말한다면 그는 '은유적 육화(incarnation)'의 필터를 눈에 댄 채 자연을 바라보고 있다고도 할 수 있다.

실제로 그의 시에는 여행, 바람, 눈, 비, 태풍 등의 이미지가 빈번히 나타난다. 이 과정에서 어휘들은 모종의 신성한 내적 깊이를 획득한다. 이와 관련하여 언급할 구절이 하나 있다. 그의 초기 시절에 발간된 시집에 나오는 '영원의 인상주의'라는 표현은 단 한 순간의 어떤 느낌이 우리를 영원으로 데려간다는 의미를 담고 있다. 다음 시에는 「영원히 순간적인 뇌우」라는 제목이 붙어 있다.

> 그리고 여름은 간이역을 떠났다.
> 간밤에 벼락은 모자를 벗기고
> 번쩍이는 사진을 수없이 찍으며
> 기념했다.
>
> 라일락의 화필이 흐릿해졌다. 그 순간
> 벼락은 한 아름의 번개로

들판에서 환히
자치 관청을 비추었다.

사악하고 즐거운 물결이
건물 지붕을 휩쓸어갈 때,
목탄화 그림처럼
바자울에 부서지는 빗줄기.

무너진 의식이 깜빡이기 시작했다.
이성의 구석구석이
이제 대낮처럼 환한 듯
밝혀진다.

—「영원히 순간적인 뇌우」 전문[14]

이것은 일종의 소품이라고 할 수 있지만, 어떻게 순간이 영원에 닿는지를 상징적으로 보여주는 작품이다. 자연에 모종의 정신성을 부여하는 범신론적 감각, 그리고 간이역에서 라일락으로, 지붕에서 바자울로 잇닿아 이루어지는 시선의 선적인 이동도 엿보인다.

뇌우가 치는 순간은 사진사의 행위로 치환된다. 천둥과 번개에 의해 환히 밝혀지는 그 '순간'들은, 순간을 기록하여 영원으로 남기는 사진사의 작업이다. 「영원히 순간적인 뇌우」라는 제목의 모순 어법을 다시 환기할 때, 모든 자연과 사물들은 이렇게 이상하고 신비로운 정지 자세로 각인되는 것이다. 한국의 시인 서정주는 시인의 기본적인 조건으로 '영원에 대한 감각'을 꼽았지만, 그 영원성의 극단에 미학적 이념으로서의 상징주의가 있다는 것은 자명한 일이다.

물론 파스테르나크의 영원이 상징주의자들의 그것처럼 관념적이었던 것 같지는 않다. 그는 상징주의자들처럼 폐쇄적인 '원환(circle)'을 희망하지 않았다. 그의 시적 현상학은 '선적(lineal)'이며 '환유적'이다. 하지만 궁극적으로 파스테르나크의 선적이며 환유적인 세계를 지배하는 것이 낭만적이며 상징적인 파토스라는 점은 사실인 것 같다. 일종의 '최종심급'인 것이다. 그 낭만성과 상징성을 하나의 단어로 축약해 표현한다면 그것은 '영원'이라는 단어가 아닐는지. '영원'이라는 것은, 때로 시인에게 일종의 '미학적 마약' 같은 것이긴 하지만.

시간들

대개의 경우 시간에 대한 감각을 보면 시인의 시적인 지향점을 이해할 수 있다. 가령 상징주의는 영원을 통해 모종의 구원을 희망했다. 상징주의의 시간은 변하지 않는 본질의 세계와 묵시록적 종말을 향해 나아간다. 이 전진의 미학적 동력이 바로 상징이다.

아크메이즘은 상징주의가 외면했던 '지나간 시간'과 '작은 시간'들에 시선을 돌린다. 역사는 흘러간 것들의 중첩이어서, 그들은 '전통'을 외면하지 않고 오히려 적극적으로 흘러간 시간들에 대해 애정을 표시한다. 만델시탐은 저 고전 시대의 유산들에 경의를 표하고, 아흐마토바는 개인적이며 사소한 과거를 정교하게 쌓아 아크메이즘의 한 축을 이루었다.

아크메이즘과 달리 미래주의는 현재의 순간과 현재의 속도에 집착했다. 그들의 이름에 들어 있는 '미래'라는 것은 현재의 역동성을 강조하는 표현 이상이 아니다. 이 경우 우리는 미래파가 원래 이탈리아산(産)이라는 점도 염두에 둘 필요가 있다. 이탈리아는 르네상스를 비롯한 문화적 유적의 나라다. 그곳의 시간 패러다임은 과거가 압도적이다. 이 압도적인 과거에 대한 '염증'의 산물이 바로 미래주의라고도 할 수 있다. 미래파의 '미래'란 그러니까 이 '가득한 과거'의 반대이다.

의식적이건 무의식적이건 이런 지향들은 시의 언어와 미학을 바꾸어놓는다. 궁극적으로 파스테르나크는 미래파적이거나 아크메이즘적 시간보다는 상징주의적 시간에 더 애착을 느꼈던 것 같다.

다시, 파스테르나크와 지바고

그는 혁명 이후에도 러시아에서 살아남았다. 많은 서구 사람들은 그를 '내부의 유배자'로 표현하지만 반드시 그런 것은 아니었을지도 모른다. 소설 속의 지바고와 달리, 그는 혁명 러시아의 정치적 분위기에 적응하기 위해 나름대로 현실적인 노력을 기울였다고 한다. 그의 후기 시는 단순성을 지향하면서 때로 '조국애'를 노골적으로 표시하기도 한다. 그것은 어느 정도는 타협이고 어느 정도는 진심이었을 것이다.

하지만 그의 정서는 결국 소비에트적 균질성에 적응하지 못했다. 그의 시는 단순한 듯하지만 끊임없이 중층화된다. 그것을 바예프스키(V. Baevskii) 같은 이는 '기만적인 단순성'[15]이라고 불렀다. 알렉산드르 블로크가 『열둘』 같은 서사시를 통해 서정적 세계를 박차고 나갔던 것처럼, 파스테르나크는 몇 편의 서사시를 거쳐 서정적인 삼인칭 소설에 도달한다. 그것이 『닥터 지바고』이다.

소설 『닥터 지바고』는 지바고의 죽음으로 끝난다. 유리 지바고는 아내 토냐도 잃고 애인 라라도 떠나보낸다. 모든 것을 잃고 흘러가던 적요한 어느 날, 지바고는 모스크바의 전철을 타고 가다가 심장 발작으로 죽는다. 그러니까 이 소설은 비관적인 결말을 보여준 셈이지만, 그의 죽음은 서사의 완결일 뿐, 텍스트의 끝은 아니다. 유리 지바고의 서사는 거기서 죽음으로 종결되지만, 그의 죽음으로 완결된 '의미'는 서정적 언어 속으로 이전되어 다시 태어난다. 『닥터 지바고』의 맨 뒤에 부록처럼 붙어 있는 25편의 시가 그 부활의 공간이다.

유리 지바고의 것으로 되어 있는 이 시편들은 지바고의 생애를 완결시키지 않고 그 의미를 유예하거나 확장시킨다. 서사의 지시성(소설)이 서정의 자족성(시)을 통해 내면화되면서, 이상하게도 독자들은 지바고의 서사가 끝나지 않았다는 느낌을 갖는다. 이 시편들은 정말 한 시인의 시집처럼, 유리 지바고라는 허구적 인물의 '시집'을 이룬다. 이 25편의 시 중 가장 많이 언급되는 시 한 편을 마지막으로 읽어보자. 제목은 「햄릿」이다.

> 와글거리는 소리가 잦아들었다. 나는 무대로 나갔다.
> 문가에 기대어,
> 나는 머나먼 메아리 속에서
> 내 생애에 일어날 일들을 떠올린다.
>
> 수천의 쌍안경으로
> 밤의 어둠이 나를 겨누고 있다.
> 아버지, 나의 아버지, 할 수만 있다면
> 이 잔을 제게서 거두소서.
>
> 나는 당신의 완고한 뜻을 사랑하여
> 이 배역을 맡는 데 동의하나이다.
> 하지만 이제 다른 연극이 상영 중이오니
> 이번만은 저를 면하도록 하옵소서.

하지만 막의 순서는 짜여 있으니
여행의 끝은 피할 수 없네.
나는 홀로이며, 모든 것은 바리새주의에 잠겨 있네.
삶을 살아내는 것, 그것은 들판을 지나는 것이 아닌 것을.

—「햄릿」 전문[16]

화자는 햄릿으로 명기되어 있지만 이 시의 화자는 햄릿만이 아니다. 이 화자는 햄릿이면서 또 햄릿 역을 맡은 극 중의 배우이기도 하다. 그는 대중의 쌍안경이 자신을 바라보고 있는 무대 위에서 고독하다. 햄릿이면서 배우인 이 화자는 어느 순간, 문득, 수난과 순교를 통과하는 예수 그리스도의 목소리를 빌려온다.

"아버지, 아버지, 할 수만 있다면 이 잔을 거두어주소서." 하지만 이 성자의 목소리에는 성자다운 희생과 사랑의 힘이 결여되어 있다. 그는 신의 아들이 아니라 약하디약한 인간의 아들이어서, 한량없는 수동성만으로 제 삶을 받아들인다. 예수의 언어를 빌려온 햄릿이라니, 이것은 기묘한 느낌을 준다.

이 시의 3연에는 "다른 연극"이라는 구절이 나온다. 『닥터 지바고』라는 상위 텍스트에 의해서, 이제 막 시작되는 "다른 연극"은 혁명 러시아의 체제라고 생각할 수 있다. 이제 러시아에서 시작되는 새로운 '무대'는 소비에트 체제를 제외하고는 가능하지 않기 때문이다. 그러므로 저것은 곧 혁명 러시아에서 시작되는 "다른 연극"에 출연해야 하는 닥터 지바고의 말이 된다. 지바고는 파스테르나크의 분신이다.

햄릿이면서 동시에 햄릿 역의 배우이고 또 인간의 아들 예수이기도 한 이 화자는, 이제 소설의 주인공 유리 지바고가 되고 나아가 파스테르나크 자신이 된다. 유리 지바고의 시 「햄릿」은 곧 햄릿과 예수와 지바고와 파스테르나크를 겹쳐 기나긴 수난의 삶을 보여준다.

러시아의 속담을 인용하고 있는 마지막 행은 이 수난사를 잠언적으로 정당화한다. '바리새주의'와 '예수'의 이분법이 시의 의미를 지나치게 좁히고는 있지만, 이 시에 『닥터 지바고』 전체의 감각이 응축되어 있다고 말할 수는 있을 것 같다.

생각하는 사물들

브로드스키

관념적 육체성

이오시프 브로드스키(Iosif Brodskii, 1940-1997)의 시를 읽고 있으면, 사유가 아니라 감각이 시의 본령이라는 믿음을 수정하고 싶은 유혹을 느낀다. 그의 시편들에서 시적 사유와 감각이 경계 없이 넘나드는 풍경은, 문득문득 출몰하는 개념어들까지도 시적 육체로 감싸 안는다.

최근에 나는
환한 낮에 잔다.
아마도 나의 죽음이
나를 체험하는 것 같다,

거울을 입술에 대고
숨을 쉬어본다

마치 내가
한낮의 비존재를 옮기는 듯.

나는 움직이지 않는다. 두 허벅지가
얼음처럼 차다.
푸른 혈관이
대리석처럼 도드라진다.

—「정물화」 6절 전문[1]

위의 시는 대체로 감각적이다. 얼음처럼 차가운 허벅지. 대리석처럼 도드라지는 푸른 혈관의 이미지. 잠과 죽음을 병치시키는 것은 낡고 상투적인 모티프이지만, 죽음이 잠을 통해 나를 체험한다는 시적 전도(顚倒)는 서너 개의 어휘만으로도 가볍게 삶과 죽음의 위치를 뒤바꾸어버린다. 이런 뛰어난 구절들은 브로드스키의 시적 감각이 노벨문학상 수상자라는 명성에 값하는 것이라는 점을 알려준다.

잠과 죽음의 사이에서 화자가 안간힘을 다해 확인하려는 것은 자신의 '존재'다. 두 번째 연에서 우리가 문득 만나는 "비존재(nebytie)"라는 어휘는 '존재(bytie)'라는 철학적 단어에 부정접두어(ne)를 붙여 만든 관념적이며 문어체적인 단어다. 하지만 구체적이며 일상적인 어휘들 사이에 개입해 있는 이 관념어는 브로드스키 특유의 개인적이며 형이상학적인 분위기에 힘입어 전혀 낯설지 않게 느껴진다. 「정물화」 전반을 지배하는 관념적 아우라 안에서 '비존재'라는 어휘는 오히려 '시적' 어휘로 승격된다. 마야콥스키의 의사(疑似) 관념어가 강력한 화자의 강력한 일인칭에 의해 시적 구체성을 얻는다면, 브로드스키의 관념어들은 정말 철학자의 육체에서 발원한 듯한 느낌을 준다. 막 잠에서 깨어나 제 존재를 확인하기 위해 입술을 거울에 대어보는 섬세한 철학자의 감각이 그의 시에는 있다.

거울이 재현하는 '헛것으로서의 나'와 실존하는 나의 '존재' 사이에 입김이 서릴 것이며, 이 입김을 통해 그는 위태로운 자신의 존재성을 겨우 확인할 것이다. 이런 구절들은 브로드스키의 관념어들이 어떻게 '관념적 육체성'이라고 부를 만한 시적 특성을 획득하는지를 잘 보여준다.

개인주의의 미학, 윤리학 그리고 정치학

브로드스키의 시편들은 사회주의 리얼리즘의 정치적 초자아가 50년대 '해빙기'를 거치며 약화되던 시기에 주로 발표된다. 자연스러운 일이지만, 그에게 시는 역사적 과업의 수행이거나 사회적 관심의 표현 형식이 아니다. 시는 그에게 다만 개인적이며 운명적인 작업일 뿐이다.

하지만 바로 이 개인주의적이며 운명론적인 자세 자체가 '역사적' 의미를 띠게 된다는 점이 중요하다. 사회주의 리얼리스트이건 솔제니친 같은 반체제 작가이건, 러시아의 작가 정신은 근본적으로 역사적·사회적이며 궁극적으로는 정치적이다. 종교 미학조차도 그것이 러시아산(産)이라면 내밀하거나 공공연하게 정치적 컨텍스트의 내부에서 작동한다. 적어도 러시아에서 순수한 종교성과 순수한 정치성은 서로를 배제하지 않고 한 몸으로 얽힌다. 그것이 러시아의 저 신산스러운 역사의 산물이라는 것은 자명하다. 예컨대 보즈네센스키(A. Boznesenskii)나 옙투셴코(E. Evtushenko) 같은 '1960년대 시인들' 역시 시인을 하나의 '연단'이며 '독립 정부'라고 생각했다. 그네들은 시가 모종의 사회적 발언 형식이라는 생각에 거부감을 갖지 않았다.

'러시아의 시인'으로서 브로드스키가 지닌 독특함이 여기에 있다. 그 역시 궁극적으로는 역사에 대해 발언한 것이며, 때로는 도덕적 메시지를 시에 담는 것을 금기시하지 않았지만, 근본적으로 그는 개인주의자였다. 시는 끝내 개인의 언어 형식이었으므로 그는 시인의 역할과 지위를 '사회적으로' 확대 해석하고자 하지 않았다. 브로드스키가 노벨문학상 수상(1987년)에 부쳐 쓴 글은 의례적인 허사가 아니다. 이 기나긴 수상 소감문에는 그의 미학적 견해가 진지하게 표명되어 있다. 그 가운데 일부를 살펴보기로 하자.

> 미학적 선택이란 언제나 개인적인 것이며, 미학적 체험 역시 언제나 개별적인 체험이다. 모든 새로운 미학적 현실성이 그것을 체험하는 인간을 이루는 것이고, 인간을 더 개별적으로 만드는 것이다.[2]

미학적 감각은 근본적으로 개인의 내면과 개인의 체험 안에서 발생한다. 감각 자체가 집단적일 수는 없다는 점에서 이것은 당연한 말이다. 물론 이것은 '공동체의 미학'이 불가능하다는 뜻이 아니다. 공동체의 미학일 경우에도, 그것이 개별자의 내부에서 '체험'되지 않는다면 미학일 수 없다. 정치나 경제 같은 것과는 달리, 미적 감각은 개별자의 외부에서 완성된 후 주어지는 것이 아니다. 미적 감각은 근본적으로 개인을 단위로 발생함으로써 개인성을 단련시키고 '개인 자체'를 성립시킨다.

브로드스키의 생각에 따르면, 이 미적 개별성은 '정치적 선동가(political demagogue)'들의 '반복적인 주문(呪文)'에 무의식적으로 저항하는 힘이 된다. 미학적인 인간은 외부에서 주입되는 정신을 맹목적으로 받아들이지 않는다. 그에게는 스스로 세계를 느끼는 내면적 독자성이 이미 갖추어져 있기 때문이다. 미학적 인간은 스스로 선택하고 스스로 말한다. 이것은 결코 치기만만한 미학적 순수주의가 아니다.

> 개별자의 미학적 체험이 풍요로울수록, 그의 취향이 확고할수록, 그의 윤리적 선택은 명징해지고, 그는 더 행복하지는 않을지언정 더 자유롭게 될 수는 있다.[3]

> '좋다' '나쁘다'를 말하는 미학은, '선'과 '악'을 말하는 윤리학에 선행하는, 일종의 모태이다.[4]

이 지점에서 브로드스키의 '미학'은 윤리학 및 정치학과 밀접한 관계를 맺는다. 미학적 체험의 풍요로움은 개인의 '취향'을 단련시키고 이 개인적 취향이 확고할수록 윤리적 선택은 명징해진다. 인간을 행복하게 만들지는 못할지도 모르지만, 미학은 확실히 한 개인을 온전한 개인으로 인식시킬 수는 있다. 왜냐하면 미학 안에서 개인은 오롯이 '독자적인 개인'으로서 존재하기 때문이다. 미학에 의해 성취되는 자유란 그런 것이다. 개인주의는 개인주의이되 여기에는 일종의 '윤리적 개인주의'라고 표현할 만한 정신이 내재해 있다.

브로드스키의 생각을 확대 해석한다면, 미학적 개별성은 정치적으로는 민주주의의 토대가 될 수 있으며 존재론적으로는 구원의 형식일 수 있다. 브로드스키는 이런 맥락에서 '아름다움이 세계를 구원한다'라는 도스토옙스키의 명제를 인용한다: "아마도 이제 세계 자체가 구원될 수는 없을 것이다. 하지만 개별적인 인간들은 언제든 구원받을 수 있다."[5]

아크메이즘의 후예

아흐마토바와 만델시탐 등을 대표적 시인으로 등재하고 있는 아크메이즘은 언어적 투명함과 고전적 균형 감각을 존중하던 에콜이었다. 계보를 따지자면 브로드스키는 흔히 이 아크메이즘의 후예로 간주된다. 그것은 1962년에 브로드스키를 러시아 문학장에 소개한 것이 아흐마토바였다는 전기적 사실과 관련된 것만은 아니다. 브로드스키에게 아흐마토바는 시적인 스승이었으며, 또 평생에 걸쳐 오마주를 바쳤던 정신적 시원이었다. 그녀를 직접 주인공으로 삼은 「봉헌일」(Sretenie) 같은 시가 헌정되며, 그녀의 탄생 100주년에 맞추어 최상의 찬사를 담은 헌시가 씌어진다. 브로드스키의 시 가운데 뛰어난 작품이라고 말하기는 어려울 듯하지만, 이 헌시에는 아흐마토바에게서 브로드스키로 이어지는 미학적 특성의 핵심이 직접적으로 드러나 있다.

> 종이 한 장과 불, 곡물과 맷돌,
> 도끼의 날과 잘린 머리카락—
> 신은 모든 것을 보존하시네; 자신의 목소리인 듯,
> 특히 이별과 사랑의 말들을.
>
> 그 안에서 뛰는 불규칙한 박동, 그 안에서 들리는 뼈 부서지는 소리,
> 그리고 거기서 부딪히는 삽날; 고르게, 그리고 희미하게 들리는.
> 어차피 삶은 단 하나, 죽어갈 인간의 입술에서 나온 그 말들은
> 천상의 구름에서 들려오는 말보다 분명하게 울리리.
>
> 위대한 영혼이여, 바다 건너 경의를.
> 말(言)을 찾아낸 그대와

고향 땅에 잠든 그대의 썩어간 육신에게
그리고 눈 귀가 먼 세상에서 말의 재능을 발견한 그대에게 감사를.

—「안나 아흐마토바 백 주년에 부쳐」 전문[6]

종이를 태우는 불, 곡물을 가는 맷돌, 머리카락을 자르는 도끼. 행위가 작용하고 그 작용을 받는 관계들이 인간의 말에 겹쳐질 때, 인간의 말은 세상을 태우고 갈고 자르는 저 도구들과 같은 위도에 존재하게 된다. 말은 세계를 분해하고 분절하지만, 그것은 한편으로 창조의 행위에 다름없다.

시인의 이별과 사랑의 말은 고통스럽되 창조적인 것이다. 신이 제 안으로부터 만상을 창조하듯, 언어는 제 안에서 시를 뽑아낸다. 그래서 그 말의 내부에서 "불규칙한 박동"과 "뼈 부서지는 소리"와 생을 일구는 "삽날"의 희미한 소리가 들릴 때, 시는 고통과 불안을 통과하여 이루어지는 창조적 작업이 된다.

이것은 그저 수사적 찬사가 아니다. 여기에는 아흐마토바와 브로드스키가 공유하는 내밀한 시 정신이 포함되어 있다. 이 시에 반복적으로 제시되듯이, "삶은 단 하나"이며, 인간은 사멸의 운명을 지닌 존재다. 사멸의 운명을 지닌 인간의 언어는 그 운명만큼이나 명백하고 "분명하"다. 시는 "천상의 구름"이 아닌 것이다. 이것은 궁극적으로 탈로고스적 음악성과 시적 모호성을 지향했던 상징적 초월에 대한 부정이다. "천상의 구름"은 초월적 정신주의에 경도되었던 러시아 상징주의와 관련된 것으로 읽힐 수 있다는 뜻이다.

요컨대 이 시는 상징주의에 대한 반작용으로 출현했던 러시아 아크메이즘의 문학사적 의미를 환기한다. 그들은 시인의 말을 신의 로고스로 승격시킴으로써 인간의 말과 언어에 대한 신뢰를 회복하려고 한다. 말에 대해 끊임없이 회의를 표명했던 상징주의의 저 '제사장'들과는 다른 입지를 취하는 것이다. 이제 시인은, 영원과 소통하며 영원으로 귀의하는 '영매'이거나 '제사장'이 아니라, 치명적인 사멸의 운명을 제 것으로 받아들이는 '장인'이다. 인간은 썩어갈 운명의 육신을 지녔으며, 인간의 말은 '저편의 세계'를 반영하지 않고 바로 이 명백한 세계에 머문다. 이 탈신비주의적인 명료성의 추구야말로 아크메이즘의 인식론적 기반이었다.

로고스필리아

브로드스키를 단적으로 아크메이스트라고 규정할 수는 없다. 그는 이 에콜에 몸담지 않았다. 하지만 그가 아크메이즘의 문학적 세례를 받았다고는 말할 수 있다. 말의 자질을 의심하고 말의 분열과 말의 '미끄러짐'을 의식적으로 지향하는 대신, 브로드스키는 말의 자질에 대한 신뢰와 믿음에서 출발한다. 그것은 종교적 맥락이 거세된 '로고스필리아(logosphilia)'라고 부를 만한 것이다. 상징주의자들의 시적 무기였던 '음악'은 언어를 언어의 바깥까지 이끌어가고자 하는 의지의 표명이었다. 이와 달리 '모더니즘 시대의 고전주의'를 추구했던 아크메이스트들에게 언어는 언어의 내부에 숨 쉬는 우주적 질서의 재현, 즉 로고스가 구현되는 통로였다. 브로드스키의 시 안에서 우리가 고전 미학과 모더니즘의 행복한 공존을 발견하는 것도 이 때문이다.

브로드스키의 시 제목에 '엘레지'와 관련된 시편들이 유난히 많은 것 역시 이러한 자세와 관련이 있다. 고전 시대의 장르 관습에 대한 시적 오마주라고 할 엘레지 시편들은, '새로운 말'을 찾으려는 지극히 메타적인 욕망의 산물이다. 브로드스키가 경의를 표했던 이들은 존 던, 푸시킨, 칸체미르, 안나 아흐마토바 등 고전적 품격을 갖춘 시인들이었으며, 그는 이들의 시를 끊임없이 '다시 쓰기'의 맥락으로 끌어들였다. 이 '다시 쓰기'는 물론 전통의 복원이 아니라 새로운 컨텍스트를 통해 이루어지는 새로운 텍스트의 창조였다. 졸콥스키(A. Zholkovskii)의 표현처럼, 브로드스키는 '울트라모던(ultramodern)' 하면서도, 동시에 전통에 대한 오마주를 통해 자신의 입지를 마련한다.[7] 그래서 유대인 브로드스키는 고전 시대, 특히 헬레니즘 시대에 대한 향수를 끊임없이 표명했다. 실제로 그는 오디세이와 텔레마코스 등 그리스 고전의 주인공들을 지속적으로 시 속으로 끌어들였다.

하지만 브로드스키가 이어받은 아크메이즘의 유산이 과장되어서는 곤란하다. 브로드스키는 이미 20세기 초 모더니스트들의 시대에서 멀리 떨어져 있는 시인이다. 그의 시 안에서 상징주의나 미래주의적 유산을 발견하는 논자들도 많다. 파스테르나크가 그러했듯, 모더니즘의 후예들은 배타적으로 자신의 미학적 영역을 획정하려 하지 않았다. 상징주의와 미래주의와 아크메이즘은 모더니즘의 원형으로서 한 시인의 내부에서 끊임없이 이합집산할 뿐이다.

철학적 환유

고전적 격률에 민감한 시인이라고는 했지만, 브로드스키의 시가 언제나 그랬던 것은 아니다. 가령 초기 시편들은 로맨틱한 음악성에 의지하여 집요한 어휘 반복과 구문 병치(parallelism)를 보여준다. 그것은 자주 리듬에 의지하는데, 낭만적 파토스에 대한 매혹과 부정의 양가적 힘이야말로 이 리듬을 이끌어가는 동력이다.

브로드스키의 시에서 발견되는 리듬이 역동적이거나 강력하다고는 말할 수 없다. 가령 마야콥스키식의 파워풀한 리듬은 그의 몫이 아니다. 브로드스키의 리듬은 불규칙하지만 때로는 단조롭다는 느낌을 준다. '반체제 인사'로 지목되어 소비에트 러시아에서 추방당한 1972년 이후 미국에서 작성된 후기 시들까지 이러한 특성은 희미하게 이어진다.

여기서 우리가 주목할 만한 것은, 그 리듬을 타고 이어지는 '환유적' 시구들이다. 「순례」(piligrimy)라든가 「존 던에게 바치는 엘레지」 등에서처럼, 브로드스키의 시편에서는 이른바 '말의 흐름(flux of words)'이라고 명명할 수 있는 리듬을 발견할 수 있다. 그런데 이 반복적인 리듬에는, 하나의 문장과 하나의 의미로 환원되려는 구심력의 힘과, 그 단일한 환원에서 멀어지려는 원심력의 힘이 팽팽한 긴장을 형성하고 있다. 이 두 힘의 긴장 안에서 우리의 관심을 끄는 것은 사물들의 존재 방식이다.

> 존 던은 잠들었네, 그 주위의 모든 것은 잠들었네.
> 벽, 바닥, 침대, 그림은 잠들었네.
> 책상, 양탄자, 빗장, 걸쇠,
> 모든 옷장, 찬장, 촛대, 커튼,
> 모든 것이 잠들었네. 유리병, 컵, 냄비,
> 빵, 빵칼, 도자기, 유리그릇, 접시,
> 등잔, 이불, 서가, 유리, 시계,
> 계단들, 문. 밤은 어디에나 있네.
> 어디에나 밤은 있네.
>
> —「존 던에게 바치는 엘레지」 부분[8]

시 속에서 무수히 이어지는 사물들이 호출해내는 것은 존 던의 영혼이다. 존 던의 영혼은 저 기나긴 사물들의 내부로 흩어지면서, 동시에 사물들을 존 던이라는 기표로 수렴시킨다. 이것은 상징적 차원에서 브로드스키의 시적 방법론을 드러낸다. 그의 철학적 사유(사유의 구심력)는 구체적 사물성(환유적 원심력)과 교호한다. 다음의 시 역시 같은 맥락에서 읽을 수 있다.

> 삶은—사소한 움직임들의 모음.
> 띠풀의 밑동에 서리는 황혼, 매 순간 뾰족한 풀잎의 풍경을 바꾸는
> 양치기 배낭의 흔들거림,
> 자주개나리와 박하풀과 큰조아재비의 미세한
> 떨림—중심을 가지지 않은 무대 법칙을
> 이해하는 데 소중한 것들.
>
> —「다섯 번째 여름 목가」 부분[9]

이것은 마치 미하일 쿠즈민(M. Kuzmin)의 "사소한 것들의 영혼(dukh melochei)"을 염두에 둔 구절 같다. 쿠즈민의 짧은 시에 나오는 이 표현은 아크메이즘을 수식하는 명제로 활용되기도 한다. 물론 브로드스키의 명제는 '쿠즈민류'라고 할 수 있는 다소 가벼운 시편들과는 관련이 없지만 말이다.

위의 시에서 "삶은 사소한 움직임들의 모음"이라는 진술적 명제는 브로드스키의 사유 양식을 상징적으로 요약한다. 이 진술은 뒤이어서 목가적이되 구체적인 삶의 세목들로 펼쳐진다. 이때 앞에 나온 진술적 명제는 구체적 세목들로 흩어지고 분열되면서, 동시에 저 구체적 사물들을 하나의 사유 안으로 모은다. 하지만 여기서 사물들은 사유의 잠언적 진술이 지닌 규정적 힘에 갇히지 않는다. 파스테르나크의 시편들에 나오는 추상적 진술이 때로는 사물의 사물성에 대해 상위의 지위를 점한다면, 그래서 잇닿아 있는 사물들의 환유적 파편성을 근본적으로는 '은유적 육화'로 치환한다면, 반대로 브로드스키

의 철학적 진술들은 사물의 사물성에 대해 규정적 지배력을 획득하지 않는다. 파스테르나크가 이 파편적인 현세적 사물성의 세계를 궁극적으로 '영원'이라는 신화적 시공간에 근접시키고자 했던 반면에, 브로드스키의 철학적 비관주의는 그런 식의 탈출구를 마련하려고 하지 않는다. 파스테르나크의 시편들에서 이 구체적 세계의 이면에 작용하는 모종의 상징적 단일성에 대한 낙관이 느껴진다면, 브로드스키의 비관적인 시에서는 그런 종류의 희망이 보이지 않는 것이다.

그는 시를 통해 사물들을 사유한다. 이때 사물은 다만 사물일 뿐, 그 이면에 어떤 단일한 의미로 환원되려는 구심력의 힘을 내장하지 않는다. 그는 사물을 신비화시키지 않는다. 우리는 이러한 무의식적 의지를 철학적 환유라고 명명할 수 있을는지도 모른다. 다음에 옮겨 적는 「정물화」의 네 번째 절은 그런 의미에서 '브로드스키적'이라고 할 만한 허무주의를 보여준다.

> 사물들이 더 좋다. 사물에는
> 바깥에서 보기에
> 악도 선도 없다. 깊이 들여다보면
> 거기에는—안쪽의 내부가 있다.
>
> 물체들의 안에는—먼지.
> 유해. 벌레의 유충.
> 작은 벽들. 메마른 장구벌레.
> 손으로는 불편하다.
>
> 먼지. 그리고 환히 켜진 빛은
> 먼지만을 비출 뿐.

만일 물체가
밀폐되어 있더라도.

—「정물화」 부분[10]

여기에는 사물의 '의미'에 대한 브로드스키의 생각이 명시적으로 밝혀져 있다. 이 시에서 사물들은 인간의 가치론으로 환원되지 않는다. 사물들은 선과 악이라는 이원론과 무관하게 존재할 뿐만 아니라, 본질 같은 인식론적 추상화와도 관련이 없다. 마니교 이래 세계를 선과 악의 가치론으로 분할하고자 했던 저 서구적 이원론과, 이 이원론에서 필연적으로 발생할 수밖에 없는 종말론적 사유는 브로드스키의 지극한 허무주의 안에서 서서히 부정된다.

시적 비관주의

「시골에는 신이」*(V derevne Bog......)라는 시에서, 브로드스키의 화자는 스스로를 "무신론자"라고 표현한다. 앞서 인용했던 「다섯 번째 여름 목가」에 나오듯이, 우주라는 "무대"에는 "중심"이 없다. '중심이 없는 우주'라는 것은 어떤 면에서는 낙관적이며 어떤 면에서는 비관적이다. '중심이 없는 우주' 혹은 중심을 상실한 우주.

즐거운 멕시코시티.
삶은 테킬라처럼 흐른다.
그대는 선술집에 앉아 있다.
여종업원은 당신을 잊었으며

금발의 사내와 수다를 떠느라

당신의 오믈렛도 잊었다.
하지만 세상 모든 것이 마찬가지.
적어도 이 경우에는.

그러니까, 죽음의 근방,
공간과 함께하는 모든 것은
모두 쉽게 바뀌는 것.
특히 몸.

그리고 당신 앞의 운명은
핏물 든 고기처럼 준비돼 있네.
가난한 나라에서는 아무도
당신을 좇으며 사랑으로 바라보지 않지.

—「멕시칸 로만체로」 부분[11]

삶은 테킬라처럼 흐른다. 조금은 몽환적이며 데카당한 분위기의 이 시에서, 멕시코시티 변방의 후줄근한 선술집 풍경은 어느 순간 "세상 모든 것"의 풍경으로 변질된다. 이 로맨틱한 알레고리적 변환은 그러나 음울한 비관주의의 지배를 받고 있다.

오믈렛과 스테이크를 불에 올려놓고 금발의 사내와 수다를 떠는 여종업원. 그리고 그녀에게 모든 것을 맡기고 앉아 있는 화자. 그것이 인간의 몸이 처한 상황이다. 우연과 허망함, 그리고 모종의 무력감이 이 상황을 지배한다. 이 모든 것은 어쩌면 '피투자(被投者)'로서의 인간이 지닌 운명인지도 모른다. 공간 속에 "몸"을 얻은 만상은 "쉽게" 변화하거나 변질되는 것이다. 그것은 "핏물 든 고기"에 불과하다. 이 우울한 운명은 러시아를 잃고 떠도는 시인의 내면을 받아들이면서, 동시에 소멸과 변화 앞에 무력한 인간의 운명을 환기한다.

구심력의 거부

구체적 사물성이 끊임없이 사유의 영역으로 상승하려는 것은 브로드스키의 시가 지닌 '철학적' 요소이다. 하지만 그 철학의 내용이 체계적인 '구축'을 지향하는 것 같지는 않다. 의미의 과잉을 덜어내고, 단선적인 세계 인식을 부정하고, 무엇보다도 '구원의 메타포'를 경계하는 것. 그것은 곧 만상에 대해 완고하고 빈틈없이 의미를 부여하려는 정신적 구심력에 대한 거부 표명에 다름아니다.

실존적 비극과 사회적 변화의 징후를 세계의 종말이나 메시아에 대한 암시로 환원시키려는 의사종교적인 의지는 러시아적 사유 안에서 일종의 '고질병'이다. 적어도 브로드스키의 시적 비관주의는 이 완고한 메시아니즘을 답습하려고 하지 않는다. 브로드스키에게는 '종교적 유토피아'와 '선민의식'을 꿈꾸는 러시아 종교 철학 특유의 민족주의가 보이지 않거나, 보인다 하더라도 아이러니의 규율 아래에서만 등장한다.

시야에 차가운 저녁이 흘러가고,
전차에 눈발이 흩날리고,
얼어붙은 바람, 창백한 바람은
붉은 손바닥을 덮는다,
꿀은 저녁 불빛에 반들거리고,
벌꿀 과자의 달콤한 향기;
밤의 만두가 머리 위로
크리스마스이브를 나르고 있다.

그대의 새해는 도시의 푸른 바다 가운데
어둡고 푸른 파도를 따라
설명할 수 없는 우울과 함께 흘러간다,
마치 삶이 다시 시작되기라도 할 듯이,
마치 환한 빛과 영예와
좋은 날과 풍요로운 빵이 있기라도 할 듯이,
그리고 마치 왼쪽으로 흔들린 삶이
이제 오른쪽으로 흔들리기라도 할 듯이.

—「크리스마스 로망스」 부분[12]

크리스마스 로망스의 이 비관주의에는 구원의 살망에 대한 아이러니가 짙게 배어 있다. 저 음울한 도시 풍경이 크리스마스의 저녁과 겹쳐질 때, 그리고 마지막 부분에서 "좋은 날과 풍요로운 빵"에 대한 기대가 반어적으로 부정될 때, 부활과 구원에 대한 우리의 손쉬운 희망도 더불어 무너진다. 아마도 이러한 비관주의야말로, 브로드스키의 시편들에 스며 있는 수많은 철학적 은유들이 은유의 위계질서와 유토피아주의로 수렴되지 않을 수 있는 힘일 것이다.

'기식자'로서의 시인

브로드스키는 1940년 페테르부르크에서 태어났다. 그는 우리로 치면 고등학교를 자퇴한 후 한 번도 제도 교육을 받은 적이 없다고 한다. 존 던의 시를 러시아어로 번역하고 시를 썼지만 곧 소비에트의 공식 문단과는 결별을 고하게 된다. 1963년, 스물세 살의 브로드스키는 '기식자'라는 선고를 받고 다음 해 체포되어 아르한겔스크로 유형을 가게 된다. 1964년에 브로드스키가 소비에트의 법정에 섰을 때, 그의 죄목은 '사회적으로 유용한 일을 하지 않는 기생충'이었다. 당시 판사의 심문 내용은 일종의 신화처럼 전승되어오는데, 다음은 그 일부이다.

판사 당신은 누구인가?

브로드스키 나는 시인이다. 그렇다고 생각한다.

판사 '~라고 생각한다'는 표현은 허용되지 않는다. 당신의 직업은 무엇인가?

브로드스키 나는 시를 쓴다. 출판도 할 수 있으리라고 생각한다.

판사 당신의 '생각'을 묻는 것이 아니다. 일을 하지 않는 이유를 말하라.

브로드스키 나는 시를 썼다. 그것이 내 일이다.

판사 당신을 시인으로 공인한 것은 누구인가?

브로드스키 없다. 그것은 나를 인간으로 공인한 사람이 없는 것과 마찬가지다.

판사 소비에트에서는 누구나 일을 해야 한다. 당신은 왜 일을 하지 않았는가.

브로드스키 나는 일을 했다. 시가 나의 일이다. 나는 시인이다.

이 그로테스크하고 희비극적인 대화에는 '시인이란 과연 누구인가'라는 원론적 질문이 들어 있다. 20세기 초에 아방가르드와 사회주의 리얼리즘은 공히 시인에 대한 낭만적 환상을 해체하고자 했지만, 그 방향은 달랐다. 아방가르드는 텍스트와 텍스트 바깥의 경계를 지우고 텍스트를 통해 현실을 창조하려고 했다. 하지만 그것은 현실에 직접 기여하는 '실용주의적' 자세로는 설명되지 않는다. 마야콥스키가 플래카드를 만들고 생활용품을 디자인한 것은 예술이 실제로 '쓸모'가 있어야 하기 때문이 아니라, 예술이 삶과 다른 '미학적 별세계'에서 창조되는 것이 아니기 때문이다.

당연하게도, 예술은 실용주의적 쓸모나 사회에 대한 직접적 기여를 위해 존재하는 것은 아니다. 예술이 실용적 쓸모와 사회적 기여를 염두에 둘 때조차도 그것은 반드시 그 쓸모와 기여를 넘어서 있는 무엇인가를 환기해야 한다.

사회주의 리얼리즘이 '시인의 노동'과 '노동자의 노동'을 등가에 놓은 것은 아방가르드적 견해와 배치되지 않는다. 문제는 시인의 '사회성'과 작품의 '효용'을 동일시하는 순간에 나타난다. 나아가 이런 관점이 배타적인 '규범'으로 변질될 때 문제가 나타난다. 사회주의 리얼리즘의 '사회성'은 사회에 대한 총체적 비전의 규율 아래 있었다. 이 지점에서 사회적 효용을 강조하는 사회주의 리얼리즘과 아방가르드의 미학적 변혁 의지는 결별을 고한다.

'시인'에 대한 브로드스키의 주장은 사실 단순하고 완고한 시적 고정관념에 기대고 있지만, 그의 주장이 유효한 것은 '사회적 기여'라는 사회주의 시대의 실용주의적 시인론을 배경으로 삼고 있기 때문이다. 브로드스키는 문인들의 탄원으로 1965년에 페테르부르크로 돌아오게 되지만 결국 1972년에 해외로 추방된다. 그가 노벨문학상을 받은 것은 1987년이었다. 다음에 옮겨 적는 작품은 브로드스키가 '기생충' 선고를 받은 1964년에 쓰인 짧은 시의 전문으로, 제목은 없다.

> 바람이 숲을 남겨두고
> 구름과
> 희디흰 천장을 밀어 올리며
> 하늘까지 날아올랐다.

그리고, 차가운 죽음인 듯,
활엽수림은 혼자 서 있다,
따르려는 의지도,
특별한 표시도 없다.[13]

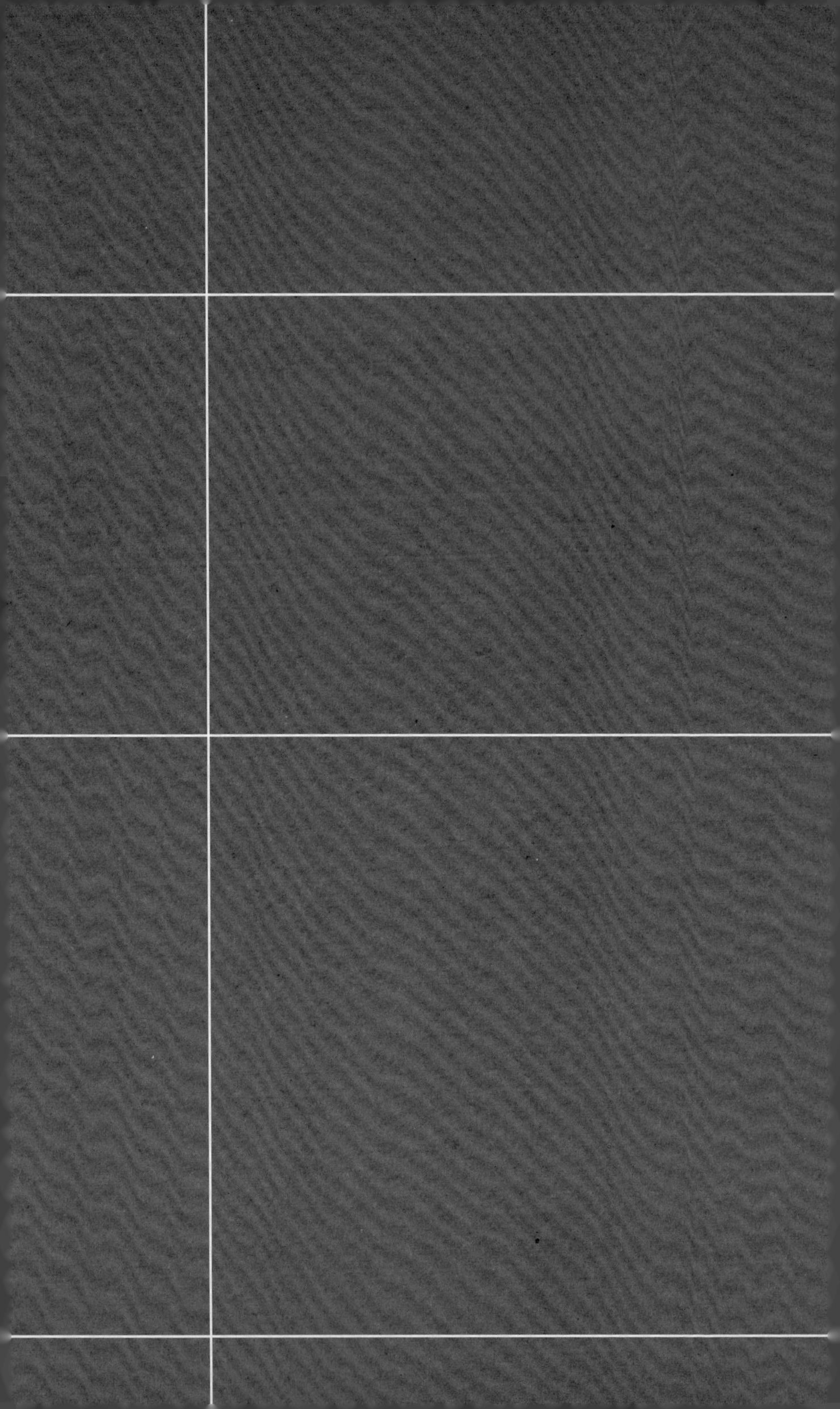

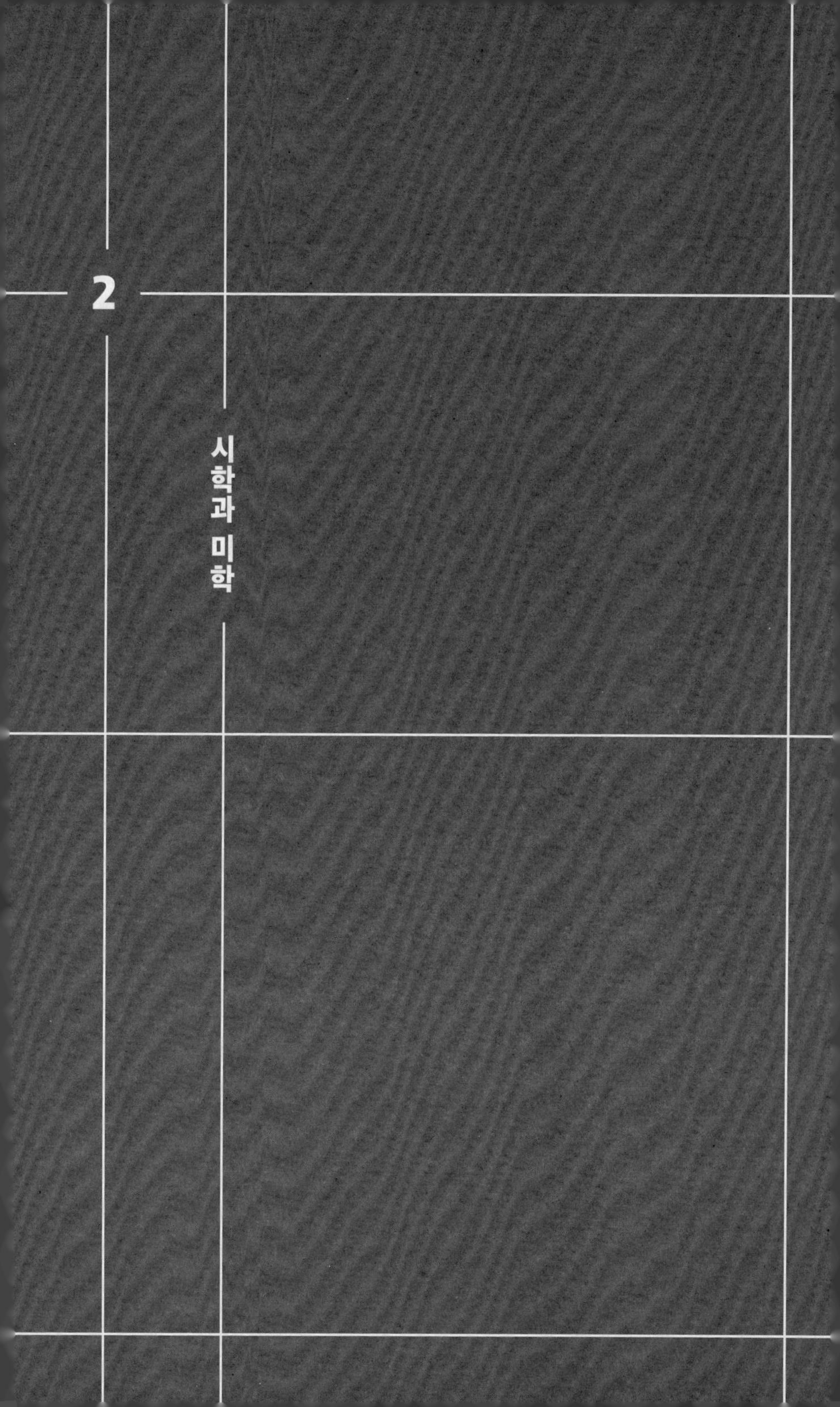

2

시학과 미학

‘낯설게 하기’의 미학과 정치학
러시아 형식주의

형식주의, 혹은 형이상학의 부정

일반적으로 갖고 있는 선입견과는 달리, 애초에 형식주의와 대립 관계를 이루었던 것은 유물론자들이나 사회주의자들이 아니었다. 예이헨바움(B. Eikhenbaum)이 「형식적 방법의 이론」(1926)에서 언급한 바에 따르면, 젊은 형식주의자들이 반대한 것은 고리타분한 대학교수들이었으며, 무엇보다도 종교철학적 상징주의자들이었다. 이것은 형식주의라는 에콜의 의미를 이해하는 데 생각보다 중요한 의미를 지닌다.

당시 형식주의자들이 ‘아카데미스트’라고 부른 강단 연구자들은 ‘푸시킨이 담배를 피웠는가’ 같은 전기적 연구에 몰두하고 있었으며, 시단을 주도하고 있던 상징주의자들은 문학을 형이상학적이며 종교적 구원의 도구로 생각했다. 1916년에 결성된 ‘오포야즈(Opoiaz, 시어 연구회라는 뜻으로 형식주의의 핵심 그룹)’의 멤버들은 특히 상징주의의 형이상학과 초월주의에 생래적인 반감을 느끼고 있었다. 다혈질의 비평가 시클롭스키(V. Shklovskii)는 『산문 이론에 대하여』(*O teorii prozy*, 1929)의 서문에서 다음과 같은 간단명료한 명제로 형식주의를 요약한다.

"말, 그것은 사물이다(Slovo — veshch')."[1]

이것은 당시로써는 놀라운 문장이다. 이 문장을 통해서 언어는 의미의 '그림자(ten')'이기를 멈추고 그 자체로서 단단한 존재성을 부여받는다. 말은 그저 도구가 아니라 스스로의 질서로 의미를 창출하는 복잡한 기계/공장이 된다.

시클롭스키의 이 명제는 일차적으로, 말 자체를 정신성과 형이상학의 도구로 생각하는 상징주의적 경향을 부정한다. 그러니까 언어의 물질성을 강조한다는 의미에서라면, 형식주의사들은 완고한 '유물론자'들이었다. '정신에 대한 물질의 선차성'이라는 유물론의 근본 명제는 정확하게 형식주의자들의 문제의식을 관통한다. 그들에게 의미라는 '정신성'은 언어 자체의 '물질성'을 통해서만 산출되는 것이다.

형식주의 재론

구조주의조차도 구시대적인 방법론으로 취급받는 지금, 다시 형식주의에 관심을 돌리는 것은 구태의연할지도 모르겠다. 형식주의는 지금 이론사의 '박물관'에 안장되어 있지만, 20세기 초의 당대적 정황을 떠올린다면 지금 우리가 생각하는 것보다 훨씬 혁신적이었다. 영미의 신비평에서, 작가의 의도를 텍스트의 외부적 요소로 기각하려는 「의도의 오류」(Intentional Fallacy) 같은 글이 1950년대에 와서야 씌어졌다는 사실을 떠올린다면, 확실히 형식주의자들의 문제 제기는 시대를 앞선 것이었다. 물론 아리스토텔레스의 시학도 '형식적'이며,

미술 분야에서는 이미 뵐플린 같은 이가 『미술사의 기초 이론』 같은 책에서 형식적 분석의 틀을 제시한 바 있지만, 비평사에서 하나의 에콜이 '형식적 방법', 혹은 문학의 '자율성'을 체계적으로 정립하고 제기한 것은 처음 있는 일이었다. 그것도 이제 갓 스무 살을 넘긴 러시아 청년들이 말이다.

이 글은 러시아 형식주의 이론을 전체적으로 개관하려는 것이 아니다. 형식주의자들의 개념 가운데, 거의 일반화된 채 지금도 유용하게 쓰이고 있는 개념 하나를 다시 살피는 게 이 글의 목적이다. '낯설게 하기'가 그것인데, 러시아어 표현으로는 'ostranenie'이고, 영어식 번역어로는 'defamiliarization'이나 'making strange'가 쓰인다. 이 용어는 지금까지 형식주의의 선언서처럼 인식되어 있는 시클롭스키의 논문 「기법으로서의 예술」(Iskusstvo kak priem, 1917)에서 정립된 것이다. 아마 형식주의의 여러 '개념 도구'들 가운데 이 용어만큼 모호하고 문제적인 것도 없을 것이다. 결론부터 말하자면, '낯설게 하기'는 가장 전투적이며 완고한 형식주의자의 글에서 제기된 것이면서도, 어떤 의미에서는 가장 탈형식주의적이다. 어쩌면 '낯설게 하기'가 지닌 이런 모호함이 지금까지도 이 용어를 인기 있는 표현으로 만드는 것인지도 모른다.

'낯설게 하기' 개념을 다시 살피고 적극적으로 재해석하려는 이 글의 의도는, 한편으로 형식주의에 대한 이해를 풍부하게 하는 과정일 수 있다. 리얼리즘이 다만 '무엇을(what)'에 대한 관심만으로는 설명될 수 없듯이, 형식주의 역시 '어떻게(how)'에 대한 집요한 분석이라는 틀로는 온전히 조명되지 않는다. 먼저 형식주의를 이해하는 간단한 도식을 '낯설게 하기'와 관련하여 살핀 후에 본론으로 넘어가자.

예술과 삶

형식주의를 이해하는 가장 손쉬우면서도 위험한 방법 중 하나는, 예술에서 내용을 무시하고 형식만 분석하려는 시도로 파악하는 것이다. 문예학을 철학이나 정치학의 하위 학문이 아니라 독립된 분과 학문으로 정초하려는 형식주의자들의 노력을 감안할 때, 이 주장은 확실히 타당한 것처럼 들린다. 문학을 문학으로 만드는 것, 즉 '문학성(literariness)'에 대한 집착은 형식주의자들의 항수(恒數)였다. 시의 언어를 비예술 언어, 즉 일상 언어와 구분 짓고 그 '독자성'을 강조하는 것도 이런 의도의 산물이다. 이 과정에서 예술과 삶은 일단 다음과 같은 이분법으로 나뉜다.

삶//인과론적/파불라/재료/자동화 과정
예술//목적론적/슈제트/기법/낯설게 하기

실재하는 우리의 삶은 무수한 인과들이 무한하게 연결되면서 이루어진다. 이 무한한 연쇄에 미리 주어진 '목적'은 없다. 그것은 그냥 연기적(緣起的) 연쇄일 뿐, 무슨 목표를 향해 나아가는 것이 아니다. 하지만 예술에는 '목적'이 있다. 시를 포함한 예술은, 의도를 거부하려는 의도까지를 포함해서, 일정한 '의도'를 담고 있다. 이게 인과론적인(causal) 삶과 목적론적(teleological)인 예술의 차이다. 인과론적인 삶은 시간 순서를 따르는 '파불라(스토리, 이야기)'와 가깝고, 목적론적인 예술은 그 목적에 부합하도록 시간을 구성해놓은 '슈제트'(플롯, 구성)의 원리를 취한다. '파불라(fabula)'가 단선적인 이야기의 원리를 받아들인 것이라면, '슈제트(shuzhet)'에는 예술의 원리가 개입해 있는 것이다.

예술을 'art'라고 표현할 때, 이 어휘는 인간의 '의도'와 '인위적 가공'이 개입해 있다는 뜻을 담고 있다. 이 '인위적 가공'의 총체가 '기법'이다. 마치 건축가가 벽돌을 '재료'로 해서 집을 짓듯이, 시인은 삶이라는 '재료'로 언어 구조물을 만든다. 이때 과학자로서의 문학연구자들이 대상으로 삼아야 하는 것은 재료 자체가 아니라 재료가 가공되는 방식의 총체, 즉 '기법'이다. 기법(device)은 좁은 의미의 '기술(technique)'이 아니다. 그것은 언어 구조물을 언어 구조물로 만드는 모든 것을 지칭한다. 예술의 의도와 목적이 달성되는 것 역시 '재료'가 아니라 '기법'을 통해서다.

여기서 이런 상식적인 해설을 나열한 것은 다음의 질문을 던지기 위해서이다. '기법'과 '목적론'과 '슈제트'는 도대체 '왜' 필요한가? 이 어이없는 질문은, 하지만 그 자체로 형식주의자들의 이론적 틀에 균열을 불러올 수 있는 요소를 내장하고 있다. '왜 필요한가'라는 '가치론'은 그들의 연구 대상이 아니었기 때문이다. 그들은 '이미 만들어져 있는' 건축물의 재질과 기능을 연구하는 것이 필요하다고 생각했으며, 그것이 궁극적으로 '무엇을 위해' 존재하는지, 그 가치가 어느 정도인지를 밝히는 것은 다른 문제라고 생각했다.

그런데 '대체 그게 왜 필요한가?'라는 질문에 적극적으로 대답하고 있는 형식주의자의 글이 있다. 일종의 아이러니지만, 그 글이 바로 형식주의를 대표하는 논문으로 인식되어 있는 시클롭스키의 「기법으로서의 예술」이다. 시클롭스키가 가장 협소한 의미의 '형식주의자'였다는 사실을 떠올린다면, 이것은 더더욱 아이러니하게 느껴진다. 후에 문학사회학적 요소를 텍스트에 끌어들인 예이헨바움이나, 텍스트의 너머에 존재하는 비문학적 '구조'를 의식했던 티냐노프(Iu. Tynianov)와 달리, 시클롭스키는 가장 전투적인 형식주의자였다. 하지만 형식주의라는 에콜이 성립되기 이전인 1914년, 시클롭스키는 「말의 부활」(Voskreshchenie slova)에서 이미 이렇게 말한 적이 있다.

> 오직 새로운 예술 형식의 창조만이, 인간에게 세계의 경험을 돌려주고, 사물들을 부활시키고, 페시미즘을 없앨 수 있다.[2]

세계에 대한 페시미즘이 "새로운 예술 형식의 창조"에 의해 없어질 수 있는 것인지는 확신할 수 없지만, 지금 우리의 관심은 이 문장의 옳고 그름이 아니다. 무엇보다도 이 문장은 대단히 탈형식주의적인 문장이 아닌가? 이 질문이 중요하다.

사물의 '인지'와 사물의 '발견'

실제로 시클롭스키는 자기 글의 여러 곳에서 '낯설게 하기'가 필요한 '이유'를 역설한다. 그 이유들을 말할 때 그는 형식주의의 냉정하고 지루한 분석적 문장을 지향하지 않는다.

시클롭스키는 대상의 '인지(uznavanie)'와 대상의 '발견(videnie)'을 구분하는데, 이 구분은 우리의 논의에서 핵심적인 의미를 지닌다. 우리의 일상적인 생활은 '발견'되지 않은 수많은 사물들과 행위들로 포화되어 있다. 아침에 이를 닦을 때 우리는 칫솔을 '이를 닦기 위한 도구'로서만 '인지'한다. 요컨대 칫솔이 있다는 것은 알고 있지만, 칫솔 자체를 '발견'하지는 못한다. 칫솔은 이를 닦는 데 쓰이고 정말 사라져버린다. 이 경우 칫솔을 관습적이고 실용적 맥락에서 이탈시키고 이를 닦는 '수단으로서의 존재'에서 해방시켜야만, 우리는 우리 앞에 그 자체로서 현현하는 칫솔을 '발견'할 수 있다. 일상의 문법이나 일상어의 관습 혹은 자동화된 언어에 종속되어 있는 한, 칫솔은 '인지'될 수는 있지만 '발견'될 수는 없다. 일상의 관습적이며 실용적인 언어에서 칫솔을 해방시키는 순간에만 칫솔이라는 이상한 사물 자체가 보인다.

그런데 형식주의자들의 '낯설게 하기' 개념에 대해 우리는 다음과 같은 질문을 던져야 한다. 도대체 '왜' 칫솔 따위의 사소한 사물을 '발견'해야 하는 것인가? 이 질문은 우리의 핵심적인 관심사이기도 하다. 시클롭스키에 따르면, 삶을 구성하는 수많은 사물들을 '발견' 하지 못할 때, 다음과 같은 끔찍한 상황이 발생한다.

> 삶은 우리에게 아무것도 주지 못하고 사라진다. 자동화는 사물들을, 옷을, 가구를, 아내를, 그리고 전쟁의 공포를 집어삼킨다.[3]

요컨대 '낯설게 하기'는 '지각 가능성(oshchutimost')'을 높이기 위한 예술의 대응이다. 일상적 관례는 그 자체로 삶의 존재 자체를 끊임없이 위협한다. 존재하되 존재를 느끼지 못할 때 삶은 외부적 관례의 '매개'로서만 의미가 있을 뿐이다. 그 경우 우리의 몸, 우리의 감각 기관들은, 이미 만들어져 있는 이 세계의 규범과 가치와 인식 체계들이 들어와 재탕되는 장소일 뿐이다. 우리는 바깥 세계의 관례들을 확대 재생산하는 수동적인 존재로 전락한다. 이 지점에서 '낯설게 하기'라는 개념은 '언어의 자율성'을 위한 개념이기를 멈춘다.

'낯설게 하기'를 형식주의의 한계 내에서 평가하는 경우 이 '목적'을 과소평가하는 경향이 있지만, 시클롭스키는 명백하게 언어 외적인 인식론의 영역을 자기 개념에 도입하고 있다. 많은 논자들이 이러한 개념적 '오염'을 부정적으로 지적하고 있지만, 달리 생각해보면 이것은 '낯설게 하기' 개념의 잠재적 가능성이기도 하다. 비록 시클롭스키 스스로 의도한 것은 아닐지라도 말이다.

바흐친 학파에 속하는 메드베제프 등 여러 논자들은 '낯설게 하기'가 예술적 지각의 과정을 '생리적 법칙(physiological law)'[4]으로 기각시키고 있다고 비판한다. 확실히 '낯설게 하기'라는 개념에 '생리적' 요소가 포함되어 있기는 하지만, 그것으로 이 개념이 부정되는 것은 아니다. 오히려 그러한 요소는 '낯설게 하기'가 언어와 사물의 관계를 매개하는 인식론적 문제이며, 현상학적 괄호 치기의 적극적인 요구이기도 하다는 점을 역설적으로 보여준다. 언어를 통해 얻어지는 이 인식론과 현상학적 괄호 치기는 궁극적으로 '삶의 감각'을 회복시키는 데 바쳐진다. 여기서 시클롭스키의 유명한 문장이 나온다.

> 그래서, 삶의 감각을 회복시키기 위해, 사물들을 느끼기 위해, 돌을 돌로 만들기 위해, 이른바 예술이라고 불리는 것이 존재한다.[5]

이 문장 다음에는 '지각을 지연시키고 어렵게 하기(zatrudnenie)'에 대한 설명이 이어진다. 지각의 과정을 지연시키고 어렵게 만든다는 것은 단순히 난해한 문학을 옹호하자는 얘기가 아니다. 그것은 '난해시'나 '난해한 소설'의 옹호와는 차원이 다른 얘기다. 사물에 사물 자체의 사물성을 돌려주는 가장 기초적인 방식이기 때문이다. 관례적인 언어를 배제하는 순간, '지각의 경제성'을 탈피하는 순간, 대상에 대한 지각은 지극히 자연스럽게 '어려워진다.'

이것은 시가 언어를 가장 '경제적'이며 '효율적'으로 운용하는 장르라는 일반적인 생각과는 정반대이다. 시적 언어의 압축은 소량의 언어로 대량의 의미 정보를 전달하기 위한 것이 아니다. 이런 생각에는, 소량의 언어를 대량의 언어로 풀어 해석하면 '동일한 의미'가 전달될 수 있다는 전제가 깔려 있다. 시는 이런 '언어의 경제학'으로는 설명되지 않는다.

「시어의 문제」나 「시와 산문에서 리듬의 기능」 같은 글에서, 또 다른 형식주의자 티냐노프가 분석의 기준으로 삼았던 것은 시의 '구성적' 요소였다.[6] 이는 시 한 편의 내재적 구성 성분들을 그것들 사이의 관계를 통해 규명하는 것이다. 이런 영역이 확실히 형식주의의 전형적인 관심 분야라면, '낯설게 하기'는 이런 '구성적' 요소의 경계를 넘어선 영역에 존재한다. 시클롭스키의 의도와 무관하게, 이 개념은 확실히 형식주의의 '당대적 한계'를 넘어서 있다고 말할 수 있다. 어쩌면 바로 이것이, 형식주의자들이 발의한 수많은 개념 도구들 가운데 '낯설게 하기'가 오늘날에도 유독 반복적으로 인용되는 이유인지도 모른다.

'낯설게 하기'를 둘러싼 몇 가지 오해

이 지점에서, '낯설게 하기'라는 용어를 시클롭스키적 맥락에서 사용할 때 우리가 흔히 빠지는 오류를 몇 가지 살펴보자.

첫째, '낯설게 하기'는 흔히 오해되듯이 엉뚱하거나 낯설거나 그로테스크한 대상에 적용되는 용어가 아니다. '낯선 것을 보여주는 것'과 '낯설게 보여주는 것'은 종류가 다르다. 시클롭스키가 말하려고 했던 것은 오히려, 너무나 익숙하고 낯익어서 우리의 지각에서 '사라져버린' 것을 낯선 방식으로 보여주는 것이다.

예를 들어 최근 한국 시에서 중요한 흐름을 이루고 있는 환상시 계열의 '낯선' 시들은 '낯설게 하기'와 직접적인 관련이 없다. 환상시는 본질적으로 현실의 미메시스를 포기하는 지점에서 시작되며, 이것은 시클롭스키의 의도와는 맥락이 다르다. 물론 환상시도 '낯설게 하기'를 포함할 수는 있겠지만, 이 경우의 '낯설게 하기'를 환상 자체의 산물이라고 보기는 어렵다. 너무 낯익어서 있는지조차 감지되지 않는 길가의 돌멩이를 돌멩이로서 보여주는 것이 '낯설게 하기'이며, 기이한 모양의 돌이 환상적 변신을 겪는 것은 시클롭스키적 '낯설게 하기'와 거리가 멀다는 뜻이다.

'낯설게 하기'는 확실히 그로테스크와 밀접한 관련이 있지만, 그것은 인간에게서 관례적 언어라는 인식의 막(膜)을 제거하면 어쩔 수 없이 나타나는 현상이다. 우리가 아름답다고 습관적으로 말하는 장미를 현미경으로 본다면, 그 장미는 지극히 그로테스크하게 변질되어 아름다움 따위는 찾아볼 수 없게 된다. 요컨대, '낯설게 하기'의 그로테스크는 인식론적으로 '드러나는' 것이지, 대상 자체의 기괴한 속성에 의한 것이 아니다.

둘째, 같은 맥락에서 '낯설게 하기'는 표현주의적 스타일과도 관련이 없다. 대상에 대해 주관적 내면의 에너지를 투사하는 표현주의는 실재하는 대상의 '변형'을 목표로 삼는다. 그것은 언어학적인 의지가 아니라 객관적 세계를 내면적 에너지의 산물로 기각할 때 가능하다. 가령 화가 에드바르 뭉크의 이미지를 지배하는 표현주의적 우울은 '낯설게 하기'와 직접적인 관련이 없다. '낯설게 하기'는 대상의 '변형'을 통해 내면을 표현하려고 존재하는 것이 아니라, 실재를 있는 그대로 지각하는 과정 자체를 위해 존재한다. '변형'은 '낯설게 하기'의 필수적 요건이지만, 그것은 주관적 내면의 투사를 위한 것이 아니라 대상 자체의 대상성을 복원하기 위한 것이다.

셋째, '낯설게 하기'는 반사실주의적 특성을 띠지 않는다. 형식주의에 대한 가장 정교한 연구서로 평가받는 빅토르 어얼리치의 『러시아 형식주의』조차, 여러 곳에서 '낯설게 하기'를 반(反)리얼리즘의 맥락에서 해석하고 있다: "리얼리즘 미학에 대한 도전은 틀림없이 명백한 것이었다. 구체적인 이미지로 삶을 재현하는 것이 아니라, 반대로, 예술가가 활용하는 일련의 기법을 통해 자연을 창조적으로 뒤트는 것—이것이, 시클롭스키에 따르면, 예술의 진정한 목적이었다."[7]

어얼리치가 '낯설게 하기'를 삶과 자연을 뒤트는 것(distortion)으로 정의할 때, 시클롭스키의 의도는 오해될 수 있다. 왜냐하면 시클롭스키의 생각에 예술가가 창조적으로 '뒤틀어야' 하는 것은 자연이나 대상 자체가 아니라, 그 대상에 대한 관례적 언어들이기 때문이다. 그것은 '반사실주의적' 왜곡이 아니라 '사실적'인 지각을 위해 필요한 것이며, '삶과 자연을 뒤트는 것'이 아니라 다만 기존의 언어적 관례를 의식하지 않기 위한 것이다. '낯설게 하기'를 '반사실주의적 뒤틀기'와 동일시하는 순간, '낯설게 하기'의 중요한 요소는 누락될 수 있다.

나아가 어얼리치는 시클롭스키의 생각을 장 콕도 같은 초현실주의자의 생각과 비교하면서 유사성을 강조하는데,[8] 이것 역시 무의식에 대한 초현실주의의 관심을 염두에 둔다면 확실히 문제가 있다. '낯설게 하기'는 관습적 컨텍스트에서 대상을 떼어내는 것이다. 그런 의미에서 초현실주의의 '데페이즈망' 같은 기술을 '낯설게 하기'의 일종으로 보는 것을 틀렸다고 할 수는 없다. 하지만 시클롭스키가 의도한 것은 '재봉틀과 우산이 해부대 위에서 우연히 만나는 것' 같은 로트레아몽적 이미지가 아니다. 우산을 '비 오면 쓰는 것'이라는 관습적 지각에서 자유롭게 만드는 것은, 우산 자체를 '묘사'하는 지극히 '사실주의적' 방식에 의해서도 성취될 수 있다. '우산'이라는 단어를 지우고, '물의 투과를 방지하는 질긴 천으로 이루어져 있으며 긴 막대가 달린 것'이라고 말하는 방식 말이다. 그것은 재봉틀과 해부대의 기이한 접촉을 요구하지 않는다.

시클롭스키가 자신의 글에서 인용하고 있는 사례들을 면밀히 살펴보아도, 초현실주의적이거나 반사실주의적 예는 찾아볼 수 없다. 여러 부분에서 그는 톨스토이를 주요 텍스트로 인용하고 있는데, 이는 '낯설게 하기'와 사실주의의 친연성을 보여주려는 의도적인 선택인지도 모른다. 엄격하게 말해서, 사실주의에 대한 일반적인 용법을 염두에 둘 때 시클롭스키의 개념을 '전(前) 사실주의적'이라고 말할 수는 있겠지만, 반사실주의적이거나 초현실주의적이라고 말할 근거는 없다.

넷째, '낯설게 하기'는 단순히 '형식'의 문제가 아니다. 이것은 형식주의자들의 의도를 전제로 한다면, 기초적이면서도 동시에 근본적인 문제라고 할 수 있다. 역설적인 얘기지만, 형식주의자들이 가장 혐오한 것이 바로 '형식'이라는 용어였다. 바로크나 인상파, 혹은 자연파 같은 표현들이 그러했듯이, 형식주의라는 용어는 그네들의 이론을 조롱하려는 사람들이 붙인 것이다. 예이헨바움의 간곡한 주장에 따르면,[9] 그네들은 '문학의 형식에 집착하는 자(formalist)'들이 아니라 '문학의 독자적 연구 영역을 밝히고 문학의 문학성을 탐구하는 자(specifier)'들이며, 그들의 관심은 문학을 고립시키는 것이 아니라 문학의 '특수성(spetsifichnost')'을 도출하는 것이다. 당연하게도 형식주의자들의 가장 중요한 목적 중 하나는, 수단으로서의 '형식'과 목적으로서의 '내용'이라는 고리타분한 이분법을 극복하는 것이었다. 실상 형식과 내용이라는 이분법 안에는, 형식을 '내용이라는 본질을 담는 외형적 그릇'으로 생각하려는 경향이 깔려 있다. 반대로 형식주의자들은 형식의 체험 자체가 곧 예술 텍스트의 내용이며, 그렇기 때문에 형식과 내용을 나누는 것은 무의미하다고 생각했다. 그들이 형식과 내용의 구분 대신에 내세운 것은, 앞서 언급했던 '재료(material)'와 '기법(priem)'의 구분이었다. '재료'는 삶과 세계에서 취득할 수 있는 것들이고, '기법'은 그 가공 방식의 총체를 일컫는다. 이 이분법에 대해서는 많은 반론과 유보 조항을 제시할 수 있지만, 당대의 문학 이론이 지닌 한계 안에서는 상당히 중요한 의미를 지니는 발상이었다.

다섯째, '낯설게 하기'는 '특정한 기법'이 아니다. 시클롭스키의 생각에 따르면, '낯설게 하기'는 관례적 언어를 배제한 상태에서 대상을 묘사하는 모든 언어의 속성이자 모든 작품의 특징이다. 그는 '개인적인 생각이지만'이라는 전제 아래, 이미지를 언어로 묘사하는 곳에는 다 이 개념을 적용할 수 있다고 적었다.[10] '낯설게 하기'는 작가가 의식적으로 활용해야 하는 기교가 아니라, 그가 작가인 한에는 어쩔 수 없이 사용하게 되어 있는 것이다. 이것은 '낯설게 하기'가 은유라든가 아이러니 같은 특정한 활용법보다 상위의 개념이라는 것을 의미하며, 나아가서는 이 '기법'이 특별한 텍스트에 적용되는 것이 아니라 모든 종류의 예술 텍스트에 편재하는 것이라는 점을 보여준다.

'낯설게 하기'의 수사학

이 지점에서 논의를 비유론의 차원으로 확장해보자. 이는 '낯설게 하기'의 개념적 의미를 파악하는 데 유용할 수 있다.

일차적으로, '낯설게 하기'는 때로 은유적인 방식과 결합한다. 시클롭스키는 에로틱한 수수께끼의 예를 들고 있다. '성기'를 '열쇠'에 비유할 때, 이것은 지각을 쉽게 하려는 것이 아니라, 열쇠라는 보조적 이미지에서 성기라는 본래의 이미지에 도달하는 과정을 '길게 늘이고 어렵게 함'으로써 성기 자체를 '발견'하게 만드는 것이다. 이것은 지각을 의도적으로 지연하는 효과를 지닌다. 그런 면에서 '낯설게 하기'는 확실히 유사성에 바탕을 둔 은유와 친연성을 지닌다.

반대로 인접성을 원리로 하는 환유는 '지각의 경제성'에 기여하려는 경향이 크다. '백악관'으로 미국 정부를 표현할 때, 이것은 '낯설게 하기'가 아니라 '지각의 경제성'을 위해서 사용된 것이다. 환유에 대한 비판론자들이 은유에 비해 환유가 의미 생성 능력이 약하다고 말하는 것도 이 때문이다.

그러나 좀 더 근본적인 차원으로 들어가면 반대의 견해가 가능하다. 유사성에 근거하는 은유는 바라보는 자가 대상에 대해 새로운 의미를 부가하려는 의도에 의해 이루어진다. 유사성에 의해 두 개의 사물이 은유적으로 결합할 때, 대상이 되는 사물에는 그것을 바라보는 자가 부여하는 의미가 개입한다. 가령 그녀의 눈빛을 별에 비유할 때, 그녀의 눈빛은 문장 안에서는 실재하지 않는 별의 가치와 효과를 부가적으로 지니게 된다. 이 경우 부가되는 의미는 비유하는 자가 보충하려는 의미를 반영하는 것이며, 자연스럽게 은유는 사물을 주관적 의미와 가치의 맥락으로 이전시키는 과정의 이름이 된다.

반대로 환유적인 인접성은 대상이 되는 사물을 인접해 있는 다른 사물들을 빌려 묘사한다. 이 과정에서는 바라보는 자가 부여하려는 의미보다는 사물들 자체의 연쇄가 더 중요해진다. 즉, 인접성이 지배하는 묘사에서 '상대적으로' 더 중요한 것은 사물을 바라보는 자의 주관성이 아니라 사물들 사이의 객관적 관계다. 은유의 유사성이 사물에서 사유로 상승하려는 경향을 보이는 반면에, 환유의 인접성은 사물에서 사물로 수평 이동한다.

시클롭스키는 '낯설게 하기'를 수사학적 맥락에서 설명하고 있지 않지만, 그가 들고 있는 예들을 검토하면 대체로 환유적 '묘사'가 우위에 있음을 알게 된다. 가령 '태형'이라는 관습적 단어를 쓰지 않고 그 과정을 세세히 묘사함으로써 '낯설게 하기'를 성취하는 순간, '낯설게 하기'를 작동하게 하는 강력한 기제는 유사성이 아니라 야콥슨적 맥락의 인접성이다.

이런 해석은 형식주의가 텍스트 외적인 '관념'의 우위를 거부한다는 원론적 사실과도 밀접한 관련이 있다. 왜냐하면 은유나 상징이 지닌 관념화 성향이야말로 실은 외재적 이념의 가장 명백한 통로이기 때문이다. 그것은 상징주의와 형식주의의 대립 관계를 염두에 둘 때 더 명백해진다.

'낯설게 하기'의 정치학

형식주의에 대한 가장 강력한 비판은 역시 마르크스주의 진영에서 시작되었다. 레온 트로츠키(L. Trotskii)의 『문학과 혁명』(1924)을 필두로 바흐친/메드베제프의 『문예학의 형식적 방법』(1928)은 당대적 맥락에서 형식주의를 비판했으며, 최근에도 프레드릭 제임슨(F. Jameson) 같은 이론가들이 형식주의의 한계를 비판적으로 정리하곤 했다. 이 가운데 '낯설게 하기'에 대한 몇몇 비판을 다시 검토하는 것은 이 개념을 이해하는 데 나름대로 도움이 될 것 같다.

첫째, 여러 가지 비판 가운데 '낯설게 하기'가 '창조적이지 않다'라는 것이 있다. 이것은 물론 하나 마나 한 비판이다. 아리스토텔레스에서 브레히트에 이르기까지 유사한 생각들이 있었다는 것은 어쩌면 당연한 일이기 때문이다. 중요한 것은 '담론 생산자'로서 해당 개념을 창조적으로 체계화한 이들이 형식주의자들이었다는 점이다. 문학의 문학성을 과학적으로 탐구하려는 형식주의자들의 의지는, 확실히 20세기 문예학의 '시발점'이 되었다고 해도 과장이 아니다.

둘째, 형식이 낯설게 되는 것인지 내용이 낯설게 되는 것인지 모호하다는 비판이 있다. 프레드릭 제임슨의 이 비판은 상당히 핵심적인 문제를 내장하고 있다. 애초에 형식주의자들이 형식과 내용의 이분법을 극복하기 위해 노력했다는 점을 떠올리면, 이 질문은 전제 자체가 잘못되어 있다. 하지만 내용과 형식이라는 단어를 대상과 언어로 바꾸어놓고 보면 얘기가 달라진다. 시클롭스키의 글을 보면 확실히, 소설을 비롯한 산문에 대해서 말할 때는 일상 언어의 관례를 파괴함으로써 낯설어지는 '대상'에 주목하고, 시에 대해서 말할 때는 기존의 문학적 관례와 다른 낯선 문체나 낯선 리듬 자체를 배타적으로 부각시킨다. 이 둘은 서로 맥락이 다르다. 실제로 시클롭스키 스스로도, 글의 뒷부분에서 시에 대해 설명할 때는 '낯설게 하기'라는 표현을 사용하지 않고 있다.

그런데, '낯설게 하기'가 수용미학적 맥락에 존재한다는 것은 이 지점에서 중요한 의미를 지닐 것 같다. '낯설게 하기'는 텍스트 자체에서 완결되지 않는다. 그것은 수용자의 '자동화'된 관례적 감각을 전제로 해서만 의미가 있는 것이기 때문이다. '낯설게 하기'는 근본적으로 일상적 언어 관례에서 일탈하는 '문학적 언어'의 창안을 통해 가능하다. 이때 관례적 감각에 대한 '낯설게 하기'가 일상 언어의 관례를 배경으로 유표화되는가, 아니면 기존의 문학적 관례를 배경으로 유표화되는가가 중요하지만, 시클롭스키는 이를 엄밀히 구분하려 하지 않는다.

이제 우리는 우리의 논의에서 가장 중요한 지점에 이르렀다. 이는 마르크스주의적 비판의 가장 핵심적인 부분으로, '낯설게 하기'를 둘러싼 토론 가운데 가장 생산적일 수 있는 논점이기도 하다. 메드베제프는 시클롭스키가 '도덕적 가치'나 '이데올로기적 가치'[11]의 차원에서 말해야 할 것을 부당하게 언어학적 맥락으로 환원시키고 있다고 비판한다. 제임슨 등 다른 논자들도 뒤따라 제기한 바 있는 이 비판은 확실히 곱씹어볼 필요가 있다.

톨스토이의 소설에서, 가령 '태형'이라는 익숙한 표현을 쓰지 않고 '규범을 어긴 사람들을 벌거벗겨 바닥에 눕히고 엉덩이를 채찍으로 때리고 있다'라고 묘사할 때, 이 '낯설게 하기'는 확실히 언어학의 차원이 아니라 제도에 대한 항의의 차원에서 다루어져야 한다. 톨스토이의 소설 『홀스토메르』에서 화자인 말(馬)이 '나의 땅' 같은 인간의 사유 재산 개념을 기이하다는 듯이 바라볼 때, 이 낯선 시선에 의해 낯설게 되는 인간의 제도적 관습은 분명히 정치경제학의 영역으로 확장되어 논의될 필요가 있다. 시클롭스키는 이 사례들의 '의미'에 대해서는 함구한 채 그 언어적 효과에 대해서만 주의를 기울이고 있다.

하지만 시클롭스키가 정치학의 분석 대상을 언어학의 대상으로 축소시켰다는 비판은 지나친 감이 없지 않다. 시클롭스키는 이 사례들에 대한 정치경제학적 접근의 타당성을 '부정'한 것이 아니라, 그러한 접근을 가능하게 하는 기초 분석을 수행했다고 말할 수 있다. 실제로 시클롭스키는 '태형'에 대한 톨스토이의 구절을 인용한 후 다음과 같이 덧붙이고 있다: "이런 것은 톨스토이가 양심을 추구하는 방법 중 전형적인 것이다."[12] 이것은 '낯설게 하기'가, '양심(sovest')'의 영역에서 논의해야 할 것을 언어의 차원으로 기각시키려는 용어가 아니라, 오히려 '양심(윤리)'을 논의하기 위해 일종의 전제로써 필요한 개념이라는 점을 보여준다.

'낯설게 하기'의 탈신화화

이 지점에서 우리는 '낯설게 하기'를 탈신화화라는 맥락으로 확장하여 이해할 수 있을 것 같다. '낯설게 하기'는 자주, 당대적 가치들의 위계 및 맥락을 삭제하거나 혼란시킴으로써 얻어지기 때문이다. 가령 교회에서 영성체를 모시는 사람들에 대해, '줄을 서서 얇은 밀떡 조각 하나를 받아먹는 사람들'이라고 '낯설게' 묘사하는 순간, 영성체는 '그리스도의 몸'이라는 신화적 의미론을 탈각하고 물질로서의 '밀떡'으로 변환된다. 많은 경우 '낯설게 하기'는, 대상에 내재해 있는 신비를 지우고 사회적 맥락을 통해 형성된 관례적 의미들을 비워내야만 가능하다.

'낯설게 하기'의 '정치적 의미'는 바로 이 지점에서 생산된다. 보수적 관례에 얽매여 있는 의식과 정신으로는 '낯설게 하기'가 제대로 되기 어렵다. 형식주의자들이 자주 미래파와 아방가르드들의 작품을 텍스트로 삼았던 것도 이런 맥락이다. 흔히 시클롭스키의

'낯설게 하기'는 브레히트의 '소격 효과'와 비교되기도 하는데, 이 두 개념은 출발점이 전혀 다른데도 비슷한 지점에서 만날 가능성을 지니고 있다. 왜냐하면, 이 두 개념은 공히, 기존의 '맥락'들을 부정하고 기존의 '의미'들을 낯설게 성찰함으로써 목적을 달성하는 것이기 때문이다.

요컨대 '낯설게 하기' 개념은 정치적 번역의 가능성을 내장하고 있다. 시클롭스키는, "사람들에게 많이 알려져 있으니까"[13]라고 말하고 있지만, 거의 의식적이라고 생각될 정도로, 정치적이며 사회적인 의도를 담고 있는 톨스토이의 구절들을 '낯설게 하기'의 사례로 나열하고 있다. 이 인용들은 그가 암묵적으로 '낯설게 하기'의 정치성을 의식하고 있다는 점을 보여준다.

'낯설게 하기'와 근대 미학

한 가지 덧붙여야 할 것이 있다. 시클롭스키가 그렇게 단정한 것은 아니지만, '낯설게 하기' 개념은 근본적으로 근대 미학과 친연성을 지니고 있다고 말할 수 있다. 고전 시대와 중세의 미학은 이미 완성되어 있는 하나의 거대한 책, 즉 올림포스의 신들이나 성서적 가치의 세계 위에서 일종의 반복 재생산을 지향했다. 이 '비창조적인' 예술품들은 텍스트의 이면에 항수처럼 내재해 있는 종교적 가치 체계에 힘입어 신성한 '아우라'를 내장할 수 있었다.

하지만 근대 이후의 예술은 기본적으로 이러한 종교적 아우라를 탈각함으로써 가능하다. 이런 현상은 '기술 복제 시대(벤야민)'의 도래라는 환경 변화의 산물일 뿐만 아니라, 그 근저에 놓여 있는 세계관과 예술관의 변화에 따른 것이다. 근대 이후 예술은 종교나 신화에서 독립하여 홀로 서야 했으며, 고전 시대나 중세와 달리 '미학적 자의식'을 예술의 존재 근거로 삼아야 했다. 헤겔이 근대 미학에서 예술의 종언을 본 것도 이와 연관이 있지만, 헤겔의 생각과는 달리 예술의 자생력은 놀라운 것이었다. '낯설게 하기'가 상대적으로 근대 예술에서 '지배적'인 것도 이런 정황과 관련이 있다.

'낯설게 하기'는 고전적이거나 중세적인 '아우라'를 재현하는 데 적합한 방식이 아니다. 돌을 돌답게 만들기 위해서는 돌을 일상적 맥락뿐만 아니라 신성한 형이상학의 맥락에서도 해방시켜야 한다. 그것은 근대인이 어쩔 수 없이 지니게 된 소외, 즉 모종의 '정신적 통일성'으로부터의 소외에 걸맞은 방식이다.

한편으로, 이것은 거꾸로 '낯설게 하기'의 개념적 한계라고도 말할 수 있다. 시클롭스키가 상정했던 '낯설게 하기'로는 '익숙한 것'의 미학적 의미를 포착해낼 수 없다. 중세의 민속 문화들, 예컨대 가면극 코메디아 델 아르테의 이야기 틀은 언제나 비슷하다. 하회탈춤이 고정된 인물과 내러티브를 끊임없이 반복하면서 이루어지듯이, 대부분의 민속 문화는 반드시 항수와 변수의 결합으로 이루어진다. 민화가 그렇고 민속 음악이 그렇다. 근대 이후의 대중문화나 코드를 활용하는 장르문학 역시 마찬가지다. 많은 경우, 현대의 수용자는 '낯선 것'만을 즐기는 것이 아니라 '익숙한 것' 역시 미학적 즐김의 대상으로 삼는다. 우리가 추리소설이나 공포영화를 즐기는 것은, 낯섦뿐만 아니라 익숙한 규범과 코드를 다시 향유하려는 욕망의 소산이기도 하다. '낯설게 하기'로는 이 미학적 '항수'를 제대로 평가하기 어렵다. 이렇게 보면 아마도 '낯설게 하기'는 근대의 예술 가운데 특정한 일부에 통용되는 것이라고 해야 할는지도 모른다.

혁명과 언어해부학

시클롭스키가 「기법으로서의 예술」을 작성한 것은, 아이러니하지만 러시아에서 혁명이 일어난 1917년이었다. 러시아혁명은 인류사에 커다란 의미를 남겼으며, 보이지 않는 곳에서 시클롭스키의 글 역시 20세기 인문학에 큰 족적을 남겼다.

앞서도 말했듯 '낯설게 하기'는 미묘하게 형식주의의 경계에 걸쳐 있는 개념이다. 하지만 확실히 시클롭스키를 포함한 초기 형식주의자들이 전반적으로 집착했던 것은 '시어'의 미시적 기능이었다. 형식주의가 내세웠던 문예학의 '과학성'은 시어(예술어)와 산문어(일상어)의 구분에서 발원할 수밖에 없었는데, 그것은 시에 쓰이는 언어의 '특수성'이 산문보다 훨씬 더 두드러졌기 때문이다. 음성학-음운론-어휘론-통사론-화용론으로 이어지는 언어학의 범주를 놓고 본다면, 형식주의자들의 시 분석은 음성학과 음운론 차원에 집중되어 있다고 할 수 있다. 음성학과 음운론이 '언어 자체'의 자질을 가장 효과적으로 연구할 수 있는 분야였기 때문이다. 음성 효과를 강조하고 음운을 분석하는 것은 형식주의의 전공 분야인데, 사실 통사론에까지만 와도 의미론의 영역을 배제할 수 없기 때문이다. 러시아 시의 리듬과 음성 구조에 대한 그들의 집요한 분석은 때로 문학을 일종의 '통계학'으로 만들어버렸다는 비난에 직면하기도 한다. 마르크스주의자들이 형식주의의 '언어해부학'을 불만스러워했던 것은 당연한 일인지도 모른다.

하지만 형식주의 에콜이 성립되었던 1910년대 중반, 형식주의 멤버들의 비평적 파토스는 당시의 혁명적 분위기에 어울리는 것이었다. 그들은 논쟁적이었고 비판적이었으며, 언제나 미래파의 아방가르드적 분위기와 사회주의의 혁명적 파토스를 의식하고 있었다. 예를 들어 시클롭스키가 끊임없이 문학을 하나의 '기계'나 '공장'에 비유하는 것에는 이런 영향이 없지 않다: "공장에 비유하자면, 내가 관심 있는 것은 면직물 세계 시장의 추이이거나 트러스트의 정책이 아니라, 방직물과 그것을 짜는 방법 자체이다."[14]

실제로 '순문학적인' 텍스트들을 배경으로 활동했던 1950년대 신비평가들과는 달리, 러시아 형식주의자들은 19세기 리얼리스트들이나 전위적 미래파들의 텍스트를 자료로 삼아야 했다. 그들은 언제나 마르크스주의자들을 논쟁적 파트너로 의식할 수밖에 없었다. 이러한 상황은 그들을 더 완강한 '문학주의자'로 만들기도 했지만, 한편으로는 좌파 활동과 미학적 관점의 공존을 낳기도 했다. 오포야즈의 멤버였던 오십 브릭은 레프(LEF, 좌익전선)의 대변인이었고, 야쿠빈스키 역시 볼셰비키였다. 마야콥스키가 주도하던 레프의 선언문 「프로그램: 레프는 무엇을 위해 싸우는가?」에는 오포야즈가 '고독한 좌파(odinochki-levye)' 중의 하나로 기록되어 있다.[15]

하긴, 혁명이나 미래파가 아니더라도 그네들의 '반항적' 정서는 당연한 것인지도 모른다. 모스크바 형식주의를 이끌었던 '모스크바 언어학회'가 창립된 1915년, 초대 회장을 맡았던 야콥슨의 나이는 만 19세였다. 페테르부르크의 오포야즈 멤버 대부분이 스무 살 안팎의 나이였으며, 형식주의의 선언서처럼 통용되는 「기법으로서의 예술」을 썼을 때 시클롭스키의 나이는 23세였다.

재료 미학으로서의 형식주의: 한계와 극복

예이헨바움이 말하듯이, 형식주의라는 것은 명료한 개념적 구획을 지닌 것은 아니다. 그것은 '완성된 체계나 독트린'을 갖고 있지 않다.[16] 하지만 이후 문예학의 '진화'에 비추어 초기 형식주의를 한마디로 요약한다면, '재료로서의 언어'에 관심을 기울였다는 것으로 정리될 수 있을 것 같다. 이것만으로도 그네들의 비평사적 입지는 정당하게 평가받아야 할 필요가 있다.

하지만 후기 형식주의자, 혹은 초기 구조주의자들은 이 '재료로서의 언어'를 분석하는 것을 넘어 언어와 언어, 언어와 텍스트, 언어와 문화 등 인접 분야를 과학적 문예학의 영역으로 끌어들였다. 형식주의를 내부로부터 허물고 새로운 길을 열었던 것은 누구보다도 티냐노프와 야콥슨이었다. 티냐노프는 「문학적 진화에 대하여」(O literturnoi evoliutsii, 1927) 같은 글에서 문학의 '진화'를 다루고 있지만, 이 글은 역설적으로 형식주의가 어떻게 구조주의로 '진화'해가는지를 보여주고 있다.

티냐노프가 '문학적 진화'라는 표현을 썼을 때, 그가 염두에 둔 것은 '문학사'였다. 진화라는 단어 안에 변화뿐만 아니라 개선 내지는 지향의 의미가 들어 있는 한 이 표현이 티냐노프의 문학사 개념에 적절한 어휘라고는 할 수 없지만, 티냐노프가 이 '진화'를 '체계들의 교체'[17] 라고 단언한 것은 중요한 의미를 지닌다. 이 주장은 문학사를 '뛰어난 작가들의 역사'로 보는 관점을 폐기했으며, 또 장르 및 작품의 발생사나 나열식의 연대기적 기술을 '문학사'와 구별했다는 점에서 의미를 지닌다.

특히 티냐노프가 하나의 문학 작품이 지니는 세 가지 '기능'들을 분별했을 때, 그는 형식주의의 협소한 공간을 벗어나 구조주의적 문학론으로의 길을 열었다고 말할 수 있다.

구성적 기능 텍스트를 이루는 개별 구성 성분들의 상호연관성.

문학적 기능 한 작품과 문학 계열체들의 상호연관성.

언어적 기능 한 작품이 현실적 삶의 코드들과 맺는 상호연관성.

이제 형식주의의 분석 대상은 하나의 텍스트를 벗어나서 텍스트와 텍스트의 관계, 그리고 텍스트와 코드화된 삶의 구조 사이의 관계로 발전해간다. 이제 '텍스트'는 하나의 체계가 아니라 '체계들의 체계' 안에서 고찰된다. 이후 로트만과 우스펜스키 등이 연구의 영역을 '문학'에서 '문화'로 넓혀갔을 때, 이것은 텍스트를 하나의 '게슈탈트', 즉 부분의 합을 넘어서는 '관계들의 구조물'로 파악함으로써, 역동적인 상호 관계를 중심에 놓고 사유하는 구조주의적 방식의 기초가 된다. 위의 기능 가운데 문학의 '언어적 기능'이란, 문학의 '문학성'이 궁극적으로는 현실 세계의 코드 변화에 따라 가변적일 수밖에 없다는 의미를 내포한다. 이것은 이미 초기 형식주의의 밀폐된 문학주의가 아니다.

지금까지 우리는 형식주의를 그 내부의 변별성을 무시하고 동질적인 에콜처럼 다루었다. 하지만, 1920년대의 티냐노프가 이미 그러했듯, 형식주의는 그 내부에 스스로를 갱신할 수 있는, 혹은 갱신해야만 하는 내적 동기와 변별인자들을 지니고 있었다. 그 경우 '진화'는 곧 형식주의자들 자신의 역사를 지칭하는 표현이 될 수 있다. 1930년대 이후 형식주의자들은 소비에트 문예 이론과의 갈등을 피해 '잠적'에 들어간다. 형식주의는 1920년대에 이미 쇠락했다고 말할 수 있지만, 그것으로 형식주의의 유통기한이 끝난 것은 아니었다. '포스트' 형식주의자들은 '문화'의 영역으로 문예학의 영토를 넓혀갔다. 그들은 문학의 문학성을 독립시켜 탐구하는 대신, 문학의 문학성이 어떻게 문화사와 역사, 그리고 일상(byt)과 교류하는지를 탐구했다. 물론 1930년대 이후 이런 작업을 수행할 때의 그들은, 이미 혈기왕성한 하나의 '에콜'이 아니었지만 말이다.

그런데, 위에 적은 티냐노프의 기능론을 염두에 둘 때 재미있는 것은, 시클롭스키의 '낯설게 하기'가 확실히 '구성적 기능'이 아니라

'문학적 기능'과 '언어적 기능' 안에서 작동한다는 점이다. 시클롭스키의 개념이, 그의 의도와는 무관하게, 초기 형식주의의 한계를 넘어서 있다는 것은 여기서도 드러난다.

So What?

형식주의에 대한 가장 강력한 비판은 의외로 간단한 질문에서 시작된다. '그래서 뭐?(So what?).' 형식주의적 분석이 그 자리에서 멈출 때, 가치론과 의미론을 의식적으로 배제할 때, 그것은 불구의 방법론이 된다. 트로츠키는 형식주의의 한계를 다음과 같은 하나의 문장으로 정리했다: "형식적 분석은 불가피하지만, 그것으로는 불충분하다."[18]

그러나 다른 한편으로, 트로츠키의 말을 거꾸로 말하면 형식주의의 의의가 간명하게 정리될 수 있다: 그 불충분함에도 불구하고, 형식주의는 문학 연구의 '불가피한' 요소다, 라고. 형식주의적 관심을 '목적'으로 삼는 비평은 그냥 문제가 많을 뿐이지만, '형식'에 대한 관심이나 감각을 결여한 '정치적' 비평은 치명적이다.

커뮤니케이션 모형과 비유론

야콥슨

본질과 비본질

선생이 아이에게 문제를 낸다. "새 한 마리가 새장을 떠나 날아간다. 새가 분당 얼마얼마의 스피드로 날아가고, 새장과 숲의 거리가 얼마얼마라면, 새가 숲에 닿는 데까지 걸리는 시간은?"
그러자 아이가 선생에게 묻는다. "그 새장은 무슨 색이에요?"

새장의 리얼리즘

위의 일화에서 아이의 엉뚱한 질문은 미묘하게 시적이다. 나아가 이 시적인 질문은 '리얼리즘'적이라고도 할 수 있다. 아이의 질문은 선생의 문제 안에서 헛것으로 존재하는 '새장'을 현실적으로 지각시킨다. '새장'은 아이의 질문과 만나서야 겨우 진짜 '새장'이 된다. 그러므로 저 아이는 전형적인 '리얼리스트'의 자질을 갖고 있다고 할 수 있다. 관례적으로 통용되는 '본질'과 '목적'을 삭제할 때, 그제야 우리는 대상 자체로서의 대상을 만날 수 있는 것인지도 모른다.

과연 인간의 삶이라는 것은 '비본질적인' 것들로 포화되어 있다. 우리가 보내는 하루의 일상 가운데 어떤 것이 '본질'이고 어떤 것이 '비본질'인지 나눌 수 있는가? 우리가 삶에 대해 '본질적인 것'과 '비본질적인 것'을 구분해내는 것 자체가 일종의 폭력은 아닌가? 하이데거의 표현을 빌려 말하자면, 본질과 비본질의 구분이라는 것은 사물에 대한 '관념의 습격'에 불과하다. 가령 보편성과 개별성의 종합을 추구하는 루카치적 전형론 역시 이러한 '관념의 습격'에서 자유롭지 않을 것이다. 그 의미를 어떻게 판단하든, 이른바 '리얼리즘적 총체성'은 개별, 부분, 우연들의 자족성과 현실성을 희생하는 대가로 얻어지는 것이다.

리얼리즘들

사실 앞에 든 새장의 예를 통해 야콥슨(Roman Iakobson, 1896-1982)이 하려고 하는 말은, '비본질적인' 요소 안에 리얼리즘이 있다는 것이 아니라, '리얼리즘'이라는 용어가 너무 자의적으로 쓰이고 있다는 것이다. 그가 보기에 리얼리즘이라는 용어는 '수많은 현실들(인식들)'의 착종에 의해 일종의 관념 유희로 변질되어왔다. 「예술에서의 리얼리즘에 대하여」(On Realism in Art, 1921)라는 제목을 달고 있는 짧은 에세이는 이른바 '프라하 구조주의'의 깃발이 올라가기 이전에 쓰인 것으로, 야콥슨의 글로는 처음으로 체코어로 번역된 것이다. 이 글에서 야콥슨은 리얼리즘(들)의 의미 착종을 복잡한 도식으로 표현하는데, 이를 단순화하면 다음과 같다.

우선, 현실성에 대한 작가적 열망을 기준으로 판단하는 '리얼리즘'이 있고, 수용자(비평가, 문학사가, 독자)가 현실—사실은 자신이

'현실'이라고 생각하는 관례—에 충실하다고 판단하는 경우의 '리얼리즘'이 있다. 이 두 경우 모두 리얼리즘이라는 용어가 자의적으로 쓰이고 있음은 자명하다. 플라톤의 이데아는 플라톤에게는 가상이 아니라 진정한 실재였다. 마찬가지로 고전주의자나 낭만주의자들, 모더니스트 등 대부분의 시인과 작가들은 저마다 현실, 실재, 진실에 근접하는 것을 가장 중요한 예술적 모토로 삼았다. 이때 리얼리즘 개념이 상대적으로 쓰이게 된다는 것은 당연하다.

한편, 리얼리즘이라는 용어로 19세기라는 특정한 시대의 문학적 스타일을 지칭하는 경우가 있다. 이것은 흔히 '역사적 리얼리즘' 혹은 '문예 사조나 양식으로서의 리얼리즘' 등으로 불리는 것이다. 이 경우에는 19세기에 쓰인 일군의 작품들이 지닌 문학적 특성의 총합을 지칭한다. 이것은 루카치 및 사회주의 리얼리스트들에 의해 '비판적 리얼리즘'이라는 이름을 얻은 것이기도 하다. 하지만 도스토옙스키가 스스로를 '고차원적 리얼리스트'로 명명하면서 당대의 '순진한' 리얼리즘 개념을 거부했듯이, 양식으로서의 리얼리즘 역시 상대적이며 모호하기는 마찬가지다.

가령 고골이나 톨스토이, 도스토옙스키 같은 '리얼리즘' 작가들의 작품에서, 주인공은 자주 전체 플롯과 무관한 행동을 하고, 전체적 전언과 무관한 인물들을 만난다. 그들의 삶은 텍스트의 총체성이라는 관점에서 보면 잉여적인 만남이나 잉여적인 사유, 잉여적인 말들로 둘러싸여 있다. 또 화자는 주인공 자체가 아니라 그를 둘러싼 사소한 디테일들에 몰두하기도 한다. 그래서 어떤 작가들은 문예사조로 고착화된 리얼리즘 개념을 거부했다.

이런 예들을 통해 궁극적으로 야콥슨이 말하려는 것은, 리얼리즘 개념이 자의적이고 상대적이며 분별없이 쓰이고 있다는 점이다.

하지만 오해하지 말아야 한다. 이 글에서 야콥슨의 목적은 '리얼리즘' 자체를 부인하는 것이 아니라, 근본적 차원에서 리얼리즘 '개념'의 난맥상에 대해 불만을 표시하는 것이다. 어쩌면 야콥슨은, 자신의 문학관이야말로 '리얼리즘'에 합당하다고 주장하고 싶었는지도 모른다.

실제로 야콥슨은 자주 리얼리티에 대한 '지향'을 감추지 않는다. 그는 여러 글에서, 애초에 시클롭스키의 '낯설게 하기'가 목표로 했던 리얼리티의 '지각(perception)'을 적극적으로 부각시켰다. 야콥슨에게도 '낯설게 하기', 혹은 예술적 언어 운용은 궁극적으로 '현실을 현실로서' 지각하기 위한 것이었다. 하지만 시클롭스키의 '낯설게 하기'가 사물의 차원과 기호의 차원 사이에서 머뭇거렸던 것과는 달리, 야콥슨은 이를 단호하게 기호학적 체계로 발전시킨다. 야콥슨에게 세계는, 혹은 현실은, 궁극적으로 기호에 의해 포착된 '담론의 우주(universe of discourse)'[1]에 다름아니다. 칸트가 대상과 세계에 대해 인간의 인식이 이루어지는 '방식'에 관심을 가졌듯이, 야콥슨의 기호학은 대상과 세계 자체가 아니라 그것들이 기호를 통해 우리에게 지각되는 과정에 주목하는 것이다.

야콥슨의 생각에 접근하기 위해 우리는 우리가 '현실적'이라고 생각하는 것들을 의심해야 한다. 우리가 '현실적인' 풍경화를 볼 때, 그 풍경화의 '리얼리즘'은 회화의 양식적 관례가 만들어낸 일종의 판타지다. 원근법에 의해 그려진 그림이 '리얼'하다고 느끼는 것은 우리가 그 재현 방식에 익숙하기 때문이지, 화면 안에 구성된 물감의 구조가 현실과 유사해서가 아니다. 다시 말해서, 우리의 현실 감각은 사실 우리가 익숙해진 '표상(ideogram)'이 하나의 '정형(formula)'으로 굳어져 만들어진 것이다. 이 지점에서 야콥슨의 리얼리즘은 현실 자체가 아니라 그 표상과 정형에 대한 관심으로 이전해가는 것이다.

야콥슨에게 미학적 '혁신'과 '보수'는 이 정형화된 표상에 대한 입장에 따라 나뉜다. 보수미학에 경도된 사람은 정형화된 표상을 '본질'이라는 이름으로 바꾸어 부르기를 좋아한다. 그는, '본질'이라는 것도 시대와 역사에 따라 끊임없이 그 '표상'이 달라진다는 것을 인정하려 하지 않는다. 그가 믿는 '본질'이란, 사실은 공인되고 낯익은 '정형'에 불과하다. 그러므로 야콥슨의 '리얼리즘'은 곧 이 정형화된 표상을 변형하여 새로운 감각을 불러일으키는 것이 된다.

이런 방식의 접근이 모더니즘 미학의 이론적 기반으로 기능했다는 것은 자명하지만, 그의 '리얼리즘'이 궁극적으로 커뮤니케이션 이론의 수면(水面) 위를 부유하는 유령이라는 점도 인정해야 한다. 왜냐하면, 언어학자이자 기호학자였던 야콥슨에게 '현실'은, 결국 커뮤니케이션 기호 체계의 산물이었기 때문이다. 이 지점에서 우리는 그의 '커뮤니케이션 모델'을 살펴볼 필요가 있다.

커뮤니케이션 모형

야콥슨의 커뮤니케이션 도식은 아마도 문학연구자들에게 가장 인기 있는 모형 가운데 하나일 것이다.

관련 상황(지시 기능)

발신자(자기표현 기능)……메시지(시적 기능)……수신자(능동적 기능)

접촉 상황(친교 기능)

약호(메타 언어적 기능)

발신자(addresser)와 수신자(addressee)가 있고, 그 사이에 관련 상황(context), 메시지 자체(message), 접촉 상황(contact), 약호(code) 등 네 가지 요소들이 배치되어 있다. 이 각각의 항들에 '기능(function)'을 부여한 그의 정보 모형은, 수많은 사람들에 의해 인용되고 변용되어서 이젠 진부하고 낡았다는 생각이 들 정도다. 하지만 이 모형에 대해 몇 가지를 강조해두는 것은 유용할 것 같다.

첫째, 야콥슨의 '기능'들 가운데 인간의 언어 활동에서 가장 핵심적인 것은, 당연하게도, '시적 기능'이 아니라 '지시 기능(referential function)'이다. 지시 기능은 실상 인간이 행하는 언어 활동의 대부분을 차지한다고 보아야 한다. 나머지 기능들, 가령 친교 기능(phatic function, '여보세요' 같은 전화 인사말)이나 자기표현 기능(expressive function, '으악' 같은 감탄사), 능동적 기능(conative function, 호격이나 명령문), 메타 언어적 기능(metalingual function, '이 말이 무슨 뜻이지요?' 같은 자기지시적 언어), 시적 기능(poetic function) 등은 지시적 기능에 대한 보조적 요소일 수 있고, 극단적으로 말하면 지시적 기능의 하위 범주라고까지 말할 수 있다. 예를 들어 '메타 언어적 기능'이란 것을 '지시적 기능' 중 하나라고 주장하는 것도 가능하다.

둘째, 야콥슨의 모형은 관점과 시대의 변화에 따라 얼마든지 변주될 수 있다. '메타 언어적 기능'은 언어학자로서 야콥슨의 관심이 과도하게 반영된 것으로 판단하여 삭제될 수도 있다. 우리는 오늘날의 미디어 환경에 맞추어 '접촉 상황' 같은 것을 '접촉 상황(contact)'과 '매체 상황(media)' 등으로 세분하여 배치할 수도 있다. 맥루한식의 미디어론을 들먹이지 않더라도, 오늘날 '접촉 상황(커뮤니케이션이 일어나는 방식)'은 단순히 친교적 기능에 대응시킬 수 없을 만큼 지대한 영향력을 끼친다. 가령 인터넷 같은 매체의 등장은 커뮤니케이션의 구조 자체를 변경시킬 만큼 강력한 것이다.

셋째, '시적 기능', 즉 언어 자체의 물리적 구조에서 발원하는 기능은 시어가 지닌 유별한 기능이 아니다. 시적 기능이 시라는 '장르'에서 대표적으로 발견되는 것은 사실이지만, 야콥슨의 맥락에서 그것은 언어의 자율적 특성을 강조하기 위한 용어일 뿐, 장르로서의 시에 대한 성찰의 결과라고 보기는 어렵다. 오히려 우리 시대의 문화 풍토를 염두에 두고 말한다면, '시적 기능'은 전통적인 서정시 장르보다는 광고나 선거 구호 같은 것에서 훨씬 더 압도적이다. 시적 기능은 복잡다단하게 변화하는 현대시 장르에서는 오히려 퇴화했다고도 말할 수 있다. 특히 우리 시처럼 언어 자체의 구속력이 약한 경우, 야콥슨이 강조하는 언어적 측면이 효율성을 얻을 만한 영역은 상대적으로 협소해 보인다.

넷째, 인간이 활용하는 모든 언어는 야콥슨이 설정한 '기능'들 가운데 단 하나에 귀속되지 않는다. 모든 언어는 복수의 기능 위에서 운용된다. 미래파의 '자움(zaum', 초이성어)'이나 김춘수의 '무의미 시'처럼 극단적인 경우라고 해도, 그 언어는 시적 기능과 함께 표현적 기능이나 메타 언어적 기능 등 다른 요소들을 미묘하게 활용한다. '자움'이나 '무의미 시'는 언어의 지시적 기능을 의식적으로 괄호 침으로써 역설적으로 '의미'를 획득하는 것이며, 이런 맥락에서 '마이너스 지시성'을 활용한다고도 말할 수 있다.

다섯째, 법조문의 언어와 현대시의 언어를 양극으로 하는 하나의 선분을 긋고, 그 선분 위에 우리 사회에서 사용되는 수많은 언어군들을 배치할 수 있다. 법조문의 언어는 명료한 지시성이 생명이다. 법조문은 시적 기능을 의식적으로 배제하는 언어다. 신문 기사 같은 글도 엄정한 지시적 기능에 기초한 언어를 사용한다. 한편 일상 언어는 지시적 기능을 중심으로 언어의 다양한 기능들을 고루 활용하는 언어다. 광고의 경우는, 상품의 기능을 상세히 설명하는 '지시적' 광고가 있고, 상품의 특성(지시성)과 겨우 연결되거나 거의 연관이 없는 '시적' 광고도 있다. 야콥슨의 모형은 시뿐만 아니라 사회적 언어 양식들을 설명하는 유효한 도구가 되는 것이다.

시학과 과학

야콥슨의 간명한 정의에 의하면, 언어의 시적 기능은 '기표와 기의가 결합된 언어 기호 자체에 대한 내향적 태도'를 가리킨다. 이 '내향적 태도', 혹은 메시지 자체의 구조와 기능에 관심을 두고 연구하는 것이 '시학'이다. 토도로프 등 구조주의자들이 즐겨 사용하는 '시학(poetics)'이라는 용어는 시에 대한 학문이라는 뜻이 아니라 텍스트의 언어적 요소에 주목하여 그 구조와 기능을 연구하는 학문이라는 뜻이다. 그런 의미에서 '시학'의 오랜 전범은 비극을 대상으로 삼았던 아리스토텔레스의 『시학』이 된다.

'시학'의 반대말은 '비평'이다. 「언어학과 시학」에서 야콥슨은 객관성을 탐구하는 문학 연구에 비평을 대비시킨 후, 문학 연구의 핵심이 바로 시학이라고 정의한다.[2] '시학'과 반대되는 '비평'은, 야콥슨의 생각에 의하면, 학적 객관성 대신 검열관적 가치 판단을 수행하는 것이다. 바흐친이 철학자의 자세를 문학으로 인입했다면, 야콥슨은 언어학자로서의 정체성을 철저하게 의식하고 있는 '과학자'다. 바흐친의 사유는 진선미라는 오래된 주제들의 상호 관계에 초점이 맞추어져 있으며, 궁극적으로 미학적 권력을 거쳐 현실 세계의 권력 관계에 도달한다. 하지만 야콥슨의 문예 연구는 말 그대로 '과학'이다. 이때 '과학'이라는 표현은 결코 은유가 아니다. 여기에는 문학 연구를 과학적 엄밀함과 객관성의 학문으로 승화시키려는 20세기 인문학자의 고투가 배어 있다.

당연하게도, '진리'의 전달은 야콥슨의 관심 영역이 아니다. 이

엄정한 과학자에게 '진리', 즉 대문자로 쓰인 가치론, 나아가 '신'의 영역은 애초부터 관심의 대상이 아니다. '진리치(the truth values)'는 그에게 '언어 외적인 실재(extralinguistic entities)'[3]이므로 연구의 대상이 되지 않는 것이다. 바흐친 같은 철학자가 때로 자신의 이론에 신학의 은유를 빌려오고 궁극적으로 신학과 만나려는 의지를 보이는 데 반해, 구조주의자답게 야콥슨이나 로트만에게는 그런 욕망이 없다. 신학을 배제한다는 것은 곧 '진리'에 대한 탐구를 배제한다는 것과 같은 뜻이다. 야콥슨의 '언어'는 신과 인간을 매개하는 성서적 로고스가 아니라, 인간과 인간 사이의 커뮤니케이션에만 적용된다.

대신, 그의 관심은 커뮤니케이션의 영역이라면 분야를 가리지 않는다. 어떤 학자는 야콥슨의 테마를 다음과 같이 간명하고도 장황하게 정리한 적이 있다: "언어학과 시학, 언어학과 음악학, 언어학과 인류학, 언어학과 커뮤니케이션 이론, 언어학과 수학, 언어학과 심리학, 언어학과 신경학, 언어학과 기호학 등의 주제들 모두가 야콥슨의 적극적인 관심 영역 안에 있다."[4]

야콥슨에게 이 모든 주제들은 인용문의 마지막에 나오는, '기호학'이라는 하나의 용어로 요약될 수 있다. 주지하다시피 기호학은 구조주의 언어학에 토대를 두고 있으며, 자연스럽게 야콥슨의 언어학이란 기호학과 동의어가 된다. 「'예'와 '아니오'의 동작 기호」(Motor Signs for 'Yes' and 'No', 1970) 같은 글에서 야콥슨의 관심은 머리를 끄덕이거나 젓는 것(동작 기표)이 어떻게 의미 자질(긍정과 거부)을 거느리는지를 탐구한다. 퍼스(C. S. Peirce)의 관심이 언어를 넘어 모든 기호에 닿아 있듯이, 야콥슨은 모든 기호를 커뮤니케이션 체계의 일종으로 파악한다. 당연하게도, 그의 '예술적' 관심 역시 언어 기호에 머물지 않고 인접 예술들을 아우른다.

야콥슨과 아방가르드

다른 예술 분야를 언급하기 전에 야콥슨과 아방가르드의 관계를 정리할 필요가 있을 것 같다. 왜냐하면 아방가르드라는 용어야말로 야콥슨의 예술적 관심을 요약할 수 있는 항수이기 때문이다. 그의 미망인 포모르스카(K. Pomorska)는 아내이면서 동시에 뛰어난 학문적 동반자였는데, 그녀가 야콥슨을 위해 적은 헌사인 「대화에 붙이는 후기」(Postscript to Dialogues)에는, 야콥슨의 전반적인 정신적 관심이 명백하게 '아방가르드 예술'에 집중되어 있었다는 진술이 나온다.[5] 그만큼 야콥슨의 예술기호학적 성찰은 아방가르드에 대한 학문적 옹호로 읽힐 수 있다.

야콥슨이 러시아 미래주의 운동에 많은 관심을 표명한 것은 그래서 자연스럽다. 문예학을 과학의 영역으로 끌어들이려는 형식주의/구조주의적 의지 아래, 야콥슨은 전래의 예술적 신비주의를 배척한 미래파 운동과 다다(dada)를 조명한다. 미래파가 '미와 예술을 대문자로 기술하지 않고자 했던' 운동인 한, 그것은 아방가르드의 전통 부정 의지와 함께 야콥슨적 관점과 만난다. 미래파 멤버들이 '대중적 취향'을 호전적인 언어로 공격할 때, 야콥슨은 '이미 드러난 기법(the already laid-bare device)'은 취향을 결여한 것이라고 지원 사격했다.[6]

전기적 차원에서도 야콥슨과 미래파 멤버들과의 관계는 돈독했다. 마야콥스키나 브릭 부부(O. Brik & R. Brik)와의 친분은 잘 알려져 있거니와, 야콥슨은 마야콥스키의 시 『바지 입은 구름』을 프랑스어로 직접 번역하기도 했다. 마야콥스키 역시 장시 「네떼 동지에게」(Tovarishchu Nette)에서 '롬카 야콥슨('롬카'는 야콥슨의 이름 '로만'의 지소형)'이라는 이름을 애정 어린 어조로 호명한다.

야콥슨과 미술

야콥슨은 "나는 화가들 사이에서 성장했다"라고 고백한 적이 있다.[7] 특히 말레비치와는 젊은 시절의 과학적, 예술적 기획을 공유했다. 그의 교유 목록에는 '광선주의 화가'였던 미하일 라리오노프와 나탈리아 곤차로바 같은 추상주의자들도 포함되어 있었다.

「미래주의」(1919)라는 글에서 그는, '소박한 사실주의'로 요약할 수 있는 19세기적 전통에 대해 결별을 선언한 20세기 아방가르드 미술에 지지를 표명한다.[8] 당연히 그는 19세기의 '이젤 페인팅'을 비판하는데, 이에 대한 그의 설명은 흥미로운 데가 있다. 야콥슨에 의하면 전래의 '소박한 사실주의'는 상투성에 매인 노예로서, '과학적인 경험'을 의식적으로 거부했다는 것이다. 모든 대상이 하나의 소실점으로만 재현되어야 한다는 전래의 원근법적 이젤 페인팅은 부정된다. 입체파의 다원 시점과 인상파의 색채 미학을 설명하면서 그는 다시 '과학의 경험(the experience of science)'을 강조한다. 그가 '기법의 교체'가 아니라 '과학의 경험'을 내세운 것은 의외로 중요하다. 입체파나 인상파는 '관례'에 의해 대상을 재현하는 것이 아니라 '과학적'인 세계 인식에 기초해서 재현 전략을 설정했다는 것이기 때문이다. 여기서 그의 '리얼리즘'은 기법의 교체라는 상대주의를 넘어 말 그대로 '과학적인' 지점에 도달한다. 가령 인상파의 '과학'은 선(형태)과 표면(색채) 사이의 실재적 관계에 천착한 결과다. 또 입체파의 분할 묘사 방법은 대상에 대한 '과학적인' 미메시스에 더 가까이 다가간다.

이제 예전부터 보아오던 습관적인 관찰 방식에 따라 사물을 바라보는 것, 가령 라파엘로식이나 보티첼리식으로 재현하는 '소박한 리얼리즘'은 '원시적 환상'으로 기각된다. 나아가 '정태적이며 일면적이며 고립된 지각'을 중시하는 고전 미술은 일종의 시대착오

(anachronism)로 치부된다.

여기서 확실한 것은, 야콥슨의 리얼리즘이 궁극적으로 지향하는 것은 대상 자체가 아니라는 점이다. 그의 리얼리즘은 사물과 대상 자체보다는 사물과 대상에 대한 우리의 '새로운 지각'을 배타적으로 강조한다. '회화적 형식의 진화는 우리의 지각을 재조직'[9]하는 것과 같다. 이 지점에서 야콥슨은 시클롭스키적 '낯설게 하기'의 명제를 되풀이한다: "지각은, 반복되면서, 언제나 기계적이 된다. 대상들은 지각되지는 않으면서, (관습적인) 믿음을 통해 받아들여진다. 회화는 지각의 자동화에 대항하여 전투를 치르고, 대상에 신호를 보낸다."[10]

위 인용문의 마지막 문장은 '야콥슨적 리얼리즘'의 핵심이라고 할 수 있다. 야콥슨의 생각에 따르면, 과거의 비평가들은 '그 자체로 가치 있는 지각'을 알지 못하거나 무시하려는 자들이다. 왜냐하면, 그들은 빛나는 대상 자체보다, 대상의 가치를 관례적 기호로 표시하는 것을 더 좋아했기 때문이다. 관례적 기호를 배제함으로써 이루어지는 사물 감각의 복원, 그것이 야콥슨적 리얼리즘의 요체이며, 이것은 '형식주의적' 문제의식의 계승이기도 하다.

연극과 영화

야콥슨은 영화의 소재가 '현실적인 사물'이라기보다는 '기호'라고 생각할 것을 제안한다. 우리가 스크린에서 보는 것은 사물 자체가 아니라 무언가를 지시하는 기호가 된다. 야콥슨의 입장에서 보면 이것은 당연하다. 그의 주장은 영화가 보여주는 사물을 부정하자는 것이 아니라, 사물을 이미지로 드러내는 영화 특유의 '기호학적 방식'에 관심을 가져야 한다는 뜻을 담고 있다. 그래서 야콥슨은 영화의 소재를 '기호로 변형된 사물들(things transformed into signs)'이라고 지칭한다.[11] 이것은 영화가 시나 소설 등의 언어 예술과 변별되지만(시나 소설은 영화와 달리 사물들을 직접 활용하지 않는다), 기호학적 원리의 차원에서는 만날 수밖에 없다는 의미이다.

영화는 촬영의 각도, 초점의 변화 등 기술적인 요소 때문에 제유적 클로즈업과 환유적인 배경 묘사를 발달시켰다. 반대로, 제한된 공간 안에서 이루어지는 연극은 이 제한된 공간을 환유적으로 연결시키는 것이 아니라 은유적으로 확장시킬 수밖에 없었다. 인물의 일부를 부각시키거나(클로즈업) 인접한 풍경을 보여주는 '환유적 방식'이 연극에서는 지배적이 될 수 없기 때문이다.

연극과 달리, 영화에서는 일반적으로 방백이 불가능하다. '관객에게는 들리지만 스크린 안의 다른 인물에게는 안 들리는 대사'가 불가능하다는 뜻이다. 스크린 안에서 대화 중인 영화의 주인공은, 바로 앞에 있는 상대 인물이 듣지 못하는 것으로 설정된 방백을 뇌까릴 수 없다. 가장 큰 이유는 영화 속의 공간이 연극보다 현실적이기 때문이다. 영화 속 인물의 말은 영화 속의 다른 사물들이나 실재하는 소리들과 마찬가지로 전적으로 '청각적 대상'이다. 하지만 연극에서 등장인물의 방백은 현실적인 '청각적인 대상'이 아니라, 연극이라는 조건에 의지하는 다양한 행위 중 하나가 된다. 방백은 연극적 관례에 의해 사실적인 청각성을 넘어서서, 특정한 인물과 관객만 들을 수 있는 다른 층위의 소리가 된다.

야콥슨이 '드라마'에 대해 말할 때, 그는 고대 비극 이래의 전통 연극을 염두에 두고 있는 것 같다. 로지(D. Lodge) 같은 이는 엘리자베스 조의 영국과 신고전주의 시대의 프랑스까지를 거론하고 있다.[12] 야콥슨이 그렇게 말한 적은 없지만, 아마도 체호프 이후 전개된 '새로운 드라마'들은, 전래의 연극에 비해 상대적으로 환유적 특성을 강화했다고 말할 수 있을 것이다. 아리스토텔레스적 비극 플롯이 약화되고, 극적 관례가 현실의 원리에 의해 재구성되기 때문이다.

물론, 체호프의 드라마들이 상대적으로 환유에 경도되는 데 비해, 모더니즘 시대의 연극들(가령 베케트의 『고도를 기다리며』 등)은 상대적으로 은유의 인력에 이끌린다고 말할 수도 있다. 이는 영화에도 환유적 특성이 강한 영화와 은유적 특성이 지배적인 영화가 있는 것과 같다. 야콥슨은 통사론 차원에서 은유와 환유를 거론하지만, 궁극적으로 은유와 환유는 상호 배제적인 구조적 위계질서의 관계로 환원되지 않는다. 은유와 환유는 서로 틈입한다. 그것들은 서로에게 균열을 일으키거나 서로를 품는 방식으로 공존한다. 이 상호작용은 통사론에서 장르론에 이르기까지 작동을 멈추지 않는다.

음악의 기호학

대부분의 미학자나 예술이론가들에게 가장 난감한 장르는 음악일 것이다. 시와 소설, 그림이나 조각은 각각 물리적 실체(언어나 물감)의 구성과 그것이 지시하는 대상의 상응을 추구함으로써, 실재 혹은 현실과 일정한 관계를 내포하고 암시한다. 하지만 문학이나 미술과 달리, 음악에는 이 '지시성' 자체가 존재하지 않는다. '나의 조국'이라는 제목이 붙은 표제 음악은 음악적으로는 일종의 반칙이다. '사계'도 마찬가지다. 바이올린의 경쾌한 선율은 그것 자체일 뿐 봄의 소생을 '지시'하지 않는다. 그것은 지시물/지시 대상의 상응 관계가 아니라 심리적 유사성의 모호한 환기에 불과하다. 본질적으로 음 자체는 아무것도 지시하지 않는다. 음악은 음악의 자족성으로 존재하는 것이다.

만일 우리가 의미에서 무의미에 이르는 일직선을 긋고 다양한 예술을 배치한다면, 소설이 '의미'에 가장 가까운 곳에 있을 것이며,

다음으로 구상화, 시, 무용, 추상화, 음악 정도로 순서를 정할 수 있을 것이다. 의미에서 무의미에 이르는 이 일직선은 또한 구체적 대상성에서 자유로워지는 정도의 순서이며, 한편으로는 '천재가 불가능한 예술(소설)'에서 '천재가 지배하는 예술(음악)'에 이르는 순서이기도 하다. 천재는 세계의 리듬을 본능적으로 체득하는 자이며, 이 '세계의 리듬'이란 것은 인간이 이루어왔으며 인간이 의지하고 있는 문명계(언어계)에서 멀어질수록 더 효과적으로 지각 가능하다. 문명계의 기호적 '의미론'에 종속되어 있을수록, 천재성(음악)이 아니라 곡진한 삶의 체험(소설)이 더 중요해진다.

음악의 재료는 확실히 인간이 만든 '기호'에서 가장 멀리 떨어져 있는 것 같다. 하지만 야콥슨에게는 음악 역시 언어학적 측면과 밀접한 관련을 맺는 것으로 인식된다. 그에 의하면, 음악의 음 역시 언어 기호처럼 변별적 자질, 즉 '차이'가 의미를 생성해내기 때문이다. '차이'를 어떻게 지각하는가에 따라서 음악의 '의미(느낌)'를 추출한다는 얘기다. 하긴, 인간에게는 실체로서의 음이 아니라 '의미되어진(변별되어 지각되어진)' 음만이 중요하다. 아프리카인의 연주에서 아프리카 사람들이 동일한 것으로 인식하는 두 음을 유럽인은 서로 다른 것으로 지각하고, 유럽인의 감각으로는 동일한 두 음을 아프리카인은 서로 다른 것으로 지각한다. 그것은 아프리카인이 음색을 기준으로 음을 '해석(interpret)'하는 데 반해, 유럽인은 음조를 기준으로 음을 '해석'하기 때문이라고 한다.[13]

다시 말해서, 음에 내재해 있는 여러 가지 요소들 가운데 어떤 측면이 '유표성(markedness)'을 획득하느냐가 중요하다. 이것은 변별인자가 중요하다는 얘기이고, 결국 실체 자체보다는 요소들 사이의 가변적 '관계'가 중요하다는 뜻이기도 하다. 그렇다면 음악에도 기호학의 핵심적인 원리를 적용할 수 있다.

은유와 환유에 대하여

야콥슨은 자신을 '예술기호학'의 개척자로 자리매김하고 싶어 했다. 기호학의 역사에 대한 어떤 글에서 그는, 예술이 '오랫동안 기호학적 분석 대상에서 벗어나 있었다'[14]고 적는다. 그의 '기호학적 예술론'에서 오늘날 가장 인기를 얻은 테마는, 실어증에 대한 실증적 논문을 통해 제시한 은유와 환유의 이원론이다.

야콥슨의 은유 환유론은 실어증 연구에 근거를 두고 있지만, 은유 환유론이 이 실어증의 사례들에서 '귀납'된 것은 아니다. 유사성과 인접성에 바탕을 둔 이항대립은 야콥슨이 1920년대에 작성한 논문들에도 이미 전제로 깔려 있었다. 또한 이러한 관점은 20세기 초의 포테브냐, 벨르이, 예이헨바움 등에 의해 서서히 정립된 것이다. 가령 벨르이의 경우는 은유를 신화와 관련지음으로써 은유의 수사학과 신화의 세계관을 연결한 적이 있다. 모든 이론이 그러하지만, 야콥슨의 은유/선택, 환유/결합의 이론 역시 지속적인 변형과 변주의 산물인 셈이다.

뒤에 자세히 설명하겠지만, 유사성을 은유적 대체로, 인접성을 환유적 결합으로 설정한 야콥슨의 유명한 도식은 그의 커뮤니케이션 이론만큼이나 반복적으로 언급, 인용되어왔다. 이 글에서는 야콥슨의 은유 환유론을 비평이나 연구에 활용할 때 간과하기 쉬운 요소 몇 가지를 언급해두는 것으로 만족하기로 한다.

첫째, 1920년대 야콥슨의 리얼리즘론과 1950년대에 제시된 환유론은 밀접한 관련이 있다. 야콥슨의 리얼리즘론이 '지각의 갱신'이라는 형식주의적 테제의 연장선상에 있다는 것은 주지의 사실이다. 한편으로 이것은 '리얼리즘'이 대상에 대한 '핍진성'이나 '현실성'에 의지하지 않는다는 뜻이기도 하다. 야콥슨에 따르면 '핍진성'과 '현실성' 자체가 대단히 주관적이고 유동적인 것이기 때문이다. 여기에는 후설이나 메를로-퐁티의 현상학 등 야콥슨이 영향받은 일정한 철학적 관점이 내재해 있다(실제로 야콥슨은 「기호학의 발전」이나 「회상」 같은 글에서 이들의 말을 중요하게 인용하고 있다). 이러한 맥락에서 그가, '리얼리즘은 사물과 비슷한 것을 지향하는 것'이라는 일반적 관점을 부정하는 것은 자연스럽다. 그에게 리얼리즘은 현실을 믿을 만하게 재현/재연하는 것이 아니라, 사물을 '인접성'에 의지해 묘사하는 것이다. 환유적 인접성과 리얼리즘을 연결하는 야콥슨의 생각 이면에는, '현실' 재현에 대한 인식론적 낙관주의를 경계하고, 이를 과학적이고 언어학적이며 증명 가능한 영역으로 한정하려는 의지가 깔려 있다.

둘째는 야콥슨의 환유론을 둘러싼 논란에 대한 것이다. 리쾨르(P. Ricoeur)나 코퍼(J. Copper) 등 이미 많은 논자들이 야콥슨의 환유론에 의심을 표한 바 있다.[15] 실제로 야콥슨의 환유론은 기존의 환유 개념과는 상당히 느슨하게만 연결되어 있을 뿐이다. 야콥슨이 환유의 개념적 요건으로 거론하는 것은 문장 내부의 통사적 관련성이라든가 행위와 용도의 관련성, 혹은 시공간적인 인접성 등인데, 이런 요소들은 전통 비유론의 인접성 개념과는 무관하다는 것이 비판의 핵심이다. 이 비판들은 대체로 타당해 보인다. 가령, 야콥슨이 "인접 관계들의 길을 따라서 리얼리스트 작가는, 플롯에서 환경으로, 인물의 성격들에서 시공간의 배경으로, 환유적으로 일탈한다"[16]라고 말할때, 이러한 '인접성'은 전통적으로 환유의 근거를 이루는 좁은 의미의 인접성과는 맥락이 다르다.

다만 우리는 야콥슨의 패러다임이, '은유적 극(極)과 환유적 극'이라는 제목에 나타나 있듯이, 일종의 비유적 명명으로 도입된 것이라는 점을 염두에 둘 필요가 있다. 야콥슨은 은유와 환유를 통사론 차원에서 다룰 때는 이 개념들의 전통적 의미를 기반으로 사용하고 있지만, 장르론 등으로 개념을 확장시킬 때는 엄격하게 '은유적/환유적'이라는 간접적, 비유적 표현을 사용하고 있다. 실상 은유와 환유의 두 '극(pole)'을 설정해두고 다양한 예술 장르들을 나열하는 순간, 그의 은유/환유론은 주로 통사론 차원에서 이루어지는 기존의 미시적 비유론과는 다른 층위에 존재하게 된다. 전통적 환유론을 고정적인 기준으로 놓고 야콥슨의 개념을 비판하는 것보다는, 그의 패러다임이 지닌 이론적 생산력을 검토하는 것이 중요하다는 뜻이다.

셋째는, 야콥슨과는 직접적인 관련이 없지만, 최근 한국 시 비평에서 자주 언급되고 있는 '환유 중심주의'에 대한 것이다. 환유 중심주의는 은유-상징-신화의 체계가 지니고 있는 관념화 경향과, 전통적 서정시의 은유적 본성에 대한 빈직용으로, 어느 정도는 자연스러운 현상이라고 할 수 있다. 하지만, 당연하게도, 야콥슨은 은유와 환유 가운데 어느 한쪽을 비평적으로 '지지'하기 위해 이 두 극점을 설정한 것은 아니다. 은유와 환유는 '지배소'가 되기 위해 경쟁할 운명을 지니고 있는 것이며, 이 두 항목은 어느 하나의 '소멸'로 끝날 운명을 지니지 않는다.

이 지점에서 우리는 야콥슨의 관점을 확대 해석해볼 필요가 있다. 궁극적으로 은유는 세계를 '해석'하려는 인간의 의지를 반영한다. 그것은 세계의 사물성에 대해 인간이 투사하는 '의미'를 강조한다. 그대의 눈빛을 '별'의 은유로 설명할 때, '별'의 사물성은 사라지고 그대의 눈빛을 바라보는 주체의 시선과 가치 판단이 강조된다. 눈빛을 코나 입술, 혹은 망막과의 관계 등 인접성의 맥락에서 보는 경우와는 종류가 다른 것이다. 이때 눈빛에서 별에 이르는 수직적 의미론은 그 의미론 바깥의 실제 세계를 배제하는 효과를 지닌다. 이러한 효과는 은유-상징-신화에 이르는 수직적 체계에서 동일하게 나타난다. 이때 은유가 겹치고 체계화된 것이 상징이며, 상징의 극단에 있는 것은 궁극적으로 신화와 종교, 그리고 인간의 이념이 만든 유사종교들이다. 그래서 은유는 의미론적 구심력에 의해 작동한다고 표현할 수 있다.

실제로 세계에 대한 총체적이며 일원적 인식이 강했던 시대(고대, 중세, 낭만주의 및 상징주의, 사회주의 리얼리즘 시대 등)에, 은유-상징-신화의 체계는 강력한 힘을 발휘했다. 예를 들어, 이 시대에 정치적 영웅(戰士)과 종교적 영웅(성자), 예술적 영웅(천재), 경제적 영웅(스타하노프식의 노동 영웅)이 득세했던 것은 총체적이며 신화적인 세계관이 지배적이었기 때문이다. 영웅은 표면적으로 난세의 산물일 수 있지만, 기본적으로는 일원적이며 총체적인 세계관의 산물이다. 이때 영웅은 일정하게 체계화된 관념적 이데올로기의 꼭짓점을 형성하는 상징적이며 신화적인 존재로 호명되는 것이다.

총체성과 총체적 의미론은 그 총체성의 바깥에 다른 '의미'의 자리를 설정하지 않는다. 가령, 그리스의 신화는 올림포스가 중심인 세계의 바깥에 다른 세계를 설정하지 않는다. 올림포스는 완결되어 그 자체로 자족적이며 유일한 세계를 이루는 것이다. 성서적 세계관 역시 그 세계 바깥의 다른 세계를 염두에 두지 않는다. 과격한 예를 들자면, 예수 그리스도의 총체적 세계는 그 바깥의 공간에 제우스나 붓다를 설정하는 것이 불가능하다. 모든 가치는 예수 그리스도를 정점으로 하는 신화적 위계 안에 정립되기 때문이다. 은유-상징-신화의 세계는 궁극적으로 수직적이며 일원적인 세계를 제 안에 내장하지 않으면 존속할 수 없다.

반대로 환유는 세계의 사물성 자체에 관심을 보인다. 그것은 은유에 비해 상대적으로 의미를 '덜' 개입시킨다. 환유는 의미를 지우고 그것을 사물들의 인접한 실제적 관계로 축소시키려는 경향을 보인다. 환유는 의미론적 차원에서는 원심력적인 에너지에 의해 작동한다고도 말할 수 있다. 이것은 환유가 이른바 '탈근대적' 지향의 한 요소로 부각된 이유이기도 하다.

하지만, 당연하게도, 이때 문제가 되는 것은 구심력인가 원심력인가가 아니다. 구심력과 원심력은 하나의 '운동'을 가능하게 하는 필요조건들이다. 어떤 종류이건 '운동' 자체를 가능하게 하기 위해서는 구심력과 원심력의 긴장이 필요하다. 언어가 환유적 극단에 이르면, 역설적으로 언어는 불필요해진다. 왜냐하면 환유적 인접성의 궁극에는 의미론적 공허가 놓여 있기 때문이다. 그 공허의 끝은, 비유적으로 말하자면, 해탈이거나 죽음이다. 의미론적 차원에서 보면 여기서 해탈과 죽음은 동일한 현상으로 나타난다. 언어가 언어이기를 멈추는 의미론적 불임의 상태가 되기 때문이다. 이 공허를 견디면서 환유적 글쓰기의 극단에까지 이르는 자는, 아주 뛰어난 아방가르드이거나, 아니면 정신질환자이다. 어떤 작가든 일정한 수준에서 의미론적 구심력에 호소할 수밖에 없는데, 그렇지 않으면 글쓰기 자체를 멈추어야 하기 때문이다. 야콥슨이 글렙 우스펜스키의 '환유적 글쓰기'를 말년의 정신질환과 관련지은 것은 우연이 아니다. 우스펜스키의 글을 읽는 독자는, "한정된 언어 공간에서 그에게 쏟아지는 수많은 디테일들에 의해 당혹스러워지며, 물리적으로 전체를 파악할 수 없게 되고, 그래서 자주 그 초상을 상실하게 된다."[17] 환유의 극단은 의미론적 불임 상태이며, 대상에 의미를 부여하는 인간적 능력의 결여 상태이다.

문학사가 기법 차원에서 일종의 '진자' 운동을 수행한다는 것은 형식주의자들의 테제였다. 그들의 문학사는 주변적 기법들과 중심적 기법들이 한없이 교체되는 역사이다. 언어의 구조만을 추상해보면, 형식주의적인 진자 운동(나선형 운동)은 중심과 주변의 긴장과 상호작용 속에서 나아가는 과정이다. 은유적 극단과 환유적 극단은 상호 배제적이면서, 동시에 상호 의존적이다. 그렇게 해서 언어라는 체계가 앞으로 나아간다. 그것들은 주변과 중심을 왕복하고, 서로 삼투하며, 서로의 존재에 의지한다. 결코 어느 한쪽의 '승리'는 이루어지지 않는다.

변항과 불변항

야콥슨은 열아홉 살에 저 유명한 '모스크바 언어학회'의 수장이 된다. 그리고 1920년에 체코로 망명하여 1931년에 프라하 언어학회를 창립한다. 그는 동구권 구조주의 열풍의 진원지였다. 1941년 마흔다섯에 미국으로 이주한 뒤 야콥슨은 레비스트로스와 만나 '구조주의적' 작업을 공동으로 수행한다.

숄즈(R. Scholes)의 말처럼, 야콥슨의 공로는 '소쉬르의 용어를 경험적으로 뒷받침해준 것'이라는 평가에 멈추지 않는다. 그의 음소 개념은 레비스트로스의 신화소 개념으로 연결되었으며, 그의 은유/환유론은 문학적 수사학과 장르론 연구에 하나의 도화선이 되었다. 야콥슨은 확실히 새로운 패러다임의 '주창자'는 아니지만, 새로운 패러다임을 가장 풍요롭고 정확하게 발전시킨 학자임에는 틀림없다. 그 새로운 패러다임의 이름은 물론 구조주의이다.

야콥슨은 수많은 대상들을 편력하였으되, 그의 욕망은 궁극적으로 '수많은 변항들(variations) 가운데에 있는 불변항들(invariants)을 찾으려는 것'으로 요약될 수 있다. 이 표현만큼 구조주의의 핵심 명제를 잘 표현하고 있는 구절도 없을 것이다. 바흐친이 애초부터 탈구조주의적 철학의 영역에서 출발하여 문화론에 도달했으며, 로트만이 구조주의에서 탈근대적 맹아를 발견하는 데까지 나아갔다면, 야콥슨은 수미일관한 구조주의자였다. 그의 글만을 보고, 그 글이 1920년대에 쓰인 글인지 1960년대에 쓰인 글인지 판별하는 것은 쉽지 않다. 야콥슨의 아내이자 뛰어난 학문적 동반자였던 포모르스카의 말마따나, 야콥슨만큼 초기와 후기의 이론적 편차가 '적은' 이론가도 없을 것이다. 개인적인 느낌을 덧붙이자면, 어쩌면 그래서 문학에 대한 야콥슨의 글들이 '덜' 매력적인 것인지도 모르지만 말이다.

'조건성'과 언어 우주

로트만

에이젠시타인과 스타니슬랍스키

에이젠시타인의 〈폭군 이반〉은 '가부키적'이라는 이상한 수식어로 설명된다. 1940년대, 그러니까 그의 말년에 만들어진 이 영화는, 16세기의 이반 대제를 과장된 양식과 스타일로 묘사한다. 배우들은 현란한 분장과 의상에다 연극적인 발성법으로 기괴한 느낌을 주고, 어둡고 긴 그림자들은 표현주의풍의 화면을 이루며 영화 전반을 지배한다. 〈전함 포템킨〉이나 〈파업〉의 대비적 몽타주는 여전하지만, 이것은 어쩐지 현실이 아니라 연극 무대 위의 공간 같다는 느낌을 준다. 이 과정을 통해 이반 대제는 역사적 현실이 아니라 비극풍의 신화적 시공간에서 다시 태어난다. 〈폭군 이반〉 같은 영화를 보면, 에이젠시타인이 '형식주의자'로 비판받았다는 것이, 그럴 수도 있었을 거라는 생각이 든다. 속편인 〈폭군 이반 2〉는 혹독한 비판을 감내해야 했으며, 에이젠시타인은 3편을 마무리하지 못하고 세상을 떠난다.

스타니슬랍스키는 동시대의 연극 연출가였다. 그의 연기 방법론은 이른바 '메소드'라는 용어로 불린다. '메소드'는 감정과 정서에 대한 육체의 기억술이라고 할 수 있다. 그는 배우가 육체적, 심리적 훈련을 통해 자신이 맡은 역할에 완전히 동화되도록 했다. 가령, 그의 연기론을 요약하는 표현 중에 '매직 이프(magic-if)'라는 것이 있다. 이것은 배우가 자신의 삶을 버리고 등장인물의 삶과 상황을 가정하여 살아내는 것이다. '만일'이라는 '마법'을 사용하여 다른 생을 살아가는 것. 나를 버리고 온전히 가상의 '그'가 되어버리는 것. 이것은 오늘날의 배우, 특히 영화배우들에게는 일종의 '기본'에 해당하는 것이다.

하지만 스타니슬랍스키 이전 19세기까지의 연극을 염두에 둔다면, 이것이 얼마나 혁신적인 생각이었는지 알 수 있다. 그때까지 연극은 '연극적인' 연기와 발성이 지배하는 것이었다. 그것은 실재하는 삶을 재현하는 것이 아니라 무대라는 '조건'에 맞추어 특별하게 안무된 동작과 발성을 통해 이루어진다. 배우는 자신이 맡은 인물을 양식에 맞추어 표현하면 되는 것이다. 하지만 스타니슬랍스키의 연기론은 무대와 무대 바깥 사이의 '경계'를 지우거나 약화시키고자 했다. 그는 '연극적인' 것을 삭제하고 실재하는 삶의 진실성에 접근하고 싶었던 것이다.

에이젠시타인과 스타니슬랍스키의 차이는 아이러니적이다. 혁명 러시아의 사회주의 이데올로기에 충실하고자 했던 에이젠시타인이 양식적 스타일을 채택하고, 혁명 초기에도 고전 작품들을 무대에 올려 한때 '부르주아적'이라고 지탄받았던 스타니슬랍스키는 혁신적인 리얼리즘적 연기론을 방법으로 채택한다. 이데올로기로서의 역사적 리얼리즘과 방법으로서의 실재적 리얼리즘은 때로 양립하거나 모순을 이룬다. 이 둘은 서로 무관한 것처럼 보이거나, 아예 대립하는 것처럼 보이기도 한다. 아마도 이 분열된 리얼리즘이 서로 온전히 만나기는 어려울 것 같다. 그것들은 태생이 서로 다르다. 다만 나로서는, 이질적인 이 두 리얼리즘이 교차하는 지점에서 무언가 새로운 미학을 기대해볼 수는 있다고 생각한다.

에이젠시타인과 스타니슬랍스키의 상반되는 방향은, 로트만의 용어로 '조건성(uslovnost')'을 수용하고 활용하는 방식의 차이로 설명할 수 있다. '조건성'을 부여하는 방식으로 보면, 그 둘은 서로 교차하면서 멀어진다. 몽타주는 영화적 '조건성'을 적극적으로 활용함으로써 현실에 닿으려 하는 반면, 메소드는 기존의 연극적 '조건성'을 약화시킴으로써 실재에 닿고자 한다. 로트만의 '조건성' 개념은 이런 기본적 차이에서 출발하여, 모종의 미학적 방향을 이해하고 설명하는 데 유용하게 쓰일 수 있다.

유리 로트만(Iu. Lotman, 1922-1993)은 모스크바-타르투 학파로 대표되는 러시아 기호학의 수장이다. 그의 기호학은 형식주의에서 시작된 '과학적' 문예학을 넘어 문화학의 영역으로 확장되어간다. 그것은 예술을 넘어 삶 자체의 구조를 설명하고자 한다. 로트만의 '조건성'이라는 개념은 그가 「예술에서의 조건성」(Uslovnost' v iskusstve)이라는 작은 글에서 간단히 설명하고 지나간 용어이며,[1] 실은 로트만의 용어라기보다는 일종의 비평적 보통명사에 가까운 개념이다. 이 글은 '조건성'이라는 용어를 로트만의 맥락에서 확대 해석하는 과정을 통해 미학에서 시학, 그리고 정보 이론에 이르는 길을 조명하려고 한다. 이 과정을 통해 로트만 미학의 출발점을 엿보는 것이 이 글의 목적이다.

순정만화의 기이한 생물

순정만화를 보면서 우리는 만화 속의 인물들이 아름답다고 생각한다. 아름답지 않은 인물들만으로 이루어지는 순정만화라는 것은 애초에 성립될 수가 없다. 그것은 순정만화의 장르 규범이기 때문이다. 모든 예술이 다 그렇지만, 장르 자체가 미학의 토대를 미리 결정해두는 것이다.

그런데 만일 순정만화 속의 인물이, 그 기나긴 머리칼과 커다랗게 반짝이는 눈을 가진 캐릭터가, 우리가 살아가는 실제 공간에 나타난다고 상상해보자. 지금 그런 인물이 문득 우리의 눈앞에 나타난다면, 그때도 우리는 이 인물을 아름답다고 느낄 수 있을까? 그렇지는 않을 것 같다. 우리는 그 과장된 눈을 가진 인간을 보자마자 비명을 지르며 도망칠는지도 모른다. 현실 공간에서 보면 그것은 기괴한 생물이다. 이건 무엇일까? 순정만화 속의 인물이 아름답다고 느끼는 우리의 감각이 잘못된 것일까?

동양화, 인형극, 원근법

동양화에서는 산과 인간의 배율이 실제와 전혀 다르다. 게다가 우리는 산과 물과 인간 곁에 검은색으로 그려진 거대한 상형문자가 붙어 있어도 전혀 이상하다고 생각하지 않는다. 오히려 그렇기 때문에 그것은 자연스러운 풍경화가 된다. 실재하는 것과 전혀 다른 것을 보면서도, 우리는 그 이질성을 가볍게 삭제한 후 그림을 감상하는 것이다. 당연하게도, 동양화를 처음 본 서양인의 눈에 이 그림과 문자는 상당히 이상하게 보일 것이다.

다른 예. 우리가 방을 그린다고 하자. 어린아이는 왜 우리가 그린 방의 한쪽 변이 길고 맞은편의 변이 짧은지 이해할 수 없다. 보통의 방이라면, 마주 보고 있는 두 변은 길이가 똑같다는 게 아이의 당연한 생각이다. "가까운 쪽을 크거나 길게, 그리고 먼 쪽을 작고 짧게 그리는 것을 원근법이라고 부른다"라고 가르쳐주어도 아이의 의문은 해결되지 않는다. 원근법이 근대에 와서야 당연하고 자연스러운 것으로 인식되었다는 것은 잘 알려진 사실이다. 서양화를 처음 본 17세기 한국인의 느낌도 이와 크게 다르지 않을 것이다.

인형극이라는 것은 대개, 인형들의 사지에 줄을 매어 사람이 그 줄을 조종하면서 이야기를 만드는 것이다. 어떤 인형극에서는 줄을 조종하는 사람이 인형과 함께 그대로 관객에게 노출된다. 하지만 어떤 관객도 이런 것에 대해 항의하지는 않는다. 어린아이들까지도 인형이 속한 세계와 그 인형을 조종하는 사람의 세계를 본능적으로 나눌 줄 알기 때문이다. 인형이 속해 있는 가상의 세계는 실재하는 사람의 세계를 자연스럽게 밀어내고 독자적인 세계를 이루는 것이다. 관객은 그 가상의 세계를 본능적으로 분별한다.

너무나 당연한 현상 같지만, 가만히 생각해보면 이런 것들은 놀라운 마법이 아닐 수 없다. 인간에게는 하나의 독자적인 가상 세계를 그 세계의 법칙에 따라 자연스럽게 구분하여 느끼는 재능이 있는 것이다. 이런 재능이 없었다면 예술이라는 것은 아예 만들어지지도 않았을는지 모른다. 로트만의 '조건성', 특히 '일차적 조건성'은 바로 이런 현상들과 관계가 있다.

조건성과 관례

로트만의 조건성(uslovnost')을 영어에서는 관례(convention)로 번역하기도 한다. 하지만 관례와 조건성은 맥락이 좀 다르다. 관례라는 것은 과거의 양식을 기억하고 리바이벌한다는 시간적 맥락이 지배적인 표현이다. 로트만의 조건성은 이와 달리 실재와 가상의 '경계'를 강조하는 표현이다. 무한하고 파편적인 실재 세계와, 일정한 시공간을 점유하는 허구적 텍스트는 다른 세계를 점유한다. 이 두 세계는 서로를 분별하는 경계가 필요한데, 이 '경계'를 하나의 '조건'으로 부여하는 현상, 이것이 조건성이다. 실재하는 만상에 대해 일정한 조건성을 부여하여 텍스트에 가두는 순간을 우리는 '창작'이라고 부른다. 그리고 관객이나 독자는 이 '조건'을 무의식중에 승인함으로써 예술을 향유한다. 그러니까, 조건성의 반대말은 실재성(estestvennost')이 된다.

프레임으로서의 조건성

조건성을 형성하는 가장 단순한 외부적 요소는 극장의 스크린이라든가 그림의 액자 같은 것이다. 가령, 스크린이라는 제한된 공간 안의 풍경만을 보면서도, 우리는 그 풍경을 제한되지 않은 무한한 실재 세계의 일부로 지각한다. 범인이 쏜 총알은 분명히 스크린 바깥으로 날아간 것 같은데도, 우리는 다음 장면에서 스크린 안의 엉뚱한 위치에서 쓰러지는 주인공을 자연스럽게 관람한다. 우리는 두 화면을 무한하게 연속되어 있는 공간 속에 대입하면서 이해하기 때문이다. 이 이해의 과정은 물론 무의식중에 이루어진다. 텍스트의 물리적 경계를 이루는 이 기본적인 조건성을 로트만은 '1차적 조건성'이라고 불렀다.[2] 1차적 조건성은 물리적인 '프레임(ramka, frame)'을 의미한다. 극장의 무대나 조명, 그림의 액자 같은 것들이다.

이 조건성은, 무한하고 무의미한 실재 세계를 유한하고 유의미한 미학적 '통일체'로 변환시키는 가장 기초적인 조건이다. 유한한 텍스트가 무한한 세계의 '모델'이 되어 우주 전체를 표상할 수 있는 것도 바로 이 조건성에 의해 가능하다. 이렇게 유한한 것으로 변환시키지 않는다면 '의미'라는 것은 아예 담겨지지 않는다. 무한한 것으로는 일정한 의미를 담을 수 없기 때문이다.

플롯과 슈제트

물론 조건성은 이런 기초적인 '경계' 개념에만 한정되지 않는다. 그것은 세계를 대상으로 하는 모든 모델-텍스트의 조직 원리를 포괄한다. 이것은 물리적 프레임으로서의 1차적 조건성을 넘어선다.

가령, 형식주의자들의 용어 파불라(fabula)와 슈제트(siuzhet)를 다시 떠올려보자. 파불라는 스토리로, 슈제트는 플롯으로 번역하는 경우가 많지만, 이 두 쌍 역시 강조점이 조금 다르다. 플롯이라는 개념은 무엇보다도 아리스토텔레스적인 의미로 사용된다. 『시학』에서 플롯은 기승전결, 혹은 도입-전개-절정-대단원의 구성을 지칭하는 것으로 사용된다. 다시 말하면, 플롯이라는 것은 사건의 내적 인과성을 강조하는 용어인 것이다. 이에 비해서 슈제트는 미학적 가공 과정을 거친 상태의 이야기를 지칭한다. 파불라가 미학적 과정을 거치지 않은 이야기라면, 슈제트는 미학적 가공을 통해 하나의 텍스트를 이룬 것이다. 플롯이 내적 인과성을 강조하는 데 비해 슈제트는 날것과 가공된 것의 구분을 강조한다. 내러티브의 획득은 미학적 과정을 통과하며 얻어진 다양한 결과 중 하나가 된다.

예컨대, 실재의 삶에는 내러티브가 없다. 인간의 실재 삶이 일정한 서사로 환원되지 않는다는 것은 당연하다. '인생의 클라이맥스'라는 표현은 단지 메타포일 뿐이어서, 우리는 단선적인 내러티브의 선(線)을 따라 살아가지 않는다. 가장 극적인 이별의 순간에도, 그 비극적인 러브 스토리와는 전혀 상관없이 잘못 걸린 전화가 걸려오는 것, 그게 실재의 삶이다. 삶은 혼탁하고 언제나 온전히 구획되지 않는다. 조건성은 이 무정형의 삶에 '의미'를 부여함으로써 내러티브를 만들고 인물의 성격을 만드는 과정을 포괄한다. '조건성'은 물리적인 프레임뿐만 아니라, 그 프레임 안에 재료들을 배치하고 구성하는 과정과, 그 과정을 인지하는 수용자의 태도에 공히 관련된다.

조건성과 구조

'구조'라는 것은 이런 과정에서 만들어지는 것이다. 미학 이전의 재료(material)들을 미학적 조건성의 부여를 통해 하나의 텍스트로 만드는 순간 새로운 '구조'가 탄생한다. 이 구조를 개별 텍스트의 내부로 한정하여 분석하거나, 구조의 물질적 요소, 가령 언어의 물리적 음성 구조를 강조하고 시의 리듬을 '과학적'으로 분석했던 것이 형식주의다. 그들은 예술의 본질을 예술이 사용하는 수단 속에서 찾아야 한다고 생각했다. 형식주의를 비판하는 이들이 '재료 미학'이라는 용어를 쓴 것도 이 때문이다.

하지만 로트만의 구조 개념은 이를 훨씬 넘어선다. 그것은 세계와 텍스트, 자연과 인위, 비문화와 문화의 사이에 천착한다. 그는 이를 통해 인간이 이루는 모든 문화의 '보편적' 특성을 유추할 수 있다고 믿었다. '조건성'의 필터를 거치면서 구조가 만들어지고, 이 구조는 세계에 대응하는 '모델'이 되는 것이다. 이 지점에서 로트만의 유명한 용어 가운데 하나인 '모델화 체계'라는 것을 살펴보자.

2차 모델화 체계

『예술 텍스트의 구조』에서 로트만은 1차 모델화 체계와 2차 모델화 체계라는 다소 난해한 용어를 제시한다.[3] 1차 모델화 체계라는 것은 영어나 한국어 같은 자연 언어와 신호등 같은 인공 언어를 뜻한다. 이들이 '모델'이라고 불리는 것은 실재하는 현실에 대한 '아날로지'를 전제로 하기 때문이다. 이것을 '반영'이라고 하지 않고 '아날로지'[4]라고 하는 것은, 로트만의 관심이 현실 자체가 아니라 현실을 다시 구조화하는 '방식', 즉 기호학적 체계를 향해 있기 때문이다. 이런 사소한 표현 하나에도 반영론적 리얼리즘과 로트만식 구조주의의 차이가 드러난다. 로트만은 실재 현실을 모델로 삼되 체계가 지닌 독자적 구조를 강조하는 것이다. 우리는 이 지점에서, 소쉬르가 언어의 자의성(arbitrariness)을 언급하면서, 실체가 아니라 공시적 관계만으로 의미를 만들어내는 언어 기호의 특성을 지적한 것을 떠올릴 수 있다. 당연하게도, 소쉬르의 기호론은 모든 구조주의의 모태이다.

2차 모델화 체계는 신화, 예술, 종교 등 문화 현상 전반을 지칭한다. 이것은 1차 체계인 언어를 재료로 삼되, 단순히 실재 현실이나 일상 언어로 환원시킬 수 없는 '독자적' 체계를 구비한 것을 일컫는다. 요컨대 2차 모델화 체계는 1차 모델화 체계로 바꾸어 서술하는 것이 불가능하다. 예를 들어, 시를 2차 모델화 체계의 일부라고 말할 때, 여기에는 시 내부의 구조를 일상 언어로 패러프레이즈할 수 없다는 의미가 담겨 있다. 한 편의 시를 줄거리로 풀어서 설명한 후에 이 줄거리를 기준으로 시를 평하는 일부 평론가들의 '해설' 방식은, '예술 텍스트'의 훼손에 다름아니다. 시 평론이라는 것은, 일상 언어로 번역되지 않는 지점, 그러니까 한 편의 시가 '미학'으로 성립하는 지점을 찾아내는 일에서 시작되어야 하기 때문이다.

기호 우주

2차 모델화 체계라는 용어는, 하나의 텍스트가, 실재하는 세계의 직접적 반영이 아니라 조건성과 독자적 구조의 개입에 의해 간접화된 체계라는 의미를 지닌다. 이것은 그를 손쉽게 비판하는 사람들이 말하는 것처럼 텍스트로부터 실재하는 현실을 떼어놓으려는 시도라고는 말할 수 없다. '모델화'라는 표현 자체가 이미 실재 세계와의 관계를 적극적으로 환기하고 있기도 하지만, 로트만이 이를 통해 강조하려는 것은 하나의 텍스트가 독자적 기호 우주를 이루면서 무한한 세계를 수용한다는 것이기 때문이다. 여기에 정보 이론이 개입한다.

엉뚱한 얘기지만, 물리적 세계와 인간 세계는 무한하다. 세계의 인구수에는 한계가 있지만, 그 인구들이 서로 관련되면서 발생시키는 의미는 무한하다. 실재하는 세계는 일정한 수의 의미들로 제한될 수 없으며 대표적인 표본으로 대신할 수도 없다. 인간은 근본적으로 무한성을 상상하지 못하기 때문에, 무한성을 유한성으로 대체하여 생각하지 않으면 안 된다. 이 지점에서 실재 세계의 무한성을 유한한 무한, 혹은 무한한 유한으로 바꾸는 것이 바로 2차 모델화 체계다. 2차 모델화 체계는 하나의 독자적 기호 우주가 됨으로써 실재하는 우주의 '모델'이 된다.

가령, 안나 카레니나라는 여성의 삶은, 다큐멘터리가 아니라 허구적 기호 체계인 문학 작품의 주인공이기 때문에 무한성을 대리할 수 있다. 무한성은 하나의 구체적 형상 안에 압축된다. 안나 카레니나라는 '한 여자'는 이 과정을 통해 실재 세계의 '모든 여자'들 안에 임재하는 '어떤 여자'가 되는 것이다. 실재 세계의 '모든 여자'나 '어떤 여자'로부터 기호 우주의 '한 여자'로 이행하는 순간은, '모든 여자'나 '어떤 여자'의 무한함을 일정한 조건성의 개입을 통해 경계 짓는 것이다. 이 경계를 넘어서는 순간, 바깥 세계의 기호들은 텍스트 안의 세계에서 다시 의미를 부여받는다.

코드 변환

프레임의 바깥에 존재하는 사물들이나 사람들을 프레임의 내부로 들여오는 순간, 혹은 프레임 안의 기호를 다른 기호들과 관련시키는 순간, 기호의 의미는 프레임 내부의 세계 안에서 재편된다. 이것을 로트만은 코드 변환(perekodirovka, recoding)이라고 불렀다.[5] 프레임 바깥 세계의 코드가 들어오는 경우는 외부적 코드 변환이고, 프레임 내부의 다른 요소들과 관계 맺는 통사적 차원의 것은 내부적 코드 변환이라고 부른다.[6] 외부적 코드 변환은 리얼리즘에서 지배적이고, 내부적 코드 변환은 낭만주의처럼 프레임 내부의 관련이 중요한 경우에 지배적이다. 가령 낭만주의적인 시들은 '이곳'과 '저곳'의 대립쌍을 자주 채택한다. 비루한 '이곳'을 떠나 신비로운 '저곳'으로 향하는 것은 '낭만적 동경'의 클리셰이다. 이 낭만적 동경은 프레임 바깥이 아니라 프레임 내부의 관계를 통해 형성된다. 프레임 안의 '저곳'은 프레임 안의 '이곳'과 관련해서만이 의미를 가진다는 뜻이다. 또 추리소설 같은 장르 미학들 역시 내부적 코드 변환이 지배적인 경우다. 프레임 내부에서 인물과 인물, 사건과 사건의 관련성이 '의미'를 형성하는 것이다.

물론 어느 텍스트에든 외부적 코드 변환과 내부적 코드 변환이 동시에 개입하게 마련이다. 둘 가운데 한 가지로는 텍스트가 이루어지지 않는다. 중요한 것은 어떤 요소가 지배적이냐 하는 것일 뿐이다.

동일성의 문화, 이질성의 문화

코드 변환의 양태에 따라서, 모든 기호-우주는 두 가지 유형으로 나뉠 수 있다.[7] 첫 번째 유형은 동일성(同一性)의 미학이다. 민담이라든가 코메디아 델 아르테, 고전주의 등은 코드의 반복을 기준으로 삼는다. 민화 같은 회화도 마찬가지다. 코드를 위반하는 것은 이 개념들 자체를 부정하는 것이다. 코메디아 델 아르테라든가 하회탈춤 같은 것은 일정한 서사와 인물이 미리 정해져 있다. 그것들은 정해져 있는 요소들을 무한히 반복하고 재연함으로써 하나의 문화가 된다. 일정하며 고정된 부분에다가 임의적인 변주의 영역이 조금씩 부가될 뿐이다. 사실 18세기까지의 예술사는 이런 동일성의 문화가 이끌어왔다고 해도 과언이 아니다.

두 번째 유형은 이질성의 미학이다. 비예술적 요소를 예술의 영역으로 끌어들이거나, 패러디를 통해 원본의 변조를 꾀하거나 하는 모든 작품들이 그렇다. 이 경우는 텍스트 내부에 서로 좌충우돌하는 요소들을 지닐 수밖에 없다. 로트만이 단언한 것은 아니지만, 사실 이 이질성의 문화는 근대 문화 전반의 특성이라고 말할 수 있다. 근대 문화는 문화 자체에 대해 자의식적이다. 이 자의식이 메타 문화의 번성을 불러오고, 끊임없는 전복의 미학을 정당화하는 것이다. 이 이질성의 미학을 극단적으로 추구하는 것이 바로 아방가르드다.

조건성과 아방가르드

아방가르드를 한마디로 정의한다면, 조건성의 교란, 혹은 조건성의 부정이라고 할 수 있다. 조건성이라는 것은, 정보 이론의 용어로 '발신자(창작자)'에게만 귀속되지 않는다. 조건성은 반드시 수용자와의 관계를 전제로 할 때만 성립된다. 인형극에서 인형을 조종하는 사람을 인형의 세계와 떼어놓고 바라보는 것은 다름아닌 관객이기 때문이다. 수신자는, 원래는 자연스럽지 않은 것을 무의식중에 자연스럽다고 생각하며 텍스트를 향유한다. 그래서 예술은 환상이며, 이 환상의 존재 방식이 역사적으로 끊임없이 변화함으로써 예술사라는 것이 성립한다. 환상에 의해 자연스러워진 것을 전혀 자연스럽지 않은 것으로 대체하는 것, 수신자나 향유자가 자연스럽다고 느끼는 조건성을 교란하고 삭제하는 것, 그것이 아방가르드다.

때로 아방가르드는 조건성 자체를 부정하려는 태도와 일치한다. 다시 말해서, 실재하는 것과 모델화 체계 사이의 간극을 극단적으로 부정하는 것이다. 그래서 전위들은 자주 '1차적 조건성'을 없애버린다. 화가들은 액자나 틀을 거부한 채 거리를 캔버스 삼아 그림을 그리거나, 이미 만들어져 있는 변기를 화랑에 갖다놓고 '샘'이라고 이름 붙인다. 연주자들은 피아노의 건반을 치지 않고 물리적으로 부숴버리고, 시인들은 신문지를 찢어 만든 파편을 이어 시를 짓고, 조각가는 공장에서 폐품을 가져와 쌓아놓는다. 아방가르드는 실재와 모델화 체계 사이를 교란함으로써 수용자의 감각을 뒤흔들어놓는다.

마이너스 장치: 없음의 있음, 혹은 부재의 현존

그러니까, 조건성이란 것은 결코 역사적으로 고정되지 않는다. 조건성을 이루는 발신자와 수신자 사이의 기호 체계는 언젠가는 교란되게 마련이며, 그 교란의 순간이 바로 예술사의 분기점이다.

로트만의 용어 중 마이너스 장치(minus priem)라는 게 있다.[8] 이것은 수신자가 당연히 있어야 한다고 생각하는 곳에, 그 있어야 할 것이 없는 것이다. 예를 들어 '약강격'에서 강세가 와야 할 자리에 강세가 없는 것이라든가, 각운을 기대하는 곳에 각운을 두지 않는 것이다. 이것은 독자들의 관습적 지각을 위반한다. 주인공이 공주를 구하고 마지막에 해피엔딩을 기대하고 있는데 이 해피엔딩이 없다면, 이것은 기존의 관례와 다른 새로운 플롯과 새로운 의미를 구성한다. 새로운 기법을 고안하는 것이 아니라, 익숙한 것을 제거하는 것만으로도 새로운 미학이 출현하는 것이다. 무의미시는 정말 무의미한 게 아니라, 의미를 지향하는 시들과의 관계 속에서 나름의 미학적 '의미'를 획득한다. 있어야 할 의미가 없다는 것, 그것은 일종의 '마이너스 장치'로서 효력을 발휘한다. 당연한 말이지만, 무의미시를 음성 효과만으로 분석하면 안 되는 이유가 그것이다. 그것은 당대의 미학적 지평 안에서 언급되어야 한다. 마이너스 장치라는 것은 그러니까 '부재의 현존'이다. 그것은 없음이 아니라, 없음의 있음이다. 이것은 텍스트의 의미라는 것이, 텍스트의 내부에서 발원하는 것도 아니며 그 내부에서 완결되는 것도 아니라는 점을 다시 보여준다. 이제 텍스트는 발신자와 수신자의 코드가 교차하면서 새로운 의미를 창출하는 역동적 공간이 된다.

번역, 정보 이론, 그리고 엔트로피

이 역동적 교차 과정이 바로 '번역(perevod)'이다. 이제 발신자는 창작자가 아니고 수신자는 독자가 아니다. 수신자는 수동적인 존재가 아니라 발신자의 코드를 자신의 코드로 번역하는 능동적 해석자이다. 이 번역의 과정을 탐색하는 것이 정보 이론이다.

정보 이론으로 시를 설명해보자. 시는 일상 언어로 표현할 수 있는 관념에 대해 외적 장식을 부가하는 것이 아니다. 만일 그렇다면, 그것은 동일한 정보량을 표현하는 데 잉여의 장식을 덧붙이는 것에 불과하다. 시가 이런 잉여성으로 설명되지 않는다는 것은 당연하다. 일상 언어와 시어는 동일한 분량의 기호에 담기는 '정보량' 자체에서 근본적인 차이를 보인다. 정보 이론을 시에 적용할 때의 미덕 가운데 하나는, '정보의 가치'가 아니라 정보량, 그러니까 정보의 전달 능력 차원에서 시를 보게 만든다는 점이다. 정보 이론이 자주 사용하는 엔트로피 개념, 그러니까 '의미의 불확정성'은 정보의 '가치'를 따지지 않는다. 가령, '신은 존재하는가?'라는 질문은 '돈가스와 비후가스와 생선가스 중에 뭘 먹을래?'라는 질문에 비해 엔트로피가 낮다. 앞의 질문에는 두 가지 선택지가 있는 반면에, 뒤의 질문에는 세 가지 선택지가 있기 때문이다.

요컨대 정보의 '가치'와 엔트로피는 관련이 없다는 뜻이다. 엔트로피는 정보를 전달하는 기호의 존재 방식을 설명하기 위해 만들어진 것이기 때문이다. 여기서 로트만의 언급을 짧게 인용해보자. "나쁜 시들은 정보를 가지고 있지 않거나, 그것을 충분한 양으로 가지고 있지 않은 시이다. 정보는 반드시 텍스트가 미리 예측될 수 없을 때만 나타난다. 시인과 독자의 관계는 항상 긴장과 갈등의 관계이다. 그 갈등이 크면 클수록, 독자는 그 싸움에서 많은 것을 얻게 된다."[9]

'내일은 해가 뜰 것이다'라는 문장에는 정보가 없다. 이것은 너무나 지당한 말이기 때문에 긴장과 갈등을 유발하지 않는다. 하지만 '내일은 비가 올 것이다'라는 문장에는 정보가 있다. '내일은 비 올 확률이 30프로이다'라는 문장은 정보량이 더 크다. 왜냐하면 이 문장이 선택한 정보의 엔트로피가 높기 때문이다. 교조적인 말들이나 교훈적인 텍스트, 혹은 이른바 '꼰대'의 언어는, 일반적으로 엔트로피가 낮다. 그것은 도덕적으로 당연하고 누구나 알고 있는 것을 반복하는 상투어구들로 채워진다. 정보의 도덕적 '가치'는 높고 고상하지만, 정보량 자체는 별로 없다는 뜻이다.

좋은 시

물론 이런 설명은 엔트로피가 무조건 높아야 좋은 시라는 뜻이 아니다. 의미를 쌓지 않는 극단적인 엔트로피 상태는 '잡음'에 불과하다. 엔트로피, 즉 무질서도는 정보의 소통 과정 안에서 끊임없이 여러 겹의 유한한 질서로 환원되어야 하기 때문이다. 일정한 기호 안에 일상언어보다 훨씬 더 많은 비트의 정보량을 담는 것, 그것이 시적인 것이다. 오해하지 말아야 할 것은, 이것이 '양적인' 차원의 얘기가 아니라는 점이다.

이제 시인은 고결한 자이거나 세계의 본질을 투시하는 자가 아니라, 고도의 엔트로피와 싸우는 자이다. 그는 어떤 무질서한 재료들도 고도의 '질서'로 환원시킬 수 있는 자이다. 세계는 근본적으로 무한한 무질서의 상태, 즉 엔트로피의 극단적 상태를 향해 나아간다. 로트만의 어휘를 빌리면, 세계는 '잡음'[10]들로 채워져 있다. 예술가는 이 무한한 무질서들을 자신이 선택한 예술적 재료 속에 가두기 위해 힘겹게 싸우는 자이다. 그가 전쟁터의 바라크 위에 희디흰 대리석으로 만든 거대한 손가락을 세워놓는 순간, 전쟁과 대리석과 손가락이라는 무한한 무질서 상태는, 순간적으로 일정한 '관계'를 맺으며 의미를 생성시키는 것이다. 예술가의 창조란 이런 것이다.

텍스트 안의 텍스트

후기 로트만의 관심은 개별적으로 완결되어 있는 하나의 텍스트에 머물지 않는다. 문화라는 것은 체계를 지닌 텍스트들의 무한한 중첩, 바로 그것이기 때문이다. 상식적인 얘기지만, 이때 텍스트라는 것은 문자로 이루어진 정적인 '책', 혹은 정적인 '작품'을 지칭하지 않는다. 텍스트는 발신자와 수신자가 정보를 주고받는 모든 상징적 공간을 지시한다. 실재 세계의 '코드'라는 것 역시 이 정보의 소통 과정에서 만들어지는 것이다. 코드의 이합집산을 통해 하나의 텍스트는 임의적인 고정성만을 부여받는다.

요컨대, 하나의 문화는 수많은 텍스트들이 겹쳐 있는 상태이며, 하나의 텍스트는 그 내부에 수많은 다른 텍스트들을 감추고 있다. 이것은 텍스트가 다른 텍스트와의 관계 안에서만 존재 가능함을 알려준다. 로트만이 '텍스트 안의 텍스트'[11]라고 부른 것은 단순한 인용이나 패러디의 문제를 넘어서 기호-우주를 형성하는 출발점인 것이다.

이것은 그가 크리스테바의 '상호 텍스트성' 개념을 선취하고 있음을 보여준다. 크리스테바가 '상호 텍스트성'이라는 용어를 사용한 것이 바흐친의 이론을 서구에 소개하기 위한 것이었음을 떠올린다면, 이것은 일종의 아이러니다. 크리스테바의 상호 텍스트성이 바흐친의 대화주의를 '인용의 모자이크(a mosaic of quotations)'[12]로 기각하는 순간, 그녀는 바흐친이 아니라 로트만의 기호학에 더 가까워졌던 것이다.

후기 로트만

기호학의 함정은 그것이 전제하는 텍스트와 문화의 전체성(totality)에 있다. 이 전체 안에서 우연성과 개별성, 그리고 인간의 자유 의지 같은 것은 존재하지 않는다. 그것이 존재한다고 하더라도, 우연성과 개별성, 그리고 의미의 역동성 따위는 기호학적 우주의 운행에 하나의 계기가 될 뿐이다. 주체라든가 개인, 창조성 같은 개별자의 세계가 들어설 여지는 없다. 모든 우연은 필연의 계기이다.

그런 의미에서 기호학의 사유는 구약적이다. 구약의 세계는 신성이 지배하는 꽉 찬 세계이다. 체계라든가 구조라는 어휘 안에는 이 체계와 구조가 허용하는 관계의 규칙이 전제되어 있으며, 궁극적으로 모든 개별성들은 체계와 구조의 요소로 환원된다. 여기에는 은총과 자유가 결여되어 있다. 텍스트 바깥의 세계는 규정되지 않는 전체(whole)이지만, 기호학은 텍스트의 세계를 전체성(totality)의 세계로 환원시키고자 한다. 가령 바흐친의 대화주의는 이런 식의 기호적 우주, 가득한 우주, 필연성의 우주를 상정하지 않는다. 그것은 끊임없는 자유와 자유의 충돌을 지지한다. 이런 의미에서 바흐친의 세계는 신약적이다. 도스토옙스키적 대화주의는 창조자(신-저자)가 스스로의 절대성을 부정함으로써 가능하다. 창조자는 텍스트 내부의 세계(지상)를 살아가는 인물들(인간) 속에 강림하여 그 인물들과 동등한 목소리를 지닌다. 이것은 예수 그리스도의 수난사라는 신약적 세계와 동형(同形)이며, 이로써 새로운 리얼리즘이 가능한 것이다.

아마도 후기의 로트만은 저 기호학적 우주의 완고함에서 벗어나고 싶었는지도 모른다. 1970년대 이후의 로트만은, 텍스트와 기호들이 이루는 관계의 구조를 과학적으로 설명하는 것보다, 이 구조가 과학적으로 고정되지 않는다는 얘기를 더 하고 싶었던 것 같다. 텍스트의 개방성과 역동성, 그리고 복합성을 강조하는 그 시대의 글들이 특히 그렇다.[13] 우리는 지금까지 로트만 미학의 통시적 변화를 무시하고 뒤섞어 말했지만, 후기 로트만의 이론은 전통적인 의미의 구조주의나 기호학이라는 용어로 온전히 포괄되지 않는다.

궁극적으로 우리는, 로트만의 '문화' 개념을, 바흐친 학파의 '이데올로기적 지평'과 겹쳐 읽을 필요가 있다. 바흐친 역시 근본적으로는 기호들의 소통 과정(semiosis)에 주목한 것이며, 로트만 역시 확정되지 않는 말들의 역동성에 관심을 기울였다. 다만, 바흐친이 발화 기호학, 그러니까 화용론적 세계를 넓은 의미에서 '정치성의 패러다임'으로 이끌어갔던 반면에, 로트만은 화용론의 인문학적 귀결일 정치성을 의식적으로 피해갔다고 말할 수는 있을 것이다.

시적 대화주의

바흐친

초언어학

미하일 바흐친(M. Bakhtin, 1895-1975)의 관심은, 엄밀히 말해서, 언제나 '언어 체계(language)'가 아니라 '말(speech)'이다. 이 두 표현을 대비적으로 쓸 경우 '언어'는 발화를 가능하게 하는 잠재적 시스템이며, '말'은 구체적 맥락 안에서 쓰이는 화용론적 세계의 산물이다. 구조언어학에서는 '말'을 배제하고 '언어'를 분석의 대상으로 삼지만, 바흐친이 보기에 이것은 언어학의 중요한 한계가 된다. 바흐친에게 '언어'와 '시스템'과 '구조'는 죽어 있는 것이며, '말'은 지금 이곳의 구체적 맥락 안에 살아 있는 것이다. '랑그'와 '언어 체계'와 '구조'는 구체적으로 존재하는 '말(파롤)'들로부터 구체성을 삭제하고 추상화해야만 가능한 것이기 때문이다.

바흐친의 생각에, 인간의 말과 문학과 문화에 대한 연구는 체계나 구조의 분석으로는 온전히 수행되지 않는다. 체계 분석은 '바로 이것'의 고유성을 삭제하고 그 이면에 작동하고 있는 보편적인 공식을 추출하고자 한다. 그 이면의 체계, 혹은 기저의 체계에 관심을 돌리는 순간, 유일하게 지금·이곳에 존재하는 고유한 대상, 지금·이곳의 유일성에 의해 역동적으로 존재하는 '바로 이것'은 사라진다. 모든 존재는 지금·이곳에 있으므로 다른 곳에는 부재하며, 지금·이곳에 대하여 다른 어떤 알리바이도 제시할 수 없다. 그것을 '존재의 비(非)알리바이(ne-alibi v bytii)'[1]라는 비유적 용어로 명명할 만큼, 바흐친은 추상과 관념과 형이상학을 의심한다. 추상과 관념과 형이상학에 의존하는 한, 지금·이곳의 이 명백한 현존에 대해서는 아무 말도 할 수 없다. 그래서 바흐친은 소쉬르적 자세에 대해 생래적이라 할 만한 거부 반응을 보인다. 근본적으로 그의 문학론과 문화론은, 통사론에서 종결되는 일반언어학의 용어들로 치환되지 않는다. 그가 자신의 언어 철학을 '초언어학(trans-linguistics)'[2]이라고 부르는 것은 이 때문이다. 이 장에서는 이러한 바흐친의 기본적 입장을 전제로 시 장르와 그의 이론의 관계를 살피고, 이를 통해 바흐친의 이론적 패러다임 전반에 대한 개략적인 윤곽을 그려보도록 하자.

바흐친의 시학?

이른바 '바흐친 산업(Bakhtin Industry)'이라는 표현이 있을 만큼 바흐친이라는 이름은 서구에서 일종의 유행어였지만, 그 핵심에 있었던 것은 시학이 아니라 그의 소설론과 문화 철학이다. 시 장르에 관한 한 바흐친만큼 부정적 입장을 적극적으로 개진한 이론가는 없었던 것 같다. 에머슨·모슨 같은 이들은 심지어 바흐친의 이론을 '산문학(prosaics)'이라고 명명하는데,[3] 이는 '시학(poetics)'이라는 명칭에 내재해 있는 구조주의적 방법론의 반대항으로서의 입지를 명료히 하는 것이면서, 동시에 근대 소설에 대해 배타적 가치를 부여하는 바흐친의 입장을 간결히 설명하기 위한 것이다. 「소설 속의 말」(Slovo v romane)과 같은 글에서 보이듯이, 그에게 시어는 소설 언어의 '대화성'을 설명하기 위한 스파링 파트너로서만 설정된다. 시 장르에서는 인간의 말에 본성적으로 내재해 있는 '대화성'이 적극적으로 실현되지 않는다는 것이 그 이유다.

하지만 바흐친이 자신의 생각을 설명하기 위해 시를 인용한 적이 전혀 없는 것은 아니다. 초기 저작인 「행동 철학에 대하여」(K filosofii postupka)에서 바흐친은 푸시킨의 시 한 구절을 적어놓은 적이 있다.[4]

> 먼 고국의 해안을 위해
> 그대는 낯선 땅을 버렸네.

이 구절을 통해 바흐친은 말의 '타자성'이 어떻게 현존하는지를 보여준다. 인용한 부분은 남성 화자가 '그대'를 생각하는 장면이다. 여기서 '먼 고국'이나 '낯선 땅'이라는 표현에는 '그대'의 시선이 틈입해 있다. '고국'은 화자의 나라가 아니라 화자가 호명하는 '그대'의 나라이며, 화자의 나라는 그대에게 '낯선 땅'이기 때문이다. 요컨대 이 문장 안에는 '그대'를 호명하는 화자의 맥락과 '그대' 자신의 맥락이 교차한다. '나'와 '너', 그리고 '나에 대한 타자로서의 너'가 혼재하는 하나의 문장. '타자성'이야말로 이 문장의 파토스를 구축하는 동력이다. 나아가 이 문장에는 문장 안의 세계를 만들어낸 자, 즉 미학적 세계 바깥에 존재하는 시인이 전제되어 있다. 시인은 자신이 만들어낸 미학적 세계 외부에서 두 인물의 시선을 관할한다. 그러므로 이 하나의 문장에는 세 개의 이질적 콘텍스트가 교차한다. 주인공으로서의 화자와 그가 호명하는 '그대', 그리고 그들의 세계를 창조한 시인. '타자성'이란 이렇게 현존하는 것이다.

이것은 이후 출현하게 되는 바흐친의 '대화' 개념이 '커뮤니케이션'과는 전혀 다른 맥락에 존재한다는 것을 미리 보여준다. 사실 「행동 철학에 대하여」에는 '대화'나 '독백', 혹은 '대화주의' 같은 표현이 아직 나오지 않지만, 이러한 사례 분석은 이후 『마르크스주의와 언어 철학』(*Marksizm i filosofiia iazyka*) 같은 글에서 유형화되어 훗날 '대화주의'라는 바흐친의 '상표'를 이루게 된다.

사실 위의 인용에서 푸시킨의 시는 장르로서의 서정시가 아니라 문학적 언어의 하나로 인용된 것이다. 이것은 말이 본성적으로 지닌 타자성의 사례이지만, 이러한 타자성은 시가 아니라 소설 언어에서 가장 극적으로 실현된다. 타자성을 적극적으로 지향하는 순간, 시의 장르적 구심력은 힘을 잃는다. 서정시라는 장르는 바흐친에게 일종의 결여태일 뿐이며, 그러므로 '바흐친의 시학'이라는 표현은 표면적으로는 모순 어법이라고 할 수 있다.

서정시와 '단일한 말'

하지만 바흐친의 이론과 시 장르의 관계를 긍정적으로 검토할 여지가 전혀 없는 것은 아니다. 초기 저작 가운데 서정시에 대한 중요한 언급이 나오는 곳은 「저자와 주인공」(Avtor i geroi v esteticheskoi deiatel'nosti)이다. 이 글에서도 '대화주의'라는 표현은 등장하지 않지만, 이후 바흐친의 미학적 사유는 대부분 이 글을 원천으로 하고 있다고 말해도 좋을 것 같다.

이 글에서 바흐친은 '서정적인 주인공과 저자'를 이렇게 설명한다. "서정시에서 주인공과 저자의 근친성은 명백하다. 서정시의 주인공은 저자에 대해 양립하지 않는다. 저자는 주인공의 모든 것을 꿰뚫고 있으며, 주인공의 내부 가장 깊은 곳에 자립성의 잠재적인 가능성만을 남길 뿐이다. 주인공에 대한 저자의 승리는 지나치게 완벽하다. 그러므로 서정시는 미학적 완결성을 가능하게 할 수도 있는 대상과 의미의 계기들을 결여하고 있다."[5]

이 인용문에서 '저자'는 시인이며, '주인공'이란 시의 화자를 포함한 시 내부의 '주체'들이다. 창조자로서의 시인은 화자의 언어를 관할하고 압도하며, 그러므로 궁극적으로 화자의 언어는 곧 시인의 언어이다. 그는 시 내부의 모든 말과 의미와 가치들을 자신의 단일한 맥락으로 환원시킨다. 시인은 타자를 상실한 유일자인 것이어서, 타자성, 타자의 말, 타자의 가치가 틈입할 가능성은 매우 제한적이다. 여기에는 이질성이 틈입하지 못한다. 시인의 구심력에 의해 지배되는 시적 언어의 특성은 여기서 발원한다.

이제 서정시의 화자는 시인이 부여하는 '단일성' 안에서 수동적인 위치만을 부여받는다. 시의 내부를 구성하는 모든 것들은 시인의 자기 투사인 것이어서, 그것은 시인의 시선과 시인의 가치와 시인의 감각이 지배하는 단일한 세계이다. 이때 단일하다는 것은 유일하다는 것이면서 동시에 통일되어 있다는 뜻이다.

저자와 주인공의 미학적 파워 게임을 통해 다양한 장르들의 특성을 추출해내는 바흐친의 이러한 관점은, 이후 『도스토엡스키 시학』을 비롯한 모든 저작들을 관류하는 주요한 항수이다. 다만 초기의 바흐친이, 미학적 형식을 부여하는 자로서 저자의 타자적 거리를 강조하는 반면에, 도스토엡스키론 이후의 바흐친은 '창조된 세계' 내부의 주인공들과 동등한 권리를 지닌 '주인공화된 저자', 혹은 '저자의 강림'을 강조한다. 이때 텍스트 바깥의 저자는 미학적 세계를 창조하는 주체이지만, 저자는 작품 내부의 세계에서 교차하는 이질적 목소리들을 관할할 뿐 지배하지 않는다. 그러한 저자는 자신의 목소리조차 수많은 목소리들 가운데 하나임을 자각한 존재이다. 비유컨대 이 경우 저자는 기독교의 신이되, 구약의 신이 아니라 신약의 신이며, 창조주 야훼가 아니라 인간의 아들 예수 그리스도이다.

거대한 시간 속에서

시의 언어가 단일하다는 것은, 흔히 오해하듯 문체 차원의 얘기가 아니다. 모든 언어에 이데올로기가 개입해 있다는 바흐친의 생각은, 모든 언어가 '나와 너의 관계'를 포함하고 있다는 사실과 같은 맥락에 있다. 예컨대 "밥 먹어라"라는 일상적 말조차도 의미론적으로 중립적인 '지시성'만을 지니지는 않는다. 그것은 나와 너의 관계와, 너에 대한 나의 자세와, 나에 대한 너의 반응까지를 포함하고 있는 말이다. 말은 현재에 존재하지만 그것은 과거와 잠재적 미래에 예측 가능한 나와 너의 관계를 내포한다. 그러므로 모든 말, 모든 문체에는 넓은 의미의 정치학이 개입하는 것이다. 형식주의와 일반언어학은 구체적 관계와 구체적 맥락을 사상한 채 객관적으로 존재하는—사실은 추상적으로 존재하는—'언어 자체'를 분석 대상으로 삼는다. 바로 그렇기 때문에 '과학'이 가능한 것이지만, 이 '과학'은 생명력을 상실한 채 모든 인문학을 추상적인 객관주의의 함정에 가두는 것이다. 모든 언어를 구체적 콘텍스트 안에서 다루는 것, 말이 존재하는 역동적 현장을 삭제하지 않고 바라보는 것, 바흐친의 관점에서는 그것이 중요하다. 인간학의 대상인 모든 말은 인간들의 욕망에서 발원하여 인간들의 시선이 이합집산하는 '사회'로 쏟아진다. 그 '사회'가 마이크로적이든 매크로적이든, 이 욕망들과 시선들이 맺는 무한한 관계야말로 모든 말의 출발점이자 종착지이다.

그러나 서정시의 언어는 나의 말이면서 동시에 나만의 말이다. 이때 '나만의 말'이라는 것은 개성적인 말이라거나 시인만 아는 요령

부득의 암호라는 뜻이 아니다. 그것은 창조하는 자인 시인의 말이 곧 그가 창조한 세계의 '유일한 말'이라는 뜻이다. 그의 말, 그의 느낌, 그의 판단은 모든 면에서 압도적 권위를 지닌다. 바흐친이 보기에 바로 그렇기 때문에, 서정시에서는 미학적 '의미'가 생성되기 어렵다. 바흐친에게 미학적 '의미'라는 것은 시선과 시선이 교차할 때만 존재할 수 있다. 사실은 모든 '의미'가 그러하다. 유일자의 세계에서 '의미'의 생성은 가능한가. 그것은 진공의 시공간이며, 근본적으로 불임의 시공간이다.

우리가 살아가는 이 실재하는 세계는 끊김이나 단절이 없는 무한한 세계이다. 그것은 공간적으로 시간적으로 그러할 뿐만 아니라, 의미론적으로도 그러하다. 이 무한함의 '바깥'에서 무한함을 유한하고 유일한 것으로 관조할 수 있는 존재는 신(神) 외에는 없다. 신처럼 완전하게 '바깥'에 있지 않으면 유일하게 고정된 '의미'를 부여할 수 없다.

우리가 살아가는 실재 세계는 수많은 말들이 교차하면서 서로를 규정하고 종결시키고자 투쟁하는 세계이며, 이를 통해 잠정적인 '의미'를 산출하는 세계이다. 하지만 현실 세계의 이 '의미'들은 어떤 경우에도 완결되거나 종결되지 않으며 다만 이합집산할 뿐이다. 이 점이 중요하다. 현실 세계에서 '의미'라는 것은 겨우 임시적으로만 가능한 것이며, 끊임없이 유동하는 것이며, 사라진 듯하다가 언젠가는 다른 모습으로 부활하는 것이다. 어떤 '의미'도 완전히 옳거나 완전히 소멸하거나 완전히 부정되지 않는다. 그것은 맥락 속에서 흔들리며 움직인다. 현실 세계에서 '절대적 의미'나 '절대적 가치 판단'이란 일종의 형용모순에 불과하다. 내가 너에게 '의미'를 부여하고 '평가'하는 순간에, 나는 너를 고정시킨다. 대상을 고정시키지 않는 의미는 없기 때문이다. 하지만 내가 너에게 '의미'를 부여하고 '평가'

하는 순간에도, 너는 움직이고 변화한다. 혹은, 부여된 '의미' 바깥의 너와 너의 맥락들이, 부여된 의미에 균열을 일으키며 떠오른다. 그것이 현실의 원리이다. 현실이란 '의미'의 고정성을 거부하는 '거대한 시간'[6]의 세계이다.

이 '거대한 시간'은 인간과 인간이 관계 맺는 '작은 시간'들을 넘어서는 곳에서 이 '작은 시간'들을 주재한다. '거대한 시간'은 허무한 상대주의의 시간이 아니다. 그것은 '작은 시간'을 살아가는 인간들의 정당한 가치 판단과 모순되지 않는다. '거대한 시간'은 '작은 시간'들의 무한한 중첩일 뿐, '작은 시간'의 대립 개념이 아니다. 바흐친은 진리치의 존재 자체를 부정하는 허무주의적 상대론에 빠지지 않는다.

바흐친의 '미학'

실재하는 부재(不在)를 포함한 모든 실재들은, 공간적으로 무한하고 시간적으로 무한하며 그러므로 의미론적으로도 무한한 세계에 현존한다. '미학'은 이 무한성을 정지시키고 한정성의 '형식'을 부여함으로써 '의미'를 만들어내는 일이다. 이제 미학적 형식이란 '내용'을 담는 '그릇'이 아니라 이 무한함을 정지시키고 한정하며 '의미'를 부여하는 방식 전체의 이름이 된다.

이때 형식 부여자로서의 저자는 자신이 창조하는 세계의 '바깥'에 존재하므로 그 세계에 대해 타자성을 지닐 수밖에 없다. 저자가 '바깥'에 존재하지 않을 때, 자서전의 세계처럼 실재하는 '나'의 시선을 재현하고 이를 통해 그 세계를 장악하고자 할 때, '미학'은 위협받는다. 이런 방식의 글쓰기는, 일기나 자서전이 그러하듯, 결국 자기 자신은 '빠져나갈 구멍(loopehole)'을 만들어놓는다. 이것은 도덕적이거나 심리적 맥락이 아니라 미학적 맥락의 얘기다. 일기나 자서전은 나를 규정하되, 규정하는 순간 나는 그 규정을 빠져나간다. '나는 나쁜 놈이다'라고 쓰는 순간, '나'는 '나쁜 놈'이라는 의미 규정에서 빠져나갈 수 있다. 나는 '나의 바깥'에 존재하면서 '나'를 객관화하지 못하고, 의미론적으로 무한한 그 세계의 일부로서 글 쓰는 자이기 때문이다. 이 경우의 나는 나 자신을 고정적으로 가치 판단하거나 나에게 종결적 의미를 부여할 수 없다. 이것이 '미학적 형식'의 위기를 만든다.

시인의 단일한 말이 지배하는 서정시의 세계가 이와 가깝다. 단일한 시선과 단일한 가치만이 존재할 때, 혹은 하나의 통일된 시선과 가치만이 유일하게 존재할 때, '미학'은 위기에 처한다. 시인의 단일한 언어가 구성하는 이 '창조'된 세계가 시인의 일원론적 반영에 불과해지는 순간, 바흐친적 '미학'은 무성생식에 의해 스스로 사멸한다. 그것은 창조된 세계로서의 '한정성'을 상실하고 '나의 언어'만으로 단일하고 무한한 세계를 이루는 것이다.

이 세계는 시인 이외의 다른 대상, 다른 말, 다른 시선, 다른 가치가 사라진 세계이며, 유일하고 통일된 시인의 그림자가 대상을 압도하는 세계이다. 이때 시 내부의 세계는 실재 세계의 무한성을 배면으로 서서히 떠오르는 유한한 세계가 되지 않는다. 그것은 수많은 말들을 잃고, 유일한 가치로 고립된 말로 이루어진다. 이것이 '독백'이다.

그런데 이 세계는 어쩐지 낯익다. 이 유일하게 통일된 세계는 사실 낭만주의 미학의 세계와 근친 관계에 있다. 낭만주의의 자아는 흔히 '정신의 무한성'이라는 에피세트로 설명된다. 낭만주의 정신은 궁극적으로 세계의 구체성과 객관성을 초월한 정신의 언어를 지향한다. 낭만주의의 자아와 언어는 그 자아와 언어 이외의 대상성을 약화시킨 상태에서만 가능하다. 낭만적 서정시의 언어는 세상에 편재하는 수많은 말 중의 하나가 아니라 유일한 말, 유일한 의미, 단일한 깨달음, 단일한 메시지를 지향한다. 화자의 언어는 가치 판단의 차원에서 절대적인 것이며, 타자의 언어에 의해 교차하는 지점은 존재하지 않는다. 낭만적 서정시의 화자는 시인과의 유의미한 '거리'를 거절함으로써 성립한다. 낭만적 아이러니란, 이러한 낭만주의적 무한성에 대한 저자의 미학적 자각, 미학적 거리의 획득에 의해 가능한 것이다.

그러므로 서정시와 낭만주의 미학은 근대 세계를 재현하는 유효한 루트가 되지 못한다. 낭만주의나 서정시의 언어로는, 루카치와 바흐친이 반대의 입장에서 동일하게 조명했던 지점, 아니 헤겔이 장편소설을 '부르주아의 서사시'라고 명명할 수밖에 없었던 지점, 궁극적으로 '근대'라는 괴물이 성립하는 바로 그 지점을 포착하기 어렵다. 그래서 바흐친은 개별적 파편성이 지배하는 근대 세계를 재현할 유일한 장르로 소설을 지목했던 것이며, 이것이 「서사시와 장편소설」(Epos i roman)의 핵심 테마가 된다.

서정적 '수치'

그렇다면 시 장르는 미학적 차원에서 '과거'의 것이 될 수밖에 없는가? 바흐친의 맥락에서 시 장르는 생래적으로 미학적 불구를 감당해야 하는 장르인가? 그렇지 않다고 말할 만한 근거가 있다. 이를 두 가지로 요약해서 말하자면, 하나는 카니발리즘의 시적 적용이 가능하다는 것, 그리고 좀 더 중요한 다른 하나는, 현대시의 '서정성'이 바흐친이 말하는 '서정시' 개념에 포괄될 수 없을 만큼 복합적이 되었다는 것 등이다.

먼저 앞의 것을 간단히 언급하자. 1940년대의 바흐친은 1930년대와 달리, '소설성'의 규명을 위해 시와 소설을 대립시키지 않았다. 이 시기의 바흐친은 오히려 시와 소설의 장르적 구분을 폐기할 필요가 있다고까지 주장한다. 이런 맥락에서 바흐친이 자신의 논리로 조명했던 유일한 시인은 마야콥스키였다. 마야콥스키의 시편들은 '순수한 언어'라는 서정시의 이상주의를 버리고 우리가 살아가는 현대의 언어들에 주목했다. 그의 언어들은 현재성으로 충만한 언어들이다. 그는 '영원'의 언어, 혹은 '영원'을 꿈꾸는 언어, 그리고 단일한 말과 단일한 가치와 단일한 의미만을 지니는 보편적인 언어들을 포기한다. 그가 니체적 초인 차라투스트라를 자처할 때조차, 그의 언어는 지금·이곳의 디오니소스적 혼돈으로 충만해 있었다. 그것은 '신화'가 아니라 '반신화(反神話)'의 세계이다. 문체 차원의 '다성성(polyphony)', 그로테스크한 '몸', 광장에서의 외침, 그리고 권위적 가치의 해체 같은 것들이 마야콥스키의 미학을 이룬다.[7] 하지만 이런 마야콥스키의 특성들은 '시의 산문화'라는 맥락에서 언급된다. 궁극적으로 마야콥스키의 시는 '비시적(非詩的)'이었기 때문에 새로운 시의 미래로 조명되었던 것이다.

이것은 바흐친이 라블레에게서 발견해낸 것과 같은 맥락을 이룬다. 가르강튀아와 팡타그뤼엘의 카니발리즘은 지배적 권위의 전복과 해체를 핵심으로 하며, 그런 측면에서 마야콥스키적 카니발리즘과 먼 거리에 있지 않다. 카니발리즘은 '바흐친학'의 핵심적인 유행어이지만, 개인적인 생각을 말하자면, 카니발리즘의 코드는 그의 매력적인 미학에 비해 단순한 데가 있다. 예를 들어 초기 미학에서 그의 '몸'은 나와 너의 역동적 존재론을 지탱하는 근거로 작동하지만, 그의 카니발적 '몸'은 권위의 전복을 위한 명시적 '소재' 이상이라고 하기 어렵다.

마야콥스키적 카니발리즘에 대한 바흐친의 상찬과는 다른 맥락에서, 우리는 '현대시'의 가능성을 찾아볼 수 있다. 그것은 낭만주의와 서정시, 아니 낭만주의적 서정시를 넘어서는 곳에서 시작된다. 이

때 낭만주의와 서정시는 무한한 정신과 유일한 자아를 전제로 세계를 규정하고자 하는 일인칭 내면의 권위에 의존한다. 이 지점에서 다시 초기 저작의 한 구절을 인용하도록 하자. “서정시 해체의 독특한 형식이 가능하다. 독특한 서정적 자기 수치, 서정적 파토스의 수치, 서정적 열림의 수치(서정적 전복, 아이러니와 서정적 냉소주의).”[8]

여기서 ‘서정적 수치’는 곧 시적 목소리의 분열을 초래한다. 이때 분열이란 자기 분열적인 언어 실험이나 콜라주 같은 모더니즘적 기법과는 다른 맥락에 있다. 그것은 단일한 가치와 단일한 진리치를 담지한 언어, 순수하고 보편적이어서 이질성이 틈입할 수 없는 ‘나’의 언어에 대한 포기를 의미한다. 이제 시인은 자신의 말을 유일하게 타당한 가치로 완성하기 위해 시를 쓰지 않는다. 그는 자신이 구축하는 미학적 세계를 미학적 세계의 ‘바깥’에서 철저히 의식하며, 미학적 세계 내부의 자신을 고독하게 바라보는 자이다.

고독하게 바라본다는 것은 무슨 뜻인가? 실상, 독백적 언어로 이루어지는 서정시의 화자는 외면적으로 고독해 보이지만, 실은 그 미학적 세계의 창조자인 시인에 의해 사로잡혀 있다. 그러므로 시인도 화자도 고독하지 않다. 화자는 시인의 반영이므로 고독할 수 없다. 이것은 말장난이 아니다. 시 내부의 화자를 자립적으로 존재하는 자, 그러므로 고독한 자로 만드는 것. 그제야 그를 바라보는 시인도 고독해진다. 이 고독을 성취하지 못할 때 시라는 형식은 자기동일성의 반복에 가까워진다. 낭만주의의 존재론적 자기동일성, 속류 사회주의 리얼리즘의 정치적 자기동일성, 초기 상징주의의 종교철학적 자기동일성 등이 그 사례가 될 수 있을 것이다.

‘나’를 단선적으로 반영함으로써 발생하는 저자의 ‘권위’에서 벗어날 때, ‘서정적 단일성의 해체’에 이르는 통로를 마련할 수 있다. 이제 바흐친이 시 장르의 특징으로 언급했던 ‘단일한 말’에 내부의 균열이 시작된다. 「소설 속의 말」에서 바흐친이 시어의 특성으로 언급했던 '단일한 말'은 단일한 주체와 이에 근거한 통일성을 전제로 하는 것이었다. 그래서 이 '단일한 말'은 '신의 말'이자 '유토피아의 말'이며, 시의 세계 내부에서 유일하게 올바른 말이다. 이러한 일원적 세계의 균열과 그로부터의 일탈이야말로 '서정적 수치'의 원인이자 결과이다.

'서정적 수치'가 지배하는 시의 언어는 "역사 바깥의 언어"나 "신들의 언어"[9]가 지배하는 전래의 서정시에서 일탈한다. 바흐친에게 역사란 언제나 구체성의 산물이자 그 표현이다. 역사는 역사적 사실이나 연대기의 집적을 의미하는 것이 아니라, 구체적 세계의 구체적 상황, 인간 존재를 가능하게 만드는 역동적 시공간의 운동이다. 역사의 내부로 들어온다는 것은 곧 구체적 세계의 구체적 사물들 안으로 들어온다는 것이며, 이 과정에서 "신들의 언어", 즉 유토피아적 관념성과 이데아의 언어는 배제될 수밖에 없다. 이 경우 화자의 시적 발화는 시 외부에 존재하는 저자-시인의 '의도'와 완전히 동일시될 수 없으며, 따라서 일인칭 서정성은 가치 판단의 층위에서 분열적 양상을 보이게 된다.

이제 현대시에서 미학적 세계 내부의 화자와 미학적 세계 외부에 존재하는 '형식 부여자'의 관계는 바흐친이 언급한 '서정시'에 편입시킬 수 없을 만큼 복합적이 된다. 현대시의 화자와 그의 언어는 다양한 방식을 통해 시인의 단일한 말을 훼손한다. 이상적이며 '순수한' 서정적 언어의 구현은 지속적으로 방해받는다. 이 경우 '순수'는 삶의 형식이 아니라 죽음의 형식에 가깝다. 그것은 이질적 교차와 이질적 혼재를 배제한다. 중요한 것은 이 순수한 언어가 실재하는 삶과 멀어짐으로써 가능하다는 점이다. 실재의 삶은 어쩔 수 없이 이질성의 교차와 혼재로 이루어지기 때문이다. 바흐친의 맥락에서 순수한 언어는 그래서 탈리얼리즘적이다.

바흐친의 리얼리즘

여기서 잠시 바흐친의 리얼리즘을 살펴보자. 도스토옙스키론에서 그 힌트를 발견할 수 있다. 바흐친의 생각은 이렇다. '형식'을 부여하여 미학적 세계를 구축하되, 현실 세계에서와 마찬가지로 종결된 '의미'의 부여가 불가능할 때, 도스토옙스키의 리얼리즘이 가능하다. 도스토옙스키의 세계는 순수한 가치와 이상적 시선으로 환원되지 않는 세계이다. 라스콜니코프의 의지와 지하생활자의 관념과 알료샤의 순결한 신앙은 혼란스러운 세계의 질서 안에서 작동한다. 그 세계는 우리가 살아가는 실재 세계와 마찬가지로 수많은 가치와 이질적인 시선들이 중첩된 세계이다. 이 세계에서는 어떤 의미도 '종결'되지 않는다. 바흐친의 도스토옙스키론의 핵심은 이것이다. 소설 속의 인물, 사건, 말들은, 저자의 권위적 가치 판단으로 규정되지 않는다. 저자(神)는 인물(人間)들을 창조하되 그들을 하나의 완결된 의미로 종결시키지 않는다. 이것은 현실 세계의 원리인 의미의 무한 교차를 미학적 세계 안으로 도입한 결과이다. 그러므로 도스토옙스키의 세계는 바흐친의 맥락에서 '리얼리즘적'이다.

현대시와 바흐친

다시 현대시에 대한 이야기로 돌아가자. 우리 시대의 시에서 바흐친적 의미의 '순수한 시어'는 끊임없이 훼손되는 중이다. 우리가 ('현대 시'가 아니라) '현대시'라는 용어를 사용할 때, 이 용어는 근대 이후의 파편성과 불안을 전제로 하는 것이다. 현대란 관례적 의미의 '시'를 끊임없이 배제할 수밖에 없는, 덧없고 순간적인 미로 미만한 세계인지도 모른다. 이 세계를 전제로 씌어지는 시를 '현대시'라고 규정할 수 있다면, 우리는 바흐친적 의미의 '서정적 수치'가 시인의 개인적 내면에서 비롯되는 것일 뿐만 아니라, 현대성의 본질적 조건에서 파생되는 것이라고 말할 수 있다. 그러므로 '현대시'에서 '서정적 수치'는 심리적 범주가 아니라 미학적 범주의 표현이라고 해야 한다. 이 '서정적 수치'에 의해, 시인은 자기 자신의 말을 '유일한 말'이 아니라 '수많은 말' 중의 하나로 기각한다. 그러므로 화자의 발화는 그와는 다른 층위에 존재하는 시인의 발화, 신의 발화로 온전히 귀결되지 않는다. 화자 또는 강림한 시인의 발화는 창조자 시인의 유일한 지평을 떠나 실제 세계로 스며들고, 이 미학적 스며듦을 통해 실재 세계를 횡단하는 말들 가운데 하나임을 스스로 인정한다. 시인은 이 미학적 세계의 '유기적 중심'이며 그 일원일 뿐, 유일하며 완전한 언어를 꿈꾸는 자가 아니다. 이제 시의 언어들은 다른 지평을 형성하고, 다른 지평을 향해 움직이며, 이 다른 지평에 의해 창조자로서의 시인과 교류한다. 물론 이 교류는 안전하거나 다만 평화로운 것이 아니다. 그것은 시인에게 치명적인 것이며 궁극적으로 어떤 평화의 상태로부터 돌이킬 수 없이 멀어지는 것이다.

몇 가지 부기해둘 것이 있다. 하나는 '현대시'라는 용어에 대한 것이다. '현대시'라는 것은 단순히 시대적 배경만을 지칭하는 것이 아니라, 일종의 '지향성'을 내포한 표현이다. '현대'시 즉 현대에 씌어지는 모든 시가 '현대시'가 되어야 하는 것은 아니다. '현대시'는 현대에 쓰이는 시들 중의 일부일 뿐이다.

다른 하나는 바흐친에 대한 것이다. 바흐친의 글들을 읽으면, 이것이 미학적 존재론인지 비평적 당위론인지 결정할 수 없을 때가 있다. 아마도 바흐친 스스로도 그랬을 거라고 생각한다. 그는 형식주의자들처럼 '과학'을 정립하고자 하지 않았으며, 일종의 '이데올로그'가 되고 싶었는지도 모른다. 나는 위에서 '서정적 수치'라는 바흐친의 표현을 빌미로, 그것을 '현대시'의 '조건'이자 '상태'인 것처럼 확대 해석했지만, 어쩌면 이것은 하나의 '당위'이자 지향해야 할 '가치'인지도 모른다.

미학의 혁명과 혁명의 미학

사회주의 리얼리즘

조사(弔辭), 그 이후

1989년 소비에트의 몰락이 기정사실처럼 되었을 때, 소설가 빅토르 에로페에프는 「소비에트 문학에 대한 조의문」(Pominki po sovetskoi literature)[1]이라는 자극적인 제목의 글을 발표한다. 자신의 세대를 '악의 전파자(rupor zla)'[2]라는 역설로 표현하는 이 현란한 해체주의자의 '조의문'이 발표될 때만 해도, 사회주의 리얼리즘(이하 SR로 약칭)이라는 용어에 대해서는 여전히 다양한 견해가 교차하고 있었다. SR을 '유일한 창작 방법'에서 '유력한 창작 방법 중 하나'로 기각함으로써 'SR의 생존'을 지속하려는 보수파와, 완전한 폐기 처분을 주장하는 강경파의 견해차가 그것이다. 물론 몇 년이 지나지 않아 후자의 완승으로 '게임'은 끝났지만, 그것은 이미 예고된 수순이라고 하는 편이 타당하다. 적어도 1990년대 이후 러시아 지식인들은 SR에 대한 '부관참시'에 집요했다고 할 수 있다.

확실히, 21세기의 이 '탈근대적 탈주'와 지적 현란함 가운데 다시 사회주의 리얼리즘을 호명해내는 것은 고리타분하다. 세계 문화사에 유래가 없을 만큼 한 시대를 풍미했던 이 미학적 '괴물'은, 하나의 국가 조직이 그 나라가 용인하는 단 하나의 미학을 공인하고 선포했다는 바로 그 점 때문에 그로테스크하다. 하지만 SR은 다양한 맥락에서 여전히 흥미로운 미학적 테마를 내장하고 있으며, 무엇보다도 우리의 근현대문학사와 관련하여 지니는 의미는 작지 않다. 이 글은 현실태로서의 SR에 나타난 몇 가지 특징들을 미학적 범주의 맥락에서 살피고, 이를 바탕으로 SR을 다른 경향의 미학들과 다층적으로 비교하기 위해 씌어진다.

사회주의 리얼리즘 전사(前史)

먼저 SR이 성립하기 이전의 과정을 간단히 정리해둘 필요가 있을 것 같다. 사회주의 리얼리즘이라는 용어는 1932년에 만들어진 것이지만, 그 역사적 계보는 19세기의 이른바 '시민민주주의 비평'으로 거슬러 올라간다. 벨린스키 이후 문학의 사회적 기능을 강조하던 이 비평은, 플레하노프 이후 실천적인 좌파 유물론과 만나면서 '유물론 미학'의 계보를 형성한다. 이른바 '연단(演壇)으로서의 문학'이라는 오래된 러시아적 전통은 혁명 이후 SR의 커다란 밑그림이 되었던 셈이다.

혁명 이후 유물론 미학의 첫머리에 놓여져야 할 조직은 1917년에 결성된 '프롤레트쿨트(proletkul't, '프롤레타리아 문화'라는 뜻)'다. 보그다노프가 주도하던 프롤레트쿨트는 이른바 계급 예술론에 기반해 있었다. 보그다노프의 관점에서 모든 예술은 노래에서 기원하는데, 노래는 하나의 집단, 가령 가족이건 품앗이이건 공동 농장이건, 이 집단들의 내적 공동체 의식을 재고하기 위해 존재하는 것이다. 보그다노프가 가장 강조하는 것은 '집산주의(集産主義, kollektivizm)'인데, 집산주의를 기반으로 할 때 프롤레타리아 계급의 예술에서는 '노동(trud)'과 '창조(tvorchestvo)'가 궁극적으로 구분되지 않는다.[3] 예술을 노동과 관련짓는 이러한 관점은 예술의 기원을 둘러싼 다양한 견해들 가운데 여전히 유력한 것 중 하나이다. 보그다노프의 조직화 이론은 삶의 조직화라는 당대의 근원적인 테마와 겹쳐지고, 이 지점에서 삶과 예술과 문화와 정치는 하나의 기원으로 통합된다. 프롤레트쿨트는 정치, 경제 영역의 변혁을 문화 영역에서 수행하고자 하는 일종의 '교육기관'이었다.

프롤레트쿨트는 혁명 이후 1921년까지의 이른바 전시공산주의 시기를 지배한 그룹이다. 이 조직의 회원 수는 전국적으로 2백만을 넘어섰다고 하는데, 그것은 이 그룹이 문학 영역에만 한정된 조직이 아니었기 때문이다.

반면에 1920년에 창설된 '대장간(kuznitsa)'은 '시인 조직'으로서의 면모를 갖춘 그룹이었다. '대장간'의 기관지 1호는 '시의 공장'에서 '새로운 삶의 제련'을 목표로 삼아야 한다는 과제를 제시하고 있는데, 이것은 이 그룹의 명칭이 왜 '대장간'인지를 보여준다. 그들은 '스타일-그것은 계급이다(stil' — eto klass)'[4]라는 매력적인 구호 아래 부르주아 문학을 '시체실의 예술'로 규정하면서 지극히 뜨겁고 열광적인 수사학을 보여준다. 그들의 선언문에서 발췌한 다음의 구절을 보라.

> 건설의 재료는 산처럼 쌓여 있다. 새로운 삶의 출발, 전례 없는 개혁이, 한 계단 한 계단 발판을 이루어 완성되고 있다. 파괴된 미신과 모든 야만의 검은 폐허, 지평선에 작열하는 붉고 둥근 불꽃, 노동자의 국가를 더불어 지키기 위한 무기의 소음. 매일매일의 이 창조적 노동, 매 순간순간 세계의 조건을 자신에게 적응시킨다는 것,

그리고 자신을 세계의 건설자로 만든다는 것, 이것은 놀랍고도 섬세한 장인의 기술이다. 이것은 조직하고 또 파괴한다. 이것은 창조하는 실천이며 그러므로 프롤레타리아의 시이다. 실천이 곧 프롤레타리아의 시인 것이다.[5]

이 열렬한 수사학에 깃든 낭만성은 이후 SR이 공식화하는 '혁명적 낭만주의'와 밀접한 관계가 있다.

'시월(oktiabr')'은 1922년, '대장간'을 비판하며 등장한 극좌 그룹이다. 농민 출신이 다수 포함되어 있는 '대장간'의 멤버들이 노동자, 농민, 지식인 등 다양한 계급의 연대를 주장한 데 비해, '시월'은 계급으로서의 프롤레타리아 헤게모니를 강력하게 주창했다.[6] '시월'의 관점은 NEP(1921-1928. '신경제정책'의 약자. 과도기적으로 자본주의적 경제단위를 수용)가 실시되던 당시의 정황과 밀접한 관련이 있지만, 당시의 프로문학 논쟁은 당파성 논쟁이나 문학 주체 논쟁 같은 우리의 1980년대 문학 논쟁과 이질동상이기도 하다.

이러한 논쟁들은 대개 포용 대 배제, 다수 대 소수, 개량 대 혁명, 점진 대 급진의 대결 양상으로 나타나지만, 한편으로는 내부적 권력 투쟁의 과정이기도 하다. '시월'의 기관지가 바로 저 악명 높은 『초소에서』(*Na postu*)였는데, 이 기관지는 1920년대 중반 사회주의 진영의 단체들이 난립하는 가운데 극좌적 노선을 견지한다. 『초소에서』가 대변하는 속류 유물론자들은 무소불위의 정치성으로 마야콥스키가 대표하는 '레프(LEF, 예술좌익전선)'는 물론 트로츠키(L. Trotskii)와 보론스키까지 공격한다.

혁명 초기, 1920년대의 러시아에는 아직 일원적이며 공식적인 예술 이데올로기가 성립되어 있지 않았다. 부분적으로 국가사회주의 시스템의 시행을 유보했던 신경제정책은, 그 성패를 떠나, 적어도 문화적 차원에서는 자유로운 분위기를 형성해주었다. 모더니스트들과 형식주의자들과 유물론자들이 '난립'했으며, 이 '난립의 평화'를 러시아 문학사는 '은 시대(Silver Age)'로 명명하고 있다. 이 과정에서 좌파 문학 그룹들 역시 이합집산을 반복하게 되는데, 이 시기의 단체들로는 '라프(RAPP, 러시아 프롤레타리아 작가동맹)' '레프(LEF, 예술좌익전선)' '페레발' 등의 그룹들이 있다. 이후 1930년대 초까지, 러시아 프로문학 논쟁사는 '초소에서' 및 '라프'의 급진주의 조직과 트로츠키, 보론스키, '레프' 등의 온건파가 벌인 싸움을, 문화행정가이자 비평가였던 루나차르스키와 작가 고리키가 중재하는 과정으로 정리될 수 있다.

레닌과 즈다노비즘

'은 시대'의 미학적 백화쟁명은 1930년대에 SR이 성립됨으로써 사라진다. '사회주의 리얼리즘'이라는 용어가 출현한 것은 1932년이지만, 그것이 공식화된 것은 1934년 8월 17일, 전 연방 공산당 중앙위원회 서기인 즈다노프(A. Zhdanov)가 소비에트 작가회의에서 행한 연설에 의해서였다. 이 과정에서 SR의 '기원'으로 설정된 것은 고리키의 『어머니』와 레닌의 「당 조직과 당 문학」(1905)이다. 고리키의 『어머니』는 SR의 한 '전범'이 되었지만, 이론으로서의 SR에 큰 영향을 미친 것은 고리키의 소설보다는 레닌의 문건이었다.

레닌의 「당 조직과 당 문학」이 SR의 이론적 정립 과정에서 차지하는 위치는 지대하다. 이 '문건'은 '당의 문학'을 "사회주의라는 기계 장치"의 "톱니바퀴와 나사"[7]라는 유명한 명제로 정리하고 있다. 1930년대 SR의 모토 역시 이 명제를 근간으로 삼게 되는데, 문제는 바로 이 지점에서 시작된다. 레닌이 이 문건을 제시했던 것은 차리즘의 검열이 존속하고 있던 1905년의 전제군주 시대였으며, 당시 러시아 사회민주노동당에 속한 작가는 소수였다. 레닌은, 당 바깥의 작가가 하고 싶은 말을 하고 당의 이데올로기를 비판할 자유를 가진 것처럼, 당은 당의 관점과 합치하지 않는 작가들을 축출할 권리가 있다고 적었다. 이것은 지극히 당연하고 자연스러운 주장이다.

하지만 1934년 SR이 주창되었을 때, 러시아는 공산당 이외의 당을 인정하지 않았다. 레닌은 소수자로서의 '당 작가'가 지닌 임무를 규정했던 것이지만, 1930년대에 이 규정은 이미 한 국가에서 살아가는 작가들 모두에게 적용되었던 것이다. 이것은 대단히 커다란 차이이다. 이후 소비에트의 '문학비평'이나 '학문'적인 저작들은, 자신의 논거가 '참'이라는 것을 증명하기 위해 안쓰러울 정도로 레닌의 문헌을 인용해대고 있지만, 정작 레닌은 그들처럼 편협하지는 않았던 것 같다.

레닌의 이 문건에서 중요한 것은, 이후 사회주의 리얼리즘의 근간으로 공표되는 미학적 원칙으로 당파성(partiinost')이 언급되었다는 점이다. 민중성이 가장 일차원적이며 넓은 범주라면, 계급성은 부르주아 시대의 첨예한 갈등이 민족이나 종교가 아니라 정치경제학적인 계급에 있음을 시사한다. 민중성과 계급성에 비해 당파성은 가장 고차원적이며 좁은 범주다. 민중성과 계급성은 자본주의 사회가 존속하는 한 어느 사회에나 존재하지만, 당파성은 그렇지 않다. 레닌의 맥락에서 당파성이라는 것은 볼셰비키가 이끄는 당의 전략 전술을 적극적으로 지향해야 한다는 것이었다.

다른 한편으로 그것은, 공평무사한 '부르주아적 공정성'을 거부한다는 의미이기도 하다. 객관적이며 제3자적이며 그래서 중립적인 시각으로는 역사적 변화를 이루어낼 수 없다는 것이 레닌의 기본적인 생각이었다. 당파성이란 자유주의적 형평성과 기계적 중립성을 버리고 현재의 상황에서 적극적인 '실천'을 추동해내기 위한 것이기도 하다. 양비론이나 양시론의 국외자적인 합리성으로는 아무것도 해내지 못하는 것이다. 레닌에게는, 당파성이야말로 역사적 발전의 가능성을 담지하고 있는 계급, 즉 프롤레타리아의 계급성을 성취하는 유일한 방법이었다.

하지만 스탈린 이후 당파성은 피지배 계급의 저항의 무기가 아니라 한 시대를 지배하는 '제도'의 원천이 되어버린다. '당의 무오류성' 같은 어이없는 도그마의 술어가 되는 순간, 그것은 집단적인 판타지의 이름으로 변질된다.

엄밀히 말하자면, 민중성, 계급성, 당파성은 미학이 아니라 정치의 범주이며, 그래서 이 범주로는 '미학'으로서의 SR을 온전히 조명하기 어렵다. 이 지점에서 우리는 미학으로서의 SR을 문예사조사의 맥락에서 비교 고찰하기로 한다. 이 글의 본론은 여기서부터다.

사회주의 리얼리즘과 고전주의

SR은 다양한 맥락에서 18세기의 고전주의적 경향과 비교되어왔다. 개별성을 압도하는 보편성, 미적 규범(canon)의 중요성 등이 핵심이다. 이런 식의 비교는 일종의 관념적 유희에 불과한 것 같지만, 꼭 그렇지만은 않다. SR이 전제로 하는 세계관은 필연적으로 루카치적 의미의 '별', 즉 세계의 운행을 관장하는 총체성을 수반한다. 고전주의가 복원하고자 했던 저 서사시적 세계의 조화와 균형과 질서는 정확하게 SR의 핵심을 관통하면서 다양한 미학적 공통점을 발생시키는데, 이는 우연한 일치가 아니다.

우선 암묵적인 미학적 위계의 출현이 그 증거가 될 수 있다. 18세기 로모노소프의 문체론이 시사하는 것처럼, 고전주의 시대는 영웅서

사시와 송시 등, 개인이 아니라 전체와 보편 세계를 지향하는 장르를 '고급한' 장르로 규정한다. 개인적 감성을 다루는 서정시 같은 것은 이 고차적 장르의 하위에 자리매김되는데, 장르와 주제에 대한 이러한 위계질서의 성립은 고전주의 시대의 특성 중 하나다.

SR시대는 프롤레타리아적 전형성에 입각한 보편적 테마를 다루는 장르가 높이 평가되고, 반대로 '보편적 역사 발전'에 합치되지 않는 개인의 내면은 당연히 가치 절하의 대상이 된다. 그것은 '세태 묘사'이거나 '지엽적인 테마'로 기각되고, 역사적 거대 담론과 잇닿아 있는 텍스트만이 비평적 상찬의 대상이 된다. 부분에 대한 전체의 우위, 개인적 감성에 대한 공동체적 정서의 우위, 감정에 대한 의무의 우위, 욕망에 대한 도덕률의 우위, 복합적 내면에 대한 단일한 성격의 우위, 열린 플롯에 대한 닫힌 플롯의 우위 등은 고전주의와 SR이 공유하는 미학적 특성들이다. 당연하게도, SR 시대의 예술론들은 투명성, 단순성, 지시성, 명료성 등 고전주의 미학의 요소들을 미덕으로 강조한다. 공동체의 리듬에 실린 보편사적 '전망'이야말로, 이 시대의 비평적 포인트다.

그리고 가장 중요한 것이 있다. 고전주의와 SR에서 공히 인식론적 근간을 이루는 계몽주의적 사유. 계몽주의의 기본적 특성, 즉 인간의 인식과 실천에 대한 낙관주의, 지식과 무지의 이분법 등은 SR적 아지-프로의 인식론적 전제이기도 하다. 이 계몽주의적 세계관이야말로 SR과 고전주의의 가장 핵심적인 공통분모다.

이런 요소들 때문에 안드레이 시냡스키 같은 우파 망명 작가는 SR을 '사회주의적 고전주의'[8]라고 비아냥거렸지만, 이 유사성 자체를 문제라고 말할 수는 없을 것 같다. 지금의 관점에서 보면 이런 유사성은 개인과 전체, 개별과 보편, 미시와 거시가 끊임없이 서로를 견제하며 교체되어온 저 거대한 문화사적 흐름의 자연스러운 부면이라고도 볼 수 있다.

사회주의 리얼리즘과 낭만주의

하지만 기묘하게도 초기 SR이 '공식적'으로 거명하며 미학적 결합을 시도했던 것은 고전주의가 아니라 낭만주의였다. 지금의 관점에서 SR을 미학적으로 비판한다면, 고전주의적 요소가 아니라 그 낭만주의적 요소를 거론하는 것이 효과적일 수 있다.

SR이라는 용어가 만들어진 시점부터 '혁명적 낭만주의'는 공식적으로 SR과 동의어로 사용되었다. 즈다노프가 SR의 핵심으로 상정한 것도 이것이었다.[9] 즈다노프는 '유토피아'라는 표현을 거부하고 있지만, 확실히 SR의 '혁명적 낭만주의'는 이상적 세계에 대한 유토피아적 열정과 이원론적 세계관을 연료로 삼고 있다. 19세기의 낭만주의가 이곳/저곳의 대립항 안에서 이곳을 부정하고 그로써 부재하는 저편을 지향했다면, '혁명적 낭만주의'는 지금 이곳의 '유물론적 대지'에서 발아하는 사회주의적 동경을 에너지로 삼고 있었다.

이 SR적 이상주의는 소설의 주인공들을 좀 더 사회주의적 '전망'에 부합하도록 요구한다. 파제예프의 『괴멸』(*Razgrom*)은 SR의 고전이지만, 일부 이데올로그들은 이 소설의 주인공 레빈손조차 내면의 고민이 부각되었다고 비판할 정도였다. 더욱 강력한 '사회주의적 주인공'의 설정은 SR적 소설에 요구된 공통 사양이었으며, 나아가 주관적 열정을 강력하게 만들기 위해 수사학을 발달시킨 것도 낭만주의와 SR의 공통점이다.

하지만 이 유토피아적 열정 역시 반드시 스탈린주의의 산물이라거나 볼셰비키 혁명의 산물이라고 말할 수는 없다. 혁명 이전의 저 오래된 중세적 사유로 거슬러 올라간다면, 러시아에서 유토피아적 사유의 영향력은 유럽 제국에 비해 훨씬 강력했다는 사실을 알 수 있다. 이상주의적 열정은 일종의 '러시아적 전통'이라고 해도 좋을 정도로 깊은 내력을 지니고 있다. 블로크, 마야콥스키 등 혁명을 맞이했던 대부분의 시인들이 사회주의 혁명을 일종의 메시아적 현현과 동일시했던 것은 우연이 아니다. 20세기 초의 이른바 '건신론(健神論)'적 경향은 '신의 건설'이라는 무신론적 관점을 주창하고 있었지만, 그 근저에 '신적 세계'의 완성이라는 이상주의적 열정이 내재해 있었다. 이른바 '건신론자' 가운데는 고리키, 루나차르스키 등 당대의 문학 행정을 지배했던 이들도 포함되어 있었다.

사회주의 리얼리즘과 리얼리즘

사회주의 리얼리즘을 옹호한 평론가 빅토르 바슬라프는 사회주의 리얼리즘이 '사회주의'와 '리얼리즘'이라는 두 단어가 나타내는 의미 이상도 이하도 아니라고 주장한다. 그에게 사회주의 리얼리즘은 곧 '사회주의 시대의 리얼리즘'이며, 더 정확히 말하자면, 오늘날의 삶의 진실을 예술적으로 반영하는 것이다.[10]

이 정의가 지나치게 순진하다는 것은 물론이다. 사회주의와 리얼리즘의 관계도 간단치 않을 뿐만 아니라, '사회주의 시대의 리얼리즘'이라는 것은 기본적으로 사회주의 리얼리즘보다 훨씬 넓은 외연을 지닌다. 넓게 보아 사회주의에 반대하는 리얼리즘이나 사회주의를 주장하지 않는 리얼리즘도 사회주의 시대의 산물인 것이다.

공식적으로 리얼리즘은 SR의 계보학적 선조이다. 당시의 문학사적 견해 중 하나는, 사회주의 리얼리즘을 이른바 '비판적 리얼리즘'의 발전된 형태로 생각하는 것이다. 투르게네프, 도스토옙스키, 톨스토이, 체호프 등 저 19세기 거장들의 작품들에 대해, 사회주의 리얼리스트들은 '비판적 리얼리즘(critical realism)'이라는 기묘한 명칭을 붙였다. 한동안 우리 문학사에도 출몰했던 이 용어는, 그것이 리얼리즘의 핵심적 특성으로 승격되고 확대 적용되는 순간 기형적인 용어로 변질된다. 가령 '비판적'이라는 형용어는, 도스토옙스키의 풍요로운 텍스트를 '사회 비판'이라는 단순한 맥락으로 환원시킨다. 이것은 물론 19세기 리얼리즘 미학의 풍요로움을 SR이라는 프로크루스테스의 침대에 누인 결과이다.

소비에트 시대의 문학사 기술은 19세기의 '비판적 리얼리즘'을 '한계'가 명백한 사조로 정의하는데, 그 '한계'라는 것은, 사회 비판에는 치열했으되 아직 '전망(perspective)'은 획득하지 못했다는 것으로 요약된다. 그러므로 사회주의 리얼리즘은 '비판적 리얼리즘의 한계'를 넘어서서 프롤레타리아적 '전망'을 획득한 방법론으로 정의된다.

확실히, 문학이나 기타 예술 텍스트에 대한 비평에서 '전망'이라는 용어가 횡행하는 시대는 불운한 시대다. 때로 비평가들이 예술가들에게 요구하는 '전망'이라는 것은, 비평적으로는 무가치한 용어이다. 그것은 미학이 아니라 정치학의 용어이며, 비평가 자신의 '이데올로기적 우위'를 전제로 해서만 유표화된다. 이것은 예술에서 '전망'이 불가능하다는 뜻도 아니고 부정적인 것이라는 얘기도 아니다. 중요한 것은, '전망'의 유무라는 것이 미학적 가치 판단의 기준 가운데 가장 유력한 것일 수는 없다는 점이다.

SR과 리얼리즘의 길항과 변별성을 말할 때 빼놓을 수 없는 용어가 또 있다. '전형(典型)' 개념이 그것이다. SR의 고전 중 하나인 『시멘트』의 작가 글라드코프는 '사실(fact)'과 '전형(type)'을 대비시키면서 SR의 특성을 설명한다.[11] 그에 의하면, SR은 사실의 기록, 즉 다큐적 팩토그라피(factography)가 아니라 전형성과 보편성을 강조하는 자세이다. 엥겔스가 규정한 리얼리즘의 정의, 즉 '전형적인 상황에서 전형적인 인물을 묘사하는 것'은 19세기적 리얼리즘을 설명하는 유효한 수단으로 인식된다. 엥겔스에게 '전형'이란 현세적 공간의 수평선과 역사적 시간의 수직성이 교차하는, 역사적 발전 과정을 제 몸으로 체현하는 존재를 일컫는다. 요컨대, 스크루지가 수전노의 '전형'이라고 할 때의 '전형'은 엥겔스적 전형성과는 맥락이 좀 다르다. 엥겔스적 전형은 개별성과 역사적 보편성, 공시성과 통시성의 결합에 의해서만 존재하는 것이기 때문이다.

하지만 SR의 '사회주의적 전형'은 이 개별성과 보편성의 결합에 '긍정성'을 추가한다. SR은 때로 '낙관주의 미학(positive aesthetics)'으로 불리기도 하는데, 이 수사적 명명은 SR을 설명하는 데 상당히 효과적이다. 공시성과 통시성을 결합시키되, '긍정적' 비전을 투사한 것, 그것이 SR적 '전형'이다. 그래서 SR 시대의 문학적 이상은 근본적으로, 서사시적 세계의 '영웅'을 소비에트적 맥락으로 번역, 도입하는 것에 비유될 수 있다. 스탈린 시대의 캠페인 가운데 이른바 '스타하노프 운동'은 정확하게 이 문학적 영웅주의 모델과 겹쳐진다. 노동자 영웅 스타하노프를 우상화하여 그의 생산성을 본받도록 하는 이 '생산력 증강 캠페인'은, 문학에서는 '긍정적 주인공'에 대한 비평적 요구로 나타나는 것이다. 이는 SR에서 사회적 초자아의 완승을 표시하는 바로미터이면서, 동시에 엥겔스적 전형론의 맥락을 벗어나는 지점이기도 하다.

SR 소설은 대개 넓은 의미의 성장소설적 플롯을 취한다. 성장소설의 전범인 『빌헬름 마이스터의 수업시대』(괴테)나 『젊은 예술가의 초상』(조이스)이 로맨틱한 사유에서 현실적 인간으로의 '성장'을 보여주는 반면에, SR 소설들은 대개 의식적 미각성 상태에서 프롤레타리아 의식으로 무장해가는 과정을 보여준다. 이는 고리키의 『어머니』나, 오스트롭스키의 『강철은 어떻게 단련되었는가』에 적용될 수 있으며, 또 1980년대 한국 문학의 소설적 자산들이 일반적으로 취하고 있는 플롯이기도 하다. 이들은 대체로 전지적 시점을 취하면서 바깥 세계와의 갈등을 통해 '성장'하는 주인공을 조명한다.

하지만 좁은 의미의 성장소설(Bildungsroman)과 SR 소설의 '성장'은 어떤 면에서는 반대의 방향을 취하고 있다. 가령 『빌헬름 마이스터의 수업시대』에서 빌헬름이 체험하는 '길'의 공간 모티프는 곧 관념적 낭만성에서 구체적 현실성으로의 전이, 혹은 현실성에 대한 성숙한 깨달음의 과정이다. 하지만 SR 소설은 일차원적 현실성에 고착된 인물이 사회주의적 이상을 획득해가는 과정을 보여준다. 『어머니』의 파벨과 그의 어머니 닐로브나, 그리고 『강철은 어떻게 단련되었는가』에서 파벨 코르차긴이 꿈꾸는 이상적 사회상은 실상 이러한 '각성'의 산물인 것이다. 그것은 일차원적 현실에서 이념적 이상주의로의 전환에 가깝다. 이렇게 본다면 SR 소설이 인물에게 요구하는 이데올로기적 '성장'은 19세기 성장소설들의 뒤집힌 형태라고도 말할 수 있다.

사회주의 리얼리즘과 아방가르드

이제 우리는 SR을 이해하는 데 가장 중요한 대목에 이르렀다. 그것은 SR과 아방가르드의 관련성에 주목하는 것이다. SR을 고전주의, 낭만주의, 리얼리즘 등과 병치시키는 것은 대체로 개념과 스타일 차원의 유사성에 주목한 결과이며, 바로 그 때문에 생산적인 결론에 도달하기 어렵다. 하지만 SR과 아방가르드의 관계는 지극히 역사적이며 구체적인 '물증'들로 이루어져 있다.

SR이 하나의 강령으로 채택되어 구속력을 갖기 이전에, '사회주의'와 '미학'을 결합시키기 위한 고투를 보여준 것은 유물론자들이 아니라 당대의 아방가르드들이었다. 실제로 마야콥스키가 주도했던 '레프(LEF, 좌익전선)'는 재능 있는 아방가르드들의 그룹이었다. 영화, 미술, 음악, 문학을 아우르는 이 창작 그룹은 좌파와 아방가르드의 결합을 통해 풍요로운 미학적 텍스트들을 산출해낸다. 영화의 에이젠시타인, 회화의 타틀린, 연극의 메이에르홀드, 문학의 마야콥스키 등 레프에 직간접적으로 참여했던 멤버들은 곧 20세기 초 러시아 예술사의 핵심적 인물들이었다. 이들의 전위예술은 그 자체로 '미학적 혁명'이었지만, 당대에 중요했던 것은 '미학의 혁명'이 '혁명의 미학'과 만나는 것이었다. 이 분야에 대한 연구는 특히 보리스 그로이스 등을 중심으로 활발하게 전개되고 있는데,[12] 당시 '미학적 혁명'과 '혁명적 미학'이 교차했던 지점은 다음 몇 가지 항목으로 정리될 수 있다.

첫째, 현실과 예술의 관계에 대한 인식. 아방가르드들은 리얼리티와 예술의 간극을 삭제하고자 했는데, 이 노력은 정확하게 미학과 현실을 접목시키려는 SR의 지향과 맞물린다. 이른바 '삶-건설(life-building)'이라는 구호는 20세기 초 모더니스트들의 구호이면서 동시에 사회주의자들의 구호이기도 했다. 예술을 삶의 현실과 온전히 겹쳐놓는 것, 예술과 삶의 간극을 무화시키는 것, 예술적 관례들을 거부하고 예술을 삶과 구분할 수 없는 것으로 만드는 것. 이것은 당대 아방가르드들의 미학적 목표이자 사회주의자들의 목표였으며, 이 과정에서 부르주아적 '고급 예술'이 이들에게 공통의 적이 되었음은 자명하다.

둘째, 발신자로서의 예술가를 바라보는 관점. 아방가르드와 사회주의 예술에서, 예술가는 공히 노동자/기술자와 동일시된다. 아방가르드들은 대부분 예술에 대한 부르주아적 포장을 해체하고자 했으며, 이것은 사회주의 미학의 의도와 부합하는 것이었다. 즈다노프가 스탈린의 말을 빌려 예술가를 '인간 영혼의 엔지니어(the engineer of human spirit)'라고 정의했을 때, 이 '엔지니어'로서의 예술가는 전래의 예술가가 지닌 아우라를 전복시키고자 했던 아방가르드적 지향과 겹쳐진다. 미래파의 아방가르드들이 부르주아적 '취향'을 공격하기 위해 시도한 전위적 도발은, 사회주의의 반부르주아적 정서와 동일한 궤도를 형성했던 것이다.

셋째, '재현(representation)'이 아니라 '변형(transformation).' 가령, 타틀린과 로드첸코 같은 구성주의자(constructivist)들의 '제3인터내셔널 기념탑' 같은 조형물은, 아방가르드적인 추상주의가 어떻게 사회주의와 만날 수 있는지를 보여준다. 그들은 있는 것을 다시 보여주는 전래의 이젤 페인팅을 거부하고, 삶과 현실을 '변형'함으로써 미학과 삶을 결합시키고자 했다. 이런 맥락에서, 아방가르드와 SR에 대해 '반(反)미학'적 경향이라는 명명이 가능할 것 같다. 역사적으로 1920년대는 이 두 가지 반미학적 지향이 행복하게 공존했던 시대였다.

이러한 공통점은 아방가르드와 사회주의 예술의 이질적 연합의 산물만은 아니다. 이 둘은 한 예술가의 한 작품에 공존하는 것이다. 마야콥스키는 아방가르드이면서, 동시에 부르주아에 대한 '정치경제학적 적의'를 지닌 사회주의자였다. 마야콥스키가 주도하던 레프의 프로그램은 다음의 몇몇 문장으로 요약될 수 있다: "레프는 코뮌의 이상에 의한 예술을 지향할 것이다. 레프는 예술과 삶의 건설을 일치시키기 위해 싸울 것이다. 레프는 두 개의 편향(비계급적인 예술과, 정치에만 몰두하여 낡은 전통을 답습하는 예술)을 타파할 것이다."[13]

하지만, 어쩌면 당연하게도, 아방가르드와 사회주의적 지향의 행복한 공존은 오래가지 못한다. 위의 프로그램에 암시되어 있듯이, 아방가르드들의 '반미학'이 역설적으로 하나의 '미학'이었던 반면에,

SR의 성립과 함께 권력을 장악하게 되는 속류 유물론자들의 '반미학'은 정말 미학을 정치에 종속시키려는 의지의 산물이었기 때문이다. 미학의 차원에서 보면 속류유물론자들은 애초부터 지극히 보수적이었으며, 이 '미학적 보수화' 경향은 1920년대 말 이후 급격하게 수면 위로 부상한다. 이제 혁명의 이데올로기는 '미학적 혁명'을 버리고 전래의 미학으로 회귀한다.

가령 회화에서, 아방가르드 화가들의 경향은 'AXRR(혁명러시아 예술가동맹)'이라는 단체의 미학적 경향과 경쟁하게 된다. 이 단체는 19세기 말 레핀 등이 대표했던 '이동전람화가'들의 '전통적 재현 예술'의 경향을 계승한 그룹이다. 이젤 페인팅의 복권, 재현 예술의 승리 등은 이들의 미학적 구호였다. 이 경쟁에서 아방가르드 화가들은 주도권을 잃고 SR이 성립될 무렵에는 이미 배제의 대상이 되는데, 이는 다른 장르에서도 마찬가지였다.

문학에서는 '레프'가 패배하고 '라프'가 승리한다. 전자는 아방가르드들이 다수 포함된 좌파 그룹이었고, 후자는 '대중에게 즉각적인 영향을 미치는 재현 예술'에 치중하는 프롤레타리아 예술을 주장했다. 마야콥스키는 '레프'와 '신레프(New LEF)'의 탄생을 주도했지만, 결국 '라프' 멤버들과 갈등을 빚게 되고, 이는 그의 자살에 중요한 원인으로 작용하게 된다. 요컨대 마야콥스키의 죽음은 러시아 아방가르드의 종언이면서, 동시에 아방가르드와 좌파의 결속이 끝났음을 알리는 상징적 사건이기도 했다.

일반적으로 아방가르드와 좌파 예술의 결별은 '전통적 재현'이냐 '전위적 변형'이냐의 미학적 논쟁과 결부되어 있지만, 또 다른 관점도 가능하다. 몇몇 예외가 있긴 하지만 아방가르드의 미학이 궁극적으로 개인주의적 미학이었다면, 사회주의 리얼리즘 미학은 근본적으로 집단적이었다. 이 차이는 크다. 가령, 당시 전위 미학을 비판했던 콘스탄틴 유온은, 예술을 생산자의 입장이 아니라 수용자의 입장에서 규정할 것을 제안한다. 이는 계몽적이며 도덕적인 기능을 강화하고자 하는 의도와 관련이 있는데, 이제 소비에트 미학에서는 '받아들일 수 있는' '이해할 수 있는' '흥미를 유발하는' '유용한' '사회적으로 필요한' 등의 수식어가 중시된다. 예술적 창조의 욕망을 투사하던 아방가르드는 이 집단주의 미학 앞에서 비판의 대상이 되고, 이 지점에서 아방가르드와 SR은 결별을 고하는 것이다.

그런데 이 결별의 시점이 소비에트 사회 전반의 정치 경제적 '보수화'와 맞물린다는 점은 흥미롭다. 요컨대 아방가르드의 배제는, 이제 혁명과 변화의 에너지가 아니라 체제 보존이라는 보수화의 동기부여가 필요했던 스탈린 시대의 요청이기도 했던 것이다.

사회주의 리얼리즘과 포스트모더니즘

최근에는 SR을 포스트모더니즘과 동일한 층위에서 설명하려는 노력도 볼 수 있다. 미하일 엡슈테인(M. Epstein) 같은 논자는 SR을 탈근대적 현상 중의 하나로 설정하기 위해 노력한다. 대비적으로 보이는 이 두 경향은 20세기 중반 동구와 서구의 지배적 흐름이었다는 점에서 흥미롭다. SR과 포스트모더니즘의 관련성으로 제시되는 것은 ①초(超)리얼리즘, ②반(反)모더니즘, ③패스티시, ④특정한 예술적 스타일의 소멸, ⑤주관주의의 거부, ⑥엘리트 문화와 대중문화의 경계 소멸, ⑦역사적 시간의 정지 등이다.[14] ①의 '초리얼리즘'은 SR의 탈리얼리즘적 요소와 관련되며, 반모더니즘적 성향과 주관주의에 대한 거부, 예술 스타일의 소멸 등은 SR과 포스트모더니즘이 공히 20세기 초 모더니스트들을 비판했다는 점에서 자연스러운 공통점이라고 할 수 있다. 흥미로운 것은 ③의 항목인데, 창조성의 한계를 적극적으로 부각시키면서 혼성모방을 하나의 방법론으로 승격시킨 포스트모더니즘에 대해, SR은 유사한 복제품들의 양산을 통해 어쩔 수 없이 패스티시적 스타일을 지니게 되었다는 것이다. ⑦의 경우, 포스트모더니즘이 '기원'과 '프로그램'을 폐기처분함으로써 역사적 진보를 근원적으로 의심한 데 비해, SR은 '무갈등 이론' 등을 통해 이른바 '역사의 종말'을 선언했다는 점에서 유사성을 찾을 수 있다.

물론 엡슈테인의 이런 단순 비교는 범주적 유사성 외에는 설득력을 갖기 어려워 보인다. 포스트모더니즘과 SR은 근원적으로 서로 다른 지점을 출발점으로 삼고 있기 때문이다. 표층의 유사성으로는 이 근원적 대립상을 대체할 수 없다. 엡슈테인의 단순 비교보다는, 포스트스탈린 시대의 이른바 개념주의적(conceptual) 작업과 포스트모더니즘의 관련성을 살피는 것이 더 흥미로울 것 같다.

현대 러시아 개념주의는 스탈린 시대의 소비에트 사회를 일종의 '시뮬라크르'가 지배하는 사회로 기각한다. 원본을 결여한 가상 이미지가 지배하는 사회라는 것이다. 이 관점에는 실재의 사회를 은폐하고 있는 가공의 이념적 스펙터클을 폭로하려는 의도가 숨어 있다.

동반자 작가에서 해빙기 미학으로

사회주의 리얼리스트 카를 라데크(K. Radek)의 「현대의 세계 문학과 프롤레타리아 예술의 과제」(1934)는 전 세계 작가들의 경향을 세 가지 유형으로 명쾌하게 구분하고 있다.[15] 몰락해가는 자본주의 파시즘 문학, 새로운 프롤레타리아 문학, 그리고 동요하는 자들의 문학. 물론 이런 구분은 문학의 정치화 과정에서 언제나 나타나는 것이지만, 세 번째 항목은 주목할 만한 가치가 있다. 여기서 '동요하는 자들의 문학'은 트로츠키에게서 이른바 '동반자 작가(literaturnye poputchiki)'라는 명명을 얻게 되는데, '프롤레타리아 혁명의 역사적 의미를 이해하지 못하고 노동자의 계급성에 투철하지 못하되 예술적 재능은 지닌 작가들'을 지칭한다. 이들은 부르주아 예술과 '새로운' 예술 사이에 있으며, 궁극적으로는 '혁명의 예술가'가 아니라 '혁명의 예술적 동반자'로 규정된다. 그들은 혁명 예술에 복무할 수 없지만, 혁명과 '약간만' 관계가 있는 '과도기의 예술(perekhodnoe iskusstvo)'에 기여한다.[16]

하지만 1930년대 이후 이들 작가들은 '동반자'로서의 지위마저 박탈당하고, 이제 러시아 문학은 공식 문학과 지하 문학(사미즈다트), 그리고 망명 문학의 세 방향으로 분열되기에 이른다. 동반자 작가들이 공식 문단에서 사라진 후, 탈SR적 경향의 문학이 공식 문단에 등장한 것은 스탈린 사후의 이른바 '해빙기(ottepel')'이다.

'해빙'이라는 용어는 예렌부르크(I. Erenburg)의 소설 제목(『해빙』, 1954)에서 따온 것으로, 이 작품은 두진체프(V. Dudintsev)의 『빵만으로는 살 수 없다』와 함께 해빙기 문학을 대표한다.

그러나 해빙기 문학 역시 미학적 차원에서는 SR 소설들과 유사한 경향을 보여준다는 점은 흥미롭다. 가령 『빵만으로는 살 수 없다』는 지극히 소박한 리얼리즘 정신의 산물이다. 단순한 서사, 정직하고 단선적인 주인공, 명확하고 도덕적인 교훈성, 예측 가능한 사건 전개 등등. 예렌부르크의 『해빙』 역시 지금의 눈으로 보면 낡은 연애담에 가깝다. 이 평범한 소설들이 문학사에 남은 것은, 사회주의 이데올로기의 정치적 낭만성을 배제하고 소박한 정직함으로 현실을 그렸기 때문이다. 관료주의적 인물을 비판적으로 묘사했다거나, 이데올로기가 배제된 연애담을 다뤘다거나 하는 것 말이다. 이 소박한 리얼리즘이 20세기 중반의 러시아 문학사에서 핵심적 위치를 차지하고 있다는 것 자체가 일종의 불행이라고도 말할 수 있다. 그네들이 19세기의 저 뛰어난 리얼리스트들의 성취를 계승했다고 말할 수는 없다. 소박한 사실성으로 현실을 '폭로'했다는 미학 외적 프리미엄도 가치가 있긴 하겠지만, 그것의 생명력은 그리 길지 않았다. 이 시기의 시인들, 그러니까 옙투셴코나 아흐마둘리나 같은 시인들의 시편 역시 20세기 초 모더니스트들의 성취를 따라잡지 못하는 것 같다. 이들은 '해빙기 문학'을 대표하면서도, 역설적으로는 '이데올로기 과잉 시대'의 수혜자들이기도 하다.

마르크스주의와 사회주의 리얼리즘

겉으로 보면 신기한 일일 수도 있지만, 마르크스주의 비평은 SR에 대해 가장 강력한 비판자가 될 수 있다. 엥겔스는 블로흐에게 보낸 편지에서, "생산력과 생산관계의 함수로 구성되는 토대는, 문화 혹은 상부구조에 대해 '궁극적인' 결정 요인일 뿐이다"라고 적은 후, "마르크스와 나는 이 이상을 주장한 적이 없다"고 부연한다. '궁극적인'이라는 형용어는 알튀세르 식으로 말하면 '최종심급'이다. 역사와 '토대'는 예술을 '최종심급'에서 규정할 것이지만, 누구도 이 '최종심급'을 스스로 결정할 수는 없다. 그것은 토대와 상부구조의 역동적인 변증법을 통해 이루어지는 것이다. 당연하게도 마르크스주의 미학은 개별 텍스트를 정치의식의 '수준'으로 재단할 수 없다는 사실을 인정한다. 이 말은 예술이 이데올로기와 무관하다는 말이 아니라, 그 둘의 관계가 저 보이지 않는 심층에서 복합적으로 관련된다는 뜻이다. 저 유명한 '이데올로기에 대한 리얼리즘의 승리'라는 엥겔스의 명제는 이에 대한 가장 직접적인 지적 중의 하나다: "발자크는 정치적으로 왕당파였으나, 그의 위대한 작품들은 상류사회의 필연적 붕괴에 대한 끝없는 노래였습니다."[17] 귀족 계급 출신으로 '반동적인 세계관'을 가졌던 발자크가 역사의 흐름을 제대로 이해하는 리얼리즘 작품을 남겼다는 것이 이 명제의 함의이다.

SR은 이 보이지 않는 '최종심급'을, 객관적 역사가 아니라 창작자의 의식 차원에서 적극적으로 부각시켰다. 말하자면 이것은 유물론을 희생하고 낭만성을 도입한 것이라고도 할 수 있는데, 이런 경향은 예술과 이데올로기의 복합적이며 중층적인 관련성을 단선적이며 기계적인 방식으로 환원시킨다. 이제 문학은 토대와 상부구조의 복합적인 대면의 결과가 아니며, 주관적 의지는 언제나 객관적 사실성을 압도한다. 무의식(욕망)과 에고(자아)와 초자아(내면화된 사회)의 격렬한 상호 침투는 삭제되고, 단순하고 일원적인 사회적 초자아의 명령이 지배한다. 바로 이 지점이, SR이라는 '제도'가 마르크스주의 미학과 결별하는 지점이다. 고리키와 트로츠키와 루나차르스키 등은 이 '제도'의 완강함을 완화시키기 위해 속류적 견해와 싸웠지만, 결국 문제는 사람이 아니라 당대의 '시스템'이었다. 트로츠키는 『문학과 혁명』에서 마르크스주의 문학론을 강조하기 위해 다음과 같은 전제를 명시한다: "예술적 창작물은 우선 그 자체의 독자적인 법칙(zakon), 즉 예술의 법칙에 따라 판단되어야 한다."[18] 우리가 이 '독자적인 법칙'을 '문학적 자율성'이라는 낯익은 명제와 겹쳐 읽지 말아야 할 이유는 별반 없어 보인다.

제3의 비유

엡슈테인

은유

본론으로 들어가기 전에 한 편의 한국 시를 예로 들자. 이 시를 통해 우리는 은유와 관련되어 있는 이 글의 관심사를 간명하게 정리할 수 있다.

> 겨울 아침밥 먼저 먹고/화장실에서 들으면/아이들 숟가락 밥그릇에/부닺기는 소리,/먼 옛날 군왕의 행차 알리는/맑은 편종 같고,/군왕의 행차 지나간 다음/말방울 여운 같고,/어느 뒷날 상여 지나간 다음/내 묘혈을 파는 괭이 소리 같다/겨울 아침 아이들 숟가락/사기 밥그릇에 부딪기는 소리,/오줌 떨고 난 다음/허벅지 맨살을/스치는 오줌 방울처럼 차갑다
>
> —이성복, 「허벅지 맨살을 스치는」 전문[1]

아이들의 숟가락이 사기 밥그릇에 부딪히는 소리는 네 개의 비

유에 의해 변주된다. 맑은 편종 소리와 말방울 여운과 묘혈을 파는 괭이 소리와 오줌 방울이 그것이다. 이 가운데 앞의 셋은 전통적인 은유 개념에 의해 적절히 설명될 수 있다. 상식적인 설명이지만, 직유를 포함하는 은유는 원관념을 더 잘 전달하기 위해 보조적인 관념을 빌려 쓰는 것이다. 이때 원래의 관념과 보조 관념 사이에는 이른바 유사성의 원리가 개입하는데, 이것은 흔히 인접성의 원리가 지배하는 환유에 대비되는 것으로 설명할 수 있다. 이 경우 보조 관념은 원관념을 전달하기 위해 도입되는 가상의 존재이다.

말하자면, 위의 시에서 편종 소리와 말방울 여운과 묘혈을 파는 괭이 소리는, 숟가락이 밥그릇에 부딪히는 소리에 대한 느낌을 잘 전달하기 위해 도입된 가상들이다. 그것들은 시 안의 세계에 실재하지 않으면서 원관념의 전달을 돕는 보조적인 관념들이다. 이때 유사성의 내용은 확정할 수 없을 만큼 다양한 느낌의 층위에서 생성된다. 이 느낌의 폭발력이 강력한가 아닌가에 따라 은유의 성공 여부가 결정된다. 위의 시에서 이 보조 관념들은 삶과 죽음의 사이에 개입하는 다양한 층위의 느낌을 매력적으로 소묘한다.

그런데 "오줌 떨고 난 다음/허벅지 맨살을/스치는 오줌 방울처럼 차갑다"라는 마지막 구절은 어떤가? 이것은 좀 이상하다. 똑같이 직유 또는 은유라고 부르긴 하지만, 이 구절은 편종 소리·말방울 여운·괭이 소리와는 다른 맥락에 있는 것 같다. 첫째, 이 구절은 숟가락이 밥그릇에 부딪히는 소리의 느낌을 설명하기 위해 도입된 가상의 존재가 아니다. 이것은 시 안에서 명백히 실재하는 것으로서 화자의 구체적 시공간에 존재한다. 둘째, 그러므로 이 구절은 숟가락이 밥그릇에 부딪히는 소리를 설명하고 사라지는 것이 아니라, 거꾸로, 아이들이 밥 먹는 소리에서 의미를 지원받아 더욱 풍부한 화자의 현실을 구성한다.

이 경우 우리는 이것을 단순히 '보조 관념'이라고 부를 수 있는가? 여기서 원관념과 보조 관념을 나누어 설명하는 것은 타당한가? 이것을 일반적인 비유라고 하기에는 어쩐지 이상하지 않은가? 이 글은 이 미묘하면서도 중요한 차이에 대한 글이다.

수사학과 비유론

은유의 역사를 요약하기 전에 이 글에서 사용하는 '수사학'과 '비유론'이라는 용어에 대해 간단히 언급하도록 하자. '수사학(rhetoric)'이라는 용어에는 다양한 의미가 있지만, 이 글에서는 '줄어든 수사학'[2], 곧 '비유론'과 같은 의미로 사용한다. 그러니까 이 글에서 사용할 용어는 고전적인 의미의 '설득과 논증의 수사학'이 아니다. 소크라테스와 플라톤 시대의 고전적 수사학이 이른바 변증술(dialektik)과 관련되어 말과 관련된 모든 것을 포괄하는 반면에, 우리 시대에 수사학이라는 용어는 비유론으로 축소되는 경향이 있다.

한편, '비유론(tropology)'에서 '비유'라는 것은 언어적 '의미 전이' 전반을 일컫는 용어이다. 이와 관련된 용어들, 가령 문체, 문채, 비유 등은 사용하는 사람들마다 의미의 편차가 조금씩 다르다. 이 글에서는 '문채(文彩)'라는 용어를 'figure'에 해당하는 것으로, '비유'는 'trope'에 해당하는 것으로 쓰기로 한다. 문체는 물론 'style'이다. 'figure'는 어원으로 볼 때 말의 외양을 의미하는 '문채'에 해당하고, 'trope'는 '전의(轉義)'나 '형용(形容)'으로 쓰기도 하는데, '비유'라는 일반적인 표현을 쓰는 것이 적절한 것 같다. 이 둘은 유사한 함의를 지니지만, 전통적 용법에서 'figure'는 언어적 의미 변환의 문제로 제한되는 'trope'보다 그 범위가 더 넓다. 'figure'는 말과 문장의 '외적 이미지'로서 표현 문제 전반을 다루는데, 여기에는 음성 반복이나 리듬의 문제, 아이러니나 알레고리, 그리고 은유 등이 모두 포함된다. 요컨대 'figure'라는 용어는 '말의 문채(trope)'뿐만 아니라 '사유의 문채'도 포함하기 때문에, 'figure'는 'trope'를 포괄하는 용어로 설정된다. 이 경우 문체(style)는 문채와 비유를 포괄하는 상위 항목이다. 요약하자면, 비유⊂문채⊂문체의 포함 관계를 설정할 수 있다.

하지만 이 관계의 공식이 절대적인 것은 아니다. 왜냐하면 모든 비유가 문채인 것은 아니며, 모든 문채가 문체에 포함되는 것도 아니기 때문이다. 예를 들어, '의자의 다리'라든가 '결심이 흔들린다' 같은 표현은 비유에 해당하지만, 다른 대체어를 지니지 않은 채 일상화된 표현이기 때문에 문채라고 보기 어렵다.

'수사학'이나 '비유론' 같은 용어에 대한 우리 시대의 관심은 형식주의, 구조주의, 미시 분석 등의 경향과 관련이 있다. 형식주의나 구조주의가 이미 지난 시대의 유산처럼 되어버린 지금, 수사학이나 비유론에 대한 관심 역시 한때의 유행처럼 지나가버린 것 같다. 그것은 언어적 차원의 관심을 환기하고는 곧 사라져버렸다.

하지만 수사학이나 비유론의 진정한 의미는 언어의 차원을 넘어 세계 감각 혹은 세계 인식과 관련될 때 드러난다. 수사학과 비유론은 세계를 바라보는 인간의 시선에 내재한 범주와 구조를 재현하고, 그 시선의 특성을 설명할 수 있는 유효한 방식이다. 가령 17세기 이후 은유가 쇠퇴하게 된 것은 중세적 세계관의 몰락과 밀접한 관련이 있다는 장 루세의 주장[3] 같은 것은 아직도 곱씹어볼 만하다.

은유 약사(略史)

잘 알려져 있듯이, 아리스토텔레스에게 은유란 "어떤 한 사물에 속한 명칭을 유비에 따라 속에서 종으로, 종에서 속으로, 혹은 종에서 종으로 전이시키는 것"[4]이다. 이 문장과 관련하여 우리에게 중요한 문제를 두 가지만 짚고 넘어가자.

하나는 '전이(轉移, the transfer)'라는 표현이다. 아리스토텔레스 시대부터 은유, 즉 비유란, 의미의 '전이'를 뜻하는 것으로 사용되었다. 전이란 의미가 어떤 대상에서 어떤 대상으로 옮겨간다는 것을 뜻한다. 즉, 은유를 포함한 모든 비유는 하나의 대상을 설명하기 위해 다른 대상을 빌려 '대신' 말하는 것이다. 우리는 그래서 모든 비유에서 실체와 대리물을 구분해낼 수 있다. 실체는 비유의 목적이 되는 원래의 대상이나 관념이며, 대리물은 실체의 의미를 효과적으로 전달하기 위해 도입된 것이다. 이 실체/대리물의 관계는 원관념/보조관념, 시작 어휘/결과 어휘(뮈 그룹), 1차 주제/2차 주제(막스 블랙), 취지/매체(I. A. 리차즈) 등의 다양한 용어로 변주되어 불린다. 이 용어들은 만든 사람에 따라 강조점이 다르긴 하지만, 중요한 것은 이러한 분할이 고전적 비유론에서뿐만 아니라 우리 시대의 비유론에서도 똑같이 적용된다는 것이다. 야콥슨 정도를 예외로 생각한다면, 비유를 원관념과 보조 관념의 구조로 환원시키는 것은 보편적인 방식이다. 이는 앞으로 우리의 논의에서 중요한 의미를 지닌다.

또 하나 언급해야 할 것은 은유라는 용어가 아직 분화되지 않았다는 것이다. 아리스토텔레스가 사용한 '은유(metaphora)'라는 단어는 어휘 차원에서 이루어지는 모든 비유를 포함하는 일종의 대표어이다. 이때 은유는 환유나 제유 등 다른 비유들을 모두 포괄하면서 아날로지, 혹은 유추적 의미 전이 전반을 포괄하는 단어가 된다. 은유가 '비유'라는 단어와 동일한 의미로 쓰이다가 비유의 하위 항목으로 기각된 것은 르네상스에서 19세기에 이르는 시기라고 한다. 이후 현대의 비유론들은 비유라는 단어에 포함되는 하위 항목의 숫자와 중요도를 놓고 다양한 견해를 제출하는 방향으로 진행된다. 가령 뮈 그룹(Group μ)이나 토도로프, 로트만 등은 각기 서로 다른 도식을 설정하여 비유의 하위 항목들을 설명한다.

비유의 종류와 구조에 대한 논의에서 현재 가장 널리 퍼져 있는 주장은, 은유를 유사성의 원리로, 환유를 인접성의 원리로 보는 이원론이다. 환유가 하나의 독립적 비유로 자리 잡은 것도 아주 오래된 일은 아니며, 나아가 은유에 대립하는 비유의 한 축을 담당하게 된 것은 상대적으로 최근의 일이다. 특히 이러한 이원론적 경향은 예이헨바움에서 야콥슨으로 이어지는 문예학의 흐름 속에서 나타난다. 예이헨바움은 1923년의 저작 『안나 아흐마토바』(*Anna Akhmatova*)에서, 아흐마토바의 시를 은유에 대한 무관심과 산문화된 통사적 연결에 대한 경도로 설명했다.[5] 이러한 설명에는 은유적 양식과 환유적 양식의 대립적 관계가 어렴풋이 암시되어 있다. 중요한 것은 예이헨바움이 이를 통해서 아흐마토바의 시어가 가지는 구체성을 강조했다는 점이다. 오늘날의 시각으로 보면, 이 구체성이 아흐마토바의 환유 지향성과 무관하지 않다는 것은 당연하다.

은유와 환유가 배타적인 이항 대립으로 온전히 설정된 것은 야콥슨이 1935년에 쓴 파스테르나크론과 1956년에 쓴 논문 「언어의 두 양상과 실어증의 두 유형」에 이르러서다.[6] 특히 실어증에 대한 실증적인 논문인 후자의 글에서 야콥슨은 은유와 환유를 모든 기호학적 구조의 원리로 승격시킨다. 그는 소쉬르의 구조 언어학에서 기원한 통합 축과 계열 축의 관계를 은유의 축과 환유의 축이라는 대립항으로 구조화시킨다. 은유적인 것은 대조를 포함하는 유사성의 원리를 취하며, 환유적인 것은 광의의 인접성을 제 원리로 삼는다. 야콥슨의 이 완고하고 단순화된 이분법은 많은 비판을 받으면서도 은유와 환유의 이원론에 강력하게 기여했다. 이에 대해서는 앞서 야콥슨 장에서 적어둔 바 있다.

미하일 엡슈테인과 '메타볼'

미하일 엡슈테인(Mikhail Epshtein)의 독특한 비유론을 거론하는 것은, 은유와 환유를 둘러싼 위의 논의에 일종의 암시가 될 수 있기 때문이다. 먼저 엡슈테인을 간단히 소개할 필요가 있을 것 같다.

엡슈테인은 1990년에 미국으로 이주하여 활동하고 있는 러시아 출신의 비평가이다. 이 글에서는 메타볼이라는 비유론에 국한하여 소개하겠지만, 그의 작업은 주로 현대 러시아 문학에 거시적 패러다임을 적용하여 문화사적 입론을 제시하는 데 집중되어 있다. 특히 그의 독특한 탈구조주의적 인식론은 사회주의 리얼리즘을 포스트모더니즘의 하위 항목으로 포함시킬 만큼 급진적이다.[7] 엡슈테인의 논의는, 보리스 그로이스(B. Groys) 같은 이들이 아방가르드와 사회주의 리얼리즘의 연계성을 주장하며 제시하는 '역사적 객관성'을 근거로 삼지 않는다. 엡슈테인의 논리는 사회주의 리얼리즘과 포스트모더니즘의 개념들을 범주적 유사성에 의해 관련시킨 결과로, 다소 과격한 비약이 내재해 있어서 비판의 여지가 많아 보인다. 이에 대해서는 사회주의 리얼리즘 장에서 이미 언급한 바 있다. 다만 지금 우리의 관심은 그의 거시적 문화론이 아니라 미시적인 비유론이다. 엡슈테인은 은유적 유사성과 환유적 인접성으로는 설명할 수 없는 또 다른 비유가 가능하다고 생각했다. 그는 이 비유에 '메타볼(metabole)'이라는 이름을 붙여 설명한다.

'메타볼'이라는 이름 자체가 엡슈테인의 창작물은 아니다. 이 단어는 '의미 전이'에 관련된 모든 종류의 언어 조작을 총칭하는 희랍어로, 이미 뮈 그룹이 사용한 바 있다. 뮈 그룹은 『일반 수사학』의 서문에서 '메타볼 중 가장 명성을 얻은 메타포의 첫 글자인 μ를 그룹의 명칭으로 삼는다'라고 적었다. 이때 '메타볼'이란 희랍어에서 '의미를 넘겨주다'라는 뜻을 지니고 있다. 요컨대 뮈 그룹에게 메타볼은 의미 전이 전반을 일컫는 광의의 어휘로 '비유'에 상응하는 넓은 의미를 지니고 있었다. 뮈 그룹의 맥락에서 메타볼 중 가장 중요한 것은 메타포(은유)이다. 뮈 그룹은 시작 어휘(initial word)와 결과 어휘(resultion word), 그리고 이 둘을 매개하는 중간항(the middle term)의 존재로 메타포를 설명했다. 시작 어휘는 우리가 흔히 쓰는 원관념을 뜻하며, 결과 어휘는 보조 관념을 지시한다.

엡슈테인은 메타볼이라는 이름과 시작 어휘, 결과 어휘, 중간항 등의 용어들을 빌려 새로운 개념의 비유를 제안한다. 그는 중간항이 문면에 나타나고, 이 중간항을 통해서 시작 어휘와 결과 어휘가 서로를 맞바꿀 수 있는 비유를 보여준다. 그가 든 예문 가운데 가장 단순한 것은 이런 것이다.

> ㄱ. **은유** 마음이 타오른다. (The heart burns)
> ㄴ. **메타볼** 마음이 가을처럼 부드럽게 타오른다. (The heart burns softly, like autumn)[8]

ㄱ은 전형적인 은유문이다. 여기서 '마음'은 시작 어휘이고 '타오른다'는 결과 어휘이다. '타오른다'는 것은 '마음'의 상태를 설명하기 위해 도입된 가상의 이미지이다. 타오르는 불은 발화자의 맥락 안에 실제로 존재하지 않는다. '타오른다'는 다만 의미의 '전이'를 위해 빌려온 것일 뿐, 구체적 실재성을 지니지 않는다는 뜻이다. 당연히, 이것은 원래의 대상에 의미를 덧붙이고 난 이후에는 사라진다. '타오른다'는 '마음'에 의미론적으로 완전히 종속되어 있기 때문에, 이 보조 관념은 임무를 완수하고 나면 불필요해지는 것이다. 이러한 현상은 은유와 환유뿐만 아니라 '대체'와 '전이'를 사용하는 모든 비유들에 공통된 것이다.

하지만 ㄴ의 문장은 꼭 그렇지 않은 것 같다. 이 문장에서는 '타오른다'가 '마음'과 '가을'을 기묘하게 매개하고 있다. 여기서 '가을'은 단순한 보조 관념이 되지 않는다. 예컨대 화자가 가을의 낙엽 속에서 연인에 대해 생각하고 있는 풍경을 떠올려보자. 이때, '마음이 가을처럼 타오른다'의 '가을'은 의미의 '전이'를 위해 도입되어 원관념을 설명하고 사라지는 보조적인 관념이 아니다. '마음'과 '가을'은 '타오름'을 매개로 해서 하나의 문맥에 위치하고 서로 독립성을 획득한 채 상호작용한다. '가을'은 헛것으로 기각되지 않고 화자의 현실에서 절정기를 구가한다. 요컨대 '가을'은 '마음'을 설명한 후에 지워지는 것이 아니라 '마음'에 의해 오히려 풍요로운 의미를 획득하는 것이다. '가을' 역시 화자의 '마음'처럼 타오르고 있기 때문이다. 그렇다면 이 문장에서 원관념과 보조 관념, 혹은 시작 어휘와 결과 어휘를 구분하고 확정할 수 있을까? 그렇지 않은 것 같다. '가을'과 '마음'은 상호 침투하는 독립된 리얼리티가 된다. 이런 것을 엡슈테인은 '메타볼적인 상호작용'이라고 불렀다.

이때 '가을'과 '마음'이 독자성을 지닌 '메타볼적' 리얼리티가 되는지 안 되는지는 그 구절이 속한 '맥락'에 의해서 결정된다. 맥락과 전체가 없이 하나의 통사 단위의 문장만으로는 메타볼적인지 아닌지를 확정할 수 없다. 하긴 이런 것은 메타볼뿐만이 아니라 모든 비유에 다 적용된다. 많은 경우, 맥락이 없으면 비유도 없다. 예를 들어 '빵만으로는 살 수 없다'라는 문장을 생각해보자. 이 문장에서 '빵'이 비유적으로 쓰인 단어인지 아닌지는 사실 통사 단위에서는 결정되지 않는다. 이 문장이, 인간의 식생활에는 '빵'뿐만이 아니라 '육류'라든가 '물'도 필요하다는 것을 뜻하는 것이라면, 이때 '빵'은 비유가 되지 않는다. 그것은 그냥 빵이다. '빵'이 인간의 식생활 전체를 포괄하는 비유(제유)로 기능하는 것은, 문장 단위가 아니라 문장이 위치한 텍스트와 담론을 고려할 때만 가능하다. 메타볼 역시 다른 비유들과 마찬가지로 맥락에 의지하여 존속한다.

또 다른 예로 엡슈테인은 이반 즈다노프(Ivan Zhdanov)의 시 가운데서 한 연을 적어놓고 있다. 이번 예는 일반적인 은유문과는 확연히 다르고 좀 난해하다.

> 새들의 부리에 물린 바다는—비.
> 별에 담긴 하늘은—밤.
> 나무의 이루어지지 않는 몸짓은—회오리바람.

여기서 '새들의 부리'는 바다와 비를 매개하면서 바다와 비를 동일한 지평에 놓게 만든다. 바다와 비라는 이미지는 '새들의 부리'에 의해 어느 한쪽이 원관념이며 다른 하나는 가상의 '보조 관념'이라고 말할 수 없게 된다. '별에 담긴 하늘은—밤'이라는 구절과 '나무의 이루어지지 않는 몸짓은—회오리바람'이라는 구절 역시 마찬가지다. 둘째 행에서 '하늘'과 '밤'은 '별'을 통해 독립적인 리얼리티를 상실하지 않고 연결된다. '나무'와 '회오리바람' 역시 어느 한쪽이 실재이고 다른 쪽은 가상이라고 확정할 수 없다. 확실히 위의 구절들은 미묘한 데가 있는데, 엡슈테인은 이를 이렇게 설명한다: "본질적으로 메타볼은 '두 겹의 고리'이다. 이것은 자체적으로 펼쳐지고 자체로부터 발전해가는 다차원적 리얼리티가 마치 뫼비우스의 띠처럼 천천히 회전하는 소용돌이 속에서 짜이는 것이다. 여기서는 어떤 경계나 단절을 규정하는 것이 불가능하며, 어느 지점에서 안이 바깥이 되고 축어적인 것이 비유적인 것이 되는지, 혹은 그 반대가 되는지를 확정하는 것은 불가능하다. (……) 그래서 여기서는, 직유나 은유처럼 '비슷해지는' 실재의 대상과 '비슷하게 만들기 위해 도입된' 임시적이고 가상적인 대상이 확실히 나누어지는 일이 없다."[9]

아리스토텔레스 이후 은유를 포함한 비유는 '전이'와 '대체'의 수사학이었다. 하지만 엡슈테인이 메타볼이라고 부른 의미 작용에서는 '전이'와 '대체'가 모호해진다. 의미는 이것에서 저것으로 옮겨가지만, 동시에 저것에서 이것으로 옮겨오는 것이다. 그래서 이것과 저것은 독립적이며 자립적으로 존재하면서 서로 융합한다. 이것이거나 저것 둘 중의 하나로 환원되는 것이 아니라, 이것과 저것을 넘어서는 새로운 지평이 펼쳐지는 것이다. 이것은 막스 블랙 등이 주장하는 은유의 상호작용론을 넘어선다. 상호작용론에서는 말하고자 하는 것과 이를 위해 빌려온 것이 여전히 경계선을 갖지만, 메타볼에서는 그 경계 자체가 모호해지는 것이다.

그래서 이 '메타볼적' 현상 안에서는 본질과 비본질이 확정되지 않으며, 실체와 임의로 도입된 헛것의 경계가 모호해진다. 앞서 말했듯이, 은유를 포함한 모든 비유는 본질과 실체를 설명하기 위해서 비본질적인 것, 헛것, 혹은 가상의 대상을 도입한다. 그녀의 눈을 별에 비유할 때, 별은 가상으로서 그녀의 눈이라는 본질과 실체를 설명하기 위해서만 존재한다. 이 과정 안에서 화자의 주관성은 전권을 행사하면서 실체와 가상을 매개한다. 그런데 메타볼 안에서는 본질과 비본질, 실체와 가상의 경계가 모호해지면서, 비유를 이루는 각 항목들이 서로 객관적이며 독자적인 실체로서 인정받는다. 이것은 뜻밖에 화자의 주관성과 화자의 권력을 약화시킨다. 비유항들의 독자성과 상호작용이 확보되면서, 그것들은 서정적 자아의 주관성에 온전히 함몰되지 않고 독자적 사물성을 보존한다.

메타볼, 혹은 '제3의 비유'

엡슈테인은 메타볼이라는 것을 일종의 새로운 비유로 등재시키고자 했다. 여기서는 은유적 유사성이나 환유적 인접성으로는 설명되지 않는 새로운 의미 창출 현상이 일어난다는 것이다. 그에 의하면, 메타볼적 상호작용에서는 의미의 일방적인 '전이'가 이루어지지 않고, 유사성이나 인접성으로는 설명되지 않는 복합적인 과정이 진행된다. 그래서 메타볼은 '제3의 비유'로 명명된다. 물론, 엡슈테인의 이러한 설명을 따라가다 보면 뭔가 다소 과장된 듯한 느낌이 드는 것도 사실이다. 이를 두어 가지로 정리해보면, 비유론을 둘러싼 논점이 무엇인지 다시 확인하는 계기가 될 수 있다.

첫째, 그는 메타볼적 의미 작용이 유사성과 인접성으로 환원되지 않는 독자적인 비유라고 주장하지만, 메타볼의 비유항들 사이에서 일어나는 현상은 유사성이나 인접성과 '무관'한 것이 아니라 오히려 그 둘 다라고 할 수 있다. '마음이 가을처럼 타오른다'는 문장은 유사성이나 인접성과 무관한 것이 아니라, 유사성과 인접성이 적극적이며 복합적으로 상호작용한 결과이다. 우선, 여기에는 '마음이 타오른다'와 '가을이 타오른다'라는 두 은유문이 결합되어 있으며, 동시에 '마음'과 '가을'의 두 항목은 발화자를 중심으로 하나의 시공간적, 통사적 인접성에 의해 결합하는 것이기 때문이다. 요컨대 '타오른다'를 통해 '마음'과 '가을'의 의미론적 상호작용이 이루어진다는 '메타볼적 의미 작용'은 실상 두 개의 은유적 의미 전이가 환유적 인접성의 지원을 통해 결합된 형태인 것이다. 이렇게 본다면 '메타볼'은 제3의 비유라기보다는 은유와 환유의 복합적인 상호작용이라고 하는 것이 좀 더 타당하다.

엡슈테인의 메타볼에는 또 한 가지 맹점이 있는 것 같다. 현대 수사학에서 이러한 '메타볼적' 사물성의 보존은 이미 '환유적'이라는 이름으로 설명이 가능하다는 점이다. 앞의 각주에서 우리는 야콥슨의 환유론이 아리스토텔레스 이후의 비유가 지닌 '대체'나 '전이'의 특성을 넘어서 있다고 말했다. 야콥슨이 말하는 환유적 인접성은 이미 문장 구성의 원리로까지 승격되면서, 전통적인 의미에서의 수사학 논의를 넘어서 있기 때문이다.

예를 들어, 야콥슨의 생각에 따르면, 환유적 인접성이 지배하는 세계는 은유적 유사성이 지배하는 세계에 비해 훨씬 리얼리즘적이다. 왜냐하면 인접한 사물에서 인접한 사물로 옮겨가는 환유적 의미 전이는, 하나의 사물이나 관념을 설명하기 위해 헛것으로서의 사물을 빌려오는 은유적 의미 전이에 비해 비유항들의 리얼리티를 보존하기 때문이다. 예를 들어, 톨스토이가 안나 카레니나의 성격을 설명하기 위해 그녀가 가지고 있는 핸드백을 집요하게 묘사한다고 하자. 핸드백은 그녀에게 인접한 사물로 그녀를 설명하기 위해 도입된 것이지만, 그렇게 도입되고 사라지는 것이 아니라 독자적 사물성을 보존한 채 안나 카레니나의 현실에 남는다. 리얼리즘 소설은 이러한 환유적 인접성에 집착한다. 그래서 작가는 인물에서 사물로, 사물에서 또 다른 사물로, 그리고 사물에서 인물로 끊임없이 옮겨간다. 그리고 종내는 선적(線的)인 플롯으로 포커스를 이전하는 것이다.

리얼리즘 소설과는 반대로, 낭만주의 시라든가 상징주의 소설은 은유적이며 상징적인 대체 작용을 근간으로 한다고 설명할 수 있다. 낭만주의 시대의 상투어구인 '바다에 떠가는 배 한 척'을 떠올려보자. 이때 바다는 거칠고 광활한 세계의 대리물이며, 배 한 척은 고독한 자아의 대리물이다. 여기서 바다나 배는 가상으로 자아의 고독한 여로를 환기하는 것을 임무로 한다. 그것은 정말 실체로서 존재하는 바다나 배가 아니다.

그러므로 환유는 리얼리즘에, 은유는 낭만주의에 친연성을 보인다. 이러한 야콥슨의 논의에서 '환유적'인 것은 사물에서 사물로, 문장 성분에서 문장 성분으로, 플롯에서 플롯으로 이전할 뿐, 궁극적으로는 '대체의 수사학'이 아니다. 그렇다면 엡슈테인의 메타볼이란 결국 야콥슨적 환유의 변종은 아닌가? 메타볼은 은유나 환유의 '특이한' 경우이거나, 은유에 환유적 특성을 부가한 것은 아닌가? 이를 '제3의 비유'라는 독립된 비유로 승격시키는 것은 곤란하지 않은가?

물론 이런 질문에 대답하는 것이 우리의 과제는 아니다. 우리에게 중요한 것은 그것이 새로운 용어로서 자격이 있는가 없는가가 아니다. 실은 엡슈테인이 메타볼이라는 개념을 통해 말하고자 했던 것 역시 새로운 비유의 명칭 자체가 아니다. 그는 메타볼이라는 현상을 통해 새로운 문학사적 징후를 설명하고자 했다. 20세기 중후반의 시적 흐름에서 이른바 '메타리얼리즘(metarealism)'이라고 불리는 경향이 있다. 메타리얼리스트들은 구체적인 사물성과 사물성을 잇대어 모종의 영원성에 닿고자 한다.[10] 메타리얼리즘은 19세기의 전통적 리얼리즘이나 20세기의 사회주의 리얼리즘과 변별되는 새로운 리얼리즘적 경향을 지칭한다. 그것은 19세기 리얼리즘처럼 플롯이나 선적인 인과론에 집착하지 않으며, 사회주의 리얼리즘처럼 현실에 대해 관념적 도식을 강요하지 않는다. 그것은 구체적인 현실 세계의 복합성에 주목하면서, 인간의 주관적이며 일원적인 시선을 넘어서려는 지향을 일컫는다. 사물과 사물을 잇는 메타볼적 과정이 필요한 것도 이러한 요소 때문이다.

요컨대, '메타볼'이라는 미시적 비유론은 세계를 새로운 방식으로 대면하고 재현하려는 노력을 설명하기 위한 것이다. 이러한 엡슈테인의 노력이 얼마나 성공적이며 유효한 것인지는 잘 모르겠다. 하지만 분명한 것은, 비유라는 것은 언제나, 세계 감각 혹은 세계관과 은밀하게 내통한다는 점이다. 비유의 내부를 따라가면, 언어의 바깥에 객관적으로 존재하는 저 무한한 세계를 바라보는 우리의 감각 구조를 만날 수 있다. 엡슈테인의 메타볼 이론 역시 미시적인 언어의 의미론에서 출발하여 세계관의 차원에 닿고자 하는 노력을 보여준다. 그것이 얼마나 타당한가에 대한 결론은 유보했지만, 이를 통해 우리는 비유론의 지평을 조금은 넓힐 수 있을는지도 모른다.

탈신화, 혹은 맥락의 예술

모스크바 개념주의

개념주의

개념주의(conceptualism)는 말 그대로 '개념'에 의존하는 예술이다. 이것은 문학보다는 주로 미술사에 적용되는 용어로, 핵심은 '오브제'를 버리고 '아이디어'를 전면에 배치하는 것이다. 이렇게 말하면 곧 떠오르는 사람이 하나 있다. 마르셀 뒤샹.

개념주의는 일반적으로 1960년대에 시작된 것으로 간주되지만, 넓게 생각해보면 세기 초의 뒤샹까지 거슬러 올라갈 수 있다. 뒤샹의 레디메이드야말로, 개념주의라는 용어와 무관하게 '개념'을 무기로 삼았던 최초의 시도라고 할 수 있다. 너무 많이 거론되어서 이젠 상투적으로 느껴질 정도지만, 그의 작품 〈샘〉(1913)은 '오브제'가 아니라 '아이디어'가 지배하는 작품으로서는 확실히 '고전'이자 '기원'에 속한다. '아이디어'가 텍스트를 이루었기 때문에, 뒤샹은 변기에 손 하나 대지 않았는데도 변기라는 오브제를 제 '작품'으로 만들 수 있었다.

그렇다고 해서, 오브제를 버리고 가벼운 '콘셉트'만으로 '예술'을 하는 것으로 개념주의를 오해해서는 안 된다. 무엇보다도 개념주의는 '오브제'를 지배하는 인간의 정신성, 인간의 감정, 인간의 인간성 그리고 궁극적으로 예술의 예술성까지를 '헛것'으로 만들어버리려는 미적 노력이기 때문이다. 그것은 미술사를 지배하던 '과포화된 정신'과 '오브제주의'에 대한 현대적 부정이며, 텅 빈 개념을 통해 충만한 개념을 부정하려는 시도이다. 흔히 개념주의 미술의 선구로 불리는 미니멀리즘은 최소의 디자인과 최소의 형태적 구성물만을 제시함으로써 사유와 사상과 이념과 상징을 최소화했다. 정신성은 거세되고, 최소한의 선과 면만이 남는다. 최소의 형식, 이것이 미니멀리즘의 모토였다.

개념주의는 이 선과 면까지 지워버린다. 그러고는 이미 존재하는 사물들, 이미 존재하는 재료들을 텍스트 내부로 끌어들이기도 한다. 예술의 '자율적' 영역은 부정되고, 예술은 예술 바깥과 구분되지 않는 지경에 이른다. 그런 의미에서 개념주의 미술은 아방가르드적 형식 실험의 연장이라고도 할 수 있는데, 이것은 특히 미국을 비롯한 서구 유럽 개념주의의 일반적인 경향이다. 하지만 어떤 개념주의적 시도는 지극히 역사적이며 사회적인 맥락 안에서 진행될 수 있다. 남미 등지에서 변용된 개념주의가 그러하다고 하는데, 러시아 개념주의 역시 그 적절한 사례 중의 하나가 될 수 있다.

소츠-아트에서 개념주의로

모든 예술은 이전까지 존재해왔던 예술적 양상에 대한 반응이라는 점에서는 기본적으로 '메타-예술적' 면모를 지니고 있다. 하지만 서구 개념주의는 미술사 내부의 미적 개념에 대한 전복을 의식한다는 점에서 적극적인 메타-예술로 이해될 수 있다. 러시아의 개념주의 예술 역시 메타-예술적 특성을 유지하기는 하지만, 서구에 비해 지극히 사회적이며 역사적인 양상을 띠게 된다.

우리나라도 그렇지만, '역사성'과 '정치성'이 미적인 패러다임을 압도하는 것은 신산한 역사를 지닌 나라에서는 공통된 현상이다. 전쟁과 혁명과 반혁명으로 점철되어온 20세기 러시아의 경우는 말할 나위가 없다. 서구의 개념주의가 미니멀리즘을 뿌리로 하여 탈정신적이며 때로는 탈정치적인 전위예술의 한 지류를 이루었다면, 러시아의 개념주의는 소츠-아트(Sots-Art)를 뿌리로 하여 스탈린주의에 대한 미적 전복이라는 지극히 정치적인 테마를 중심으로 전개되었다.

소츠-아트는 '사회주의 리얼리즘'과 '팝 아트'의 합성어(블라디미르 페페르니)로, 사회주의 리얼리즘이라는 '공식문학(official literature)'에 대한 미적 저항을 모토로 삼았다. 레닌과 스탈린의 이미지를 앤디 워홀의 메릴린 먼로나 코카콜라의 층위로 끌어내리는 것. 이 대중문화적 유희가 소츠-아트의 핵심이다.

미적 전위가 곧 정치적 전위가 되는 것은 지극히 러시아적인 현상이다. 1970-1980년대 모스크바를 중심으로 나타난 개념주의는 일리야 카바코프(I. Kabakov) 등의 화가들과, 드미트리 프리고프(D. Prigov), 레프 루빈슈테인(L. Rubinshtein) 등의 시인들을 중심으로 전개되는데, 이들이 살아내던 당대는 스탈린주의와 사회주의 리얼리즘이 황혼기를 맞을 무렵이었다. 스탈린은 1950년대의 해빙기 이후 끊임없이 '청산'의 대상이 되었고, 사회주의 리얼리즘은 안팎으로 그 '공식문학'으로서의 한계를 절감하고 있었다.

러시아의 개념주의는 소비에트 시대의 종말론적 징후와 그 예후에 대한 예술가들의 반응이었다. 강력한 역사적 격변이 당대를 살아가는 예술가들의 미적인 반응을 이끌어내는 것은 자연스러운 일이다. 그러니까 러시아 개념주의 예술이 서구의 개념주의와 다른 점을 한마디로 정리한다면, 명료한 카운터파트를 가지고 있었다는 것으로 요약될 수 있다. '소비에트적인' 모든 것이 개념주의의 유희적 표적이 되었던 것이다.

모스크바 개념주의자들이 채택한 방법은 노골적인 부정과 전복이 아니었다. 그들은 우선 소비에트 문화의 클리셰들을 그대로 텍스트로 가져왔다. 소비에트의 이데올로기적 구호와 사회주의 리얼리즘의 상투어구들과 사회주의 인민 대중의 집단적인 의식이 작품의 내부로 들어온다. 그들은 자신의 관점에서 그것들을 해석하고 논평하는 대신, 그저 중성적인 '재현의 재현'만을 수행했다. 재현되어 있는 것을 다시 재현하는 이 겹-재현(re-representation)의 전략은, 재현과 겹-재현 사이에 아이러니적 거리를 생성시키기 위한 것이다. 이런 방식의 '재배치'만으로도 '탈영토화'는 수행되는 법이다. 그것은 '키니시즘(kynicism)'의 전략, 즉 지배 이데올로기의 비장한 구문과 텍스트들을 진부하거나 일상적인 콘텍스트에 의식적으로 배치함으로써 희화화하는 방식을 닮았다. 이 키니시즘적 전략은 말 그대로, '냉소적(cinical)'이다.

가령 카바코프의 어떤 설치 미술들은 소비에트 시대의 물품들을 한곳에 모아놓는 것만으로 그 목적을 성취한다. 문서들이 가득한 벽에 삽을 걸어놓고 〈삽〉이라는 제목을 붙인다거나, 소비에트의 포스터들을 한곳에 모아 붙여놓는 설치 작업들이 그렇다. 또한 아파트의 쓰레기통을 옮겨놓을 당번의 순서를 무려 6년 후까지 기록해놓은 리스트는 〈쓰레기통을 옮겨놓기 위한 시간표〉라는 제목으로 하나의 작품이 된다. 이 '시간표(Raspisanie)'가 소비에트의 관료주의에 대한 냉소로 받아들여져야 한다는 것은 자명하다. 카바코프의 텍스트 바

같에서 저 중성적이거나 정치적인 사물들은 강력하고 권위적인 '의미'로 충만해 있었지만, 텍스트 내부로 들어오는 순간 그것들은 '의미'를 잃고 허망한 키치, 허망한 모조품으로 변형된다. 이 냉소적 변형의 순간이야말로, 개념주의의 의도가 성취되는 순간이다.

스테레오 타입의 시학

이제 과거의 삶과 예술을 지배했던 '스테레오 타입'들이 텍스트의 내부로 호명된다. 아무런 주석이 없는 호명만으로도, 저 낡고 권위적인 기호들의 의미는 텅 비어버린다. 이것을 아이러니의 미학이라고도 불러도 좋을 것이다. 엡슈테인의 표현을 빌린다면, 그것은 '스테레오 타입의 시학'이라고 지칭될 수도 있다.[1]

소비에트 시대의 클리셰들은 의미의 과잉을 특징으로 삼는다. 의미의 과잉은 소비에트 미학만의 문제가 아니라, 모든 정치 구호와 캠페인 미학의 일반적인 특징이기도 하다. 예컨대 박정희 시절의 "잘 살아보세"라는 새마을운동의 구호가 문제인 것은, 그 구호의 '의미'가 잘못되었기 때문이 아니라, 그 '의미'가 과포화의 과정을 거치면서 어쩔 수 없이 권위적이며 억압적인 속성을 띠게 되기 때문이다. 이 구호/기호/의미는 다른 종류의 가능한 기호/의미들을 폭력적으로 억압한다. 모스크바의 개념주의자들이 수행한 것은 이 '과잉 의미'를 비워버리는 작업이었다고도 할 수 있다. 소비에트의 상투어구들은 러시아 대중의 의식과 무의식에 침전되어 있었으며, 개념주의자들은 이 대중적 의식과 무의식을 지배하는 기호들을 텍스트로 호출하고 호명하였다. 이 호출과 호명 자체만으로도, 저 권위적인 기호들은 텅 빈 아이러니로 충만하게 된다. 그 기호들은 일종의 기만이었으며, 헛것이었으며, 원본 없는 시뮬라크르였던 것으로 기각된다.

문학 분야에서 개념주의는 네크라소프나 프리고프, 루빈시테인이 주도한다. 네크라소프(V. Nekrasov)는 개념주의의 '아버지'라고 불리는 인물인데, 그는 '개념주의(conceptualism)'라는 표현 대신 '컨텍스트주의(contextualism)'라는 표현을 선호했다.[2] 이것은 시사적이다. 결국 러시아 개념주의자들은 당대적 기호의 '맥락' 위에서 작업한 것이기 때문이다. 권위적인 기표들을 유희적인 맥락 안에 재배치함으로써, 원래의 맥락에서 일탈시키는 것. 가령 다음의 시를 보자.

> 페테르부르크는 페테르부르크
> 페트로그라드는 페트로그라드
> 레닌그라드는 레닌그라드
> 정말이지
> 나는 즐겁고
> 또 모두들 즐거워
> 금방 또 또 또
> 기관차는 기관차
> 기선은 기선
> 전신
> 전화
> (……)
> 인민은
> 인민
> 아방가르드는 아방가르드
> 무질서는 무질서
> 역설은 역설
>
> —네크라소프, 「페테르부르크」* 부분[3]

페테르부르크와 페트로그라드와 레닌그라드는 같은 도시의 다른 이름들이다. 페테르부르크는 18세기 초 표트르 대제가 '유럽으로 난 창'을 표방하며 창건한 러시아 제2의 도시다. 이 도시는 20세기 초에는 페트로그라드로, 혁명 이후에는 레닌그라드로 이름이 바뀌었다가, 소비에트 체제가 무너지면서 다시 옛 이름으로 돌아갔다. 이 허망한 이름들을 중성적으로 나열하고, 그 아래에 아이러니적인 어조로 즐거움을 토로할 때, 20세기 러시아의 역사는 텅 빈 개념 유희로 변질된다. 인민과 아방가르드와 무질서들은 불규칙하게 섞이면서 예술과 정치와 역사를 넘나든다. 그것들은 '역설' 속에서 역설을 넘어 아이러니에 가닿는다.

이 아이러니는 명시적인 비판의 전략이 아니며, 그래서 풍자나 정치적 공격과는 전혀 다른 효과를 발휘한다. 그것은 공격의 대상을 공격하기 위한 것이 아니라, 쓰는 자와 읽는 자의 내부에 넓고 깊은 자기 아이러니를 생성시키기 위한 것이다. 그것은 당대의, 당대를 위한, 당대에 의한 아이러니이다.

세상의 끝

그저 세상의 끝

세상의 끝
그리고 모스크바는
중심

모스크바의 중심은
마르크스 거리

조국은 넓고

또

마르크스 거리에서는

특히나

—네크라소프, 「세상의 끝」* 전문[4]

개념주의는 언어적인 정교함을 거부한 채 의도적으로 거칠고 인공적인 어휘들로 텍스트를 채운다. '모스크바'와 '중심'과 '마르크스 거리'와 '조국은 넓다'는 진술들은 이미 '진술'이 아니다. 그것들은 '시인의 목소리'가 사라진 상태에서 건조하고 중성적으로 '배치'될 뿐이다. 소비에트의 서정적이면서도 이데올로기적인 이조는 저 중성적이고 유희적인 어조 속에서 휘발해버린다. 이데올로기에 오염된 어휘들을 의식적으로 끌어들임으로써 그것들의 왜소함을 누설하는 것. 이것은 의미를 부여하는 작업이 아니라 의미를 지우는 작업이라는 점에서 '마이너스적'이다. 기호는 있으되, 그 의미는 헛것이 되어 사라진다. 이제 기호들은 무엇인가를 의미하기를 멈춘다. 세계는 고요해진다. 기호는 침묵하고, 부패해간다.

요컨대 시니피앙과 시니피에의 분리와 괴리를 보여주는 것이야말로 개념주의의 핵심 전략이라고 할 수 있다. 엡슈테인은 그래서 개념주의를 중세적 유명론(nominalism)에 비유하고, 이와 반대로 메타리얼리즘(metarealism)을 중세적 리얼리즘에 대응시킨다.[5] 메타리얼리즘은 실재와 실재를 이어 모종의 정신적 신화를 구축하려는 데 반해, 개념주의는 무능력한 기호와 무능력한 기호를 이어 신화를 해체한다. 이 두 경향은 현대 러시아 시의 근간을 이루는 흐름이지만, 하나는 의미의 충일을, 다른 하나는 의미의 공허를 지향한다는 점에서 대조적이다.

실제로 루빈시테인의 1981년 작품인 「서른다섯 개의 새로운 문서들」은 텅 빈 백지로 된 서른다섯 개의 페이지로 이루어져 있다. '문서 1' '문서 2' 등의 제목이 백지 위에 달려 있고, 텅 비어 있는 모든 페이지의 맨 아래에는 이 텅 비어 있음에 대한 한 문장짜리 설명이 붙어 있다. 그 구절들 가운데 일부를 옮기면 다음과 같다.

- 이곳에는, 물론, 아무것도 없어야 한다.(문서 1)
- 이곳에는 일정한 것은 아무것도 없어야 한다.(문서 2)
- 이곳에는 이미 있는 것을 제외하고는 아무것도 없어야 한다.(문서 3)
- 이곳에는 무엇인가 나타나 존재할 수 있다.(문서 4)
- 이곳에는 지금 일어나는 일은 무엇이든 나타날 수 있다.(문서 9)
- 이곳에는 일정한 생각을 온전히 표현해야 한다.(문서 22)
- 이곳에는 저자의 일정한 입지를 온전히 표현해야 한다.(문서 23)
- 저자의 지향은 온전히 명백해야 한다.(문서 24)
- 그에 대한 반응은 온전히 일정해야 한다.(문서 25)

—루빈시테인, 「서른다섯 개의 새로운 문서들」 부분[6]

백지를 시라고 제시하는 것은 이미 상투화된 '전위적' 기법이다. 하지만 백지를 '문서'로 차용하고, 이를 소비에트 시스템에 대한 패러디로 활용하는 것은 상투적인 것이 아니다. 백지는 갑자기 '맥락' 안으로 들어온다. 이 문서에는 아무것도 없거나, 무엇이든 나타날 수 있다. 또 '일정한' 사건이나 저자의 '지향'이 나타나야 한다. 그러나 그 '일정한 것'이 무엇인지에 대해서는 아무것도 제시하지 않음으로써, 결국 저 일정함은 격렬한 아이러니를 담게 된다. 일정한 것은 실상, 일정한 것은 아무것도 없다는 것뿐이다. 「서른다섯 개의 새로운 문서들」이란, 결국 아무것도 없음으로써만 새로운 페이지들인 셈이다. 그것은 아무것도 의미하지 않는 텅 빈 것을 위해 '해야 한다'라는 의무 조항을 남발하는 '반(反)문서'가 된다. 루빈시테인의 백지들은 소비에트 리얼리즘의 '가득한 미학'에 대해 '텅 빈 미학'을 겹쳐놓는 것이다.

그의 1980년 작품인 「이름 없는 사건」 역시 비슷한 방식으로 텅 빈 세계를 재현한다. 텅 빈 종이의 한가운데에 짧은 단어 두어 개만이 적혀 있는데, 스무 개의 면이 그렇게 간신히 이어져 있다. 그 짧은 문장들은 거의 허무할 정도다. 다음은 그 백지를 빼고 짧은 문장들만을 모아 옮겨 적은 것이다.

> 절대 불가능하오. / 결코 불가능하오. / 불가능하오. / 아마, 언젠가는. / 언젠가는. / 이후에. / 아직은 아니오. / 지금은 아니오. / 지금도 아니오. / 지금도 아니오. / 곧 가능할 거요. / 정말, 곧. / 진짜로, 곧. / 가능할 거요, 기대한 것보다 빨리. / 이제 곧. / 자, 자. / 지금. / 주목! / 자! / 이게 다요. / 끝.
>
> —루빈시테인, 「이름 없는 사건」[7]

이 어이없는 유희는 '없음' 자체를 전경화시킨다. 기대할 것도, 기다릴 것도 실은 없다. 불가능한데 곧 가능해질 '그것'이 무엇인지를 묻는 것은 물론 무의미하다. '그것'은 마치 베케트의 부조리극에서 결코 오지 않는 '고도'처럼 텅 빈 기표이기 때문이다. 기표의 내용은 전혀 중요하지 않으며, 다만 가능과 불가능을 저울질하는 저 희극적인 목소리와 태도만이 전경화된다. 이 유희 역시 불가능한 현재와 가능한 미래 사이에서 인민 대중을 추동했던 소비에트적 태도를 스파링 파트너로 삼고 있다고 할 수 있다. 혹은, 이 유희는 소비에트 관료주의의 상투적인 문구들을 백지 위에 나열함으로써, 저 관료적인 어휘들의 비어 있음을 누설한다고도 말할 수 있다.

탈신화와 개념주의

흰 화면 한가운데에 검은 사각형 하나를 그려놓은 말레비치의 〈검은 사각형〉은 추상미술의 궁극이다. 말레비치의 추상은 근원의 이미지이다. 왜냐하면 그 사각형의 이미지는 이미지 자체의 즉물성을 통해서 무언가를 말하는 것이 아니라, 세계의 모든 이미지를 제 안에 포괄하려는 '신화적' 욕망을 대리하는 것이기 때문이다. 그것은 만상이 불가피하게 취할 수밖에 없는 모든 형태와 형체와 의미를 버리고자 하는 '절대주의적' 자세를 표상한다. 요컨대 저 검은 사각형은 모종의 절대성을 '보여주는 것'이 아니라, 어떤 재현도 불가능한 절대 관념을 '표상'하는 것이다.

말레비치의 〈검은 사각형〉은 '현대의 성상화'라고 불린다. 페오판 그레크와 안드레이 루블료프와 시몬 우샤코프가 그리던 중세의 성상화(聖像畵, icon)들은 인간의 시선과 인간의 의미와 인간의 예술을 추구하지 않았다. 그것들은 현대적 의미의 '미감'을 불러일으키기 위한 '미술'이 아니라, 그 자체가 경배의 대상이 되어야 하는 '제의(ritual)'의 일부였다. 철학의 용어로 그것은 인간의 아름다움을 넘어서는 '숭고미'의 주어일 수 있을 뿐, 인간과 대질해 있는 수평선상의 대상이 아니었다. 말레비치의 추상 작업은 오브제를 지우고, 그곳에 절대적 의미로 충일해 있는 신화적 아이콘을 세우려는 욕망의 소산이다.

굳이 말하자면 1970년대 개념주의자들은 말레비치의 추상 작업과는 정반대의 방향을 택했다고도 말할 수 있다. 말레비치와 달리 그들은 오브제를 지운 곳에서 과거의 신화적 기호들을 해체했다. 이제 신화는 표상되지 않고, 해체된다. 기호들은 신화적 의미를 거세당하고, 텅 비어버린다.

유령과의 스파링

어떤 의미에서 개념주의적 자세를 지닌다는 것은 결국 허무를 견딘다는 것이다. 그들은 현세를 넘어 모종의 절대성을 희구하지 않으며, 현세의 무의미한 진흙탕에서 뒹군다. 가볍고 가볍지만, 이 가벼움을 견뎌내는 것은 그리 쉬운 일이 아니다. 그들은 신화나 종교나 절대성의 지원을 받지 않았으며, 또 문학의 자율성을 믿어 '문학성(literariness)'의 성채로 도피할 수도 없었다. 그들이 할 수 있는 것은 현실과 실재의 시뮬라크르들을 텍스트 안으로 받아들이고, 스스로는 그 텍스트를 떠나는 것이었다. 아이러니의 과포화 아래 시인의 영혼은 타자의 기호들 속에서만 자신을 간신히 드러낼 수 있겠지만, 그것조차 중성적이며 유희적인 맥락 안에서 희끗 지나갈 뿐이다.

그들은 그들이 살아가고 있는 세계에서는 더 이상 '서정시'가 불가능하다는 것을 인정할 수밖에 없었다. 그들은 예술적 '개성'과 자신의 '목소리'를 포기했다. 엡슈테인의 화려한 수사를 빌리면, 그들의 미학은 '부정의 열반(negative nirvana)'을[8] 꿈꾼다. 이제 모든 것은 텅 빈 '무(nirvana)', 그 블랙홀 속으로 사라진다.

그런데, 기묘한 점이 없지는 않다. 그들의 타자, 그들의 스파링 파트너는 대중의 의식과 무의식에 그림자로만 남아 있는 소비에트 체제와 소비에트 미학이었다. 결국 그들은 사라져가는 것을 상대로 싸우고 있었던 셈이지만, 정작 소비에트가 몰락하면서 이 탈권위적 허무주의자들은 그 허무주의에 의해 국제적인 '의미'를 부여받게 된다. 1980년대 말에 미국으로 망명한 카바코프는 1993년 베니스 비엔

날레에서 러시아를 대표하는 작가로 추대된다. 러시아에서 밀려났으므로 러시아를 대표하는 이 아이러니는 그 자체로 20세기 러시아의 딜레마이자 냉전 구도의 흔적이기도 하다.

결국 중심과 주변의 진자운동은 불가피한 것이겠지만, 오늘날 포스트-소비에트의 예술가들에게 중요한 것은 소비에트라는 유령을 비판적으로 회고함으로써 얻는 '역후광'에서 벗어나는 일인지도 모른다. 소비에트 문화를 넘어서는 것뿐만 아니라, '소비에트 문학에 대한 조의문'을 넘어서는 것, 지금은 오히려 이것이 중요해 보인다. 결국 필요한 것은 '안티테제'가 아니라 '테제'이기 때문이다.

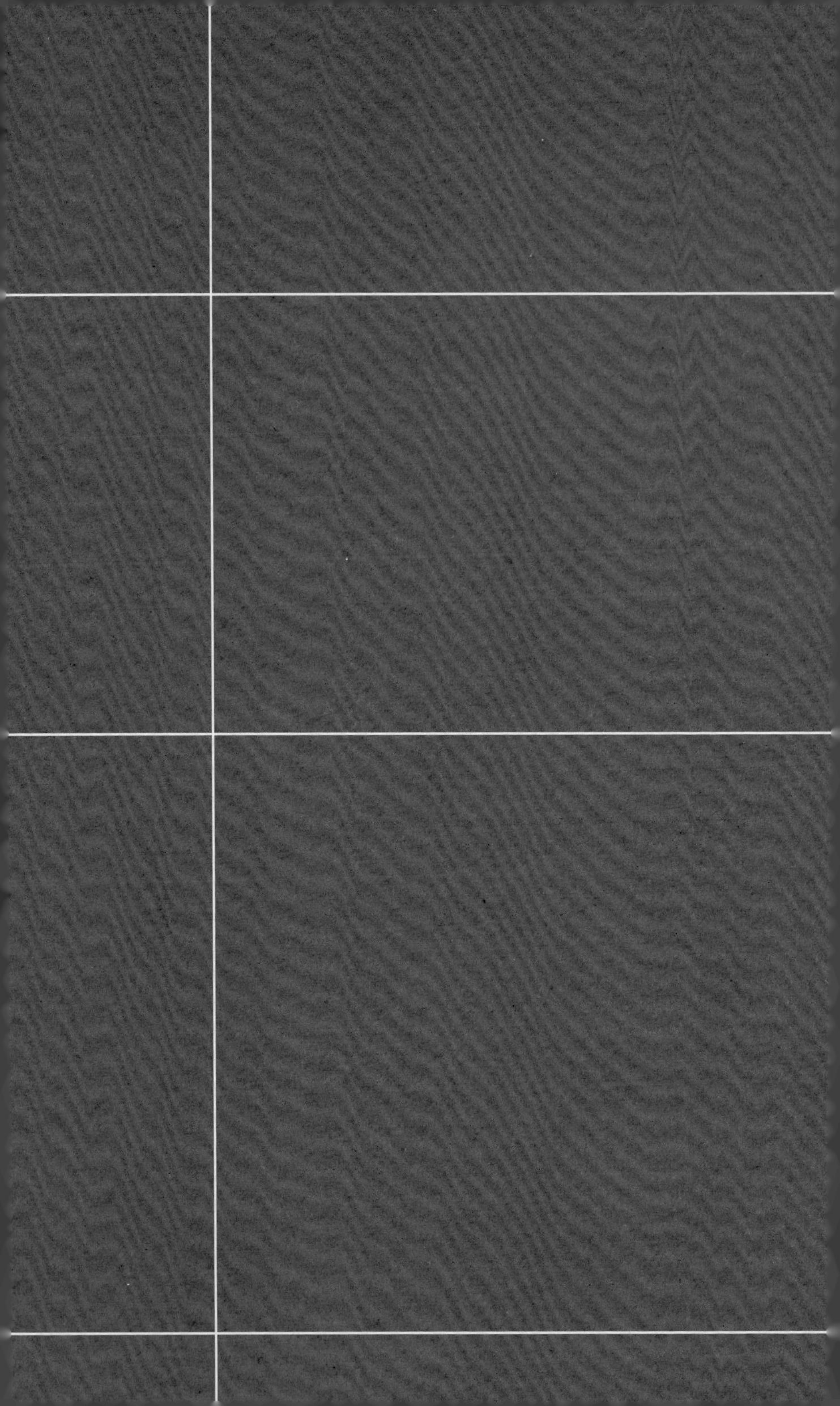

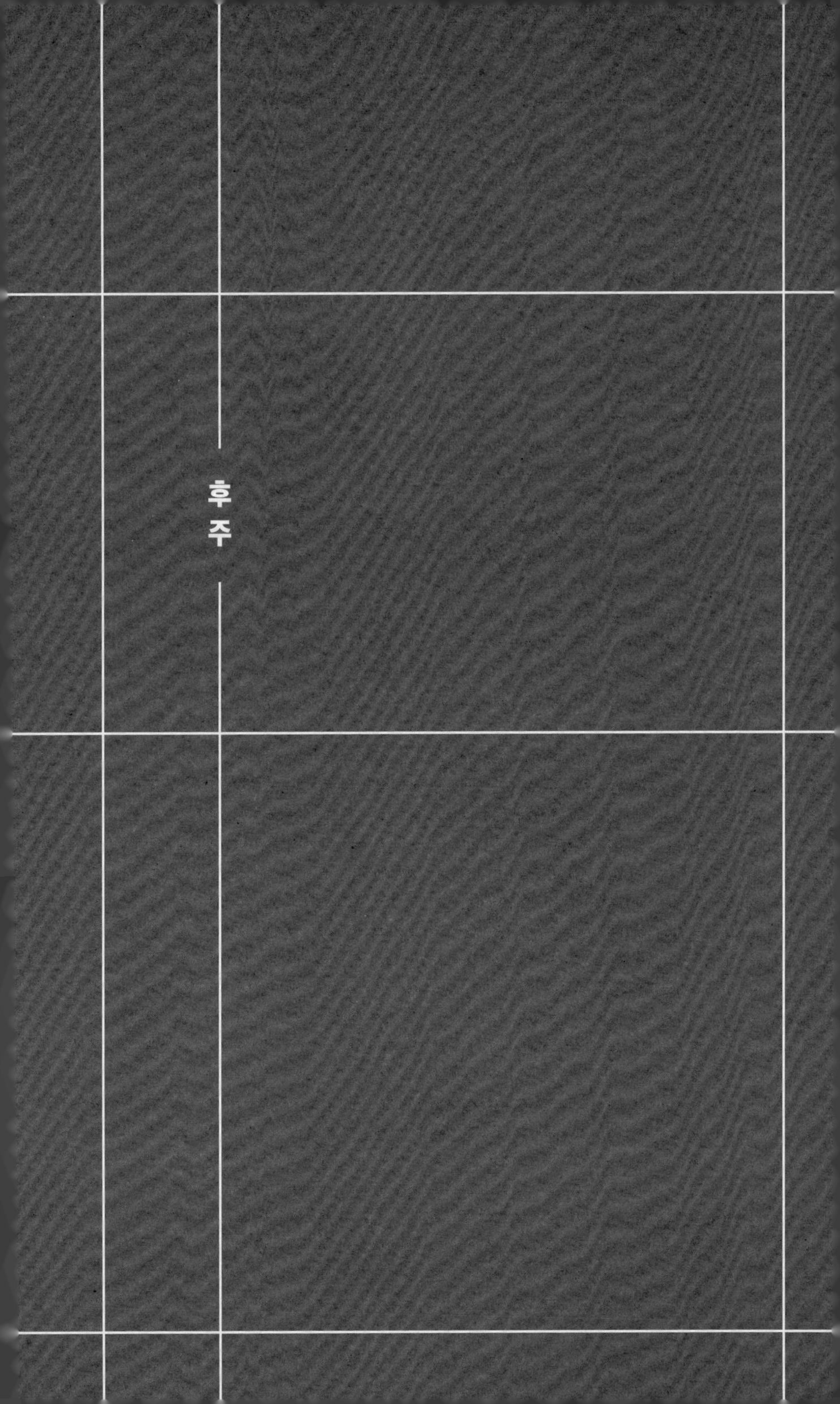

후주

집시의 시집-블로크와 상징주의

블로크의 작품 인용은 А. Блок, *Соб. соч. в шести томах*, М.: Правда, 1971에 따름.

1 В. С. Соловьев, "Красота в природе", *Философия искусства и литературная критика*, М.: Искусство, 1991, с. 31, с. 42와, 같은 책의 "Три речи в памяти Достоевского", с. 245 등 참조.

2 Умом Россию не понять, / Аршином обшим не измерить: / У ней особенная стать — / В Россию можно только верить. (1866)

3 В. С. Соловьев, "Смысл любви", *Философия искусства и литературная критика*, М.: Искусство, 1991, с. 90-160 참조. 기타 여러 글에서 소피아는 '신성의 여성적 그림자' '젊은 여제' 등으로 변주된다. 같은 책의 "Поэзия Я. П. Полонского" 등 참조.

4 마니교적 이원론과 소피아 신화에 대해서는 게르하르트 베어, 『유럽의 신비주의』, 조원규 옮김, 자작, 2001과 세르주 위탱, 『신비의 지식, 그노시즘』, 황준성 옮김, 문학동네, 1996, 그리고 진형준, 『성상 파괴주의와 성상 옹호주의』, 살림, 2003 등을 참조할 수 있다.

5 Вяч. Иванов, "Две стихии в современном символизме", *Литературные манифесты*, М.: АГРАФ, 2001, с. 98.

6 В тумане утреннем неверными шагами / Я шел к таинственным и чудным берегам. / Боролась заря с последними звездами, / Еще летали сны — и схваченная снами / Душа молилась неведомым богам. (1884)

7 Я и мир — снега, ручьи, / Солнце, песни, звезды, птицы, / Смутных мыслей вереницы — / Все посвластны, все — Твои! // Нам не страшен вечный плен, / Незаметна узость стен, / И от грани и до грани / Нам довольно содроганий, / Нам довольно перемен! // Возлюбить, возненавидеть / Мирозданья скрытый

смысл, / Чёт и нечет мертвых числ,— / И вверху—Тебя увидеть! (1902)

8 Я и молод, и свеж, и влюблен, / Я в тревоге, в тоске и в мольбе, / Зеленею, таинственный клен, / Неизменно склоненный к тебе. / Теплый ветер пройдет по листам— / Задрожат от молитвы стволы, / На лице, обращенном к звездам,— / Ароматные слезы хвалы. / Ты придешь под широкий шатер / В эти бледные сонные дни / Заглядеться на милый убор, / Размечтаться в зеленой тени. / Ты одна, влюблена и со мной, / Нашепчу я таинственный сон, / И до ночи—с тоскою, с тобой, / Я с тобой, зеленеющий клен. (1902)

9 К вечеру вышло тихое солнце, / И ветер понес дымки из труб. / Хорошо прислониться к дверному косяку / После ночной попойки моей. // Многое миновалось / И много будет еще, / Но никогда не перестанет радоваться сердце / Тихою радостью / О том, что вы придете, // Сядете на этом старом диване / И скажете простые слова / При тихом вечернем солнце, / После моей ночной попойки. // Я люблю ваше тонкое имя, / Ваши руки и плечи / И черный платок. (1906)

10 Всё на земле умрет—и мать, и младость, // Жена изменит, и покинет друг. // Но ты учись вкушать иную сладость, / Глядясь в холодный и полярный круг. (1909)

11 Ночь, улица, фонарь, аптека, / Бессмысленный и тусклый свет. / Живи еще хоть четверть века— / Всё будет так. Исхода нет. // Умрешь—начнешь опять сначала, / И повторится всё, как встарь: / Ночь, ледяная рябь канала, / Аптека, улица, фонарь. (1912)

12 Под шум и звон однообразный, / Под городскую суету / Я ухожу, душою праздный, / В метель, во мрак и в пустоту. // Я обрываю

нить сознанья / И забываю, что и как... / Кругом-снега, трамваи, зданья, / А впереди-огни и мрак. // Что, если я, завороженный, / Сознанья оборвавший нить, / Вернусь домой уничиженный, — / Ты можешь ли меня простить? // Ты, знающая дальней цели / Путеводительный маяк, / Простишь ли мне мои метели, / Мой бред, поэзию и мрак? // Иль можешь лучше: не прощая, / Будить мои колокола, / Чтобы распутица ночная / От родины не увела? (1909)

13 Черный вечер. / Белый снег. / Ветер, ветер! / На ногах не стоит человек. / Ветер, ветер — / На всем божьем свете!

14 Гуляет ветер, порхает снег. / Идут двенадцать человек. // Винтовок черные ремни, / Кругом — огни, огни, огни... // В зубах — цыгарка, примят картуз, / На спину б надо бубновый туз! // Свобода, свобода, / Эх, эх, без креста! // Тра-та-та! // Холодно, товарищи, холодно! // (…) // Эх, эх! / Позабавиться не грех! // Запирайте етажи, / Нынче будут грабежи! // (…) // А Катька где? — Мертва, мертва! / Простреленная голова! // Что, Катька, рада? — Ни гу-гу... / Лежи ты, падаль, на снегу!... // Революцьонный держите шаг! / Неугомонный не дремлет враг! // (…) // Ты лети, буржуй, воробышком! / Выпью кровушку / За зазнобушку, / Чернобровушку... // Упокой, господи, душу рабы твоея... // Скучно!

15 Так идут державным шагом — / Позади — голодный пес, / Впереди — с кровавым флагом, / И за вьюгой невидим, / Нежной поступью надвьюжной, / Снежной россыпью жемчужной, / В белом венчике из роз — / Впереди — Исус Христос.

16 마야콥스키, 『좋아!』, 석영중 옮김, 열린책들, 1993, 320쪽.

강철로 만든 책–마야콥스키와 미래주의

마야콥스키의 작품 인용은 В. В. Маяковский, *Соб. соч. в двух томах*, М.: Правда, 1987에 따름.

1 Не верю, что есть цветочная Ницца! / Мною опять славословятся / мужчины, залежанные, как больница, / и женщины, истрепанные, как пословица. (*Облако в штанах*, 1914-1915)

2 если / я говорю: / 〈А!〉— / это 〈а〉 / атакующему человечеству труба. / Если я говорю: / 〈Б!〉— / это новая бомба в человеческой борьбе. (*Пятый Интернационал*, 1922)

3 Д. Бурлюк и др., "Пощечина общественному вкусу", *Литературные манифесты*, М.: АГРАФ, 2001, с. 129-130.

4 Славьте меня! / Я великим не чета. / Я над всем, что сделано, / ставлю 〈nihil〉. // Никогда / ничего не хочу читать. / Книги? / Что книги! // Я раньше думал— / книги делаются так: / пришел поэт, / легко разжал уста, / и сразу запел вдохновенный простак— / пожалуйста! / А оказывается— / прежде чем начнет петься, / долго ходят, размозолев от брожения, / и тихо барахтается в тине сердца / глупая вобла воображения. / Пока выкипячивают, рифмами пиликая, / из любвей и соловьев какое-то варево, / улица корчится безъязыкая—

5 А. Крученых и В. Хлебников, "Слово как таковое", *Литературные манифесты*, М.: АГРАФ, 2001, с. 137-138.

6 Угрюмый дождь скосил глаза. / А за / решеткой / четкой / железной мысли проводов— / перина. / И на / нее / встающих звезд / легко оперлись ноги. / Но ги- / бель фонарей, / царей / в короне газа, / для глаза / сделала больней / враждующий букет бульварных проституток. / И жуток / шуток / клюющий смех—

/ из желтых ядовитых роз / возрос / зигзагом. / За гам / и жуть / взглянуть / отрадно глазу: / раба / крестов / страдающе-спокойно-безразличных, / гроба / домов / публичных / восток бросал в одну пылающую вазу. (*Утро*, 1912)

7 Читайте железные книги! / Под флейту золоченой буквы / полезут копченые сиги / и золотокудрые брюквы. // А если веселостью песьей / закружат созвездия "Магги"— / бюро похоронных процессии / свои проведут саркофаги. // Когда же, хмур и плачевен, / загасит фонарные знаки, / влюбляйтесь под небом харчевен / в фаянсовых чайников маки! (*Вывескам*, 1913)

8 М. Бахтин, "Наброски к статье о В. В. Маяковском", *Диалог, карнавал, хронотоп*, No. 2 (11), Витебск, 1995 및 М. Бахтин, "Лекция о Маяковском", Там же. 참조.

9 150,000,000 мастера этой поэмы имя. / Пуля—ритм. / Рифма—огонь из здания в здания. / 150,000,000 говорят губами моими. / Ротационкой шагов / в булыжном верже площадей / напечатано это издание. (1919-1920)

10 Как нами написано,— / мир будет таков / и в среду, / и в прошлом, / и ныне, / и присно, / и завтра, / и дальше / во веки веков! (…) // Россия / вся / единый Иван, / и рука / у него— / Нева, / а пятки—каспийские степи. // Идем! / Идемидем! / Не идем, а летим! / Не летим, а молньимся, / души зефирами вымыв!

11 K. Pomorska, "Majakovskij's Cosmic Myth," *Myth in Literature* (Columbus, Ohio: Slavica Publishers, 1985), pp. 170-187 같은 글에서 이런 관점을 엿볼 수 있다.

12 Дескать, / к вам приставить бы / кого из напостов— / стали б / содержанием / премного одарённей. / Вы бы / в день / писали / строк по сто, / утомительно / и длинно, / как Доронин. / А

по-моему, / осуществись / такая бредь, / на себя бы / раньше наложили руки.

13 후고 후퍼트, 『나의 혁명 나의 노래』, 김희숙 옮김, 역사비평사, 1993, 202-203쪽.

14 Знаю, / не призовут мое имя / грешники, / задыхающиеся в аду. / Под аплодисменты попов / мой занавес не опустится на Голгофе. / Так вот и буду / в Летнем саду / пить мой утренний кофе. // В небе моего Вифлеема / никаких не горело знаков, / никто не мешал / могилами / спать кудроголовым волхвам. / Был абсолютно как все / —до тошноты одинаков— / день / моего сошествия к вам. (1916-1917)

사랑의 환유–아흐마토바와 아크메이즘

아흐마토바의 작품 인용은 А. Ахматова, *Соб. соч. в двух томах*, М.: Худ. лит., 1990에 따름.

1 Память о солнце в сердце слабеет. / Желтей трава. / Ветер снежинками ранними веет / Едва-едва. // В узких каналах уже не струится— / Стынет вода. / Здесь никогда ничего не случится,— / О, никогда! // Ива на небе пустом распластала / Веер сквозной. / Может быть, лучше, что я не стала / Вашей женой. // Память о солнце в сердце слабеет. / Что это? Тьма? / Может быть!.. За ночь прийти успеет / Зима. (1911)

2 Он любил три вещи на свете: / За вечерней пенье, белых павлинов / И стертые карты Америки. / Не любил, когда плачут дети, / Не любил чая с малиной / И женской истерики. / ...А я была его женой. (*Я любил...*, 1910)

3 Какие странные слова / Принес мне тихий день апреля. / Ты знал, во мне еще жива / Страстная страшная неделя. // Я не слыхала звонов тех, / Что плавали в лазури чистой. / Семь дней звучал то медный смех, / То плач струился серебристый. // А я, закрыв лицо мое, / Как перед вечною разлукой, / Лежала и ждала ее, / Еще не названную мукой. (*Ответ*, 1914)

4 Н. Гумилев, "Наследие символизма и акмеизм", *Русская литература XX века: Хрестоматия*, М.: Просвещение, 1971, с. 469.

5 С. Городецкий, "Некоторые течения в современной русской поэзии", Там же, с. 472.

6 М. Кузмин, "О прекрасной ясности", Там же, с. 473.

7 А. Ахматова, "1910-е годы", *Соб. соч. в двух томах*, Т. 2, с. 278.

8 Н. Гумилев, "Наследие символизма и акмеизм", с. 467.

9 С. Городецкий, "Некоторые течения в современной русской поэзии", с. 472.

10 Как будто страшной песенки / Веселенький припев — / Идет по шаткой лесенке, / Разлуку одолев. / Не я к нему, а он ко мне — / И голуби в окне... / И двор в плюще, и ты в плаще / По слову моему. / Не он ко мне, а я к нему — / во тьму, / во тьму, / во тьму. (*Встреча*, 1943)

11 И мальчик, что играет на волынке, / И девочка, что свой плетет венок, / И две в лесу скрестившихся тропинки, / И в дальнем поле дальний огонек, — // Я вижу все. Я все запоминаю, / Любовно-кротко в сердце берегу. / Лишь одного я никогда не знаю / И даже вспомнить больше не могу. // Я не прошу ни мудрости, ни силы. / О, только дайте греться у огня! / Мне холодно... Крылатый иль бескрылый, / Веселый бог не посетит меня. (1911)

12 Мне с тобою пьяным весело — / Смысла нет в твоих рассказах

/ Осень ранняя развесила / Флаги желтые на вязах. // Оба мы в страну обманную / Забрели и горько каемся, / Но зачем улыбкой странною / И застывшей улыбаемся? // Мы хотели муки жалящей / Вместо счастья безмятежного. / Не покину я товарища / И беспутного и нежного. (1911)

13 Сегодня мне письма не принесли: / Забыл он написать, или уехал; / Весна как трель серебряного смеха, / Качаются в заливе корабли. / Сегодня мне письма не принесли...

14 Вечерний и наклонный / Передо мною путь. / Вчера еще, влюбленный, / Молил: 〈Не позабудь〉. / А нынче только ветры / Да крики пастухов, / Взволнованные кедры / У чистых родников. (*Разлука*, 1914)

15 И мнится—голос человека / Здесь никогда не прозвучит, / Лишь ветер каменного века / В ворота черные стучит. // И мнится мне, что уцелела / Под этим небом я одна,— / За то, что первая хотела / Испить смертельного вина. (1917)

러시안 랩소디—예세닌

예세닌의 작품 인용은 С. Есенин, *Соб. соч. в трех томах*, М.: Правда, 1983에 따름.

1 С. Есенин, "Автобиография", *Соб. соч. в трех томах*, Т. 3, с. 186 등.

2 Гой ты, Русь, моя родная, / Хаты—в ризах образа... / Не видать конца и края— / Только синь сосет глаза. // Как захожий богомолец, / Я смотрю твои поля. / А у низеньких околиц / Звонно чахнут тополя. // Пахнет яблоком и медом / По церквам твой кроткий Спас. / И гудит за корогодом / На лугах веселый

пляс. / Побегу по мятой стежке / На приволь зеленых лех, / Мне навстречу, как сережки, / Прозвенит девичий смех. // Если крикнет рать святая: / 〈Кинь ты Русь, живи в раю!〉 / Я скажу: 〈Не надо рая, / Дайте родину мою〉. (1914)

3 Пой же, пой. На проклятой гитаре / (…) / Я не знал, что любовь—зараза, / Я не знал, что любовь—чума. (1922)

4 Ветры, ветры, о снежные ветры, / Заметите мою прошлую жизнь. (1919)

5 Я последний поэт деревни, / Скромен в песнях дощатый мост. / За прощальной стою обедней / Кадящих листвой берез. // Догорит золотистым пламенем / Из телесного воска свеча, / И луны часы деревянные / Прохрипят мой двенадцатый час. // На тропу голубого поля / Скоро выйдет железный гость. / Злак овсяный, зарею пролитый, / Соберет его черная горсть. // Не живые, чужие ладони, / Этим песням при вас не жить! / Только будут колосья-кони / О хозяине старом тужить. // Будет ветер сосать их ржанье, / Панихидый справляя пляс. / Скоро, скоро часы деревянные / Прохрипят мой двенадцатый час! (1920)

6 Листьями звезды льются / В реки на наших полях. / Да здравствует революция / На земле и на небесах! (*Небесный барабанщик*, 1918)

7 В. Шершеневич, “2х2=5”, *Литературные манифесты*, М.: АГРАФ, 2001, с. 226.

8 앞의 글과 В. Шершеневич, “Ломать грамматику”, Там же, с. 232-244 참조.

9 С. Есенин и дру., “Декларация”, Там же, с. 213-214.

10 이사도라 덩컨의 삶에 대해서는 이사도라 덩컨, 『이사도라 덩컨』, 구히서 옮김, 경당, 2003 참조.

11 Какая ночь! Я не могу. / Не спится мне. Такая лунность. / Еще как будто берегу / В душе утраченную юность. // Подруга охладевших лет, / Не называй игру любовью, / Пусть лучше этот лунный свет / Ко мне струится к изголовью. // Пусть искаженные черты / Он обрисовывает смело, — / Ведь разлюбить не сможешь ты, / Как полюбить ты не сумела. (1925)

12 Друг мой, друг мой, / Я очень и очень болен. / Сам не знаю, откуда взялась эта боль. / То ли ветер свистит / Над пустым и безлюдным полем, / То ль, как рощу в сентябрь, / Осыпает мозги алкоголь. // Голова моя машет ушами, / Как крыльями птица. / Ей на шее ноги / Маячить больше невмочь. / Черный человек, / Черный, черный, / Черный человек / На кровать ко мне садится, / Черный человек / Спать не дает мне всю ночь. // Черный человек / Водит пальцем по мерзкой книге / И, гнусавя надо мной, / Как над усопшим монах, / Читает мне жизнь / Какого-то прохвоста и забулдыги, / Нагоняя на душу тоску и страх. / Черный человек, / Черный, черный! (1925)

13 До свиданья, друг мой, до свиданья. / Милый мой, ты у меня в груди. / Предназначенное расставанье / Обещает встречу впереди. // До свиданья, друг мой, без руки, без слова, / Не грусти и не печаль бровей, — / В этой жизни умирать не ново, / Но и жить, конечно, не новей. (1925)

14 В. В. Маяковский, *Соб. соч. в двух томах*, Т. 1, М.: Правда, 1987, с. 346.

15 В этой жизни / помереть / не трудно. / Сделать жизнь / значительно трудней. (1926)

영원의 인상주의 – 파스테르나크

파스테르나크의 작품 인용은 Б. Пастернак, *Соб. соч. в пяти томах*, М: Худ. лит., 1989에 따름.

1 Б. Пастернак, "Николай Асеев. 'Оксана'. Стихи 1912-1916", *Критика русского постсимволизма*, М.: Олимп, 2002, с. 305.

2 Б. Пастернак, "Охранная грамота", *Соб. соч. в пяти томах*, Т. 4, с. 223.

3 Там же, с. 218.

4 Сегодня мы исполним грусть его — / Так, верно, встречи обо мне сказали, / Таков был лавок сумрак. Таково / Окно с мечтой смятенною азалий. (1911, 1928)

5 Р. Якобсон, "Заметки о прозе поэта Пастернака", *Работы по поэтике*, М.: Прогресс, 1987, с. 324-338.

6 Б. Пастернак, "Вассерманова реакция", *Соб. соч. в пяти томах*, Т. 4, с. 353.

7 Сестра моя — жизнь и сегодня в разливе / Расшиблась весенним дождем обо всех, / Но люди в брелоках высоко брюзгливы / И вежливо жалят, как змеи в овсе. // У старших на это свои есть резоны. / Бесспорно, бесспорно смешон твой резон, / Что в грозу лиловы глаза и газоны / И пахнет сырой резедой горизонт. // Что в мае, когда поездов расписанье, / Камышинской веткой читаешь в купе, / Оно грандиозней святого писанья / И черных от пыли и бурь канапе. // Что только нарвется, разлаявшись, тормоз / На мирных сельчан в захолустном вине, / С матрацев глядят, не моя ли платформа, / И солнце, садясь, соболезнует мне. // И в третий плеснув, уплывает звоночек / Сплошным извиненьем: жалею, не здесь. / Под шторку несет обгорающей ночью / И рушится степь

со ступенек к звезде. // Мигая, моргая, но спят где-то сладко, / И фата-морганой любимая спит / Тем часом, как сердце, плеща по площадкам, / Вагонными дверцами сыплет в степи.

8 Это — круто налившийся свист, / Это — щелканье сдавленных льдинок, / Это — ночь, леденящая лист, / Это — двух соловьев поединок. // Это — сладкий заглохший горох, / Это — слезы вселенной в лопатках, / это — с пультов и с флейт — Figaro / Низвергается градом на грядку. // Все, что ночи так важно сыскать / На глубоких купаленных доньях, / И звезду донести до садка / На трепещущих мокрых ладонях. // Площе досок в воде — духота. / Небосвод завалился ольхою. / Этим звездам к лицу б хохотать, / Ан вселенная — мссто глухое. (*Определение поэзии*)

9 Я понял жизни цель и чту / Ту цель, как цель, и эта цель — / Признать, что мне невмоготу / Мириться с тем, что есть апрель, // Что дни — кузнечные мехи / И что растекся полосой / От ели к ели, от ольхи / К ольхе, железный и косой, // И жидкий, и в снега дорог, / Как уголь в пальцы кузнеца, / С шипеньем впившийся поток / Зари без края и конца. // Что в берковец церковный зык, / Что взят звонарь в весовщики, / Что от капели, от слезы / И от поста болят виски. (1915)

10 Б. Пастернак, “Охранная грамота”, *Соб. соч. в пяти томах*, Т. 4, с. 186.

11 Бушует лес, по небу пролетают / грозовые тучи, / тогда в движении бури мне ведятся, / девочка, твои черты. *Ленау (нем.)*

12 (…) Кто тропку к двери проторил, / К дыре, засыпанной крупой, / Пока я с Байроном курил, / Пока я пил с Эдгаром По? (*Про эти стихи*)

13 Буран не месяц будет месть, / Концы, начала заметет. / Внезапно

вспомню: солнце есть; / Увижу: свет давно не тот.

14 А затем прощалось лето / С полустанком. Снявши шапку, / Сто слепящих фотографий / Ночью снял на память гром. // Меркла кисть сирени. В это / Время он, нарвав охапку / Молний, с поля ими трафил / Озарить управский дом. // И когда по кровле зданья / Разлилась волна злорадства / И, как уголь по рисунку, / Грянул ливень всем плетнем, // Стал мигать обвал сознанья: / Вот, казалось, озарятся / Даже те углы рассудка, / Где теперь светло, как днем! (*Гроза, моментальная навек*)

15 В. Баевский, *История русской поэзии*. Смоленск: Русич, 1994, с. 263.

16 Гул затих. Я вышел на подмостки. / Прислоняясь к дверному косяку, / Я ловлю в далеком отголоске / Что случится на моем веку. // На меня наставлен сумрак ночи / Тысячью биноклей на оси. / Если только можно, Авва отче, / Чашу эту мимо пронеси. / / Я люблю твой замысел упрямый / И играть согласен эту роль. / Но сейчас идет другая драма, / И на этот раз меня уволь. // Но продуман распорядок действий, / И неотвратим конец пути. / Я один, все тонет в фарисействе. / Жизнь прожить — не поле перейти. (*Гамлет*)

생각하는 사물들-브로드스키

브로드스키의 작품 인용은 И. Бродский, *Соч. Иосифа Бродского*, т. 1-4, СП: MCMXSV에 따름.

1 Последнее время я / сплю среди бела дня. / Видимо, смерть моя / испытывает меня, // поднося, хоть дышу, / зеркало мне ко рту, —

/ как я переношу / небытие на свету. // Я неподвижен. Два / бедра холодны, как лед. / Венозная синева / мрамором отдает. (*Натюрморт*, 1971)

2 И. Бродский, “Нобелевская лекция”, *Изб. стихотворения*: 1957-1992, М.: Панорама, 1994, с. 468.

3 Там же.

4 Там же.

5 Там же.

6 Страницу и огонь, зерно и жернова, / секиры острие и усеченный волос — / Бог сохраняет все; особенно — слова / прощенья и любви, как собственный свой голос. // В них бьется рваный пульс, в них слышен костныйхруст, / и заступ в них стучит; ровны и глуховаты, / поскольку жизнь — одна, они из смертвых уст / звучат отчетливей, чем из надмирной ваты. // Велика душа, поклон через моря / за то, что их нашла, — тебе и части тленной, / что спит в родной земле, тебе благодаря / обретшей речи дар в глухонемой Вселенной. (*На столетие Анны Ахматовой*, 1989)

7 A. Zholkovsky, *Text Counter Text*. Stanford, California: Stanford U. P., 1994, p. 144.

8 P. France, *Poets of Modern Russia*, Cambridge: Cambridge Univ. Press, 1982, p. 201.

9 Джон Донн уснул, уснуло всё вокруг. / Уснули стены, пол, постель, картины, / уснули стол, ковры, засовы, крюк, / весь гардероб, буфет, свеча, гардины, / Уснуло все. Бутыль, стакан, тазы, / хлеб, хлебный нож, фарфор, хрусталь, посуда, / ночник, белье, шкафы, стекло, часы, / ступеньки лестниц, двери. Ночь повсюду. / Повсюду ночь: (*Большая элегия Джону Донну*, 1963)

10 Жизнь — сумма мелких движений. Сумрак / в ножнах

осоки, трепет пастушьих сумок, / меняющийся каждый миг рисунок / конского щавеля, дрожь люцерны, / чабреца, тимофеевки — драгоценны / для понимания законов сцены, / не имеющей центра. (*Эклога 5-я Летняя*, 1981)

11 Вещи приятней. В них / нет ни зла, ни добра / внешне. А если вник / в них — и внутри нутра. // Внутри у предметов — пыль. / Прах. Древоточец-жук. / Стенки. Сухой мотыль. / Неудобно для рук. // Пыль. И включенный свет / только пыль озарит. / Даже если предмет / герметично закрыт. (*Натюрморт*, 1971)

12 Веселый Мехико-Сити. / Жизнь течет, как текила. / Вы в харчевне сидите. / Официантка забыла // о вас и вашем омлете, / заболтавшись с брюнетом. / Впрочем, как все на свете. / По крайней мере на этом. // Ибо, смерти помимо, / все, что имеет дело / с пространством, — все заменимо. / И особенно тело. // И этот вам уготован / жребий, как мясо с кровью. / В нищей стране никто вам / вслед не смотрит с любовью. (*Мексиканский романсеро*, 1975)

13 Плывет в глазах холодный вечер, / дрожат снежинки на вагоне, / морозный ветер, бледный ветер / обтянет красные ладони, / и льется мед огней вечерних / и пахнет сладкою халвою; / начной пирог несет сочельник / над головою. // Твой Новый год по темно-синей / волне средь моря городского / плывет в тоске необъяснимой, / как будто жизнь начнется снова, / как будто будут свет и слава, / удачный день и вдоволь хлеба, / как будто жизнь качнется вправо, / качнувшись влево. (*Рождественский романс*, 1962)

14 Верер оставил лес / и взлетел до небес, / оттолкнув облака / и белизну потолка. // И, как смерть холодна, / роща стоит одна, /

без стремленя вослед, / без особых примет.

▌ '낯설게 하기'의 미학과 정치학-러시아 형식주의

1 В. Шкловский, "Предисловие", *О теории прозы*, М.: Советский писатель, 1983, с. 8.

2 P. Steiner, *Russian Formalism: A Metapoetics*, Ithaca & London: Cornell U. P., 1984, p. 49에서 재인용.

3 В. Шкловский, "Искусство как прием", *О теории прозы*, с. 15.

4 M. Bakhtin/P. Medvedev, *The Formal Method in Litery Scholarship*, Trans. by A. Wehrle, Massachusetts: Harvard U. P., 1985, p. 63.

5 В. Шкловский, "Искусство как прием", с. 15.

6 Ю. Тынянов, "Проблема стихотворного языка", *Поэтика: Труды русских и советских поэтических школ*, Budapest: Tankönyvkiado, 1982와 Ю. Тынянов, "Функция ритма в стихе и прозе", Там же 참조.

7 V. Erlich, *Russian Formalism*, The Hague: Mouton Publishers, 1955, p. 76.

8 Ibid., p. 179-180.

9 Б. Эйхенбаум, "Теория 〈формального метода〉", *О литературе*, М.: Советский писатель, 1987, с. 375-376.

10 В. Шкловский, "Искусство как прием", с. 20.

11 M. Bakhtin/P. Medvedev, *The Formal Method in Litery Scholarship*, p. 61.

12 В. Шкловский, "Искусство как прием", с. 16.

13 Там же, с. 20.

14 В. Шкловский, "Предисловие", *О теории прозы*, с. 8.

15 О. Брик и др., "Программа: за что борется Леф?", *Литературные*

манифесты, с. 205.

16 Б. Эйхенбаум, "Теория формального метода", *О литературе*, с. 376.

17 Ю. Тынянов, "О литературной эволюции", *Поэтика, история литературы, кино*, М.: Наука, 1977, с. 272.

18 Л. Троцкий, *Литература и революция*, М.: Политиздат, 1991, с. 143.

커뮤니케이션 모형과 비유론 – 야콥슨

1 R. Jakobson, "Linguistics and Poetics", *Language in Literature*, Cambridge: The Belknap Press of Harvard U. P., 1987, p. 63.

2 Ibid., p. 64.

3 Ibid., p. 63.

4 K. Pomorska, "Postscript to Dialogues: Roman Jakobson, His Poet Friends and Collaborators", *Jakobsonian poetics and Slavic narrative*, Durham, NC: Duke U. P., 1992, p. 289에서 재인용.

5 Ibid., p. 273.

6 R. Jakobson, "Dada", *Language in Literature*, p. 38.

7 K. Pomorska, p. 274.

8 Р. Якобсон, "Футуризм", *Работы по поэтике*, М.: Прогресс, 1987, с. 414–420.

9 Р. О. Якобсон, "Очередные задачи науки об искусстве", *Роман Якобсон: Тексты, документы, исследования*, М.: 1999, РГГУ, с. 5.

10 Р. Якобсон, "Футуризм", с. 416.

11 R. Jakobson, "Is the Film in Decline?", *Language in Literature*, p. 459.

12 David Lodge, *The Modes of Modern Writing*, London: Edward Arnold, 1977, pp. 81–83.

13 R. Jakobson, "Musicology and Linguistics", *Language in Literature*, p.

455-456.

14 R. Jakobson, "A Glance at the Development of Semiotics", *Language in Literature*, p. 451.

15 Paul Ricoeur, *The Rule of Metaphor*, trans. R. Czerny (London, Henlet: Routledge & Kegan Paul, 1978), pp. 178-180와 J. Kopper, "〈When Does One Wear Black? When Mourning the Dead〉: Resuscitating Jakobson's Theory of Metaphor and Metonymy in Contemporary Literary Criticism", *Роман Якобсон: Тексты, документы, исследования*, М.: 1999, РГГУ, p. 734 등 참조.

16 R. Jakobson, "Two Aspects of Language and Two Types of Aphasic Disturbance", *Language in Literature*, p. 111.

17 Ibid., p. 113.

18 R. Scholes, *Structuralism in Literature*, New Haven and London: Yale U. P., 1974, p. 19.

19 Р. Якобсон, "Мои любимые темы", *Роман Якобсон: Тексты, документы, исследования*, с. 75.

▌ '조건성'과 언어 우주-로트만

1 Ю. Лотман, "Условность в искусстве", *Ю.М. Лотман: Избранные статьи в трех томах*, т. 3, Таллинн: Александра, 1993, с. 376-379.

2 Там же, с. 376.

3 Ю. Лотман, *Структура художественного текста*, Providence: Brown U. P., 1971, с. 13-19 참조.

4 Там же, с. 79.

5 Там же, с. 35.

6 Там же, с. 49-50.

7 Там же, с. 50-55.

8 Там же, с. 66.

9 Ю. Лотман, *Анализ поэтического текста*, Л.: Просвещение, 1972, с. 127.

10 Ю. Лотман, *Структура художественного текста*, с. 99.

11 Ю. Лотман, "Текст в тексте", *Ю.М. Лотман: Избранные статьи в трех томах*, т. 1, с. 148-160.

12 J. Kristeva, *Desire in Language*, Oxford: Basil Blackwell, 1982, p. 66.

13 Ю. Лотман, "Динамическая модель семиотической системы", *Ю.М. Лотман: Избранные статьи в трех томах*, т. 1, с. 90-102와, 같은 책에 실려 있는 "Текст и функция", "Текст и полиглотизм культуры", "Текст и структура аудитории"의 글을 예로 들 수 있다.

시적 대화주의-바흐친

1 М. Бахтин, "К философии поступка", *М. М. Бахтин: Соб. соч. в семи томах*, т. 1, М.: русские словари, 2003, с. 39-49.

2 М. Бахтин, "Проблема текста в лингвистике, филологии и других гуманитарных науках", *Эстетика словесного творчества*, с. 293.

3 G. Morson & C. Emerson, *Mikhail Bakhtin: Creation of Prosaics*, Stanford, Califonia: Stanford U. P., 1990, pp.15-20.

4 М. Бахтин, "К философии поступка", с. 62.

5 М. Бахтин, "Автор и герой в эстетической деятельности", *Эстетика словесного творчества*, М.: Искусство, 1979, с. 146 참조.

6 М. Бахтин, "В большом времени", *Бахтинология*, С.П.: Алетейя, 1995, с. 7-9.

7 М. Бахтин, "Наброски к статье о В. В. Маяковском", *Диалог,*

карнавал, хронотоп, No. 2, 11, Витебск, 1995.

8 М. Бахтин, "Автор и герой в эстетической деятельности", с. 149.

9 М. Бахтин, "Слово в романе", *Вопросы литературы и эстетики*, М.: Худ. Лит., 1975, с. 144.

미학의 혁명과 혁명의 미학-사회주의 리얼리즘

1 В. Ерофеев, "Поминки по советской литературе", *Русская литература XX века в зеркале критики: хрестоматия*, М.: Академия, 2003, с. 36-44.

2 В. Ерофеев, "Русские цветы зла", *Русские цветы зла*, М.: Подкова, 1997, с. 30.

3 А. Богданов, "Пути пролетарского творчества", *Литературные манифесты*, с. 333-338.

4 Ив. Филиппченко и др., "Декларация пролетарских писателей 〈Кузница〉", *Литературные манифесты*, с. 348.

5 Там же, с. 352.

6 С. Родов и др., "Идеологическая и художественная платформа группы пролетарских писателей 〈Октябрь〉", *Литературные манифесты*, с. 357-365.

7 В. Ленин, "Партийная организация и партийная литература", *Русская литература XX века*, с. 10.

8 A. 시냐프스키, 「사회주의 리얼리즘이란 무엇인가」,김학수, 『러시아문학과 저항정신』, 을유문화사, 1986, 221쪽.

9 A. 즈다노프, 「소비에트 문학, 가장 풍부한 사상을 담은 가장 선진적인 세계문학」, 『사회주의 현실주의의 구상』, 슈미트/슈람 편, 문학예술연구회 미학분과 옮김, 태백, 1989, 23쪽.

10 В. Васлав, "Да, я за социалистический реализм, но какой?", *Избавление от миражей*, М., Советский писатель, 1990, с. 229-232.

11 F. 글라드꼬프, 「소비에트 문학의 사명과 당면 문제점」, 『사회주의 현실주의의 구상』, 64-75쪽.

12 B. Groys, "The Birth of Socialist Realism from the Spirit of the Russian Avant-Garde", *The Culture of the Stalin Period*, London: Macmillan, 1990, pp. 122-148 및 Б. Гройс, *Искусство утопии*, М.: Худ. лит., 2003.

13 О. Брик и др., "Программа: за что борется Леф?", *Литературные манифесты*, с. 201-211 참조.

14 M. Epstein, "Response: 'Post-' and Beyond", *SEEJ*, vol. 39, n. 3, 1995, pp. 357-366 참조.

15 카를 라데크, 「현대의 세계 문학과 프롤레타리아 예술의 과제」, 『사회주의 현실주의의 구상』, 153쪽.

16 Л. Троцкий, *Литература и революция*, с. 55-56.

17 엥겔스, 「하크니스 여사에게」, 『문학 이론 학습 자료』, 친구, 1989, 151쪽.

18 Л. Троцкий, *Литература и революция*, с. 142.

제3의 비유-엡슈테인

1 이성복, 『아, 입이 없는 것들』, 문학과지성사, 2003.

2 제라르 쥬네트, 「줄어드는 수사학」, 김경란 역, 『수사학』, 문학과지성사, 1985, 117-143쪽 참조.

3 장 루세, 「은유 논쟁」, 『수사학』, 문학과지성사, 1985, 156면 참조.

4 Aristotle, "Poetics," *Literary Criticism*, Detroit: Wayne State U. P.,

1962, p. 99.

5 Б. Эйхенбаум, *Анна Ахматова*, Paris: Lev, 1980, c. 104-116 참조.

6 Roman Jakobson, "Marginal Notes on the Prose of the Poet Pasternak", *Language in Literature*, pp. 301-317과 같은 책의 "Two Aspects of Language and Two Types of Aphasic Disturbances", pp. 95-120 참조.

7 M. Epstein, "Response: 'Post-' and Beyond", *SEEJ*, vol. 39, n. 3, 1995, pp. 357-366 참조.

8 J. Dubois, F. Edeline etc., *Rhétorique Générale*, Paris: Librairie Larousse, 1970, p. 7.

9 M. Epstein, "What Is a Metabole?", *Russian Postmodernism*, tr. & ed. by Slobodanka Vladiv-Glover, New York, Oxford: Berghahn Books, 1999, p. 129.

10 Ibid., p. 131.

11 M. Epstein, "Theses on Metarealism and Conceptualism", *Russian Postmodernism*, pp. 105-112와 같은 책의 M. Epstein, "On Olga Sedakova and Lev Rubinshtein", pp. 113-117 참조.

▌ 탈신화, 혹은 맥락의 예술-모스크바 개념주의

1 M. Epstein, "These on Metarealism and Conceptualism", *Russian Postmodernism*, p. 106.

2 Михаил Берг, *Литературократия*, М.: Новое литературное обозрение, 2000, c. 101.

3 Петербург Петербург / Петроград Петроград / Ленинград Ленинград / правда / и я так рад / все так рады / сразу раз раз раз / паровоз паровоз / пароход пароход / телеграф / телефон / (…) / а народ-то / народ / авангард авангард / кавардак кавардак

/ парадокс парадокс

4 край света // просто край света // край света / И Москва / центр // Москва центр / проспект Маркса // широка страна родная / да уж / а на Проспекте Маркса / в особенности

5 M. Epstein, "These on Metarealism and Conceptualism", *Russian Postmodernism*, p. 107.

6 Здесь, разумеется, ничего быть не должно (Лист 1)/ Здесь не должно быть ничего определенного (Лист 2)/ Здесь не должно ничего, кроме того, что уже есть (Лист 3)/ Здесь уже, пожалуй, может что-нибудь и появиться (Лист 4)/ Здесь даже может показаться, что сейчас что-нибудь произойдет (Лист 9) / Должен выражать вполне определенную мысль (Лист 22) / Должен выражать вполне опредененную авторскую позицию (Лист 23) / Его направленность должна быть вполне очевидной (Лист 24) / Реакция на него должна быть вполне определенной (Лист 25) (Тридцать пять новых листов, 1981)

7 Абсолютно невозможно. / Никак невозможно. / Невозможно. / Может быть, когда-нибудь. / Когда-нибудь. / Потом. / Еще нет. / Не сейчас. / И не сейчас. / И не сейчас. / Возможно, скоро. / Пожалуй, скоро. / Действительно, скоро. / Возможно, раньше, чем ожидалось. / Уже скоро. / Вот-вот. / Сейчас. / Внимание! / Вот! / Вот и всё. / Всё. (Событие без наименования, 1980)

8 M. Epstein, "On Olga Sedakova and Lev Rubinshtein", *Russian Postmodernism*, p. 117

혁명과 모더니즘—러시아의 시와 미학

1판 1쇄 펴냄 2019년 7월 1일

지은이 이장욱
펴낸이 최선혜

편집 최선혜
디자인 나종위
인쇄 및 제책 문성인쇄

펴낸곳 시간의흐름
출판등록 2017년 3월 15일(제2017-000066호)
주소 서울시 마포구 독막로 6길 33 301
Email deltatime.co@gmail.com
ISBN 979-11-965171-1-3 03810

이 도서의 국립중앙도서관 출판예정도서목록(CIP)은
서지정보유통지원시스템 홈페이지(http://seoji.nl.go.kr)와
국가자료공동목록시스템(http://www.nl.go.kr/kolisnet)에서
이용하실 수 있습니다. (CIP제어번호: CIP2019022085)